Tommy Caldwell

ザ・プッシュ

THE PUSH

ヨセミテ エル・キャピタンに懸けた
クライマーの軌跡

トミー・コールドウェル
堀内瑛司［訳］

白水社

ザ・プッシュ

ヨセミテ　エル・キャピタンに懸けたクライマーの軌跡

ベッカ、フィッツ、イングリッドへ

THE PUSH

ザ・プッシュ

CONTENTS

目次

凡例

訳者による注は、本文中の〔　〕内に割注で記した。

本文中の書名については、邦訳のあるものは邦題のみを、ないものは逐語訳と原題を初出時のみ併記した。

風

二〇一四年十二月三十日、ドーン・ウォール。今年で七年になる。その四日目。四〇〇メートル近くをフリーで登ってきた。残り約五〇〇メートル。

はるか下から吹き上げる風の音が聞こえてくる。暗闇の中で低いうなりと甲高い悲鳴が交じり合う。風はさらに強くなり、すべての音をかき消す。ぼくたちは寝袋に脚を入れ、壁にもたれながらガーゴイルのように座っている。パートナーのケヴィンは岩壁に吊るしたポータレッジのストラップをつかみ、苦笑いする。唇の動きで「しっかりつかまれ」と言っているのがわかる。耳を聾さんばかりのバンバンという音が、マシンガンの律動のように響く。フライが花崗岩に当たる音だが、われ知らず身体《からだ》に震えが走る。一五年前の記憶、弾ける岩のにおいと、高山の凍土に広がる血だまりの光景を頭から振り払う。

吹き上げる突風がポータレッジを下から揺さぶる——ベニヤ板一枚ほどの大きさの〝わが家〟は、アルミのフレームにナイロンのテントを上からかけただけのものだ。床が持ち上がり、一瞬、宙に浮く。

魔法のじゅうたんに乗っている錯覚に陥る。直径一センチほどのステンレスボルトは持ちこたえてくれるだろうか。なにしろ男二人とすべてのギアが、そこにぶら下がっているのだ。そのとき、ふいに風がやむ。宙に浮いたポータレッジがすさまじい音を立てて落下し、ストラップがぴんと張った。

一日の始まりはいつも同じだ。目が覚めると、頭上のパズルをどう解くかを考える。テントの中でコーヒーを淹《い》れ、壁を照らし出す夜明けの光に畏怖を覚える——カリフォルニア州ヨセミテ渓谷の一枚岩、エル・キャピタンのこの壁は、ドーン・ウォールと呼ばれてきた。歯を磨き、口をゆすぎ、テントの外に頭を突き出す。歯磨き粉が落ちていくのを見つめながら一、二、三……と一〇まで数えたころ、白い水の塊は眼下の森へ消えていく。

ひと息ついて、九本の指を見つめる。切り傷や擦り傷だらけだが、きちんとついている。この壮大なクライミングが、いかに小さなことに左右されるかに思いを巡らす。ミリ単位の指の皮膚と、その分子レベルの回復が登攀の成否を分けることになる。

氷河に削られた谷を見渡す。地平線には峰々が連なり、上空ではハヤブサがツバメを襲っている。気持ちがとても高揚しているのがわかる。脚が先を急ごうとうずうずしている。考えてみれば不思議なことだ。ぼくは、地上では人目を気にし、ときに内気で、不器用なごく普通の男だ。でも、壁の中では生き返ったようになる。ここに来ると別の自分になれる。それはいつも変わらない。深く息を吸い込み、頭上の切り立った岩壁に目をやる。

これまで、ただの一人もドーン・ウォールを〝フリー〟で登れると考えた者はいなかった。フリーとは、身体を引き上げるための道具には頼らずに、主に手と足だけを使って壁を登る〝本当の意味〟でのクライミングのことをいう。クライミング界の伝説的な人物たち——その何人かは父の友人で、ぼくが小さいころ、家に遊びに来ていた——のあいだでは、どんな手段を使ってもエル・キャピタンを登ることは不可能だとずっと思われてきた。そういうなかで、一九五八年にエル・キャピタンは初登された。それがクライミングに飛躍的な進歩をもたらし、その後、数多くのクライマーが、さまざまなルートを開拓して頂《いただき》に立った。だが、ドーン・ウォールをフリーで登ることは依然として不可能だと考えられていた。その垂直の壁を心に思い浮かべる者は誰でも、凹凸がほとんどないつるつるの〝近寄りがたい未知なる地帯〟を想像せざるをえなかった。

ぼくは父の影響で、ほかの物事に、あるいは誰かに対して夢中になるずっと前から、クライミングに夢中だった。ドーン・ウォールをフリーで登ることは、ぼくにとって純粋な行為にほかならない。人工的な手段を使わず、自分自身の力で頂上まで登り切ることは、自分自身を、そしてクライミングや人生への愛を最大限に表現する手段なのだ。成功すれば、いやたとえ成功しなくても、それに費やした年月だけではなく、人生のすべてを肯定できる。

難しいピッチ——といってもほとんどのピッチがそうだったが——をトライしているときは、身体よりも心の状態が重要になってくる。ほんのわずかでも迷いが生じると、動きが止まる。次の瞬間、体幹がよれて足が滑り始める。バランスをとろうとして手に力が入りすぎ、大事な指の皮を擦り減らしてしまう。見ている側にとっては一瞬の出来事なので何が起きているのかわからないが、わずかなミスで壁から剥がされ、宙へと放り出される。ときには二〇メートルほど落ちることもあるが、壁の傾斜がありに強いので、どこもぶつけることはない。腰につけているロープが伸びて衝撃を吸収し、安全に落下を止めてくれる。

落ちたあとの数秒間に、さまざまな感情がわき上がってくることがある。いら立ちと悔しさにうなだれ、自分自身のパワーやバランス、持久力に自信をなくす。ただ、たいていの場合はあきれるくらい楽観的だ。人生の中でクライミング以外に、これだけ繰り返し自分を試されることがどれだけあるだろうか。これほどすぐに結果が返ってくる挑戦がほかにどれだけあるだろう。落ちた原因を分析し、ムーブを組み立て直し、再度トライする。**絶対に登れる、自分を信じろ**。不安が和らぎ、思考は平静さを取り戻し、身体と心のコントロールにおのずと集中できるようになる。目の前のホールドと一連のムーブ、そして指先から脳に送られる情報だけしか存在しない。広大な世界は自分の身体の大きさになり、恐怖や痛みといった通常の感覚を頭から締め出す。

クライミングは〝自制心〟のスポーツだ。

ぼくとケヴィンはいつもムーブの話ばかりしている。体勢のわずかな違いや、岩のわずかな皺《しわ》につま先を置く角度、硬貨一枚ほどの薄っぺらいエッジへの指の置き方。一連のムーブ、バランス、力の入れ具合、フットワークの正しい組み合わせ。毎夜、横になってその動きを想像する。正確で完璧な動きを頭と身体に刻み込む。その翌日、体操選手やバレリーナのように、実際の岩で繰り返しムーブを練習する。すると、流れるように登ることができるようになる。魔法にかかったように、すべてがうまくいく。

トライの合間に、ポータレッジに腰かけて縁から足を投げ出し、この執着の旅が始まった七年前を思い出すことがある。壁の中で重いギアや水を荷揚げした数え切れない日々。ときには足の爪が壊死してしまうほどの小さなシューズに足を押し込めた。剃刀《かみそり》のように鋭いエッジを数え切れないほど何度もつかんだために、指先から血が流れ、筋肉が痙攣《けいれん》したこともあった。

よく考えると、この旅はそれよりずっと前から始まっているのかもしれない。

子どものころの最も古い記憶の一つに、吹雪の思い出がある。今と同じように、猛烈な風が吹いていた。姉が六歳、ぼくは三歳でまだおむつを着けている。コロラドの山深い雪洞で、ぼくと姉は一つの羽毛の寝袋に一緒にくるまっていた。天井に吊るした銀白色の小さな懐中電灯をつけると、雪洞の中が青くなる。すぐ横で寝ている父のいびきと重なるように、くぐもった風の音が聞こえてくる。新たに積もった雪で雪洞に閉じ込められないよう、父は数時間ごとに、寝袋から出てスキー・ブーツを履き、雪洞の外で雪をかいてくれた。それが終わると、中に戻って横になり、ぼくたちに腕を回し、ぎゅっと抱き締めてくれた。みんなで身を寄せ合い、ふたたび眠りに落ちた。父といれば、怖いものは何もなかった。

初めてエル・キャピタンに挑戦したときも、父と一緒だった。一九年前の高校生のときだ。あまりの高度感に吐き気がした。足を置くスタンスを見下ろすたびに視線がさまよった。足元のはるか下で、ミニチュアのブロッコリーにしか見えない巨大な木々がぐるぐる回り始め、クライミングどころではなくなってしまった。

こうした時を経て、ようやくわかったことがある。ドーン・ウォールを登るためのトレーニングやムーブのリハーサル、そしてそれを身体に刻み込むことに費やした年月は、強くなるためのものだった。だが、それ以上に〝絶対に登ってみせる〟という強い信念を築くためのものでもあったと思う。

風の勢いが一瞬弱まったので、フライを開けて外の様子をうかがう。眼下の森が月明かりに浮かび上がる。エル・キャップ・メドウには珍しく人の気配はない。倒木の危険があるため、国立公園内の道路は閉鎖されている。横に目をやると、花崗岩の海原が白と金色に刻々と変化している。頭上には無数の星がきらめいている。それを目にするたびに、ぼくは無邪気な感動を覚える。

夜の光景を見つめているうちに、意識だけではなく感情までもがさまよい始める。三〇〇メートル下の取りつきから、五キロほど離れたところにアッパーパイン・キャンプ場がある。近いようで何万光年も離れている気がする。クライミングをするときは、いつもここにヴァンを停める。ヴァンのカーテンやろうそくの明かりを思い浮かべる。妻のベッカが話してくれたことを思い出す。ベッカは一歳半になるフィッツのおでこを親指で優しくなでている。ベッドの周りには動物の本が散らばり、フィッツはぷっくりとした小さな手で、おもちゃのセメントミキサー車をぎゅっと握って顎に当てている。ベッカは子守歌を歌い、フィッツのまぶたが徐々に閉じていく。

何かが気になったのか、フィッツは起き上がって辺りを見回す。「パパはどこ?」ベッカは微笑む。フィッツの頭をなで、力強いけれども優しい声で言う。「パパはエル・キャピタンを登ってるの」

ぼくはこの二人を知るずっと前から、この壁を知っている。

だが、時間の長短とは関係なく、ぼくの二人への愛は、この壁への愛をはるかに上回る。妻と息子への愛は、心の奥深くからわき上がってくるもので、それが本当かどうか確かめたり疑ったりすることはない。二人はぼくにとって当たり前の存在だと思ってはいないが、二人がぼくを守ってくれていることを、言葉では言い表せないさまざまなかたちで感じている。

ポータレッジの外では、風がまた幽霊のようなうめき声を上げ、幸運は長くは続かないのだということを思い出させる。岩の状態は完璧といってもよかった。岩の表面は冬には珍しく完全に乾いていて、不安を感じさせるものはない。ただ、ひとたび雪が降ると、解けたあとに岩が凍りつく。そこに日が当たるとまた解け、恐ろしい氷の塊となって轟音とともに落ちてくる。冗談半分に、ぼくたちはそれを〝未亡人製造機〟と呼んでいる。

激しい突風がまた吹きつけてポータレッジを揺らし、ポータブル・スピーカーから流れているボブ・マーリーの甲高いかすれ声をかき消す。

「大晦日はまだ明日だっていうのに、今夜はパーティーだな」

ケヴィンはスピーカーのボリュームを上げ、ぼくらは音楽に合わせて歌う。ウイスキーを胃に流し込みながら、当たり障りのない楽しい会話を交わす。人生について、人間関係について、訪れてみたい世界中の岩場について。そのうちまぶたが重くなり、意識が遠のいていく。心臓がゆっくりと、力強く鼓動する。まるで愛する人びとからの贈り物であるかのように。

風がようやく弱まり、子守歌のようにぼくを揺らす。明日は晴れて冷え込むらしい。そよ風に揺られながら、大地と〝不可能〟のはざまでぼくは眠りに落ちる。

第1部
PART 1

第1章
CHAPTER 1

カン、カン、カンと金属が花崗岩を打つ音が、家の敷地の崖に一定のリズムで響く。一瞬、シャベルの柄《え》で視界が遮られるが、ぼくはまたシャベルを振り下ろす。振動が五歳の骨を震わせる。火花が散り、わずかに岩が削れ、シャベルの刃がつぶれる。削った石を小さなバケツに入れ、また作業に戻る。一時間後にはバケツがいっぱいになる。ぼくは浅い穴から這い出て、どんどん高くなっていく石の山にバケツの中身を空ける。満ち足りた思いで、わずかに笑みを浮かべ、まぶしく照りつけるコロラドの太陽に目を細める。そしてまた、誰かに見つからないうちに穴に戻る。

中国まで穴を掘る。そう決めたのは、姉のサンディがきっかけだった。その数カ月前、サンディは地球儀をぼくに見せて、ここがコロラド、反対側が中国だと教えてくれた。ぼくは中国までの最短のルートを思い描いた。空が下で地面が上にある世界はどんなふうに見えるのだろう？

最初の数センチは驚くほど順調に掘り進めたが、やがて岩盤にぶつかった。砂や泥をシャベルでかき出していたときはザクザクという音がしていたのに、やがて石を引っかく金属音に変わった。

そのまま作業を続ける。努力が報われる感覚を味わいたいという気持ちがどんどん強くなってくる。だが、なかなか先に掘り進まず、地層が堆積していく速度と五十歩百歩だ。来る日も来る日も、進み具合を確かめては、満足感の泉からわずかばかりの水を口にする。園芸用のシャベルが壊れると、物置をあさって本格的な穴掘り用のシャベルを見つける。やがて、鉱山で使うつるはしも持ち出してみるが、思い切り振り上げなければ使えない。冬の風が吹き荒れ、ロッキー山脈からの雪が舞い始めても、ぼくはウールの帽子をかぶって掘り続ける。

二年以上、掘り続ける。ずっと変わらないのは、シャベルの音とチョークのような土のにおいだけだ。いつか、どうにかして向こうにたどり着くつもりだ。

ぼくはかろうじて、生まれて初めての息を吸い込んだ。母のテリーはぼくの出産で死にかけた。〝人は生まれたときと同じように死んでいく〟と言われているのが正しければ、ぼくはもだえ苦しむ最期を迎えることになるのだろう。それはそれで構わない。人生とはつまり、リスクと見返りのことだ。もがき、挑戦する人生のほうが、何も機会をつかめない人生よりはいい。ぼくはもがいて生まれ、もがいて死ぬことになるのだろう。

母は、一九七五年に姉のサンディを産んだあと、三度流産した。医者は母と父のマイクに、二人目はもう望めないだろうと告げた。だが、両親は〝ずっと穴を掘り続けた〟。二人はさまざまなリスクを考慮に入れたうえで、その結果を受け入れると決断した。

一九七八年の七月半ば、ぼくを身ごもって妊娠後期を迎えた母は、大量出血を起こした。すぐさま病院に担ぎ込まれ、投薬を受けた。出血を止めることはできるが、合併症の危険も高まる薬だった。処置はうまくいき、出血は止まった。母は家に帰ったが、体調のすぐれない日が続いた。

三〇週目に母は産気づいた。医者たちは陣痛を抑制するために、怪しい液体を静脈に投与した。母はそのせいで命を落としかけたが、数日後に回復し、できるだけ安静にして過ごすようにという指示を受けて退院した。だが、そこに至るまでの経過や三歳児の姉の世話を考えると容易なことではなかった。八月十日に母はふたたび産気づいた。意識が朦朧として、血圧が一気に跳ね上がった。翌朝、医師は分娩を促した。

三三週でぼくはこの世に生み落とされた。体重は二キロほどで、まだ肺が完全に機能してはいなかったが、かろうじて生きていた。家族によると、生きているのが不思議なくらいの小さな赤ん坊だったにもかかわらず、大声で泣きながら生まれてきたという。けれども、ぼくの誕生を祝う暇もなく、母体からの出血がひどすぎて、緊急手術が行われた。母にはぼくを産んだときの記憶がないそうだ。ぼくには吸啜《きゅうてつ》反射が見られず、体温を保つこともできなかった。

この子は持ちこたえられないだろう、と医者は何度も思ったそうだ。一〇日間入院したあと、診察に毎日連れてくるという条件付きでぼくは退院した。そしてコロラド州ラブランドで両親に大事に育てられ、どんどん成長していった。三カ月になるころには、体重は三倍になっていた。

いま振り返ると、一九七八年八月のあの暑い日に、やっとの思いで生まれてきたことが、常に歯を食いしばってもがく性格を作ったのではないかと思う。生まれたときから、何か激しいものがぼくの心臓に脈打っていたのかもしれない。あきらめないということは、ぼくにとってごく自然なことになった。あきらめずに、何がなんでも子どもを授かるという両親の思いが、ぼくに命をくれた。

父はそうした出来事についてどう思っていたのかわからないが、ぼくのことを〝ミラクルベイビー〟と呼んでいた。ぼくが生まれたときの状況を思えば、ようやく授かった大事な子どもを過保護に育てていてもおかしくなかったのに、そうはしなかったのが不思議でならない。

ただ、両親が多くの面でぼくのしたいようにさせてくれたことを本当に感謝している。多難な船出だったからといって、子ども時代に影を落とさせることを二人は望まなかった。ほかの多くの子には許されていなかった自主性のようなものを、早いうちから与えてくれた――穴を掘ることもそうだし、小学校の低学年のときには、家から数キロほどの山に一人でキャンプに行かせてくれたこともそうだ。一人だと周りの自然により深く溶け込める気がして、気持ちが落ち着いた。キャンプに一人で行くことについて、両親に何を言われたか覚えていないが、ピーナッツ・バターとジャムを塗ったサンドイッチをいくつも持って、何度も出かけていった。父親のうれしそうな顔や（そもそも最初にキャンプを勧めたのは父だったと思う）、「しかたないわね」という母のあきらめ顔が今でも目に浮かんでくる。

父はカリフォルニアのベイエリアで育った。祖父は陸軍工兵部隊で技師として働いていた。一家はまじめな中流階級で、何よりも教育が第一だった。さらに、父の両親は子どもたちが自立した、たくましい人間になることを望んでいたようだ。カヤックを自分で作り、それに乗って探検をしたという話を父から聞いたことがある。父の両親は、父がさまざまな物事に興味を示すのを見守った。父が作った火薬爆弾や、隣家のガレージから飛ばした手製のロケットのことをどう思っていたのかはわからないが、化学の実験ができるセットを父に買い与えた。戦いのための道具ではなく、もっと生産的なものを作るようになるだろうと思っていたのかもしれない。

父はボーイスカウトの旅行でシエラネバダ山脈のミナレッツに行き、キャンプ場にいたクライマーたちの近くにテントを張った。ボーイスカウトのリーダーは、十三、四歳の少年たちがクライマーという珍種に興味を持つかもしれないと思い、クライマーたちを自分たちのサイトに招いた。キャンプファイアを囲んで、クライマーたちは少年たちにおもしろい話をいっぱい聞かせた。父は興味をかき立てられ、家に帰ってから『山という自由（*The Freedom of the Hills*）』という本を買った。クライミング黎明期のバイブルのような本だ。父はまず手始めに、地元のタマルパイス山で仲間たちと人工登攀《エイドクライミング》をやってみた。すべてはそこから始まった。何かとんでもないことをやったそうだが、多くを語らなかった。ぼくが知っているのは、父と外で一緒に何かしているときにはいつも、父の目に畏怖と大胆さが入り交じった光が浮かんでいたことだけだ。

父は結婚してコロラドに移ったあと、クライミング以外のものにしばらく熱中するようになった。ぼくが生まれる前、父は家のガレージを改装して、ウエイトリフティング用の施設を造り、ボディビルを始めた。ほどなく各地の大会を転戦するようになり、一九七六年にはコロラド、一九八〇年にはアメリカ中部の大会で優勝した。ルー・フェリグノ（テレビドラマの初代『超人ハルク』）やアーノルド・シュワルツェネッガーのような男たちとも競い合った。トレーニングで片腕懸垂を一〇回連続でやることもあった。父は突拍子もないことを思いつくトレーニングの鬼だった。出っ歯でそばかすだらけの二歳のぼくは戸口に立って、父が三五キロのダンベルを何度も持ち上げたり、金属の足かせを付けて鉄棒に逆さまにぶら下がり、しわがれたうなり声を上げながら、逆さ吊り腹筋をやるのをよく眺めていた。汗が垂直の割れ目に沿って、へそから胸に流れていく。ぱんぱんに膨らんだふくらはぎと太もものせいで、短パンと黄色いストライプのチューブソックスは、はち切れんばかりだった。

ぼくはそのすべてに心を奪われた。ぼく自身は『チャールズ・アトラス』の広告に出てくる〝四五キロのやせっぽち〟だった。とはいっても、その記念すべき体重に届いたのも高校に入ってだいぶ経ってからだった。小さいころのこんな記憶がある。ずんぐりとした筋骨たくましい男たち（父の友人たちだ）が、家の敷地をうろうろしている。筋肉がつきすぎたサルのように、ウエイトスタック・マシーンやベンチプレス台やパワーラックにずしずしと突進していく。うなり声や叫び声、二〇キロのプレートがぶつかり合う金属音がコンクリートの壁にこだまする。ダンベルやバーベルを下ろすラックは、廃材と溶接機で父が作ったものだった。

気合いの雄叫びがＲＥＯスピードワゴンの「テイク・イット・オン・ザ・ラン」やクイーンの「ウィー・ウィル・ロック・ユー」をかき消すように響きわたる。

ベンチプレスやスクワットやデッドリフトを終えたあとに、その男たちが腕を曲げて力こぶしを作り、鍛えたいと思っている筋肉をまじまじと見つめているのを眺めるのは、町にひっきりなしにやってくるサーカスを見ているようなものだった。ぼくは、父のやることならなんでもやってみたかった。歩いたり言葉を発したりするようになる前に、ぼくは力こぶを作るポーズをとるようになった。それを見られて大笑いされたり、やんやの喝采を受けたり、ハイタッチを交わしたりすることが、ぼくの線の細さを変えていった。

コミックのキャラクターのような父を持ったことで、ぼくの現実観はややゆがんだものになったと思う。家族のアルバムにこんな写真がある。赤いビキニパンツをはいた父が筋肉をオイルで光らせ、満面の笑みを浮かべている。美容室でパーマをかけた茶色い縮れた髪型で、獣さながらのポーズをとっている。その写真の横に、二歳のぼくの写真が貼ってある。父と同じように膝にサポーターを着けて、背中にダンベルを担いでスクワットをしている

父親をまねしない子どもなどいない。現実の世界で父親がヒーローを演じているのだからなおさらだ。ぼくが幼いときから、父はさまざまなかたちでぼくの背中を押してくれた。ぼくの家では、プレゼントというものは、なんの努力もしないでもらえるものではなかった。それにはいろいろな条件が付いていた。ぼくが三歳のとき、スパイダーマンの凧《たこ》をプレゼントされたのだが、初飛行は岩山のてっぺんで行うというのが必須条件だった。

ボディビルは家族で楽しむようなものではなかったので、週末にはいつもクライミングやスキーに出かけた。ラブランドの自宅から車で一時間ほどの場所にあるエステス・パークの東端に、灰色の花崗岩

の岩峰が何本もそそり立っている。小さなボルダーから、高さ二五〇メートルほどの壁まである。ぼくたちは三〇分ほど坂道を登り、〝ツイン・アウルズ（二羽のフクロウ）〟という岩場の基部に着いた。この名前は、九〇メートルの花崗岩が、二羽のフクロウがぴたりと寄り添っているように見えることに由来している。父は自分で作ったフルハーネス――シートベルトを身体にぐるぐると巻きつけたようなもの――をぼくにはかせた。クライミングシューズは、ハイキングブーツのソールを剥がして粘着性のあるクライミング用の靴底《ソール》を貼り付けたものだった。登るルートはコウモリの糞が堆積した汚いチムニーで、〈バウエルズ・オブ・アウルズ（フクロウの腸《はらわた》）〉と呼ばれている。

暗く深い洞穴が、壁の取りつきから奥へと続いていた。暗い中をただ登っていくだけではつまらないと父は思ったのか、「ピューマが棲みついているかもしれないから、棒を持っていくんだ。襲ってきたら、それで目をつけ」と言って歩き出した。そのとき壁中にこだました父の大きな笑い声は、今でも忘れない。

ロープを腰につけ、父がトップで登っていった。三〇メートルほどのところで終了点《アンカー》を作り、次に登る姉を確保した。ぼくは最後だったが、あまりに難しかったので、ロープで引っ張り上げられる格好になった。腕や脚が何度も岩にぶつかり、膝が擦りむけた。そのあいだ、父はずっとぼくを励ましてくれた。最後に母が登り、岩のてっぺんまでそれを繰り返した。

頂に着くと、三六〇度の大空が広がり、はるか下には町や渓谷が見渡せた。ぼくたちは、その場で凧を揚げ、それが風に踊るのを見て一斉に歓声を上げた。そのときが、ぼくの初めてのロープクライミングで、両親にとってぼくがクライマーになった瞬間だった。でも、ぼく自身はそうは思ってはいなかった。楽しいことをやって、それを両親が喜んでいるだけで、ぼくにとっては十分だった。

ほかには、ワイオミング州のビデブーに家族でクライミングに行ったことがある。ぼくが四歳のときだったと思う。いくつもの岩峰がそそり立っていることで有名な場所で、キャンプ場のすぐ脇にも岩峰がある。ぼくたちがキャンプ場に着いたのは夜だったが、車のヘッドライトの先でティーン・エイジャーらしき若者数人が、風に揺れる草のようにざわついていた。車を降りると、彼らが岩の上を指さしている。声が震えているのがわかる。壁を登っていた仲間が墜落して、岩棚《レッジ》に叩きつけられたというのだ。けがをした少年は、頂から一〇メートルほど下のレッジに放心状態で座っていた。

父がすぐさま行動を起こした。父の車にはクライミング・ギアがたくさん積んであったが、父は一刻を争うと判断し、フリーソロで登り始めた。ロープをつけてはいたが、途中にプロテクションは一切とらなかった。スパイダーマンのようにするすると岩壁を登っていく。ぼくとサンディと母は、闇の中で父を見上げていた。父が暗闇の中をどんどん登っていくにつれ、ぼくの肩に置かれた母の手に力が入っていく。登り始めてからほんの数秒しか経っていないと思える早業で、父は少年を連れて地上に戻ってきた。その少年は震えて立つのもやっとのようで、父に身体を支えられていた。少年たちは、口々に信じられない、すごい、ありがとうと連呼し、ハグしてきた。父は大したことじゃないと言わんばかりに手を振ってその場から離れ、テントを張った。ぼくはテントの中で寝袋にもぐり込んだ。父はどんなミスも犯さない、父がいれば何も心配はいらない、という安心感に包まれて眠りについた。

父が規格外の度量と粘り強さを持ち合わせたスーパー・ヒーローだったとすると、小柄で華奢な母は典型的な〝壁の花〟〔パーティーなどで片隅にじっとしている女性〕で、物静かで優しげな聖人のような雰囲気を漂わせていた。見た目は図書館の司書のようで、大きな分厚いレンズの金縁眼鏡のせいで、温かい目がいっそう大きく見えた。母は人の世話を焼くのが性分になっていた。カリフォルニア州パサデナに住んでいた八歳のころ、祖母が重い病にかかり、何年も寝たきりになった。祖父は朝から晩まで働きづめで、女はこうあるべきという伝統的な六〇年代の考え方の持ち主だったため、母はおむつを替えたり、祖父や三人の弟のために料理を作ったりして子ども時代を過ごし、どうやって遊んだらいいのかわからないまま大人になった。

母はそんな子ども時代を過ごしてきたこともあって、父と一緒になったのかもしれない。不釣り合いなカップルだったけれども、深く愛し合っているのはよくわかった。母がいらいらして家の中を歩き回っていると、父が現れて母を抱き締め、身体をさすったりキスをしたりする。すると母は笑い出し、姉は不満を訴えて泣きべそをかく。ときには、母への愛情表現は、ぼくたち子どもへの残酷な仕打ちとなった。父の茶目っ気たっぷりな笑い声が母のしかめ面を吹き飛ばし、一方で、母の私心のなさが父のプライドが開けた穴を埋めていた。

二人はカリフォルニア大学バークレー校で出会った。入学した一九六八年当時、大学では反戦運動や反体制運動が盛んだった。ラブ&ピース一色で、ヒッピーが唱える〝フラワーパワー〟の絶頂期だった。人生において何か意義のあることをしなくては、という意識が二人に植えつけられた。人間というものに対する父の楽観的な見方もそこで育まれた。すべてのものがそれ自体で美しく、自然がわれわれの人生を変え、精神を勇気づけてくれるという考え方だ。不思議なことに、サイケデリックな六〇年代に青春を迎えたというのに、両親はその当時もそれ以降も、麻薬には一切手を出さなかった。そのことも二人が惹かれ合う一因になったのかもしれない。

結婚した当初は母が生活を支えていたということを、ぼくはずっと後になって知った。父は何に対しても向上心はあったのだが、やりたいことが多すぎた。教師になりたかったにもかかわらず、それに向けてきちんと仕事を探すという能力に欠けていた。そのころの父はクライミング・コミュニティにすっかりはまっていた、と母は言う。物質主義や、それまでの伝統的な生活を否定するカウンターカルチャーに傾倒していたのだ。クライミングを愛し、おのれの限界に挑戦するヒッピーを思い描いてみてほしい。ヒッピーたちは、ほかの無鉄砲な少年たちと同じようにドラッグにのめり込んだ。だが、父はアスリートとしての経験から——父はもともと体操選手だった——自分の肉体という聖域を穢したくなかった。

父は何をするにも自分で物事を決めないといけないと信じている人だった。でも母は、父が本当に教師としてやっていく気があるのなら、自分がひと役買う必要があると感じていた。父に悟られないようにそっと父の背中を押して、一緒に仕事を探し始めた。そして、ラブランドでの職を見つけ、ロッキー山脈の麓に移り住むことになった。

ぼくが生まれたころには、母は、生活のことを考え、切り盛りしていくことに、疲れ果ててしまっていた。そのことで母を責めることはできない。ぼくは人生の最初の数年をコロラド州の被後見人たちと一緒に暮らした。母は、さまざまな年齢の子どもたちが一時的に暮らしていた二四時間のケアセンターを自宅で営んでいて、四六時中、泥だらけの子どもを追いかけて捕まえたり、片手で赤ん坊をあやしながら、もう片方の手で小さなサッカーボールを籠に投げ入れていた。古い写真には、だぼだぼのスウェットパンツ姿で、ほつれた裾を引きずって家の緑のじゅうたんを歩く疲れ切った母が写っている。母は〝行動障害〟(当時のぼくはその言葉を知らなかった)に当たる子どもたちを何人も預かっていたらしい。子どもたちはわんぱく盛りで、よく感情を爆発させていたので、ぼくの内なる地震計がしょっちゅう反応していた。

当時、ぼくが穴掘りばかりしていたのも、そんな騒々しい自分の家から離れたかったからなのかもしれない。父がトレーニングに多くの時間を割いていたのも同じ理由だろう。

ぼくが成長して現実を目の当たりにするにつれ、父に対して抱いていたヒーロー像は少しずつ崩れていった。父が無邪気に筋肉を誇示している古い写真を見ると、そのころはまだステロイドの有害な副作用が知られていなかったとわかる。当時のボディビルダーは、かかりつけ医からステロイドを処方されていた。父が怒ったり暴力を振るったりしたところを見た覚えはないけれども、記憶をたどっていくと、廊下の壁に拳大の穴が開いていたことがある。まるで『ハイライト』誌の〝間違い探し〟の絵を見ているようだった。父に対して持っていたきらびやかなイメージのせいで、ぼくは盲目になっていたのかもしれない。というのも、当時のぼくは、父のそうした所業（とはいっても、そうめったにあることではなかったが）を瞬時に記憶から消し去っていたからだ。

振り返ってみると、何一つ嫌なことがないと思っていた少年時代の思い出を損ねる出来事もなくはなかった。ぼくが四歳でサンディが六歳のときのことだ。父はぼくたち家族をクロスカントリースキーに連れていった。太陽は出ていたけれども風が強く、竜巻のように巻き上がった雪が頬や鼻に当たり、目に涙がにじんだ。ほとんどの人が家の中に引きこもっているときに外にいると、自分たちが特別な存在になった気がした（父はそれと同じことを何度も言って、冒険のすばらしさを熱く語った）。ぼくがみんなから遅れ始めたとき、突然、スキーが後ろ向きに滑り出した。ぼくは斜面を少し滑っていき、小川が流れる狭い谷に落ちてしまった。小川の両岸には氷が張っていた。スキーが氷の端に引っかかり、気づくと身体が逆さまになっていた。頭から一〇センチほどのところを、凍てつくような川の水が勢いよく流れていた。

水や土手のにおいがした。血が頭に上り、脈が速くなって、視界がちかちかする。恐怖を感じると同時に恥ずかしさが襲ってくる。泣き叫んで助けを呼ぶべきか迷った。そのときぼくは、スキーを支えている氷がいつまで耐えてくれるのだろうと考えていた。

どのくらいのあいだ逆さまになっていたのかわからないが、やがて両親が見つけてくれた。二人は代わる代わるぼくを抱き締めた。初めのうちは、泣かなかったぼくを誇らしく思う表情が父の顔に浮かんでいたが、すぐに不穏なものに変わった。母に対する怒りが爆発したのだ。最後尾を歩いているはずだった母がしっかりぼくの後ろにいれば、こんな事態は避けられた。なぜ自分の言うことを守らない？なぜ言われたことができないのか？

母は黙り込んでいた。ぼくたちは立ち尽くしたまま、自分たちの吐く白い息に包まれた。父がぼくを背負い、ポールを脇に抱えて滑っていく。ぼくらは白銀の中の小さな点になり、薄暮の中に消えていった。母はサンディを見つめ、トレイルの入口のほうへ残念そうに目をやった。やがて向き直ると、父とぼくの姿が消えた方向にこくりとうなずいた——ぬくもりと安息と安全から遠く離れた方向に。二人は風で消えかけた父のシュプールを追った。母は姉に目を配りながら、きちんと最後尾を進んでいった。

今になって思えば、父はこの一件に不安を感じていたのだと思う。サンディにもぼくにも自分自身にも怒りをぶつけることができず、その矛先を母に向けた。たしかに、父はそのような場所にぼくたちを連れていったことでぼくを危険にさらすことになったが、同時に、父がとても大切にしている〝活動的な生き方〟までもが否定される寸前だったのだろう。ぼくが斜面を滑って川に落ちたように、物事が少しでも予期せぬ方向に転がっていたら、父のその後の生き方そのものが変わっていたに違いない。そんなぎりぎりの状況だったので、父の方針にぼくたちを従わせる必要があり、家族のみんながそれぞれの役割を果たすことが求められた。ぼくは自ら進んで父に従った。

父マイク・コールドウェルはいくつもの顔をもつ人だった。あるときは教師でもありコーチでもあった。ときには狂信的な人間にもなり、精力的で冒険的な活動のメシアにもなった。けれどもぼくは、父が与えてくれた子ども時代にとても感謝している。ぼくはいつも、外洋の海賊や広大な土地の開拓者になった気分だった。父という完璧な伴走者を得て、自分の世界に没頭した。大人の世界につぶされがちな夢をぼくは見ることができた。父の肩は広く、ぼくたち二人の夢をしっかりと支えてくれた。父が磁力のような自分の魅力に人を引き込むとしたら、その人を傷つけるためではなく、手を貸すためだった。

穴掘りをしていた一九八二年から八五年のことを思い出すたび、周りの大人たちに訊かれたことを考える。どうして同じ歳の子どもが夢中になっていることをやらないの？　どうして遊園地に行かないで、一人でキャンプに行くの？　どうしてテレビの前に座り込んで「セサミストリート」や子どもが見る番組を見ないの？　どうしてクレヨンの代わりにスコップを握っているの？　もちろん、そうした経験があるからこそ今のぼくがあるわけだが、あとで姉のサンディが、ぼくたちはいつも家族だけで過ごしているとこぼしたことがある。ぼくはそんなふうには感じていなかったが、サンディは違ったようだ。それもあって、ぼくが成長するにつれ、家族四人は二人ずつのペア――父とぼく、母とサンディ――に分かれていった。いったい何が家族を分けたのだろう？

ほかの人と同じように、ぼくも両親それぞれの資質を引き継いでいるが、ぼくは父よりも口数が少なく、内に秘めた情熱と集中力がある。同じ年の子どもに比べて背が低く、自分でも嫌になるほど内気だったが、そこそこ幸せな日々を過ごしていた。教会に通い、一時間ほどの日曜学校の授業のあいだ、誰とも話さずに隅を向いてじっとしていた。自分だけの世界に住んでいて、単純な作業にも興味を示した。穴掘りのほかにも、裏庭の果樹園を微動だにせず一〇時間も一人で見つめていた。おもちゃの四輪車に、こぼれ落ちるほどのミミズを積んだこともある。また、雑誌を一ページずつ、三センチほどの三角形に切り刻み、紙袋がぱんぱんになるまでその紙吹雪を詰め込んだ。そんなぼくのことを、かなり変わった子どもだと思っていた人もいたと思う。

もしかすると、一九八二年に起こったある出来事が、ぼくの人生を変えたと言えるかもしれない。その出来事のおかげで、ぼくは〝筋肉フェチ〟にならずに済んだのだ。体操の授業で、父が生徒の鉄棒の補助をしていたときのことだ。父は、鉄棒から落ちた生徒を受け止めたときに、二頭筋の腱を断裂した。このけが元で、父のボディビルダーとしてのキャリアは終わった。その後、父は若いころに熱中していたロッククライミングにふたたび関心を寄せるようになった。一般に思われているのと違って、クライミングは筋肉が発達しているからといって上達するスポーツではない。指の力と体幹の強さ、バランス、精神力、そして技術のほうが筋力よりもずっと重要になってくる。例のごとく、父は手を抜かず徹底的にクライミングに取り組んだ。そしてぼくも一緒に連れていかれた。クライミングやアウトドアが生活そのものに、そして二人の生きがいになった。そこで、ぼくら家族は山麓の町、エステス・パークに引っ越して、家を買った。敷地には一〇メートルほどの崖がある。夏のあいだ父は、コロラド・マウンテン・スクール（ＣＭＳ）でガイドの仕事をした。登山やクライミングや野外活動を通じて、ぼくのおとなしい性格を変えたいという思いだったのかもしれない。

ほかの子どもたちは、週末にゲームをしたり「チャッキー・チーズ」〔子ども向けのゲームセンターとピザレストランが合体したチェーン店〕で誕生日パーティーを開いてもらったりしていたが、マイク・コールドウェルの息子たるもの、Ｔボールは男のやるものじゃない、水泳は洪水に遭ったときに役立つ、不時の露営《ビバーク》のない冒険なんて冒険じゃない、と父に教えられた。家族旅行では、ハイキングやキャンプをするだけでなく、山の頂まで登り、雪洞で眠った。

ぼくの家では、一つの物事に徹することこそ価値のあるものだとされ、その考えが育まれた。ほかの子は家の手伝いをして小遣いをもらっているのに対して、うちでは、ぼくが四歳のときにトレーニングの点数制度が導入された。腹筋を一〇〇回やるか、家の近所を走って一周するか、腕立て伏せを三〇回するかしたら一点もらえる。その一点は一〇セントとしても使用できた。しばらくすると、ぼくはそれでバックパックやモトクロス用の自転車、そしてクライミング・シューズを買えるようになった。さらに、あるレベルに達するとボーナスが出た。初めて懸垂を二〇回連続してできたときは、ホイップクリームとサクランボを載せた特大のワッフルコーン・アイスを買ってもらった。初めて五キロを完走できたときには、父のオートバイの後ろに乗せてもらった。

ぼくにとっては、お金や賞品よりも、父に認めてもらいたいという気持ちが強かった。ぼくがどんなことをしていようと、母がぼくを愛してくれていることはわかっていた。でも、父が友人にぼくがどれだけ進歩したか鼻高々に話しているのを聞いていると、父にもっと認めてもらいたいという気になった。最初のころは、トレーニングをすると脚が焼けるような感じがして、痛みに耐えきれずに赤くなるまで引っかいた。そのうちに慣れてきて、焼けるような感覚はなくなった。当時は、乳酸とかランナーズハイといった言葉は知らなかったけれど、トレーニングをしていると気分が高揚することをほどなく知った。

父がそのとき何を考えていたのかを、完全に理解できる日がくるかはわからない。自尊心や虚勢のために仲間うちで目立ちたかったのだろうか。あるいは、ぼくに何か特別なものを得てほしいという一心だったのだろうか。大変な思いをして生まれ、未熟児だったぼくのハンディを補うような何か特別なものを与えたかったのだろうか。幼稚園に入るころには、ぼくはその歳ごろでは珍しいほどの体力がついていた。けれどもまだ身体は貧弱で、母の感受性の強さも受け継いでいた。

母はぼくに、普通の子どもがやるようなことをやってほしがっていたと思う。自分の殻を破るためには、社交性が必要なチームスポーツがよいと思っているようだった。ある日の午後、子ども用の野球グラウンドに初めて立ったぼくは、コーチからボールを渡されて、キャッチボールをするよう指示された。チームメイトからの最初の一球を受けようとして、ぼくは顔の前にグラブを構え、パレードの乗り物に乗って雑踏に手を振るしぐささながらにグラブを振った。ボールが向かってくる位置がぼんやりとしかわからず、気づくと診察室のベッドで横になり電灯を見つめていた。医者の顔が現れ、鉗子《かんし》の先端にきらきらする針が挟まれていた。野球のボールにも縫い目があるが、眼窩骨の一二針の手術痕と、腫れ上がった右目はまさにボールそのものだった。

もちろん、ぼくはそれであきらめたりしなかった。ライトという煉獄に突き落とされはしたけれども、プレーを続けた。できることなら、ラバーの滑り止めがついた靴底でライトに穴を掘って、羞恥心ごともぐり込んでしまいたかった。ほかのチームメイトにとくに冷たくされたわけではないけれども、ぼくの下手さ加減を哀れんでいるのはひと目でわかった。

けがをしてよかったことの一つは、ぼくの苦手な分野がわかったことだ。ぼくは目と手を連携させることが苦手で、眼科に通ったほどだ。当時のぼくは、牛乳瓶の底のような眼鏡をかけていて、もともと突っ立っていた耳がさらに突き出ている。とくに恥ずかしかったのは、毎日、読み書きの補習教室に無理やり行かされたことだった。

両親はぼくに出生時のハンデを乗り越えさせようしたが、父と母が二人で協力し合うこともあれば、違う方向のことをさせることもあった。ぼくは野球チームに参加するだけでなく、父の冒険にもついていかなくてはならなかった。両親のやらせたいことの中間にあったのがレスリングだったと思う。

レスリングはチームスポーツだ。個人の試合の結果がチーム全体の勝ち負けを左右する。と同時に、一人ひとりの闘いでもある。

五歳でジュニアのレスリングチームに入ったときには、ぼくはほかの子たちよりも、いやコーチよりも速く走れるようになり、懸垂や腕立て伏せも多くできた。その年齢では技術的なものよりも、体力がものを言った。初めての大会の最初の試合で、やせっぽちのぼくは、青いだぶだぶの子ども用レスリングウェアを着て、頭のサイズよりはるかに大きなヘッドギアを着けてマットに上がった。ホイッスルが鳴ると、ぼくは身をかがめてタックルし、ハーフネルソンという首技を決めて、わずか二〇秒で相手を押さえ込んだ。審判がマットを叩くと、呆然とした対戦相手が立ち上がって、ぼくと握手をした。その子が泣いているのを見て、ぼくは胃が痛くなり、ひどいことをした気分になった。そのシーズンは、対戦相手が泣き出すと（子どものレスリングではよくあることだった）、ぼくは相手に勝たせてやった。

父は、そうした結果にいら立っていたと思うけれども、ぼくが負けた理由も知っていた。あまりにも人に優しすぎて、この世が生きづらくなるのではないかと父は心配していたに違いない。母もぼくが負けた理由を知っていて、ぼくのしたことを肯定してくれていた、と思いたい。

両親がぼくに競って与えようとしてくれていたものと、ぼくが関心を持つものは必ずしも同じではなかった。教師の仕事が休みになる夏のあいだ、父は山岳ガイドとして働いていたので、数日、ときには数週間ほど家を留守にすることがあった。そのため、サンディとぼくは、大半の時間を母と過ごすことになった。母は縫い物が好きだった。ぼくは母が裁縫をするのを見て、やり方を教えてもらい、しばらくすると針仕事がかなり得意になった。ぬいぐるみを作るのが好きで、とくにクマのぬいぐるみをよく作った。布を裁ったり、ぬいぐるみに詰め物を入れたりして何時間も過ごした。それを見守っていた母が、上手だと褒めてくれた。

父が家に帰ってくると、ぼくは作ったものを父に見せた。すると父は、とってつけたような感心を示し、有刺鉄線のような薄笑いを浮かべた。父が失望しているのがわかった。父が母に向けたまなざしは、喪失の悲しい物語を語っているかのようだった。母はその視線をしばらく受け止めたあと、目をそらして、雑誌をめくったり裁縫箱から何かを探すふりをした。ぼくは胃がひっくり返り、口がからからになった。歯を食いしばって、背を丸め、縮こまりながら裁縫道具を片づけた。父の視線に身体を切り刻まれ、小さな三角の紙吹雪にされて、吹き飛ばされるような気がした。

ほかの興味のあることが犠牲になったにしても、ぼくがクライマーになるよう父が仕向けてくれたことは、父からの贈り物だった。良かれと思ってやった子育てでも裏目に出てしまうのはよくあることだが、例の点数制や、ぼくをいろいろな山へ連れていったことは、最高の子育てになっていたと思う。父は、自分自身が最も愛したものを、ぼくに深く理解させることができた。そしてその過程で、現代の親たちの多くが悩んでいる問題——子どもにやる気を起こさせるにはどうしたらいいのかという問題——に何十年も先駆けて答えた。父とぼくの場合、その答えとは、ご褒美とちょっとしたつらい経験の組み合わせだった。

夏になると、家族全員で車に乗り込み、遠くまでクライミングに出かけた。サンディとぼくには、とくにお気に入りの場所があった。スティーヴン・スピルバーグの名作『未知との遭遇』でおなじみの場所だ。ぼくたちは両親をひっきりなしにせっついて、そこに連れていってもらった。そのデヴィルズ・タワーという場所が、アメリカでも指折りのクライミング・エリアだとはそのときは知らなかった。

デヴィルズ・タワーは、ワイオミング州北東部のなだらかな草原に円柱のようにそびえ立つ三五〇〇メートルほどの岩峰だ。ぼくたちはテントを設営し、母は折り畳みの椅子に寝そべりながら、ジェイムズ・ミッチェナーの小説を読んだ。姉とぼくは、バックパックを背負って父のあとにつき、ポンデローサパインが茂り、ガラガラヘビの棲む巨岩のあいだを縫ってトレイルを登った。壁の基部に着くと、父がぼくたちの装備をチェックした。ぼくたちが登るのは、デヴィルズ・タワーでも最も簡単なルートだった。クラックやチムニーが続くので、父ならロープなしでも登れたが、父はこれが遊びではないことを念押しした。口調が教師のそれに変わったので、ぼくたちは真剣に耳を傾けた。

「いいか、必ず互いの結び目をチェックしろ。セルフビレイは常に二カ所以上取るように。足はクラックに突っ込むだけではだめだ。足の親指が上になるようにして入れてからひねるんだ。そうすれば、足が引っかかることはない。手はクラックに入れたら、ピーナッツを手のひらいっぱいにつかむような感じで膨らませる。幅が広くなってきたら、V字に膨らんでいる場所を探してそこに拳を押し込め。体力を消耗しないように、できるだけ高いところにジャミングを決めるんだ」

リスクと無鉄砲とはまったく別のものだ、とぼくは早いうちから学んだ。ぼくも姉も、スリルを楽しむ性格やアドレナリン中毒にはならなかった。クライミングとは、刺激的で潜在的な危険をはらむ場所であっても、想像力と注意力と技術を使って（父の沈着冷静な監督のもと）安全に登ることだからだ。

ぼくたちは、デヴィルズ・タワーを登り切るのにまる一日かかった。粒子の粗い岩で腕や背中を擦りむきながら、クラックやチムニーをよじ登った。吹き抜けるワイオミングの風は心地よく、広大な空間が広がっていた。その興奮に身体の痛みとそこに至るまでの苦労が消し飛んだ。頂に着くと、父がバックパックから取り出したサンドイッチを三人で頬張った。

ぼくたちは登ってきたルートを慎重に懸垂下降し、トレイルを歩いて車まで戻った。ぼくの背筋は少しだけ伸びていた気がする。六歳のときの達成感が、のちのちまで残るようなことはそうはないだろう。このタワーを訪れる人のほとんどは、一生涯、タワーの上まで登る機会はないだろうということをぼくは知っていた。ぼくたちは、クライミング・ギアをぶら下げたスリングを肩にかけ、ロープを背中にくくり付けて、駐車場の近くまで戻ってきた。そのとき、一人の男性がぼくたちを呼び止めて、どこまで登ってきたのかと尋ねた。「頂上までです」ぼくは胸を張って答えた。男性は「すごいじゃないか」

と言わんばかりに目を大きく見開いて去っていった。

　そのときと同様に、七歳で初めて訪れたヨセミテも、強烈な印象をぼくに残した。ぼくたちは緑のカーゴヴァンに乗って、コロラドの家から二〇時間ひた走った。うだるような暑さのユタ州やネバダ州の砂漠を通り、氷河が削り出した伝説的な渓谷に到着した。岩壁が、空に向かっていくつもそそり立っている。ぼくがそれまでに見たどんなものよりも、いや、思い描いていたものよりもはるかに大きかった。

　ぼくはヨセミテの何もかもが好きになった。子どもたちが自転車で走り回る煙っぽいキャンプ場や蚊の多い草原、恐竜が歩き回っていたのではないかと思えるほど古いセコイアの大木やヒマラヤスギの林。サンディとぼくは毎日のように、ゴムボートに乗ってマーセド川を下り、周囲に大量の霧を作り出す滝の爆音に耳を傾けた。ぼくたちは父が岩壁を登るのを眺め、友人のクライマーに囲まれて父が語る話に耳を澄ました。みすぼらしい格好をしたクライマーたちは、ぼくのヒーローだった。彼らの情熱や意思ははっきりしていて、子どものぼくにもそれは伝わってきた。そのころには、頭にバンダナを巻いて、二頭筋の盛り上がっている父こそが、ぼくが将来なりたい理想像になっていた。

　ある夏の日に、最も高度感を味わえるルートの一つに父が連れていってくれた。ぼくたち家族は、バックパックにロープを入れて、アッパー・ヨセミテ・フォールの落ち口まで数時間かけて登った。ヨセミテ・フォールは北米で最も落差のある滝で、滝の落ち口から谷底まで水が空中をなだれ落ちていく。滝のすぐ横には、垂直の岩壁を穿《うが》つV字形の裂け目があり、その鞍部《コル》から天に向かってそびえている花崗岩の尖塔がロストアロー・スパイアだ。指の形をしたこの岩峰は九〇メートルほどの高さなのだが、めまいがするほどの高度感がある。切り立った岩壁の頂付近に屹立しているので、谷底からはおよそ九〇〇メートルもの高さになるからだ。宙にぽつんと浮いているように見える島の形をした岩峰は、ヨセミテのなかでもアプローチしやすい壁の一つだ。

父の親友でもありクライミング・パートナーでもあるランディ・ファリスが同行して、ぼくが安全に登れるようチェックしてくれた。ぼくたちはロープを結び、ロストアローの取りつきのコルに降り、数時間かけて頂まで登り返した。

荷物を運ぶ役目を果たしてくれた姉と母は壁の縁に腰かけ、シエラネバダの太陽と風を感じながら、ぼくたちが登るのを眺めていた。

ロストアローを登っているとき、真下をヘリコプターが飛んでいき、その回転翼が見えた。そんな位置からヘリコプターを見下ろせるなんて、そうはない経験だと思った。頂に着くと、腰につけたロープを引き上げた。ロープのもう片方の端は、ぼくたちが降りた壁の縁にしっかりと結びつけてある。ロープをどんどんたぐっていくと、ロストアローの頂から反対側の壁まで、即席のジップ・ライン〔水平にピンと渡されたロープ〕が完成した。父とランディは魔法のような手際のよさでロープを固定し、そこを渡っていくやり方を再確認した。ぼくが自分の身体にロープをつなぐと、さらにもう一度確認をした。

ぼくは足元の裂け目をのぞき込んだ。下に見えるのはロープと谷底だけだった。「最高だ」とぼくは思った。けがをするような危ない場所に父がぼくを連れてくるわけがない。ぼくは空中へと踏み出した。その数分後、壮大なチロリアン・ブリッジをやり遂げ、スタート地点に戻った。全速力で丘に駆け登ったときのように、興奮で胃がむずむずした。

ぼくは父がいるほうを振り返った。父はほほ笑んで親指を立てた。ぼくは穴掘りをしていたときのような充実感と達成感に包まれた。けれども今回は、人目から逃れたいとは思わなかった。父にうなずき返し、ぼくも親指を立てた。

このヨセミテこそ、ぼくがいるべき場所だと感じた。ぼくにぴったりの場所だと。

第2章 CHAPTER 2

髪がぼさぼさの、白い口ひげを生やした太鼓腹の男が、家の居間のシャグカーペットに立っている。男の後ろのオークの黒い本棚には、父のクライミング関係の色あせた本がぎっしり詰まっている。本棚の木の枠が額縁になって、その男が壁に祭られているようにも見える。男は、自分の顔と同じくらいしわくちゃのシーツの横に立っている。シーツには、低く垂れ込めた厚い雲の中から姿を現すエル・キャピタンがうっすらと写し出されている。ぼくは五歳で、スーパーマンのパジャマを着ている。夏のあいだ、ずっと同じパジャマを着ていたので、膝に穴が開いている。部屋の中では、薄汚れた服の男たちが、ビールを片手に大声で笑っている。声が大きすぎて、騒音にしか聞こえない。母がいつも面倒を見ている子どもたちを、そのまま成人にしたような男たちだ。母の姿はない。キッチンで飲み物やつまみの用意をしているのだろう。

父は大きな笑みを浮かべて部屋を歩き回る。ある男の肩に腕を回し、ほかの男の腕をつかむ。一人が何かを言い、父は頭をのけぞらせて大声で笑う。もう一人の男も身体を折り曲げるようにして笑い、両膝に手をついておもむろに首を振る。

ぼくは、そういう男たちのそばにいるのがうれしくて、何本もの脚の森を縫うように歩き回っる。気をつけてはいるけれど、誰かの脚にぶつかってしまう。顔を上げると、相手がこちらを見下ろしている。ぼくはにこりと笑ったが、男は面食らったように驚いている。ぼくが逃げるようにしてその場を離れようとした瞬間、身体が宙に浮く。誰かがぼくの脇をつかんで抱き上げたのだ。ぼくは身をよじって笑う。床に下ろされると、また逃げ出そうとする。大笑いしていたひげの男がぼくを捕まえて言う。「ぼうず、降参するか?」

部屋の入口にいる例のぼさぼさ頭の男がグラスを口元に近づけ、中身を一気に胃に流し込み、空になったグラスをテーブルに置く。ビールのにおいと男たちの体臭が辺りに充満している。

「そろそろこのくそ面倒くさいスライド……いや、スライドショーを始めるぞ」男が大声で言う。それでもしばらくは男たちの笑い声は収まらなかったが、父が何度か声を上げたあと、ようやくスライドショーが始まる。

両親のほかにも、ぼくが子どものころに影響を受けた人は何人もいた。一九八三年のその晩、ある伝説的なクライマーが数々の途方もない冒険について話をするのを聞きに、父のクライミング仲間がぼくの家に集まった。

ぼくはそのとき、ウォレン・ハーディングの目に吸い込まれそうになったことを覚えている。充血し、野性的で、秘密を抱えているような目。危険な冒険をくぐり抜けてきてもなお、驚きと喜びに大きく見開かれている目。顔は皺だらけで、真っ赤な鼻が顔の真ん中に鎮座している。初めのうちは、酒が回っていなかったのか、まじめな話をしていたが、やがて女遊びや酒の武勇伝、何も知らない若いクライマーたちを何週間もかけて、エル・キャピタンの頂まで引っ張り上げたという話がとめどなく続いた。「クライミングってのはな、洗練された狂気なんだよ」。ハーディングはぶっきらぼうに振る舞っていたけれども、紛れもなく純粋な人間で、どのクライマーにとってもヒーローだった。ぼくは目を大きく見開いて、笑いながらハーディングの話を聞いた。父も相好を崩しながら、うんうんうなずいていたのを覚えている。

のちにぼくは、本格的にクライミングをやるようになったとき、このひげ面で太った男が成し遂げてきたことについていろいろな本を読んだり、人から話を聞いたりした。一九五八年、ハーディングはエル・キャピタンを登った最初の人物になった。体力だけではなく、信念と不屈の精神によって頂にたどり着き、クライミングをそれまでとは別の次元に引き上げた。当時、エル・キャピタンを登ることは不可能だと考えられていた。あまりに急峻なうえに手がかりもなく、そしてあまりに巨大だった。ハーディングと同時代のパイオニアで、最大のライバルだったロイヤル・ロビンスはこう言っている。「最初のうちは、エル・キャピタンのことは知ってはいたが関心はなかった。いうなれば〝絶望的な壁〟だったからだ。誰もクライミングの対象として見てはいなかった。自分たちの想像をはるかに超えていた」

ハーディングにとっては――おそらく彼だけにとっては――エル・キャピタンは〝絶望的〟ではなかった。ハーディングはエル・キャピタンを攻略するのに二シーズンかけた。壁の取りつきから、気の遠くなるような時間をかけて到達した地点までロープを固定し、それを使って道具を何度も運び上げ、形や大きさの異なる金属のスクラップで作ったピトンを叩き込んだ。ストーヴの脚を切り取ったものを幅の広いクラックに突っ込んだのは有名な話だ。クラックのない部分では、ボルトやリベットを手で打ち込んだ。何人ものパートナーが脱落していったが、ハーディングはあきらめなかった。彼の存在が揺るぎないものになったのは、夜を徹し、手がかり一つない花崗岩に一七時間ぶっ続けで二八本のボルトを立て続けに打ち込んでボルトラダー(はしご)を作り、頂上に立った瞬間だった。

当時のクライミング技術からすると無理もないことだが、ハーディングは壁の大部分をエイドで登った。エイドクライミングは人工登攀と呼ばれ、道具を使って前進することを指す。一方、フリークライミングでは、己の身体（主に手と足）だけを使って登っていく。フリークライミングとは単に、前進するために補助を使わないことを意味する。ぼくたちにとってもどかしいのは、クライミングをやらない人たちはフリークライミングを、ロープを使用しないフリーソロのことだとよく勘違いしていることだ。フリークライミングでは、自分の力だけを頼りに岩を登るが、墜落したときのためにロープやその他の道具を使う。

　当時、どんな手段をもってしても、エル・キャピタンを登ることはほとんどの人間にとって夢物語にすぎなかった。その〈ノーズ〉と名づけられたハーディングのルートは、九〇〇メートルの壁の特徴的な形をしたちょうど真ん中を登っていくもので、今日《こんにち》でも世界で最も有名なルートだ。

　ハーディングはヨセミテで三〇のルートを初登した。彼が初めて使ったビッグウォールを登る技術は今でも活用されている。彼の座右の銘は「人生万事、道化芝居さ《センバース・ファルシシムス》！」という自虐的なもので、ぼくの家で開かれた巡回スライドショーにも「墜落の仕方教えます（Downward Bound）——クライミング・レジェンドの栄枯盛衰」というタイトルがつけられていた〔ハーディングの自著も*Downward Bound*〕。

　当時、ぼくは幼すぎて、自分がクライマーにとって最高に恵まれた環境にいることがわかっていなかった。その後、ハーディングやほかのクライマーについて書かれた本を読んでようやくそれに気づいた。ヨセミテは、野球選手にとってのヤンキー・スタジアムやフェンウェイ・パークと同じ場所だった。ぼくはただ観戦するだけでなく、実際にフィールドに立った。いや、少なくともロッカールームに足を踏み入れることができた。ウォレン・ハーディングがぼくの家にいるというのは、ベーブ・ルースが夕食に来るようなものだ。盛りを過ぎて酒飲みになっていても、レジェンドであることに変わりはない。

ぼくが会ったハーディングは、全盛期の面影はほとんどなかったが、一九五〇年代や六〇年代初め、ヨセミテの岩壁の初登攀に、精力的に取り組んでいたころの彼がどんな感じだったかは想像がついた。わんぱく小僧のような元気さはまだ健在だった。おどけ者としてもレジェンド級で、彼のやってきたクライミングについて訊かれると、常におもしろおかしく答えていた。なぜ登るのかと尋ねられたら、「イカれてるからさ。それだけだ」と答え、困難きわまりない登攀をどのようにして成し遂げたのかと尋ねられたときには、「壁の取りつきから登り始めて、てっぺんまで行った」と言った。父は彼のそういう物言いが好きで、一流になるには謙虚でいることがいちばん大切だとぼくに言って聞かせた。

ハーディングが活躍したときのヨセミテは、探検と自由、そして熾烈な競争の時代だった。クライマーたちはそれぞれのルールを設定し、巨大な未踏の岩壁の初登攀をめざした。しかし流派によって、どのようにして頂に立つのかという考え方に違いがあった。

初登攀争いの先頭に立っていたのは、ハーディングのグループと、自らに課したクライミング倫理を忠実に守っていたために、ハーディングに〝ヨセミテ・クリスチャン〟と嘲笑されていたグループだった。そのリーダーこそが、あの偉大なるロイヤル・ロビンスだった。ロビンスは、岩に与えるダメージを最小限に抑え、フィックスロープを張り巡らすといった包囲攻撃は極力使用しないことに重きを置いていた。

一方、ハーディングは骨の髄まで反逆児だった。クライミングというカウンターカルチャーの中にあっても、みんなを蹴散らして自分のやり方で事を進めるのが生きがいのようだった。かつて、こう言っていたことがある。「おれはな、いつもむちゃくちゃやってきた。だから、ロイヤル・ロビンスみたいなお偉いクライマーさんは大嫌いなんだよ。本人にはそんなつもりはないんだろうが、存在が気に食わねえんだ。すべてが秩序立ってて、科学的で、クライミングがうまくて、おまけにめちゃくちゃ頭がいいときてやがる。そりゃ、やっかみたくもなるぜ」

この二人の英雄が競い合っていたおかげで、クライミングの歴史の中でも最もすばらしい登攀がいくつか行われた。その代表的なものがエル・キャピタン南東壁の初登攀争いだ。南東壁は、ノーズの右側に当たる壁で、ヨセミテでも、最も巨大で、最も傾斜がある難攻不落の壁と考えられていた。たとえどんな方法を使ってでも、この壁を登ることができたら、地球上のどんな岩壁でも登れるという証明になることは間違いなかった。

一九七〇年、ハーディングとパートナーのディーン・コールドウェル（ぼくと血縁関係はない）は、一二日分の食料と水を持って南東壁を登り始めた。壁の途中で嵐に遭遇すると、壁に吊るしたハンモックで丸くなってやり過ごした。二人は嵐の中を少しずつ前進していった。壁の中まで担ぎ上げた食料で二週間、三週間と食いつないだ。ほかのクライマーたちは、壁の中でそんなに長く持ちこたえるのは不可能だと思い、二人の救助に向かった。だがハーディングは、持ち前の反骨心で援助を拒んだ。二人は、ほぼすべてのパートをエイドで登り続けた。あまりに傾斜が強く、ホールドもほとんどなかったので、フリーで登ろうとは考えもしなかった。

クライミングの途中で、コールドウェルは殴り書きのメモをブリキの缶に入れ、壁の下に落とした。メモにはこう記されていた。「おれたちはこれ以上ないほどみじめで、びしょ濡れで、凍えていて、においもひどい。だが、おれたちは生きている。誰よりも生を実感している」

二人の挑戦は大仕掛けのショーになり、噂が広まると下のエルキャップ・メドウはおろかエル・キャピタンの頂上（裏から歩いて登れる）にまで見物人が集まるようになった。二人はそのあいだ、一度も地面に下りず、二七日間かけて頂上に到達し、何台ものテレビカメラや大勢の新聞記者に迎えられた。メディアに熱狂的に取り上げられるのは、クライミングの歴史でも未曾有のことだった。さすがの無頼漢のハーディングも、このクライミングですっかりやせ細り、岩陰に隠れて男泣きしたあと、人びとの前に姿を現した。

ハーディングが登ったこの歴史的なルートは〈アーリー・モーニング・ライト・ウォール〉という名で知られるようになった。世界で最も有名なこの大岩壁の、人を圧倒するような壁面は、朝の最初の日を浴びてオレンジ色に輝く。この壁は、またの名を〈ドーン・ウォール〉（暁の壁）という。

一九八三年にぼくの家で行われたスライドショーで、ハーディングはぼくの心に火種を残した。のちにハーディングについて深く知るようになるにつれ、その火種は小さな炎へと成長した。ハーディングのような男たちがやったことをぼくもしてみたかった。父やハーディング、そして父のクライミング仲間たちと同じように大きな岩壁を登り、誰もやったことのないことを成し遂げたいと思った。

ハーディングは、父のクライミング仲間というわけではなかった。ぼくの家でスライドショーを行うという依頼をハーディングが引き受けたのは、コロラド・マウンテン・スクール（CMS）という地元のガイドツアーの会社に父が勤めていたからだ。ちょうどそのころ、母もデイケアセンターの経営をやめてCMSで働き始めた。その会社を経営するマイク・ドナヒューは、父の親友の一人だった。

マイクはすばらしい人間だった。山や自然への愛を父と分かち合っていた。父は、クライミングの意義や、それのもたらす感動を熱狂的に説く人だったが、マイクは同じことを肩の力を抜いて語った。父が戦士だったとすれば、マイクは詩人であり哲学者だった。二人の違いをよく表す逸話がある。山に登山客を連れていく際、何がなんでもピークにたどり着くんだというグループのときには、父がガイドを務めた。逆に、自然を味わうことがメインで、ピークはおまけと考えるグループのときには、マイクがガイドをした。マイクは、途中でバラを見つけたら足を止めて香りをかぐといった、山をのんびり味わうことを大切にしていた。彼は、コロラドでいちばん有名な壁、ロングス・ピークの東壁を登ったことがないことも一向に気にしていないようだった。多くのクライマーが一人前になるために必要な〝マスト・リスト〟を登っていようといまいと彼は気にしなかった。マイクはこう言っていた。「すべてが計画どおりに進むクライミングよりも、成功しない冒険のほうがずっと刺激的だ」

また、マイクは計画にはないビバークが大好きな人だった。マイクとその客たちが遭難したと勘違いして、父やガイド仲間が救出に向かったことも何度かあった。たいていの場合、マイク流ののんびりした登り方のため、もとのスケジュールよりも数時間——ときには何日も——下山時刻が延びてしまい、ビバークするはめになる。だが、それは彼が仕事のできない人間だということを意味しているのではない。本人が言うには、標高四二〇〇メートルのロングス・ピークに二五〇〇回以上も登った計算になるほど仕事に打ち込んできたのだそうだ。

マイクは白髪交じりの典型的な山男だった。身体は引き締まり、ふさふさとした顎ひげともじゃもじゃの髪が特徴的で、とても温厚な人だった。子どものぼくでも、大きな心と笑い声のマイクと気持ちが通じ合う気がした。マイクの顎ひげと髪に、鳥が小枝で巣をいくつも作るところを想像した。寒い季節に山に出かけた折に撮ったマイクの写真を今もはっきり思い出せる。鼻水と吐く息が凍り、にやけた顔に張りついているさまは、溶けたアイスクリームを髣髴させた。

ぼくの家族は、ドナヒュー家と多くの時間を過ごした。ドナヒュー家は近くのアレンズパークに住んでいて、一家のライフスタイルにぼくはとても影響を受けた。父のＣＭＳでの稼ぎが少なかったのも、マイクの経営していたＣＭＳが、ほかのガイドツアーの会社とは違い、非営利組織のようなものだったからだ。ドナヒュー家はお金のためではなく、愛するもののために仕事をしていた。

ぼくは子どものころ、ドナヒュー家に遊びに行くのが楽しみでしかたがなかった。マイクと妻のペギーと三人の子どもたちは、ロッジポールパインが茂る深い森の中に住んでいた。その山小屋にはもともと土間しかなかったそうだが、ぼくが訪ねるようになったころには、粗削りのパイン材で床が張られていた。小屋の四方には長い薪が山と積まれていた。その小屋には、暖炉以外の暖房設備や明かりはなく、水道も引かれていなかったので、台所の隅には大きな樽やプラスチックの水差しが何個か置かれていた。大人たちは戸外の炉のそばに腰を下ろし、炎がパチパチと音を立てて、火の粉が舞うのを眺めながら酒を飲み、世間話をした。ドナヒュー家のいちばん下の子のトビアスは、ぼくと同じくらいの歳だったので、ぼくたちは仲良くなった。トビアスとぼくは近くの林を歩き回り、気がつくと暖炉の炎が小さな点に見えるほど遠くに来てしまうこともあった。

ぼくたちは斧を片手に、転がっている枝を集めてティピー〔円錐形のテント〕や差しかけ小屋を作った。ときには自分たちの砦《とりで》を拠点に、敵のキャンプを襲いに行くこともあった。こちらを襲った部族に仕返しをしに行くという設定だ。また、テントの中に座り、狩りから戻って冬ごもりの支度をしているつもりになったこともあった。松ぼっくりを武器にして――なかにはリンゴやグレープフルーツくらいの大きさのものもあった――互いの陣地を攻撃した。

トビアスとぼくは、火を起こしては、懸命に何日も絶やさないようにした。交代で見張りをし、一人が寝ているあいだ、もう一人が火の番をした。火のそばに何時間もしゃがみ込んでいたせいで、煙が目にしみ、鼻の奥がからからに乾き、パインのねばねばの樹液が手や服に染みついた。そういう情景は今でもありありと思い出せる。

森にいると気分が落ち着いたし、ドナヒュー家の暮らしを知るのは楽しくてしかたなかった。トビアスはぼくと興味の対象が近く、冒険に旅立つところを互いに想像し合うことができた。ぼくたちは、汗をかいた腕が冷え切って鳥肌が立つまで駆け回った。夜も遅くなってからようやく、両親が待つ家まで戻った。

「起きろ、トミー。時間だぞ」

かすんだ目を開けると、父の顔が暗闇に浮かんでいる。父はぼくの脚を揺すり、ぽんぽんと叩く。

父のおぼろな影が遠ざかると、ぼくはひんやりした床に立っている。時間は朝の二時一五分。鼓動が速くなるのがわかる。早く用を足したかったので、便器の前でぴょんぴょん跳びはねる。用を終えてぶるっと身震いすると、自分の部屋に駆け戻る。

前の晩にパッキングしておいたバッグパックが机の上に置いてある。服を目の前に並べ、大急ぎで腕を通す。階段を駆け下りて車寄せに出ていくと、古くて錆びたニッサン・セントラが不機嫌そうなうなりを上げている。きしむドアをこじ開けて車に乗り込む。大きなマグカップに入ったブラックコーヒーの香りが充満し、新たな冒険の始まりを告げている。ぼくの心は期待と寝不足が入り交じり、さらに父の信頼に応えられないのではないかという不安でいっぱいになる。

登山口に着くと、星がきらきら輝いている。寒さがフリースを通して突き刺さり、気が引き締まる。肩にロープを担いで急な登山道を登っていく。すぐに寒気は収まり、汗がにじんでくる。

「ぼくぐらいの子どもが、ダイヤモンドに登ったことはあるの？」木の根っこや石の上をすばやく歩きながらぼくは尋ねる。

「いや、ない。おまえが最年少だ」。父は登山道の脇に寄って、ぼくを先に行かせる。

一時間ほど歩くと、荒涼とした高山ツンドラ地帯に出た。冷たい風が吹き抜ける。ぼくたちはピカという小さなヤマネズミのように大岩をすたすた飛び越え、ヘッドランプの光を頼りに足早に進んでいく。五〇キロほど東に広がるフロントレンジの山並みに、明かりが点々と見える。きっと、みんな暖かいベッドで眠っているのだろう。あと何時間も眠っていられるなんて。脚が震え、肺が焼けつく。ぼくたちはみんなより高い次元にいると思った。父のおかげで、ぼくは父と同じように世界を見られるようになった。この冷たいすがすがしい空気や、山登りのどきどき感を知らない人たちがかわいそうに思えてくる。

キャズム湖の氷のように冷たい水が歯にしみる。短い休憩をとったあと、ガレ場をつめて壁の取りつきに着く。三時間以上のきつい登りをこなしたせいか、ロープをほどいているときも高揚感に包まれている。父がロープの端を自分のハーネスにつけ、ぼくがもう一方の端をつける。父は薄い石を一つ拾い上げ、壁の基部へと続く広い雪の斜面に足場を刻んでいく。ダイヤモンドの大岩壁が頭上にそびえ立っている。

一九九〇年八月、ぼくが十二歳のときに、父はコロラドでいちばん大きな岩壁にぼくを挑戦させることにした。この高さ約六〇〇メートルの垂直の花崗岩はロングス・ピークの東壁に当たり、その形からダイヤモンドと呼ばれ、米国四八州で最も高いところに位置している。取りつきが海抜三六〇〇メートルにあり、フロントレンジの麓からも眺めることができる。黄褐色の岩壁に、三〇〇メートルほどの水の筋が何本も染み出していて、黒い牙のように見える。基部に立って上を見ると、壁が大きくせり出し、こちらに倒れてきそうだ。こんな壁をどうやって登るのか見当もつかなかった。ただ、ぼくには父がいて、ぼくでも登れると父が確信していることはわかっていた。

ぼくの歳を考えて、父はダイヤモンドの最も簡単なルートを選んだが、どのルートをとっても、ダイヤモンドは多くの人にとって、一生に一度登れるかどうかの壁だ。ぼくは八歳のときにロングス・ピーク自体は登っていたのだが――誕生日のプレゼントに登りたいとねだったのだ――そのときは北面の比較的ゆるやかなルートを登った。ハイキングとほとんど変わらず、頂上にたどり着くまでのあいだにロープを数回結んだだけだった。それから四年、ぼくは本物のクライミングに挑む機会を与えられた。ダイヤモンドを登ろうとしたクライマーのうち、成功した者は半数にも満たない。成功するには、そのときの天候やクライマーの経験といったさまざまな要因がからんでくる。だが、ぼくの歳でこの壁に挑戦しようとした人はいなかったので、心がいっそう踊った。スリルや危険を求めていたのではなく、自分の限界を押し上げ、これまでの経験が実を結ぶかどうかを試せるのがうれしかった。

このクライミングは、ぼくの最初の試金石になる。

ぼくは内気で、人から見れば不器用だったけれども、自分のことを小さな戦士だと思っていた。ただ、そのことは誰にも話せなかった。ぼくはそれまで、長い時間をトレーニングに費やしてきた。だからクライミングジムにいるときや父と岩場にいるときは、自分より年上の子どもたちや大人にもけっして引けはとらないという自負があった。レスリングでは（泣きべそをかいた相手に勝ちを譲ったとき以外は）ほとんど負けなしだった。それでも、学校の廊下を歩いているぼくをまじまじと見たら、そんな男だとは誰も想像もつかなかっただろう。ぼくもわざわざひけらかしたりはしなかった――アスリートがよくやるように、ガッツポーズをしたり、胸を拳で叩いたりといった「どうだ、すごいだろう」というしぐさは一切しなかった。

けれども、機会をとらえては、自分がただの大きな眼鏡をかけた不器用な人間ではないことを示そうとした。たとえば七年生のとき、体育の教師が生徒たちに運動をもっとさせようと〝一〇〇マイルクラブ〟を作って競い合わせたことがあった。ぼくたちは、自分がやった運動――ハイキング、ランニング、自転車、腕立て伏せ、腹筋など――をスコアシートに書き込んでいく。種目によって獲得できるポイントが異なり、合計が一〇〇マイルに達するのをめざす。それがスタートした初日の午後、ぼくは張り切ってバス停から家まで走って帰り、自分のマイレージをきまじめに記録した。

上位三人の生徒が終業式で表彰されることになっていた。ぼくは一週間で一〇〇ポイントを軽く突破した。毎週末、父と二〇マイルのハイキングをしていたからだ。いつものように一心不乱にトレーニングをし、それもすべてスコアシートにつけた。ぼくは終業式の日、はやる思いで体育館の席にじっと座っていた。誰よりもたくさんマイルを稼いでいることはわかっていた。普通の成績の子たちの名前が最初に呼ばれ、修了証を手渡された。そして次に成績のよい子たち。体育の教師と校長先生が、上位三人を最後に発表した。

大きな眼鏡の奥から、ぼくは期待に満ちたまなざしを向けていた。第三位、ブライアン・メクレイ、二〇〇マイル。ぼくは耳まで赤くなった。第二位、ミセス・ウルフ、三二七マイル。参加していた教師の名前だ。ぼくは、もはや人目をはばからず興奮していた。第一位、テイ・ラドラム、五四八マイル！　拍手喝采がわき起こった。

ぼくの心は押しつぶされそうになった。教師たちは、ぼくの記録を真に受けなかった。ぼくのスコアは八〇〇を超え、ほかの生徒と差があまりに開きすぎていた。だから、こんな小柄でぱっとしない、おとなしい生徒がそんな記録を叩き出せるわけがないと思ったのだろう。けれどもぼくは、込み上げる涙を抑え、やる気に変えた。父はいつもこう言っていた。大事なのは何が起こるかではなく、起こったことにどう対処するかだと。

ダイヤモンドの取りつきに立ったとき、ぼくは準備万端だった。これまで積んできたトレーニングや、学校での挫折さえも精神力を養うことに役立った。なにしろぼくは歩くことと同じくらいずっとクライミングをしてきたのだ。岩から落ちることや敗退することについて父が口にするのを、ぼくは一度も聞いたことがない。恐怖心についてもそうだ。父が話すのは、壁に向かうときの心構えと、何に気をつけなければならないかということ、そして、クライミングやほかの冒険においても、できるだけ多くのものをコントロールできるようになれ、ということだった。

父が雪の斜面から壁の取りつきへ慎重に登っていく。父の動きに合わせて、ぼくはロープを繰り出す。ここからは父がすべてのピッチをリードし、父が適切と思った場所に、ある一定の間隔で回収可能なプロテクションを設置していく。つまりトラッド（トラディッショナル）と呼ばれているクライミングだ（それとは異なり、スポートクライミングでは埋め込み型のボルトをプロテクションとして使用する）。ギアは、しかるべき場所に設置されれば、身の安全を守ってくれる。父が墜落すれば、言うまでもなく墜落した場所から最後に設置したプロテクションまでの二倍の距離を落ちることになる。

頭では、何が危険なのか理解していたけれども、父と一緒のときは怖さを感じなかった。父とぼくでは圧倒的な体重差があったが、父の墜落を安全に止められるかどうかも心配しなかった。父の体重は八〇キロほどで、ぼくの二倍ほどある。つまり、父が墜落したら、ぼくは思い切り上へ引っ張られる。と同時に、すさまじい衝撃に耐えようとビレイデバイスを握り締める。でも本当にそうなったら、ぼくは墜落を止めることができず、父は致命傷を負うことになるかもしれない。ぼくのせいで父が大けがをし、二人ともロープにぶら下がって身動きがとれなくなるのを想像するとぞっとする。けれどもそのときは、そんなことは少しも頭に浮かばなかった。そもそも父には、ダイヤモンドを余裕でフリーソロできるくらいの実力があるのだ。

雪の斜面とそれに続く一八〇メートルの脆いチムニーを短時間で登り終えると〈ブロードウェイ〉と呼ばれる大きな岩棚《レッジ》に着いた。実質的なクライミングはここから始まる。

ぼくがビレイをし、父は高層ビルをよじ登るキングコングのように自信に溢れ、無駄のない動きで流れるように、そして着実に登っていく。エッジにそっと指を乗せ、クラックに手をねじ込む。ホールドが壊れないか、つかむ前に毎回確認している。父は五〇メートルほど登ってから、足場がしっかりしている場所を探し、確実なプロテクションが取れるところで支点を作った。「登っていいぞ！」という父の声が聞こえると、ぼくは自分のセルフビレイを解除して登り始める。岩の表面に目を走らせ、どのホールドなら手が届きそうか目星をつける。すると身体が自然に動き出す。黄色のヘルメットが大きすぎて、今にも頭からずり落ちそうだ。やや高い位置のフットホールドに乗り込んだときに、バランスを崩しそうになった。目の前のホールドに意識を集中する。体力を温存するために、少し登っては息をつくということを繰り返す。薄い空気を吸い込み、格好のフットホールドに立つたびに身体を休める。岩が冷たいので指先の感覚がなくなってくる。一歩登るごとに止まってバランスをとり、硬い岩肌から手を離す。赤くなった手を丸めて息を吹きかけた。

「腹に手を入れて温めるんだ！」父が上から叫んだ。

ぼくは登りながらギアを回収し、肩に回したギアスリングにかけた。父がいるところまでたどり着くと、父はぼくの持っているギアを自分のギアスリングにかけ替え、すぐに次のピッチを登り始めた。〈ブロードウェイ〉から三ピッチ登ったころ、太陽が壁を照らし始め、前の夜に固まった小さな氷の塊がぱらぱらと降ってきた。

氷のかけらは、はるか上のチムニーから落下してくる。静かに音もなく横を通り過ぎていくが、当たったら致命傷を負うこともある。スイカほどの大きさの氷が、すぐそばの岩棚に落ちて砕け散った。とっさに目を閉じたが、破片を全身に浴びた。銃撃戦に巻き込まれたような気分だ。その後、物体は九・八m／S^2という重力加速度で落ちてくることを学んだが、そのときはトビアスに松ぼっくりを投げつけられたことしか思い浮かばなかった。ぼくはヘルメットの紐を締め直し、深く息を吸った。頭上の壁を見上げてから、眼下に目をやった。

はるか下には巨大な岩がガリーを埋め尽くし、その左には氷河が作り出した巨岩がごろごろしている。山が命を吹き返してくるように思えた。ぼくは父のほうを振り向き、怖がっているのを悟られないことを祈った。自分がちっぽけな存在になったようだった。父は眉をひそめ、唇を固く結んだ。まくり上げた袖の下から丸太のような腕の腱が、模型地図の川のように何本も盛り上がっている。額に刻まれた深い皺を見れば、父がじっと考え込んで、何かしらの決断を下そうとしているのがわかる。

「よし、おれが次のピッチを登るあいだ、おまえは上の氷から目を離すんじゃないぞ。落ちてきたら、父さんに大声で知らせてくれ」。父の顔に笑みが広がった。その瞬間、気持ちがふっと軽くなった。父はぼくを信じて任せてくれている。そう思った途端、それまで感じていた寒さが和らいだ。父がぼくを守ってくれているんだ。ぼくも父を守らなくてはならない。

はるか下の地面は見えなくなり、きらきらと光るキャズム湖の湖面も小さくなった。街の日常はずっと遠くに感じられた。午前一一時ごろになると、上空に雷雲がわき上がった。空気が静電気を帯び、腕の表面がぴりぴりしてきた。空がうなりを上げている。ぼくたちは先を急いだ。

ほどなく、父とぼくは標高約四二〇〇メートルの壁の上に立った。ダイヤモンドを登り切ったのだ。そこからさらに上へ駆け登り、頂上にたどり着くと、傾斜のゆるいスラブを急いで降り始めた。懸垂下降をしているとき、空が割け、叩きつけるような雹《ひょう》が降ってきた。父は目にも止まらないようなすばやい手順で作業をこなしていく。「そのまま先に降りていくんだ。ロープを畳んだら、すぐに追いつく」。雷鳴が轟くなか、父は声を張り上げた。空気のにおいが変化していた。雨と岩のにおいはしなくなり、静電気のにおいが強くなった。遠くで稲光が空を二つに切り裂いた。

ぼくたちは息の合った手順で壁を降り続け基部に立つと、登山道を駆け下り、ずぶ濡れのハイカーのグループをいくつも追い抜いた。登山口の近くまで戻ってきたとき、疲労で脚がずきずきと痛み始めた。ひび割れた唇から血が出ている。父とぼくは、びしょびしょのまま車の座席に座り込んだ。どっと疲れが襲ってきた。一三時間ぶりに座ることができた。山で過ごした最高の一日が終わった。父は黙って家へと車を走らせながら、大きな笑みを浮かべて手を伸ばし、ぼくの肩をぎゅっと抱いた。

ぼくは目を閉じて背もたれに身を預けた。くたくただったけれども、幸せな気持ちでいっぱいだった。この記念すべき挑戦をやり遂げたのだ。

その一カ月後、ダイヤモンドの疲労感は残っていたが、幸せな気持ちはもう消えていた。数学の授業を受けながら、枯れかかったポプラの葉が、日に当たって輝いているのを眺めている。ぼくの視力は以前よりもよくなっていて、葉がひらひらと地面に落ちるのが見える。教師が何か説明している。〝整数〟〝自然数〟〝虚数〟――ぼくには遠くで流れる小川のせせらぎにしか聞こえない。そういうことに興味のある人がいるなんて想像もつかない。逆に、父がぼくに教えてくれたようなこと――早瀬が川を蛇行させること、ぼくたちの町を流れるビッグトンプソン川が一九七六年に氾濫して、家や車やあらゆる命をのみ込み、谷を荒れ狂うように流れ下ったこと、岩場にクラックやホールドやレッジができるのは岩が侵食されたからだということ――に、どうして誰も興味を持たないのだろうか。

自分の名前を呼ばれ、はっとわれに返る。教室の前に目をやると、先生のミセス・ティアニーがぼくに質問をしている。急にトイレに行きたくなる。ぼくはうつむいて机の木目をじっと見つめる。木目を引き裂いて、その中に消えてしまいたい。ぼくが黙っていると、ミセス・ティアニーが追い打ちをかけるように訊いてくる。「トミー、目は開いてる？」

クラスメイトの笑い声が、ロングス・ピークの雹のようにぼくに当たって跳ね返る。世界のどこかで、一秒間に一〇〇回の雷が落ちている。アメリカでは、一年に二〇〇〇万回の落雷がある。コロラドでは毎年、平均して一一人が雷で命を落とす。ぼくが知っているのはそういう数字だった。ぼくは懸垂を三〇回連続でできるし、フロントレバーの姿勢で二五秒制止していられる。ぼくにとって意味があるのはそういう数字だった。

ぼくは黙って下を向いたまま、じっとやり過ごす。

ぼくが成長すると、両親はぼくが学校の勉強についていくのに必死になっているということに気づいて、父が勤めているビル・リード中学校に転校させることを決めた。父は同僚の教師たちを高く評価していて、父が頼めば力添えをしてくれるだろうと思った。転校初日、まだ小柄で引っ込み思案だったぼくは、おそるおそる校内の廊下を進んでいった。ぼくの前を歩いている父は、廊下にいる生徒たちのあいだを縫うように進んでいく。「おはよう、ミスターC！」と生徒たちが叫ぶと、父は生徒たちとハイタッチを次々と交わしながら視界から消えていった。ぼくは自分のロッカーの前まで行き、錠を開けるのに悪戦苦闘した。扉の蝶番《ちょうつがい》を壊してしまいたかったけれども、なんとか解錠することができた。ロッカーの内側を見つめ、そこに貼る写真やステッカーを想像した。ボールダーにある「ネプチューン・マウンテニアリング」〔登山用品店の一つ〕で手に入れたぼくの宝物だ。ロッカーの番号を忘れて格闘していた姿をほかの生徒に見られていませんようにと祈った。前にいた学校でも同じことがあったからだ。番号を忘れてしまったため、ロッカーを開けられず、必要な教科書やノートを持たずに授業に出た。手ぶらの理由を教師に言えるわけがなかった。時間割を間違えたとでも言えばよかったのだろうか。ぼくは笑い声やからかいの声を背中に浴びながら、首をすくめて教室からそそくさと出ていくしかなかった。

新しい学校では、ロックスター扱いの父と一緒にいれば、何も問題はなかった。父はぼくがみんなから認められるように手助けしてくれた。自信が育つにつれて、ぼくは周りに溶け込み始めた。物事にも集中できるようになり、ロッカーの番号を忘れるようなことはなくなった。以前は、教師たちに見放されているように感じていたが、この学校で新たなスタートを切ることができた。父は長年、体育と保健の授業を受け持ち、派手なタイツとネオンカラーのタンクトップといった格好で授業に臨んでいた。ぼくがこの学校にいた数年は、英語と社会を教えていたけれども、どういうわけかそれでもタイツとタンクトップ姿だった。父の英語の授業はにぎやかなクイズ大会のようで、質問に正しく答えると、ご褒美に教卓から飴を投げてもらえた。前の学校のマイレージクラブのように、成績の進歩グラフを作って生徒の競争心を引き出した。

父は体育館にクライミングウォールを作り、放課後にクラブ活動を始めた。そのクラブは、すぐに学校でいちばんの人気クラブになった。さらに、父は体育館のベランダからロープをぶら下げて、トップロープで墜落を止める練習ができるようにした。生徒はロープをつけて天井の梁まで登り、梁に沿って横に進んだあとに飛び降りる。ロープの反対側を持ってビレイをしているもう一人の生徒が止める練習だ。

クライミングは、格好いいスポーツとして学校で人気になった。ぼくはほかの生徒よりもクライミングがうまかったので、生まれて初めて、周りから一目置かれるようになり、クライミングを教えてくれと頼まれたりした。こうして一目置かれる存在になったことで、成績も上がり、学校が楽しくなった。

クライミングは、ぼくのもう一つの教育の場になった。一九九三年の夏、父がCMSのガイドの仕事でボリビアに行くことになり、ぼくも父について行くことになった。それまでにも、ヨセミテやワイオミングといったアメリカ西部を少しだけ旅した経験はあったけれども、パスポートを持って父と別の大陸に行くのはまったく未知の体験だった。もし、飛行機の翼に乗っていくんだよと言われたとしても、ぼくはそれを真に受けて、酸素ボンベを背負っていっただろう。ぼくは出発の日を指折り数え、ボリビアの地図と首っ引きで、クライミングの本や雑誌に載っている中央アンデスや東部アンデスの写真に見入った。脚力を鍛えるため、学校まで往復一〇〇キロの道のりを自転車で走ることもあった。

ぼくたちは、ボリビアの首都ラパスまで飛行機で飛んだ。ラパスは海抜約三六〇〇メートルの高地にあるすり鉢状の街だ。ぼくは空気の薄さと興奮で頭がくらくらした。ホテルまではタクシーで移動した。鮮やかな原色で塗られた家や、錆色や黄土色の土壁の家が所狭しと立っている。大通りは車やバス、バイクや歩行者で溢れ返っていた。小さいころは、静かな場所に一人でいるのが好きだったけれども、もうすぐ十五歳になろうとしていたそのころは、喧騒が大好きだった。黒煙を上げる原付きに母親と父親と子どもとニワトリ二羽がしがみつき、道路を縫うように走るのを見て思わず吹き出した。タクシーの窓を少しだけ開けて、排気ガスとかすかに漂う腐ったキャベツのようなにおいを吸い込んだ。

現地の言葉がわからなかったので、感覚を総動員しなくてはならなかった――英語以外の言語にふれたのはこのときが初めてだった。なんとか理解できたのは、道路の標識やどこにでもあるコーラやファンタの看板だけだった。

このやせた子どもでも立派に役目を果たすことを、ツアーのお客さんにわかってもらわなければならなかったので、父はぼくを最初から一人前の大人として扱った。ホテルに着くと、ぼくに二〇ドル札数枚と電卓を渡し、「角に立っている男のところに行って両替をしてきてほしい。それから、アメリカ人でも腹を壊す心配のない水を買ってきてくれ」と言った。「ボトルのキャップを開けた跡がないことを確かめるんだ。跡がなければ、汚い水を詰め直していない証拠だ。青い手押し車の少年からビールも買ってきてほしい」

ぼくはうなずいてホテルを出た。太陽がまぶしくて一瞬前が見えなくなり、しばらく立ち止まって周囲を見回した。ボリビアの民族衣装を着た露天商のあいだをすり抜けるように、スーツを着たビジネスマンが足早に歩いている。不思議なことに、地元の女性たちの多くが、昔のアメリカ西部の無法者がかぶるような帽子を妙な角度で頭に載せ、カラフルな刺繍を施したパフスリーブのシャツと、帯状の滝のように広がる三角形の鮮やかな青のスカートといった格好をしている。通りの喧騒の向こうから美しい調べが聞こえてくる。ホテルの近くの歩道では、男だけの一団がさまざまな木管楽器を奏でている。パンフルートはラックに並べられた試験管に似ていた。タンバリンが鳴り響き、ぼくの激しく脈打つ鼓動とドラムのリズムが重なる。スティックとバケツに結んだ針金を男が引っ張っている。ぼくは父に言われた方向に目を凝らした。歩き始めると、紐を付けた風船のように頭がくらくらした。

両替をしている男を見つけたけれども、何を言えばいいのかわからなかった。男は手を差し出した。すると土のついた指で電卓を叩いて数字を見せた。ぼくがうなずいて金を渡すと、男はボリビアーノの紙幣の束をくれた。ぼくはそれを握り締めた。渡したお金よりずっと増えて返ってきたのでびっくりした。感謝のつもりでうなずいてその場を離れ、周りをそっとうかがって、誰もついてきていないことを確かめた。

ビール売りの少年は、ぼくよりほんの少し年上だったと思う。ぼくはビールを指さしてから指を立てて何本欲しいかを伝えた。少年は笑みを浮かべて、ビールをケースから取り出した。身ぶりで代金を言ってきたので、ぼくはポケットから札束を出して数え始めた。少し経つと少年の手が伸びてきて、紙幣をもぎ取り、何枚か数えて残りを返してくれた。取引が終わった。人を信頼したのは間違いではなかった。ぼくは歩きながら興奮していた。ぼくみたいな歳でも、外国でビールが買えるなんて驚きだ。

ホテルに帰ると、父がねぎらってくれた。「トミー、よくやった」という父の言葉に、ぼくは赤くなった。山に入るまでの数日間、父はぼくが町のあちこちをできるだけ見て回れるようにしてくれた。

ある朝、坂の多い狭い道をぶらぶらしていると、電線がクモの巣のように張り巡らされ、その一角に屋台が軒を連ねている場所があった。黒ずくめの帽子と服といった異様な格好で、椅子に座ったり縁石にしゃがみ込んだりする年老いた女たちの一団がいた。後から知ったのだが、そこはラパス市場の名物、エル・メルカド・デ・ラス・ブルハス（魔女の市場）だった。まず、石の彫刻が置かれた棚が目に留まった。近づいていくと、露店の屋根からぶら下がっているものが顔に当たりそうになった。驚いて後ずさりすると、それは乾燥したラマの胎児だった。ほかにも、乾燥させたカエルやコンドルの像、謎の液体や粉の入った瓶などが売られていた。身ぶりを交えて言葉を交わしてみると、その魔女たちはみな善良な魔女であることがわかった。売られているもののほとんどは、幸運をもたらすお守りだった。ぼくは、いちばん魔女っぽいブルハスから小さな瓶を一つ買った。魔女は自分の胸と頭を指さしてから、ぼくに向かって親指を立てた。どうやらぼくはいい選択をしたようだ。魔女はにっと笑ったが、歯が一本もなかった。

ぼくはその瓶を、母かサンディのお土産にすることに決めた。姉のことを考えると少しだけ気持ちが沈んだ。以前は、家族でクライミングに出かけたり、ほかの活動をしたりするとき、いつも中心に姉がいた。でも、その後、姉はそうしたことにあまり参加しなくなった。友人をつくり、別のことに興味を持つようになった。九死に一生を得た赤ん坊として生まれ、父を尊敬してどこにでもついて回るぼくは、父の関心を姉の分まで奪っていたのかもしれない。けれども、姉もボリビアに来ていたら、ここを間違いなく気に入るだろう。お土産の瓶がたいした物ではないことはわかっていたけれども、ぼくが姉のことを忘れていないことを知ってもらいたかった。

ラパスでの準備期間が終わると、ぼくたちは古いジープに分乗し、標高六四三九メートルのイリマニ山へ向かった。麓の村に到着すると、五〇人ほどの子どもが駆け寄ってきて、車が完全に停止しないうちからボンネットやルーフによじ登った。ぼくたちの周りに押し寄せ、ふざけたり互いに押し合ったり、現地の言葉のアイマラ語で菓子をねだったりしてきた。彼らはブリキの屋根をふいた泥壁の家に住んでいて、顔に泥を塗り、粗末な服を着ていた。生まれたての赤ん坊から深い皺が顔中に刻まれた曾祖父まで、家族全員が一つの狭い小屋で暮らしていた。けれども、彼らの楽しげな笑い声を聞いていると、ぼくの学校の校庭など死体置き場のように思えてしまう。

父は屈強な若者五人をポーターとして雇い、二日かけてベースキャンプまで装備を運んだ。すべての荷物を約三〇キロごとに分け、ポーターがそれを大きなカンバス地の毛布でくるみ、学校のバックパックを背負っているかのように軽々と肩に担いだ。

ポーターたちは、楽しげにおしゃべりしながら山道を登っていった。一方、お客さんたちは真新しいブーツの靴ずれに悩まされ、苦痛の表情を浮かべ、つらそうに息を切らしながら、ゆっくりと谷を登った。みんながつまずきそうな岩や木の根を、裸足のポーターたちは軽やかに跳び越えていく。最初に休憩をとったとき、地面に腰を下ろしたポーターたちの足の裏が見えた。黄色と黒が混ざった色をしていて、分厚いたこができ、ビブラムの靴底のように硬くなっている。ポーターたちが先頭を歩くときは、ぼくは彼らから遅れまいとすぐあとをついて行った。谷が台地状になっている場所でアルパカがそばを通り過ぎていく。ゆるやかな谷を半日ほど登っていくと、ジャガイモが芽吹いた畑とまばらな草地が広がっている。さらに標高が上がると草地は消え、灰色の岩が転がり泥が堆積した台地が現れた。前方の雪を頂く山々と見事な対照をなしている。

ぼくたちは小さな岩が突き出た場所で休憩をとった。そこからは谷が見下ろせる。ぼくはバックパックからエナジーバーを取り出した。ぼくの隣に座ったポーターは、焼いたジャガイモとニンジンの入ったほかほかの包みを開いた。彼は顎で合図して、ぼくにいくつか差し出してくれた。その後ぼくがエナジーバーを勧めると、いらないと言った。上の氷河から強い風が吹いてきたので、ぼくは上着を引っ張り出したが、風にあおられて表裏になってしまった。ポーターはそれを見て、人のよさそうな笑顔を向けた。

翌日は大荒れの天候だった。標高約四八〇〇メートルまで登ってきたので、ぼくは一歩進むたびに深呼吸を三回しなければならなかった。薄い空気のせいで身体のギアがローに入ってしまったみたいで、がんばろうとすればするほど身体が重くなった。ポーターたちは先を行き、父はお客さんたちの面倒を見ながら後ろにいたので、その日はほとんど一人で歩くことになった。ぼくは高山病を治そうと、ポーターたちのまねをしてコカの葉を噛んだ。それに含まれるカフェインの刺激で頭痛が和らいだ。コカインのもとになる植物を十四歳で口にしたなんて、なんて格好いいんだろうと思った。

酸素が薄くて頭がぼうっとしていたけれども、一定の足取りで歩けるのがうれしかった。一人でつらさを乗り越えていくということは、ぼくの性に合っていた。

最初の晩は、氷河が平らになった台地にテントを張った。三方向をクレヴァスに囲まれている場所だった。二人のお客さんがテントを立てていたとき、突風が吹いてテントが飛ばされた。ぼくはとっさに氷河を猛ダッシュしてテントに跳びつき、テントが奈落に消えていくのを間一髪で免れた。その晩、ぼくはみんなからヒーロー扱いされ、とても誇らしげな気分になった。

その後、ぼくたちはイリマニ山とワイナ・ポトシという山に登った。クライミングそのもののことはあまり覚えていない。主に、雪や氷を登る簡単なルートで、難しめのハイキングといったところだった。この仕事は楽しかったけれども、これが登山と言われているものだとしたら、ぼくが求めていたものではなかった。ぼくの心に火をつけるのは、ダイヤモンドでやったようなロッククライミングなのだ。

ぼくはその夏、ボリビアで本当の意味での〝学校〟に通い、自分にとっていちばん大事なものを学んだ。十四歳のぼくがポーターたちから受けた強烈な印象は、今でも忘れない。彼らは物質的には貧しかったかもしれないが、満ち足りているようだった。ぼくは違う世界から来た人間で、彼らと同じ言葉は話せなかったけれども、それまで地元の同年代には感じたことのない絆《きずな》を彼らに感じた。それまでのぼくは、社会の重圧を早いうちからずっと感じてきた。大学に進んでいい仕事に就いて、お金を稼げるようになるという重圧だ。心の底では、それは意味のないことだと思っていた。冒険に満ちた生活をあきらめて、そんな生活を送るというのは、ぼくにとってどんな危険な山に登ることよりも恐ろしいことだった。

父やマイク・ドナヒュー、そしてボリビアのポーターたちのおかげで、ぼくは自分が何を本当に求めているのかに気づくことができた。と同時に、自分を取り巻く世界をどう眺めるか、そこでどのように生きていくのかということに思い至った。クライミングこそが、ぼくにとっての真実への道だと思うようになった——そのシンプルさや孤独感、そして自然の美しさこそが、人生で最も大切な宝だと。

立ったまま、上を見上げる。冷蔵庫大の岩が、砕ける大波のように頭上に覆いかぶさっている。染み出しでできた茶色と黒と白の斑《まだら》模様の岩は、横に大きく広がっている岩壁の一部にすぎない。岩の形状をじっくりと観察し、どこが登りやすいか見極める。目を閉じ、その先に何が待ち受けているのか想像する。ここライフルでは、どのルートも厳しいチェスの試合のようで、とても頭を使う。いったん登り始めたら、身体と心と感情のバランスをとり続ける必要がある。鼓動が激しくなり、前腕に乳酸がたまり始める。落ち着けと自分に言い聞かせる。正確さと冷静さ、パワーと自制心が欠かせない。頭の中でムーブを思い描き、ぼくにはできる、登り切る力があると暗示をかける。

激しく脈打つ心臓が、今がそのときだと告げる。

目を開け、うなずく。よし。準備はできた。大きく息を吸い、腕を伸ばして最初のホールドをつかんで登り始める。遠景からの自分の姿が頭に浮かぶ。オリンピックの体操選手のように、よどみなく一連の動きをこなしていく。一瞬だけ息を吐き、つかんだ岩の複雑な形状に意識を集中する。気づくと、地面から三メートルほど登っている。筋肉が作動し、乳酸がさらにたまってくる。

落ち着くんだ。深呼吸しろ。力を入れすぎず、抜きすぎずホールドを持て。しっかり休める場所で、腕をシェイクしろ。大きく息を吸え。

これ以上ここにいても消耗するだけだ。指が開いてくる前に登り出せ。

行け、行くんだ。

ボルトにクリップしろ。

息を吸え、大きく吸うんだ。

いったん戻れ。上を見ろ。

ここが核心だ。落ち着け。怖じ気づくな。

やるべきことはわかっている。

左足を高く上げて、極小のフットホールドに乗り込むんだ。

腰を入れて、右手をぎりぎりまで引きつけろ。力むな。

できる、ぼくにはできる。

落ち着け。

全神経を集中させろ。

あとワンムーブこなせば終了点だ。

ぼくはアンカーにクリップし、両腕をだらりと下げてロープにぶら下がる。心臓が激しく脈打っている。汗が目にしみて、視界がぼやけていく。

はたから見れば、何をしているんだろうと思われるかもしれない。でも、ぼくにとってはかけがえのない瞬間だ。

ボリビアから家に帰ると、父は母に、この旅の主な出来事をたっぷりと話して聞かせ、ぼくが若きガイドとして役目を果たせたことも伝えた。母に旅の様子を訊かれたぼくは答えた。「よかったよ」「〝よかった〟だって？」父は信じられないというように顔をしかめた。「ずいぶん控えめな言い方だな。こいつはよくやったよ。お客さんたちに本物の男だって証明したんだ。ガイドの務めをしっかりこなしていた。それにポーターたちも、こいつを置いて先に行こうとしていたのに、自分のペースを守ってしっかりついて行った。そのやる気を見て、彼らも仲間のように接してくれたんだ」

ぼくは自分の部屋へ行き、ベッドに寝転がった。ふと、サンディはどこにいるのだろうと思った。キッチンから話し声が聞こえていたけれども、ぼくは目を閉じて眠りに落ちた。その夜、お土産の小瓶を渡そうと、暗くなってからサンディの部屋に行ったが姿はなかった。ぼくは小瓶をブレスレットやネックレスが山と積み上げられたドレッサーの上に置いてきた。

その一週間後、父とぼくは車でアリゾナに向かった。『クライミング』誌か『ロック・アンド・アイス』誌でマウント・レモンという岩場を父が目にしていたからだ。父はその雑誌をどちらも定期購読していて、郵便受けに投函される音がするたびに、二人で先を争うように封を開けに行った。マウント・レモンは、当時、アメリカではそれほど浸透していなかった新しいタイプのクライミングができる聖地のような場所だった。父が興味をかき立てられているものをこの目で見たかった。

時代は変わりつつあった。ハーディングと同時代のクライマーや、そのあとの世代は享楽的で気ままな生活を送っていた。ロープをつけないクライミング（フリーソロ）が珍しくなくなり、ヨセミテはドラッグ常習者で溢れていた。彼らはエル・キャピタンのルートにメスカリート、タンジェリン・トリップ、マジック・マッシュルームといった名前をつけた。そうしたクライマーの多くは、登る行為のみに没頭し、その後の人生に何が待ち受けているか考えることなく、至高の体験をひたすら追い求めた。

八〇年代に入るころには、父はヨセミテの困難なビッグウォールを登ることに興味を失っていた。そのころは、フリーで登るために何度も同じところを登り返すなど論外という〝倫理〟が厳然として存在していたからだ。ばかげていると思う人もいるかもしれない。でも、当時はそういう考え方が主流だった。体操選手が前もって演技を練習したために、その競技の価値をおとしめたと周りから蔑まれるのを想像してみてほしい。そういった融通の利かない考え方のせいで、クライミングはおのずと限界に突き当たり、ビッグウォールでのクライミングは、危険を伴うエイドクライミングに移っていった。墜落しても止めてくれるかわからないプロテクションを設置するので、ちょっとしたはずみで岩から外れ、次々と連鎖的に抜けてしまう恐れがある。最悪の場合、リードしているクライマーはおろか、ビレイヤーもろとも吹っ飛んで、二人とも死ぬ可能性もある。プロテクションとしてボルトを打つことは、意気地なしがする行為だと思われていた。

父自身は、そういった考え方に飽き飽きしていた。ビッグウォールのエイドクライミングは、身の危険を顧みない、頭のネジの飛んだアドレナリンジャンキーの遊びで、突き詰めたところでどこにもたどり着けないと父は思っていた。

その一方、ヨーロッパではクライミングの概念がすっかり変わっていた。アルピニズムが生まれたアルプス山脈を擁するヨーロッパでは、山に登る行為は称賛され、神聖な行為だという考え方もあった。けれども、ヨーロッパのクライマーの多くは、アルピニズムにつきまとう危険を回避しながら、技術的に難しいルートに挑戦することに情熱を燃やし始めた。なかでもフランス人は、いち早く小型の電動ドリルを使い始め、それまではプロテクションが取れなかった岩壁に、小さいけれども頑丈なボルトを数メートルおきに打った。さらに、墜落時の衝撃を吸収する、驚くほど丈夫で軽いナイロン製のロープを使った。ボルトと最新のロープのおかげで、墜落することは、もはや命を脅かす恐ろしいものではなくなり、より困難なトライにつきものの日常風景となる。信頼して身を預けられる安全な環境が整ったことで、傾斜の強い壁の最も難しい箇所をフリーで登るという行為に、クライマーたちが集中できるようになり、個人の能力の限界を追求する内なる旅に出られることになった。

この新しいタイプのクライミング――今日では、世界中で最も人気があるクライミング――はスポートクライミングと呼ばれている。

八〇年代、スポートクライミングは大西洋を渡りアメリカにも伝わったが、激しい抵抗に遭った。クライミングは自由でなければとお題目のように唱えていたにもかかわらず、伝統を重んじる揺るぎない信念を持っていたクライマーたち――当時のアメリカのクライマーのほとんどがそうだった――はスポートクライミングを自分たちの神聖な営みを踏みにじるものだと考え、けんか腰の意見を声高に主張した。スポートクライミングなど、スポーツでもなければクライミングでもないと。スポートクライマーたちがクラックのない一枚岩にボルトを打ってルートを開拓すると（通常、ボルトはそのままずっと同じ場所に残る）、トラッドクライマーがやってきて、そのボルトを抜いていく。抜けなければ、叩き落としていくのだ。両派のあいだで殴り合いになったこともある。このアメリカのクライミング史上最も醜い軋轢の時代は、ぼくがクライミングを始めたころにはある程度落ち着いていたが、まだまだ収束にはほど遠かった。

ぼくの父は、けっして過去を振り返らず、常に前を向いていた。そういう父の考えのおかげで、ぼくらはマウント・レモンでボルトにロープをクリップし、難しいムーブの練習を重ね、けがをすることなくロープにぶら下がることができた。手が汗で滑らないよう、滑り止めのチョークバッグを腰につけた。難しいスポートクライミングのルートの長さは、せいぜい二〇メートルから二五メートルほどで、それまで重ねてきた努力を信じて、正確さを追求していく勝負だ。

アリゾナでは、同じような考えのクライマーたちに出会った。その一人に、元体操選手で以前はトラッドクライミングに傾倒していたという女性がいた。その後、スポーツクライミングやコンペティション（人工ホールドが付けられたベニヤ製のオーバーハングした壁で競う新しいタイプの競技）に積極的に取り組むようになり、ヨーロッパで国際大会を転戦しているという。とても強いクライマーで、ワールドカップやほかの大きな大会で何回も優勝している。ここマウント・レモンでも、ほかの誰よりもうまかった。女性で初めて5・14というとんでもなく難しいルートを登ったこともあるのだ。のちに、この身長一五五センチの細身だが屈強な女性、リン・ヒルは自分の持ちうる技術を総動員してエル・キャピタンのノーズを世界で初めてフリーで完登する。そのクライミングは、ノーズをフリーで登るなんて不可能だという先入観を打ち砕き、今でもクライミング史に残る最大の偉業とされている。その後、リンは男性優位のクライマー社会に向け、これまたクライミング史でも最も知られている辛辣な言葉を残している。「坊やたち、登れるわよね？」それまでのクライミングの世界をがらりと変えたのは、彼女の卓越した技術だけでなく、クライミングに対する彼女の考え方だった。

当時のぼくは、そういうことを何も知らなかった。ただ、鏡のようにつるつるの垂直の岩を、宙に浮いているかのごとく登っていくのを見ているだけだった。あるところまで登っていくと、リンは両脚を一八〇度広げて、硬貨一枚の厚みほどしかないエッジにつま先を押しつけたまま、手にチョークをつけ、下にいるビレイヤーと話し始めた。ぼくも父も口をあんぐりと開けてリンを見上げた。まさにぼくたちは、新しいクライミングを目の当たりにしていた。気後れとは無縁な父は、頃合いを見計らってリンに話しかけた。ぼくはひと言もしゃべらずに、リンの登る姿に見惚れていた。ぼくもリンと同じように、体重が軽くて柔軟性があり、小柄なわりにはパワーもあった。たとえ一ピッチのショートルートでも、岩に取りついて、どんなムーブで登れるかというパズルを解く感覚が好きだった。そういう創造的な部分にぼくは惹かれた。
そのときは、スポートクライミングの奥深いところまで理解する時間はなかったけれども、そこで学んだことや、体験したことはあまりにも魅力的だった。ぼくたちは大いに刺激を受けてコロラドに戻った。しかし、九三年のその夏には、ぼくたちにはまだやることが残されていた。

ぼくたちは実家のエステス・パークに帰ったけれども、母が洗濯機を何回か回すや次なる旅に出かけた。父がパッキングを手伝ってくれ、ぼくらは次なる目的地のフランスに旅立った。夏のあいだ、フランスで山岳ガイドの仕事をすることになったのだ。父は会社から報酬を受け取る代わりに、ぼくがその旅にガイドの補佐として同行できるよう手配してくれた。またしても、ぼくは外国をめざして飛行機に乗ることになった。

フランスはスポートクライミングの発祥の地であり、世界のスポートクライミングを牽引する場所として知られていた。父はお客さんたちが到着する二週間前に、南フランスの有名な岩場に行こうと考えていた。ぼくたちは主なスポートクライミングのエリアが載っているトポ〔ルート図〕を買い、パリから列車に乗った。それまで花崗岩の壁を登っていたので、垂直を超える傾斜の経験はほとんどなかったが、フランスでは、スポートクライミングといえば規模の小さい石灰岩が対象だった。なかでもすっきりした岩になると、上部がせり出し、ほとんどのルートがオーバーハングしている。

そこでのクライミングはまるで体操を見ているようだった。効率的に登るには曲芸師のような身のこなしが求められる。体重とパワーの比率が重要で、重い筋肉は不要な重りと化す。ぼくはそれまで、理想的なクライマー体型は樵《きこり》か消防士のような体格だと思い込んでいたけれど、ヨーロッパのクライマーは、ぼくと同じようにやせていて体重も軽かった。彼らの登る姿を見ていると、まるでオーバーハングという舞台でモダンダンスを踊っているような錯覚に陥った。

今でも覚えているのは、クリューズという岩場で飛び抜けて強かったフランス人のクライマーの姿だ。背が低くて細身で、完璧に鍛え上げられた肉体。ムーブをこなすたびに肩の筋肉が浮き出る。きつきつのクライミングシューズを履き、タイツ姿でオーバーハングを軽々と登っていく。父が同じルートをトライしても、身体の重さですぐに指が開いてしまい、うめき声を上げて落ちてしまう。フランスのクライマーにしてみれば、父はまるで相撲取りだった。幾度となくそのルートをトライしても登ることができなかった。肉体を駆使するスポーツで、父がほかの人にかなわなかったのを見たのは、それが初めてだった。

その時点では、ぼくは自分が目の当たりにしたものをきちんと理解していなかったし、その夏、南アメリカとヨーロッパに来られたことがどれだけ恵まれたことだったかもわかっていなかった。ぼくの両親は、子どもに物を買い与える代わりに、できるだけ多くの人生経験をさせることが親の務めだと考えていた。

南フランスでぼくたちはがむしゃらに登った。現地のクライマーがやっていたように、地面からホールドを観察し、核心部をすばやく登って大きなホールドでレストするといったことをまねしようとした。そこでのクライミングは、動き方やペース配分がトラッドクライミングとはまったく違っていた。トラッドでは、どのようにして登るのかという秩序立った考えが必要になる。ルートはスポートよりはるかに長く、どこにプロテクションを取るかという戦略がとても重要になる。言ってみれば、けがをする恐れがある障害物コースを走るマラソンのようなものだ。一方、スポートクライミングは、一心不乱に打ち合ったあとに、ロープ際でクリンチしたり、マットの上でひと息ついたりするボクシングやレスリングと共通点がある。でも、どちらもクライミングに変わりはなく、複雑で戦略的要素が必要だ。

二週間も経つと、ぼくたちの指先は硬くなり、石灰岩の傾斜にも慣れてきた。トライするルートも傾斜が強く難しいものになっていった。着いたころよりは登れるようになっていたけれども、行く岩場行く岩場に、父よりもはるかにうまいクライマーが何人もいた。しかし、父は腐ることなく、彼らの登る姿に感動し、いつもの楽天的な調子でほかのクライマーへの称賛を惜しまなかった。

父の仕事の日が近づくと、ぼくたちは列車でシャモニーに向かった。シャモニーに着くと、突然、街の向こうに、のこぎりの歯のような稜線がくっきりと姿を現した。天を突くような氷と花崗岩の尖峰だ。アルピニズムの歴史は、このモンブラン山群抜きでは語れず、シャモニーにはクライミングの文化が根づいている。仰ぎ見る山々の姿は、荘厳で人を寄せつけないように見える。フランスのスポーツ界では、クライマーはアメリカ人にとっての大リーグのスター選手と同じくらい人気があるという。彼らは国民のヒーローとなり、クライミング人気が過熱していく。その結果、多くの人が押し寄せ、シャモニー周辺では毎年一〇〇人以上が山で命を落としていると、シャモニーに着いたときに父が教えてくれた。父は街に着くとすぐに、ぼくたちが登ることになるモンブランのルートを指さした。まず樹林帯を数百メートルほど登ると、森林限界を超えて傾斜のゆるい岩場に出る。そこから崩れ落ちそうな氷河の斜面をトラバースして、二〇階建てのビルが何棟もすっぽり入ってしまいそうなクレヴァスのあいだを縫うように進んでいくと、モンブラン上部の山稜が見えてくる。その青い氷が続く斜面を登っていき、はるか遠くに見えていたドーム状の山頂に至る。登ってみたくなる山だったけれども、十四歳のぼくにとっては、あまりに刺激が強すぎて遠い世界に感じられた。ぼくはその午後中、胸をときめかせながら、ホステルのバルコニーで、そのルートをずっと眺めていた。

ぼくたちは高度順応のため、ロープウェイに乗ってエギーユ・ド・ミディに向かった。標高差三〇〇〇メートルほどを三〇分足らずで一気に登っていく。店が軒を連ねる街の風景が、登っていくにつれて緑豊かな樹林地帯に変わっていく。遠くには、氷瀑のかかる氷河の末端が見渡せ、クレヴァスがいくつも口を開けている。山の上には、人を寄せつけない岩と雪と氷の世界が広がっている。

ロープウェイを降りると、ぼくたちは氷河の上にそびえ立つ岩場に取りついた。眼下にはめまいがするほどの景色が広がっていたが、自分が本当に岩を登っているという感覚がなく、どういうわけか達成感もなかった。取りつきまでロープウェイで登ってしまったので、山と岩壁の大きさや美しさを実感することができなかったのかもしれない。子どものころ、こつこつと土を掘っていたあの充実感をぼくはまだ求めていた。その日は、自分たちのクライミングを上からテレビで見ているような非現実感があった。

翌朝、父がガイドするお客さんたちと合流し、ロープウェイを途中の駅で降りて、モンブランの山頂をめざした。最初に出てくる氷河では、岩につけられたペンキの印をたどっていった。巨岩のあいだを縫うように無数のクランポンの跡が氷河に刻まれ、溝ができている。登っていく途中で、ある男性がクレヴァスを跳び越えようとして下に落ちてしまった。しかし、ものの数分でヘリコプターが飛んできて、クレヴァスにロープを垂らした。救助された男性は、ほぼ無傷だった。ヘリは男性をロープに吊り下げたまま、麓のシャモニーに帰っていった。

その晩、ぼくたちは宿泊者でごった返すグラン・ミュレ小屋に泊まった。小屋は氷河に囲まれた岩塔の上という壮大な場所に立っている。標高はコロラドのぼくたちの家とそれほど変わらないのに気絶した人がいた。三〇〇メートルほどの空間の上に設置されたトイレには、穴が開いたベニヤ板が渡してある。下をのぞくと、トイレットペーパーや排泄物が山肌を汚していた。頂上へと続くルートも人だらけで、登山の経験が浅く、モンブランの頂上に立つことしか興味がなさそうな客たちや、彼らを引き連れたうんざりした表情のガイドたちの列に交じって、ぼくたちは斜面を登った。

モンブランに登ったあと、スイスのツェルマットに移動してマッターホルンに登った。これもモンブランのときと同じような経験だった。

このとき目にした美しい風景はすばらしかったし、遠くから眺めた山々もそれまでに見たなかで最も美しかった。けれども、どこにいても街のただ中にいるような気がした。頂上までのルートは整備され、不確定な要素はほとんどなかった。ぼくは、その夏の終わり、人の手が加えられていない遠く離れたアンデスのことや、オーバーハングした壁で難しいムーブに集中した日々のことを懐かしく思い出していた。そのとき、一つだけ確信できたことがあった。ぼくはそのとき、一人のクライマーになったのだ。

九四年の春、父はエステスパーク周辺の岩場のなかでも傾斜の強い未登のパートを、それまでとは違った視点で観察し始めた。父の手にはドリルが握られていた。いつものことだが、父はスポートクライミングに全力で取り組んだ。ギアでプロテクションが取れる既成のルートにはボルトを打たなかったが、だからといって問題が起こらないわけではなかった。ヨセミテで起きたような殴り合いはなかったけれども、父自身がボルトを打ったルートに取りつこうとすると、ボルトが一本も残らず抜かれていたことがあった。何が言いたいのかは明白で、埋まらない溝がそこには存在した。自分たちの大事な岩場をスポートクライマーのボルトで〝穢《けが》される〟のが気に入らない人びとがいたのだ。でも、幸いにも面と向かって父と対決しようとする人はいなかった。父がステロイドを服用していたのは遠い昔のことだけれども、いまだに堂々とした体格をしていて、固い信念を持っている父は挑んでくる者がいれば受けて立っただろう。

クライミングは、けっしてゼロサム・ゲームなどではないと父は考えていたし、どんな人であれ、またどんなスタイルで岩に登るのであれ、そしてどんなタイプのクライミングであれ認められるべきだと思っていた。こういう大らかな考えのせいで、逆に父は友人を失った。今となってみればおかしな話だ。それまでに山を登ってきた人たちは、どうしてスポートクライミングのジムナスティックな側面やテクニックを受け入れられなかったのだろう。結局のところ、クライミングをもっと楽しもうとしていた人たちのほかに、新しい技術とビッグウォールの考え方を融合できた人びとが、クライミングの概念を大きく変えた。

成長して多くのクライマーたちと出会うようになって、ぼくはその父の懐の深さに大きな影響を受けていることを実感した。自分と異なった考え方の人たちに出会っても、ぼくは意見の異なる人たちをにべもなく退けるのではなく、そのやり方を学んで自分の中に取り入れようとした。そうした〝自分の好きなことをやる〟という考え方は岩場だけではなく、日常生活でも役に立った。学校で徒党を組むようなことはなく、他人の価値観や期待に沿って行動すべきだという圧力に抗った。運動のできる子、ダサい子、格好いい子、いじめっ子といった学校の中での序列は、ぼくにとってどうでもいいものに思えた。

このヨーロッパスタイルの〝侵略〟が不穏な空気をつくり出すなか、アメリカにはスポートクライミングの小さなコミュニティができつつあった。インドアのクライミングジムも主な都市にでき始めた。ぼくたちは往復三時間かけてデンヴァーまで行き、そこの「パラダイス・ロック・ジム」で登ることもあった。あるときそのジムで、父はオーバーハングした一一〇度のルートをトライしていたが、遠いクロスムーブが出てくるところができなかった。ロープにぶら下がりながら何度かやろうとしてみたものの、どうしても解決できない。ぼくがやってみると言うと、父は目を丸くして、いつもの「グッド・ラック」という調子でぼくのビレイをしてくれた。クロスムーブのところに差しかかったぼくは、苦労せずそこを突破した。父よりうまく何かを成し遂げられたのはそのときが初めてだった。スポットライトの光がぼくを照らしてくれたり、父がたいまつをぼくに手渡してくれたりすることはなかった。また、アドレナリンが噴き出ることも、優越感やそれに似たものを感じることもなかった。それどころか、もっと高いところにある右側のフットホールドを使って、もう少し腰をひねって登ってみたらなどと父にアドバイスしてしまった。父は感情がいつも表に出る人だった。ぼくのアドバイスを聞いたあとの父の表情は、クリックされるのを待っているずらりと並んだサムネイル画像のようだった。戸惑い、落ち込み、むっとし、そして誇らしげな顔になる。父は意を決してもう一度同じルートに取りついた。

父は、アメリカでも最も難しいスポートルートにトライしようと決めていた。九五年の夏は、ヨセミテや遠い国の山々に赴かなかった初めての夏だった。ぼくたちはワイオミングやカリフォルニア、ユタ州の岩場を訪れた。スポートクライミングに出会う前は、肉体的な限界に挑むというよりも、岩や山で経験を積むことが重要だった。少なくともぼくたちが登ろうとしていたレベルの山では、登頂できるのはほぼ確実だったし、父は危険を冒す気はまったくなかった。スポートクライミングでは、技術的に上達することが何よりも重要なことだった。ある地点からある地点までどれだけスムーズに動けるか、どれだけ早くたどり着けるか、そして一連のムーブをどれだけ効率的につなげられるかといったことだ。

能力の限界に挑むクライミングに集中することで、ぼくのさまざまな感覚は鋭くなった。岩の細かい特徴が目に飛び込んでくる。甘いビャクシンの木のにおいが風に乗って漂ってくる。さらに、自分の息遣いのリズムや、身体をいかにして正確に動かすかということに敏感になった。来る日も来る日も、岩を登ってテクニックを磨き、違ったタイプの岩でムーブの蓄積を増やしていった。夜になると、次の岩場へ車で移動した。ぼくはルートにトライするたびに、それまでよりも強くなり、身体も軽くなり、うまくなっていることを実感した。上達しているという感覚を、心の底からもっと味わいたかった。

旅の最後に、ソルトレイク・シティの近くにある、アメリカン・フォークと呼ばれる小さな岩場で一週間を過ごした。その夏はひたすら登っていたので、指は強靱になり、背中の筋肉は盛り上がり、上腕には血管が浮き上がっていた。ぼくたちはクライミングを終えたあと、コロラドの家に戻る途中で、スノーバードの大会に立ち寄った。

アメリカ初の大きなクライミングコンペは、一九八八年にユタ州スノーバードというリゾート地で行われた。一二階建てのホテルの壁に人工ホールドが取り付けられ、屋上近くに三メートルほどのオーバーハングが設置された。コンペはテレビで放映され、ぼくたちはそれをＶＨＳのテープに録画して、擦り切れるほど何度も再生した。

毎年、スノーバードのコンペには、最強のスポートクライマーがアメリカ全土から集まるので、どうしても生で見てみたかった。コンペでは、エキスパートの部の前日に誰でも参加できる一般の部というのがあった。ぼくは、クライミングがうまくなってきてはいたが、人と競うというのが好きではなかった。他人と競う団体スポーツで、挫折を幾度となく味わってきたからだ。けれども、試しに出場してみろと父に強く勧められ、ぼくは父を喜ばせたい一心で参加することにした。いつもやっているクライミングと何も変わらない、と心の中で自分に言い聞かせた。

一般の部が行われる午後、ぼくはだぶだぶのタンクトップにゼッケンを付け、地面に視線を落としたまま壁の前に歩いていった。スキーのゲレンデを疾走するマウンテンバイクに乗った人たちの声が遠くから聞こえてくる。観客席はがらがらで、物見高い見物人が数人いるだけだった。テレビほどの大きさのスピーカーからベックの「ルーザー」が流れていて、ペンキが乾くのを眺めるのと同じくらい退屈なイベントを盛り上げようとしている感じだった。ホールドが付いた一二階建てのビルの壁が覆いかぶさるように迫ってくる。ぼくはロープをハーネスに結び、結び目を確認してから、駆け上がるようにして終了点まで登った。

変だな、とぼくは思った。どうしてこんなに簡単なんだろう。そのあとの三つのルートは少し難しかったけれども、小さなホールドを遠くに配置することで難度を上げているようだった。明日、トップクライマーたちがこの壁――一般用のルートよりもずっと難しいとしても――を登るんだ。そう想像すると胸が高鳴った。

最後のルートを登り終えると、父が腕を大きく広げて強く抱き締めてきた。「すごいぞ、トミー。いとも簡単に登ったじゃないか」

「だって簡単なルートだったから」ぼくは肩をすくめた。「ルートセッターのミスじゃないかな」

「そうじゃない。全ルートを完登できたのはおまえだけだったぞ」。クライミングのコンペでは、選手たちはほかの選手の登りを見ることはできないので、ぼくは全員完登したのだと思っていたのだが、どうやらそうではなかった。

突然、背筋が寒くなってきた。「ということは……明日も登らなくちゃいけないってこと?」

「ああ、そういうことだ」父は言った。「そこでもガツンとかましてこい」

ぼくは唖然として立ち尽くし、はらわたをかき出されたような気分になった。明日、ジョージ・スクイブやクリスチャン・グリフィスといったスターたちと競い合うことになるんだ。いろいろな雑誌に載っているような、年上の人ばかりだ。彼らはアメリカのスポートクライミングのパイオニアで、とくにグリフィスは第一人者だった。山から下りてきて、火を見たことのない未開の人びとに炎を授けたようなクライマーで、アメリカでいち早くフレンチスタイルのクライミングを取り入れて牽引してきた。

「トミー、おまえなら登れる。いつものように楽しんで登ってこい」と父は言った。ぼくがプレッシャーに押しつぶされそうになっているのを意識させないように、できる限りのアドバイスをしてくれたのだろう。

次の日の午前中、ぼくはヒーローたちと控え室にいたが、緊張して口も利けなかった。彼らが指先に紙やすりをかけたりストレッチしたりするのを、目を丸くして見つめていた。部屋の隅に座って目を閉じ、深呼吸している人もいた。みなそれぞれ自分の世界に入っていた。ぼくのいちばん好きなグリフィスは、その場で何度もジャンプしていた。グリフィスはそのときの『ロック・アンド・アイス』紙の最新号の表紙を飾っていた。グリフィスがジャンプをしているなら自分もまねするべきだと思って、ぼくはこっそりと部屋の隅に行って、グリフィスがやっていたことをそのまままねてみた。

控え室の外からは、中の静かな緊張感とは対照的に、観客たちの大きなどよめきが聞こえてくる。観客席をまだ見ていなかったけれども、一般の部のときとは比べものにならない数の観客がいるようだった。乾いた唇をなめ、部屋の天井をじっと見つめた。水の漏れた跡が、錆びた茶色い染みになっていた。

この日のコンペは二つのルートで競うことになっていて、それぞれ二〇分の時間制限が設けられていた。これまでタイムなど計ったことがなかったので、どちらのルートもできるだけ速く登ろうと思った。自分の番が回ってくると、ぼくは大きく息を吸い込んだ。音楽が大音量で鳴り響き、観客席からはひそひそ声が聞こえてくる。ぼくはまったくの無名のクライマーで、スターが登場し、観客が総立ちになるまでの前座にすぎなかった。

三〇メートルほど上のオーバーハングを見上げる。控え室の天井と同じように、水漏れの染みができている。

ぼくは登り始めた。

何もかもが初めての経験だった。足を置くたびに鈍い音を立てるベニヤの壁。セメント製のホールド。そして大勢の観客。とはいっても、誰もぼくに期待などしているはずもなかったので、それほど緊張はしなかった――ただ、人の笑いものになるのだけはごめんだった。ホールドは小さくて遠かったけれど、最初のルートと二本目のルートを登っているときには、自分を上から見下ろしているような感覚になり、まるで宙に浮いている気分だった。身体の重みがなくなり、自由自在に動ける感じがした。一度たりともムーブに迷ったり、落ちるかもしれないという不安もよぎらず、目の前のホールドしか見えていなかった。最後の数ムーブをこなして二本目のルートを完登すると、観客が総立ちになって拍手し、足を踏み鳴らした。すべてが不思議な感覚で、まったく現実感がなかった。みんなが大騒ぎしているのは、ぼくが子どもだからだろうと思った。

下に戻って父に目をやると、父は釣られた魚のように身をぶるぶる震わせていた。口をぱくぱくと動かしてはいるが、言葉が出てこないようだ。目は大きく見開かれたままで、額や眼の周りには深い皺が刻まれていた。父は肩をすくめ、両手を広げてぼくを抱き締めた。

ぼく以外の人たちは、コンペの結果はわかっていたのだと思う。一時間ほど経ってから、ぼくが優勝したとアナウンスされたとき、ぼくは前の日と同じように唖然とした。コンペの運営の人が二人やってきて、ぼくを観客席の正面に急いで連れていった。ステージには表彰台が設けられていた。ぼくの横にはクライマーが二人立っていた。二人とも青ひげの生えた大人だった。ぼくは抜け殻のようになって立ち尽くした。

自分の名前が呼ばれるのが聞こえた途端、いつもの十六歳に戻った。自分がちっぽけで、取るに足りない存在に思えた。手をどこに置いたらいいかわからなかったので、両腕を身体に回した。表彰台に上がったものの、何をしゃべったらいいのかわからなかった。レジェンドたちに勝って、その彼らから拍手されているのだ。この現実をどう受け止めればいいのだろう。ぼくは司会者からトロフィーを受け取り、握手をした。司会者は少し屈んで、ぼくにマイクを向けた。燃え盛るたいまつを顔の前に持ってこられたような気分だった。その熱と光にぼくは一歩後ずさった。司会者は、ぼくにガッツポーズをとらせようと腕をつかもうとしたが、ぼくはすでに表彰台から下りていた。その場から立ち去りたかった。

ぼくはステージの下で待っていた父の胸に飛び込んだ。父の頰は涙で濡れていた。骨が折れてしまうかと思うほどきつく抱き締められた。しばらくのあいだわけがわからなかった。どうしてそんなに大騒ぎしているのだろう。なぜ父は泣いているのだろう。

その数日あとに、父が撮影していたビデオを家で見た。それを見ると、そのときの父の気持ちが少しだけわかるような気がした。壁を登るぼくの映像は、地震が起きたのかと錯覚するほどぶれていて、何が映っているかほとんどわからなかった。そこには、父の溢れんばかりの誇らしさと喜びが表れていた。そのとき両親は初めて、想像もつかないことが起こっていると気づいたのだろう。いつの日か、クライミングは息子にとって単なる趣味以上のものになると。

ぼくの優勝を喜ぶ父の興奮は、家に帰ってからも数日続いた。帰宅後初めてクライミングジムに登りに行ったとき、常連客の一人がぼくに話しかけてきた。「やあ、トミー。最近、どうしてたんだい?」

ぼくは答えた。「いつもどおりさ」

壁に近づいて最初のルートを登ろうとすると、父は大声で笑い出した。「〝いつもどおり〟だと? ばか言うな、トミー。聞かせてやれ、おまえが何をしでかしたのかを」

父は岩場での成果や登ったルートのことを仲間によく話していたが、このときの口ぶりはいつもと違っていた。

「こいつはスノーバードの大会に出て、すべてのルートを完登したんだ。まるでトミーのために作ったのかと思うほどだったよ。こいつは汗一滴かいてなかった。だよな、トミー?」

ぼくは聞こえないふりをした。その一カ月後、『クライミング』誌の巻頭にぼくの名前が載っているのを目にすると、満ち足りた気になった。ぼくは、自分で自分のことをクライマーだと思っていたけれども、これでみんなもそう思ってくれるかもしれない。

両親がキャンピングカーを買ったので、ぼくたちは週末ごとにクライミング・トリップに出るようになった。四時間ほど走ると、家からいちばん近い石灰岩のライフルマウンテン・パークという岩場に着く。谷底には美しい小川が蛇行するように流れ、両岸には緑の木々や藪が生い茂り、灰色と黄褐色が入り交じった九〇メートルの石灰岩の壁がそびえ立っている。うねるように広がっている壁の上部には、大聖堂にしつらえられた高窓のように巨大なオーバーハングが張り出している。ヨーロッパの岩場がコロラドの西部に突如出現してきたかと思わせるこの岩場は、アメリカでも有数のスポートクライミング・エリアになっていた。母も岩場まで来てビレイをしてくれることもあったが、ほとんどはヴァンの中で小説を読んでいた。姉のサンディは、たいてい家で友達と過ごしていた。

ライフルは、ジムナスティックなムーブが要求される複雑な形状をしたエリアで、当時、アメリカでは最も高いグレードのルートがそろっている岩場の一つだった。クライミングの難易度を示すものの一つに、ヨセミテ・デシマル・システムというグレード体系がある。クライマーたちはグレードでルートの難易度を判断する。グレードはムーブの強度と持久力《ストレニュアス》の度合いを加味してつけられる。最初の5という数字は、クラス1から5まであるうちのレベル5のクライミングであることを表し、ほとんどの人はロープが必要となり、もしロープをつけずに墜落した場合は、致命的な結果を招くことを意味する。小数点《デシマルポイント》を挟んで難易度を表す二番目の数字がくる。その数字には上限がなく、時が経って最高グレードが更新されると数字も大きくなる。現在、5・9以下のルートは初中級者向きとされていて、5・10

から上は、さらにアルファベットａ、ｂ、ｃ、ｄに分けられる。つまり、５・10ｄは５・11ａよりもやや易しく、５・11ｃよりもずっと易しい。ぼくたちが週末ごとに岩場を巡っていたころ、世界で最も難しいルートには５・14ｃというグレードがつけられていた。ライフルにも５・14クラスのルートが何本かあったが、当時、世界のどこを探しても、そのグレードのルートはごくわずかしかなかった。

父の考えでは、事前の準備と厳しい練習こそが、ほかのあらゆるものと同じように、クライミングにとっても最も重要な要素だった。クライミングジムで過ごす時間を増やしていけば、必然的に成果も挙がる。最高のクライミングをしてコンペで優勝し、喝采を浴びるには、ほかの誰よりもたくさん練習をする必要があった。その意味では、まさにぼくはそうした努力をするのに向いていた。ぼくは生まれてからずっと、精神的、そして肉体的な意味で〝掘り続ける〟ことをやってきた。疲れ切っても動き続け、肉体の疲れと痛みを精神で律し、最後までやり抜くときの甘美な拷問に酔いしれた。ほかの子どもたちが優先順位のトップに挙げること――友達付き合い――を犠牲にするのも厭わなかった。そんなことはどうでもよかった。

とにかく強くなりたかった。何よりもクライミングがうまくなりたかった。当時のぼくが、クライミング以外にきちんとこなせたのは、技術科のクラスだけだった。ぼくはペットボトル・ロケットを作成するコンテストや、CO_2のボンベを積んだプラモデルカーのレースで優勝したこともある。手を動かして学ぶのが得意なタイプの子どもで、立体パズルを解くような作業には没頭できた。岩のパズルを解くのと同じで、自分の限界にトライし、極限の集中力が必要とされるときにこそ、本領を発揮できた。それでも抽象的なことになるとそうはいかなかった。子ども特有の闊達で鮮明な想像力はなくはなかったけれども、子どものころに作ったぬいぐるみや、切り貼りして作った幾何学図形を思い起こすと、自分には物作りへの欲求がそのころからあったのかもしれない。

それに比べて、友達との付き合いは苦手だった。学校の生徒たちのなかには、父の影響でクライミングにのめり込む子もいて、そういう子とはクライミングの話ができた。クライミングに関してぼくが知っていることを伝えるときは、いいコミュニケーションがとれていた。でも、そういった関係はうわべだけのもので、クライミングの話をするときに限定されていた。だから、クライミングジムで会う大人たちとのほうが、過ごしやすいといつも思っていた。ぼくは自分の世界に閉じこもっていたけれども、そうした大人たちとは話すことができた。

スノーバードのコンペで優勝しても、一人前のクライマーとして認められたという自覚はあまりなかった。でも、コロラドのボールダーのジムでクリスチャン・グリフィスに、近くのフラッグスタッフ・マウンテンで一緒に登らないかと声をかけられたことで、そういう考えも少し変わった。スノーバードでは彼に勝ったけれど、あの時点では、彼はぼくのことなどまったく知らなかった。彼はクライミングのレジェンドで、ぼくよりも一三歳年上だったのだから。

ぼくは自分のことを、まだやせっぽちの小さな子どもだと思っていた。フラッグスタッフに行く当日、グリフィスはフォルクスワーゲンのＧＴＩで現れた。ぼくにはそれがものすごく格好よく見えた。身体を包み込むようなバケットシートはチェッカーボード模様の布張りで、ハンドルは改造した小さなものに付け替えられていた。シートベルトも締め終わらないうちに身体は座席に押しつけられ、焦げたゴムのにおいが鼻をついた。車は曲がりくねった山道を進んでいった。エンジン音をかき消すように、バイオリンやチェロやピアノの音楽がスピーカーから大音量で流れてくる。グリフィスはセンターラインなど自分には関係ないと言わんばかりに、対向車線に出てはまた戻るといった運転で、車を何台も追い抜いた。

車を停めるクラウン・ロック・トレイルヘッドに近づくにつれ、ぼくははっと思い知った。この人はぼくを怖がらせようとしている――そして、ぼくはそれにまんまとはまっていた。駐車スペースに入ると、グリフィスはわずかにスピードを落とし、サイドブレーキを思い切り引いた。車の後部が右にスリップし、一八〇度回転する。いや、一八〇度ではなかったかもしれない。車は二台分の駐車スペースにまたがって停車した。ぼくは座席で凍りついていた。グリフィスはエンジンを切り、少しのあいだぼくを見て笑っていた。すると何も言わずにクライミングギアを持って車を降り、ぼくを車に残したまま歩き始めた。バンパーにステッカーの貼られたその車は、ロックもしておらず窓も開けっぱなしのままだった。ぼくはわれに返り、クライミング道具をバックパックに入れてグリフィスのあとを急いで追いかけた。

今でもそのグリフィスの運転のことはよく覚えているけれども、そこでのクライミングの記憶はほとんどない。その後も二人でよく登りに行った。また、ぼくの最初のスポンサーになってくれたのもグリフィスだった。彼は「ヴァーブ」というクライミングのアパレルメーカーを経営していて、いくつかの商品の契約をぼくと結んだ。ぼくは両親に、このことはほかの人には内緒にしてくれと頼んだが、それも意味のないことだった。そのスポンサー契約は公式なものではなかったけれど、どういうわけかクライミングコミュニティの何人かに知られてしまった。スポンサー契約について気づいた人たちは、ぼくが魂を売って無料《ただ》でクライミング道具をもらっていると思っていたようで、クライミングの純粋さや神聖さを穢したと言って、ぼくとは口を利かなくなった。彼らの言いたいことはわからなくはないけれども、そのとき、地元のレストランでウェイターのアルバイトをしていたぼくは、その仕事が大嫌いで、狭い場所にずっと閉じ込められているのにも辟易していた。クライミングギアにお金を使わなくてよくなったら、いつかそのアルバイトを辞められるかもしれないし、お金がなくてもなんとかなるだろうと思っていた（運動した分の小遣いを渡すという父のシステムはもう機能していなかった）。それに、道具を提供してくれるのは、なんといってもあのクリスチャン・グリフィスなのだ。断る理由など見当たらなかった。

グリフィスのような人たちと登るのは刺激があって楽しかったけれども、彼らはみんなぼくよりもずっと年上で、どうしても堅苦しくなってしまったので、友達という間柄にはならなかった。クライミングが終わると、すぐに解散した。ぼくは学校でも、人気者の子たちのテーブルに座ってランチを食べることはなかったが、べつに気にならなかった。学校生活に関心がない生徒という悪評が立ったが、気にならなかった。周りから浮いていたせいで、居場所を探していた同じような子たちのグループに自然と受け入れられた。けれどもぼくには、クライミングがあった。ほかに行く場所があり、打ち込むことがあった。だから、その〝社交嫌いクラブ〟でもぼくは幽霊部員だった。

ぼくは自分のことをクライマーだと思っていた。けれども時が経つにつれ、はたしてそれだけでいいのだろうかと考えるようになった。クライマーであるとはどういうことなのだろう？　いったいどんなクライマーになりたいのか？　自分がいちばん幸せになるには何をしたらいいのだろう？

そういったことについて考えるのはやめて、ただクライミングをしていたかったけれども、ぼくの身体と心には変化の波が押し寄せていた。ぼくはクライマーだったが、一人のティーンエイジャーでもあった。

第4章 CHAPTER 4

だめだ、落ちる……。

「くそっ！」叫び声が渓谷の静寂を切り裂く。声が壁に当たって顔に跳ね返る。地上一五メートル。ロープに力なくぶら下がる。

「地面まで下ろして」ビレイをしている父にそう叫ぶと、父がロープを繰り出した。地面に近づくにつれ、唇をきっと結んだ父の顔が近づいてくる。ぼくを下ろすのに力を使っているからではない。悲しんでいるからそんな顔になっているのだ。

「あんなところで落ちるなんて！」ロープをほどきながら、ぼくはわめくように言う。頭に血が上り、視界がトンネルのように狭まっていく。クライミングシューズの紐をほどこうとするが、乳酸がたまっているせいで、指先は切り株のようになり使い物にならない。結び目をほどくことができず、かかとの部分をもぎ取るようにして脱ぐ。もう片方も同じようにして脱ぐと、いまいましい靴を二つとも近くの茂みに放り投げる。

クライマーが何人か、ぼくと視線を合わせないようにして横を通り過ぎていく。ぼくが何かしでかすと思ったのか、それともその場にいたたまれなくなったのだろうか。

ぼくは地面に座り込み、膝を抱えてうなだれる。こんなに早くパンプしてしまうなんて、なぜなんだ？

顔を上げて唾を吐く。唇から糸を引くように唾液がゆっくりと地面に落ちていく。唾さえまともに吐けない。ぼくはどうしてこんなところにいるんだろう？

すばやく立ち上がり、うつむいたまま一目散にヴァンに向かう。靴を履いていない足が土埃を巻き上げる。これがぼくだと気づいた人は、クライミング雑誌で読んだ記事なんて嘘っぱちだと思うだろう。

車に乗り込み、スライドドアを乱暴に閉め、横になって手のひらをまぶたに乗せる。目を閉じると、青や赤の光がちらちらと揺らめく。

父さんはどこ？　この岩場からすぐに離れたいのに、どうしてわかってくれないのだろう。エンジンをかけ、父を置いて行ってしまおう。運転ならできる。クライミングができないだけだ。

「徹底して練習する」という父の真言を忠実に受け取って、ぼくは身体と技術の鍛錬に一心不乱に取り組んだ。九六年の夏は、週に五日、一日五時間から一〇時間をトレーニングに費やし、日常生活のすべてをつぎ込んだ。この世界には、ぼく自身とクライミング、そして自分の意思しか存在しなかった。来る日も来る日も、身体が動かなくなるまでトレーニングを辛抱強く続けた。けっして途中でやめることはなかった。脳の命令に身体が従わなくなるまでひたすら身体を酷使し続けた。

何かで一番になれるという考えは、何よりも魅力的な霊薬だった。目立たなくて影が薄く、周りから顧みられていないと感じた子ども時代のせいで、クライミングでの成功を何よりも追い求めるようになっていた。十代のぼくの身体は、トレーニングで得られる刺激をどんどん吸収した。手は頑丈になり、上腕は太くなり、背中は広くなって、心も強くなった。

ぼくはアメリカで有数のスポートクライマーになった。ほかのトップクライマーが登れない壁を登り、さまざまな雑誌に記事が載った。ぼくがクライミングをしていることに気づくと、人びとはルートの下に集まって見物をした。サインを頼まれたこともあった。

クライミング能力が高まるにつれ、自信がついて、クライミングやそのほかの人生でも注目されたいという願望が大きくなり始めた。ずっと自分のことを軽いゴムバンドのようだと思っていた。伸縮性があって切れにくく、軽い。ぼくの進歩も、ヨセミテフォールのように勢いがあり、とどまるところを知らなかった。クライミングも自分自身もきちんとコントロールできるようになった。ジムで会ったほかのクライマーから目をそらして自分の実績をむやみに謙遜することなく、事実を話すようになった。ぼくの成し遂げたことは成し遂げたことだ。それ以上でもそれ以下でもない。褒められたときには、短くお礼を言った。

父とぼくは毎年発売される『マスターズ・オブ・ストーン』というビデオをよく見た。二人でカーペットに座り込んで、そのとき話題になっている岩場の映像を食い入るように見つめた。父はメモを取り、ぼくを連れてビデオに出てくる岩場へ出かけた。ぼくは、ヨーロッパの最難関のスポートクライミング・エリアを思わせるコロラド南部のシェルフ・ロードという岩場で、〈チョンピング・アット・ザ・ビット〉と名づけられたルートを登り、またしてもメディアにもてはやされた。やがてぼくは『クライミング』誌の表紙にも載るようになった。

けれども、ぼくの身体は変わりつつあった。

クライミングの停滞期に入り、コンペで勝てなくなった。父やぼくが望むようには上達しなくなったのだ。『クライミング』誌が家に届くと、父がぱらぱらとページをめくって、何気なく脇に放るのをぼくは目にした。父は何も言わなかったが、はたから見ても失望しているのはわかった。ぼくの気持ちは沈んだ。父をがっかりさせてしまったと感じたからだ。父は自分の学校の仕事があるので、毎回コンペを見に来ることはできなかった。ぼくはホテルに帰ると、重い気分で電話をかけた。ひどく胸がつかえ、腹の中のチョウがハゲタカに変身して、内臓や神経を食い荒らされる気がした。

単刀直入に言った。「六位だった」

「六位か……。また上位五人に入れなかったのか」

「うん」

「いったいどうした」

「少し緊張しちゃったんだ。核心のムーブで——」

「気持ちの問題だろう、トミー。問題があるのはおまえの心だ、ムーブじゃない」

ぼくはベッドに座って、頭の中を駆け巡るさまざまなものを整理しようとしながら耳を傾けた。

次第にぼくはコンペに出場することが嫌になっていった。とりわけ地元で行われるコンペが嫌いだった。父が見に来るからだ。電話の向こうにいるときは、父の落胆を和らげられるような気がしたが、面と向かっていると、まともに衝撃を感じた。けれども、父の言わんとすることをしっかりと受け止め、さらにトレーニングを積む動機づけにした。以前のように、励まされただけではモチベーションがわかなくなっていた。父はぼくの勤勉さこそがいちばんの強みだと思っていた。褒めそやされても、もはやぼくの心が燃えることはなかった。ぼくたちは袋小路に陥っていて、脱出するためのあらゆる方法を探っていた。

けれども、実のところ、ぼくがあがいている真の原因はぼく自身にあった。心だけでなく、身体そのものも原因になっていた。十代の半ばから終盤に差しかかるなかで、筋肉が大きくなり体重が増えた。

それを支える指の強さや技術がまったく追いついていなかったのだ。難しいルートでは、身体を引き上げることが難しくなり、核心部分では、自分が傍観者になったように感じた。じわじわと指が開いて、なすすべもなく身体が壁から剝がれるのをただ見ているしかなかった。よく感情が爆発して叫び声を上げたが、十代の声は甲高く耳障りなだけだったと思う。結局、息を切らし、打ちひしがれてロープにぶら下がった。

クライミングで成果を挙げたりコンペで勝ったときに、自分がどう感じているのかはもちろんわかっていたが、父がどう思っていたのかはわからない。ぼくにとって、一番になるということは、ほかのクライマーに勝つことではなかった。父はいつもぼくに寄り添っていてくれたけれども、不調の原因はぼくの頭の中にあるわけじゃないと言っている父の言葉が心の底にあった。つまり、ぼく自身が最大の敵であり、知り尽くしているのに、負かすことのできない競争相手だということだ。競争の世界には、ぼくの性格に合わない何かがあるのだろうか?

その夏、ぼくたちは毎年恒例のクライミングトリップに出た。今回は、もう一人のパートナーがいた。『マスターズ・オブ・ストーン』に出ていた、ぼくよりも若い、本物の達人《マスター》だと思える少年だ。少年の名前はクリス・シャーマといった。

最初からぼくはクリスに嫉妬していた。クリスは並外れた才能を持っていて、カリスマ性があり、登る姿も絵になった。それに引き換え、ぼくはずっとぎこちなく、努力家を絵に描いたような人間だった。

初めて会ったとき、ぼくは十七歳になったばかりだった。クリスは十五歳で、すでにコンペでは神童と言われていた。カリフォルニア北部にあるサンタクルーズの出身で、その周辺には岩場がほとんどなかった。運転免許を持っていなかったので、主にインドアで登っているという。それで、ぼくたちは一緒に旅をすることになった。

ぼくと同じように、クリスは年の割に小柄だったが、ずっと向こう意気が強かった。初めて会ったとき、手をけがしていてうまく登れないと話していた。学校でいじめっ子にからかわれたので、その子の後頭部を殴り、そのとき手の骨にひびが入ったという。ただ血気盛んなだけでなく、のんびりとしたカリフォルニアのサーファーのような雰囲気も漂わせていたが、水面下には活発な性格と大いなる好奇心、そして気の荒さが潜んでいた。

ぼくたちはユタ州北部のローガン・キャニオンで落ち合った。ワサッチ山脈から枝分かれするベアリバー山脈を切り裂く渓谷だ。〈スーパー・トゥイーク〉と呼ばれる5・14bのルートを登ることになっていた――ユタ州で最も難しいルートの一つだ。岩場での経験が少ないクリスにこのルートをやらせるのは、深い淵に投げ落として泳げるか試すようなものだった。初日にぼくは、片手に大きな切り傷を作ってしまい、指にテーピングをして登ったが、血が染み出し、鋭いホールドをつかむとつるつるの剃刀の刃をつかんでいるようだった。何度もトライしては落ちてクリスと交代した。その日の終わり近くに、クリスが完登した。**いま登らなければ自分はくず男になる**、とぼくは思った。それからさらに二日トライを続けた。結局、ぼくはくず男になった。

ワイオミング州のランダーへと向かいながら、ぼくは指といら立ちを癒した。クリスはまったく気にしていないようで、自分の世界に入り、ウォークマンでボブ・マーリーを聞いていた。父とぼくは交代で運転した。ワイルド・アイリスと呼ばれるエリアで車を停め、〈スローイング・ザ・フーリハン〉と呼ばれるルートを登った。

「フーリハン〔カウボーイの投げ縄の一種〕って何？」クリスが登りながら、にやにや笑って尋ねた。

「さあ」ぼくは父がクリスをビレイするのを見ながら、わずかに妬ましさを感じつつ答えた。

数時間後、ぼくはフーリハンではなく、怒りを投げつけたい気分になっていた。クリスは完登したが
ぼくはまたも核心を突破できず、むしゃくしゃして自分にいら立ちながら降りてきた。

クリスはルートを次々と完登していったが、それはぼくにとってつらいメッセージともなった。クリスに腹を立てていたわけではなく、自分自身に腹が立った。疑いの種がまた芽吹いていたのだ。父がそのことに気づいていたのかどうかはわからない。ぼくたちは南に下り、慣れ親しんだライフルに向かった。クリスとぼくは難しいルートを片っ端から登ったが、ぼくは嫌な予感を覚えた。

クリスは、ぼくよりもクライマーとして優れていた。動きは流れるようで、重力など一切感じていないようだった。ぼくは感嘆の声を上げるしかなかった。一方、ぼく自身はがむしゃらに登っていた。自分はこんなものではないという思いや周囲の期待が重荷になっていた。自分への不信や、以前は楽しかったことが今は冒険ではなく仕事になってしまった、という感覚が足を引っ張っていた。ライフルに戻って、いい登りをしても、軽い二日酔いのような状態が消えなかった。感覚も鈍くなったようだった。周りの色があせて見え、空気もすえたようなにおいがした。小川の音が耳障りに感じるようになった。


そのあとも旅は続いた。クリスはぼくの心の中で起こっていることを知らなかった。ぼくたちは仲よくやっていたし、今でもいい友達だ。だが、時間が経つにつれ、ぼくの傷ついた自尊心は癒えていった。知っている唯一の方法で心を強くするしかなかった。自分を甘やかすのではなく、厳しいトレーニングをすることで解決しようとした。けれども、スポートクライミングに打ち込めば打ち込むほど、何かが足りないように思えてきた。

クリスと過ごした九六年の夏のあと、ぼくは世界が驚きと色彩に満ちていた日々を思って嘆くように

なった。自然を愛おしみ、雷から逃げ、父の目が愛に――コンペの成績に対する悲しみにではなく――輝くのを見つめた日々を。**いったいぼくはどうなってしまったんだ。単なるクライミングなのに。楽しいはずなのに。**

一九九七年のある美しい秋の日、ライフルで冴えないクライミングをしたあと、ぼくは車の床を見つめていた。遠くから聞こえてくる川のせせらぎを聞いていたとき、ある考えがふと頭をよぎった。ぼくはもっと大きな冒険を人生に取り戻すべきなのかもしれないと。

父のほうを振り返ると、父は渓谷の向こうのぼくが登れなかったルートを見つめていた。おそらく何か励ましの言葉を考えているのだろう。今の決まりきった生活から抜け出すためには、なんらかの刺激が、新しい挑戦が必要なことをぼくはわかっていた。

「父さん、ぼく、エル・キャピタンをフリーで登れるかな」

クライミングをやらない人には、この質問は唐突に思えるに違いない。けれども、情熱のあるクライマーなら、誰しもエル・キャピタンを登ってみたいと考える。エル・キャピタンをフリーで登るのは、月面に着陸するくらいとてつもないことなのだ。

沈黙が続いた。「やってみる価値はある」父はゆっくりと息を吐いた。

しばらく父は、唇を噛んでじっとしていた。目がゆっくりと左右に動く。さまざまなシナリオを考えているのがわかった。父にとって、エル・キャピタンを登ることは大きな冒険の一つだった。一九六八年、父はノーズを登った一九人目の人間になった。三日半での完登は当時の最速記録だった。まだハーネスがなかったので、腰にシートベルトのようなものを巻き、古いゴールドラインのロープと手製のピトン、重いスチールのカラビナを使った。そのすぐあとにも、エル・キャピタンでさらに二つのルートを登った。のちには、別のルートを登っているときに悪天候で救出されたこともあった。

ヨセミテで登っていた時代に、父は何度も予定外のビバークをし、ひと晩中震えて過ごしたり、生涯忘れることのない夜明けを目の当たりにした。そうした苦難や美を経験する瞬間、クライマーは自分が超越した存在であるかのような気分を味わう。

けれども何年か前、父の親友二人がロッキーマウンテン国立公園でアイスクライミングをしているときに雪崩に遭った。吹雪の中、父は夜を徹して親友を探し、翌日も必死に捜索をした。家に戻ってきた父は、マウンテンブーツも脱げないほど疲れきり、床に座り込んだ。寒風で赤くなった顔を涙が流れ落ちた。父は喜びや誇らしさで泣く人間だったので、悲しみで涙を流す父を見たのはそれが初めてだった。

「アイスやアルパインクライミングには外的な危険が多すぎる」父はよくぼくにそう語った。山の環境は刻々と変わる。そういったコントロールできないリスクのことを指して言ったのだろう。ぼくは父の言葉を信条とした。ロッククライミングならば、自分がしっかりしていればいい。父がぼくをダイヤモンドやロスト・アロー・スパイアといった岩塔や、モンブランやマッターホルンのような山に連れていったとき、父はそのことを危険な行為とはとらえていなかった。その場所を熟知していて、ぼくはただ父の庇護下にいればよかった。

父が心配していたのは、エル・キャピタンを登ることそのものではなく、それがもたらすさまざまな余波だったのだろう。スポートクライミングに危険はほとんどない。不確定要素がないからだ。それはそれで楽しい。でも、ぼくはどこまでのめり込めるだろう? 父はぼくが何を欲する人間か知っていたので、ぼくがアルパインの領域に踏み出し、遠い危険な山々へと出かけていくのではないかと恐れていたのだと思う。父の多くの友人は、そうやって命を落としていったのだ。

ぼくが別の道に走り始めたことにも父は気づいていた。スポートクライミングでの進歩が止まって、クライミングを楽しめなくなったいら立ちからかもしれないが、ぼくは別の〝賞〟を取ろうとしていた。危険運転すれすれのスピード違反で二回切符を切られ、運転免許を取り上げられそうになった。猛スピードで走る快感にのめり込んだ。高校生がよくやることをやっていただけかもしれない。少しばかり酒やタバコも嗜んだ。でも自習室やカフェテリアで漏れ聞くような酔っぱらいやパーティー好きの子たちほどの悪行を重ねることはなかった。

心の奥底では、ぼくは何かしらの支えを求めていたのかもしれない。

「父さん」ぼくはもう一度尋ねた。「エル・キャピタンの登り方を教えてほしい」

ヨセミテ渓谷《ヴァレー》に車で行くたび、緑に覆われたエル・キャップ・メドウの上空にそびえる高さ九〇〇メートルのエル・キャピタンを見上げると、畏怖の念に打たれる。初めてエル・キャピタンを登るとき、その畏怖が恐怖に変わる。難しさの面だけでいえば、ぼくたちが選んだルート――ヨセミテの開拓者の名前にちなんでサラテ・ウォールと呼ばれている――は、それほど難しいものではなかった。それまでぼくがスポートクライミングで登っていたルートと比べると、一グレード低いからだ。けれども、登る時間の長さや恐怖心という要素は、グレードには含まれていない。ヴァレーの大木や車が小さな点になっているのを見下ろすと、脳に火がついたようだった。ムーブに集中できているときでも、もはや指先だけでホールドをつかみ、ボルトにクリップするだけの呑気なクライミングはできなかった。ふくらはぎの筋肉が休ませてくれと悲鳴を上げる。スラブでは、まるで滑りやすい斜面でスケートをしている気分になり、広いクラックに身体をねじ込んでいるときは、閉所恐怖症とめまいのために、胃とのどを締めつけられた。またビッグウォールではムーブ云々の問題よりも、精神面こそ重要だった。伝統的なク《トラッド》ライミングでは、岩に取り外し可能な器具《ギア》を設置し、墜落時のためのプロテクションとして使う。クライマーの命運は、どれだけのギアを持って行き、どれだけ正確な位置でギアを使うかどうかにかかっている。ただ、持っていくギアの数にも限りがあるので、ここで使うか使うまいかという心理的な駆け引きが生ずるのだ。

また、ビッグウォールには、さらなる難しさがあることをぼくは知っていた。「大丈夫さ、うまくやれるよ」とぼくは父に言った。けれども、父からクライミングの基本的な方法は教わっていたものの、ぼくは現実をかなり甘く見ていた。ぼくたちは六日分の十分な食料と水、装備を用意した。一日の登攀距離は三〇〇メートル。それが一般的なスピードらしい。そうすれば壁を三日で抜けられる。けれども、ぼくはこの壁に挑戦するのは初めてだったので、何度もトライするセクションが出てくるかもしれない。そこで余裕を持たせ、通常より倍の量を持っていくことにした。一日に一人三リットルの水が必要になるので、水だけで三六キロもの重さになる。さらに寝泊まりする装備や食料を合わせると、ホールバッグの総重量は七〇キロにもなった。ぼくが一ピッチ登っては、ホールバッグを荷揚げするために滑車《プーリー》を設置する。そして足を壁に突っ張って、思い切り荷物を引き上げる。プーリーという便利な道具を使っても、荷物は数センチずつしか上がってこない。ホールバッグを一ピッチ分運び上げるのは、バーベルスクワットを三〇分するのと同じくらいの重労働だった。

一日目は一七時間ぶっ通しで登り続けた。ほとんどの時間は、重い荷物を運び上げるのに費やしていた。ぼくは重くて慣れないギア一式を、すべて肩にぶら下げて登らなくてはならなかった。そのうえ、浮き石や鋭いフレークがあちこちにあり、気をつけないとロープが傷つく恐れがあった。ロープが切れるかギアが外れるかして、身体が壁にぶつかりながら落ちていき、はるか下の岩でぐしゃっとつぶれる血なまぐさい光景が頭に浮かんだ。

徐々にではあるが、過酷な高度感にも、持久力を求められるクライミングにも慣れていった。二日目の夜は、半分ほど登ったところにある美しい岩塔、エル・キャップ・スパイアの真っ平らなテラスで横になった。寝袋に半身を入れてテラスに座り、紫とオレンジの薄明かりの中で氷河に削られた谷を見ていると、高級な保養地にいるかのような気分になった。深い満ち足りた感覚に包まれた。ぼくはこれまでの人生で最も厳しく、つらい日を過ごしていた。その夜は死んだようにぐっすりと眠った。

次の日もまた、同じ絞首台に戻った。重圧、苦しさ、恐怖。脳みそを含めた何もかもが、すぐにぼろぼろになった。フリーで登るという理想はきれいさっぱりあきらめ、素直にギアに頼って登った。とにかく頂にたどり着いて、スポートクライミングの岩場に戻りたかった。父もそれをわかっていたようだった。その日は、雲が強い日射しを遮ってくれたが、雨の気配が出てきて急がざるをえなくなった。速く登るためにあらゆる手法を使った。身体中が痛んだが、それでも動き続けられる自分に驚いた。

ついに五日目に、疲労困憊した身体で頂上にたどり着いた。雨粒が岩から跳ね返ってくる。ぼくはまだ酒を飲める年齢ではなかったけれども、疲れすぎて酔っぱらいのように足がふらついた。視界がかすみ、疲労と痛みが混じり合った強い倦怠感に包まれた。下山路はほとんど口をきかずに黙々と歩いて下った。二度と来るものかと心に誓った。ぼくはビッグウォールを登り切るだけのタフさを持ち合わせていなかったのだ。

車で家に帰る道すがら、ぼくの人生はどこへ向かうのだろうと考えた。ぼくは十九歳で、高校を卒業したばかりだった。大学にはあまり興味がなかった。コロラドに戻ると地元のコミュニティカレッジに入学するための最初の手続きをしたが、構内に足を一歩踏み入れた途端、不安とストレスという名の寝袋に詰め込まれたような気がした。社会通念には従わず、旅をして暮らしたいというぼくの夢はついえてしまったように感じた。

ある夜、夕食のテーブルで、ぼくは自分の手のひらを見つめながら、話をどう切り出そうかと考えていた。

母がテーブル越しに手を伸ばし、ぼくの手を握った。「ねえ、今すぐに大学に行く必要はないのよ」

ぼくは母の顔を見た。母を心配させたくなかったけれども、そのときの母は明るい顔をしているように見えた。

「トミー」父が口を開いた。「おまえが勉強したいと思ったときまで学校は逃げないぞ」

ぼくは笑い出しそうになった。その日ぼくが心の中で用意していた言葉をそのまま言われたかのようだった。

「そうしたいなら」母は言った。目が輝き、唇の端が持ち上がるのを抑えきれなかったようだ。「お父さんとわたしを置いて、一年旅に出てもいいのよ」

「自分の好きなようにしていい」父は真顔で言った。「だが、いくつか決めておくことがある」

といっても、父との取り決めはそれほど多くなかった。これはぼくが現実を知るための旅になる。コロラドに戻ってきたときにはいつでも、家の食料庫を漁って構わないが、それ以外、金銭面の支援はない。父は言葉にはしなかったけれども、ぼくにダートバッグ生活――仕事をせずにクライミング・バムになる生活――を経験して欲しがっているようだった。その生活をぼくはきっと楽しめると思っているのに違いなかった。いつものように、父は正しかった。ぼく自身、父から少し離れたら、これから進むべき方向がわかるのではないかと前から思っていた。両親も同じようなことを考えていたらしい。

それから一日か二日で、ぼくは車の助手席を外してベニヤ板で作ったベッドを入れ、家を出発した。

さて、どこへ向かおうか?

迷っているなら、行ったことのある場所へ行こう。

まず、スポートクライミングのエリアを一つひとつ訪れては、それまでで登れなかったルートにトライした。コンペにも参加し続けた。ほとんどのコンペでは三位以内に入賞したが、優勝することはほとんどなかった。参加料を差し引いても、賞金が月に一〇〇ドルほど残ったので、このバム生活を続けることができた。月に二回ほどYMCAでシャワーを浴び、クライミングをしない日は、図書館や安映画館で過ごした。へこんだ缶詰や賞味期限切れの食品をスーパーで買い、ときにはごみ箱漁りもした。いつも車の中で寝た。どれだけ節約できるか追求するのがゲームのように楽しくなった。物欲にとらわれない自由な生活が気に入った。旅の合間に家に帰り、食料庫を空にしてまた出発した。

そうした旅の途中、ずっと連絡をとり合っていたクリスと、オレゴン州の砂漠地帯にあるスミスロックへ行った。クリスは高校を中退して、コンペと外でのクライミングに専念するようになり、両方でよい結果を残していた。ぼくたちは自ら選んだ放浪生活を楽しんだ。

ほかのクライマーたちと同様に、ぼくたちもスミスロックの〈ジャスト・ドゥ・イット〉のことを耳にしていた。5・14cというグレードがつけられた当時のアメリカでは最難のルートで、地元のクライマーのアラン・ワッツがボルトを打った。しかし、ワッツが完登する前の一九九二年に、ジャン＝バティスト・トリブというフランス人がスミスにやってきて、初登をかっさらった。スポーツにはそれぞれルールがある――明文化されたルールと暗黙のルールだ。トリブは、岩にもともとある自然のホールドを使うだけではなく、都合のいい場所にノミのようなもので人工的にホールドを掘って登った。このルートを登ろうとしていた者はトリブの行為に対して激怒した。とくにワッツの怒りはすさまじかった。このルートリブはそのルートを〈ジャスト・ドゥ・イット〉（登ってみろよ）と名づけ、岩にもとからある自然のホールドしか使ってはいけないという倫理観への嫌悪を示した。

それから五年以上も、アメリカのトップクライマーたちはこのルートの再登を試みてきた。このルートはフランスのクライミングがアメリカを席巻する象徴と見なされるようになっていた。クリスとぼくは、そろそろアメリカ人が登るべきだと考えていたので、トライしてみることにした。数回のトライののち、クリスが完登した。ぼくは三日間にわたる七度目のトライでなんとか登り切ったが、実のところそれほど難しくなかったことに驚いた。〈ジャスト・ドゥ・イット〉を登ったことで、クリスとぼくはアメリカのトップクライマーとしての地位を確立し、クライミングの世界で活躍する準備が整った。それはつまり、フランスへ行くことを意味していた。

クリスとぼくは一カ月間、バックパックに入るだけの荷物を持って、南フランスをヒッチハイクして回った。クリスによると、ヒッピーだった彼の父親は、杖と眼鏡だけを持って数年間インドで暮らしたそうだ。ぼくたちもそうしたかったが、クライミングをしなくてはならなかったので、クライミングやキャンプの道具を詰めた小さなバックパックを加えて、クライミング巡礼の旅をした。農場や、ときには公共キャンプ場で眠った。そのあいだ、クリスはクライミングの国際コンペで全勝し、ヨーロッパで最も難しいルートを何本か登った。成功を収めたことで、クリスの型破りな登り方――木の枝から枝へと移動するサルのように反動を使う登り方――を非難していた多くの人びとは黙り込んだ。保守的な人びとは、フットワークやボディコントロールがなっていないと批判したが、クリスは自分のしていることを理解していた。それ以降、スポートクライミングの若いクライマーたちはみな、クリスのダイナミックな動きをまねるようになった。

それだけの成功を収めていながら、クリスはまだぼくが初めて会ったときの十五歳の少年のままだった。偉ぶらず、陽気で、異星人並みの身体能力を持ち合わせていた。ぼくはその魔法のような動きを間近で見られることがうれしかった。ぼく自身もクリスをまねようとした――少なくとも、同じような自信と冷静さをもって登ろうとした――が、まねできるわけもなかった。クリスはぼくを励まし、やる気を起こさせたが、スポートクライミングやコンペの世界では、ぼくはクリスと比べれば常に初心者のようなものだった。

何かもっと大きなものへの欲求が、ぼくの中で渦巻いていた。エル・キャピタンを登ったあとの生活は精彩を欠いていた。サラテのあの瞬間に戻ることをずっと考えていた。サラテでの三日目の夕方、ぼくは大きなルーフを登りヘッドウォールを見上げた。地球上でも屈指の、オーバーハングした一枚岩だ。森の巨木が眼下に小さく見えた。ヘッドウォールには完璧なクラックが走っている以外、手がかりは一切ない。恐怖におののきながら、スリングに乗って上へと少しずつ進んだ。しっかり岩とつながっていることがありがたかった。

時間が経つうちに、恐怖や失敗の瞬間の記憶は薄れていった。十分に自分を制御し、美しいクラックに指を入れて、世界を遠くに見ながら、風と空だけに囲まれて登る自分を思い描いた。またあそこに戻れたらなんて幸せなことだろう。もう一度トライするとしたらどう荷揚げしようかなど、さまざまなアイディアが頭に浮かんだ。

何がいけなかったのだろう。最大の要因は日差しだった。そのせいで脱水や足の腫れが起こり、けっして快適とは言えない状態で登るしかなくなった。この問題を避けるには、暗い早朝の涼しいうちに登り始め、日が当たるようになった時点で、その日のクライミングを終えればいい。ぼくはルートを三つに分けた。最初の三〇〇メートルは比較的簡単だ。この部分は一日で登れる。次の三六〇メートルはやや難しいが、十分な準備をすればここも一日で登れるだろう。父が教えてくれたのは、昔ながらの古式ゆかしいやり方で、エル・キャピタンのルートで使われる最新の方法ではなかった。今のやり方では、裏から頂上に上がり、懸垂下降をして、食料や水、ギアをあらかじめルート上に置いておく。難しいセクションはリハーサルをしておけば、どんなギアが必要になるか、何を残置していかなくてはならないかが把握できる。そうした準備をすることで、ここ数年取り組んできたスポートクライミングに近いかたちで登ることができる。ビッグウォールでは、クライミング能力と同じくらい戦略が大切だ。

フランスから戻ったあと、ぼくは新たにわき出た熱意を持ってトレーニングに励んだ。それまでのトレーニングはクライミング中心だったが、ウエイトリフティングやランニングも始めた。身体全体を鍛える必要があった。そして、体力をつける必要があった。

小口のスポンサー契約の収入やコンペの賞金（いつもクリスに次いで二番目で、フェニックス・ボルダリングコンペでは七年連続二位だった）を貯めていたので、その資金で一九八〇年型の古びたＧＭＣサバナのヴァンを買い、その車に乗り込んで西へ向かった。

父のいないヨセミテ・ヴァレーは、まったく別の場所だった。ぼくはおずおずと、ヨセミテのクライマー集団の中核をなす風変わりな人びとに馴染もうと努力した。シダー・ライトやティミー・オニールといった人びとは、金がなく、擦り切れた服を着ていたが、目には炎が燃え、命を賭した過激なクライミングをしていた。みなクライミングの才能だけでなく、当意即妙のウィット、そしてカウンターカルチャーの確たる信念を持っていた。厳しい現実に屈して質素な生活をしているのではなく、倫理的に選択するという信念だ。

彼らの精神的なリーダーは、大胆でダイナミックなクライミングで有名な筋骨たくましい男だった。ディーン・ポッター。一九五センチの長身で、翼竜のプテロダクティルスのような身体をしていた。いつも上半身裸でカットオフジーンズをはき、マリファナを吸いながら四六時中ヴァレーを駆け回っていた。ビッグウォールを登っては——たいていはソロで登った——静謐な空想の世界の探求に旅立った。

ある日、ディーンはぼくをボルダリングに連れていってくれた。脚を折らずに登れるぎりぎりの大きな岩を探してヴァレー中を歩き回った。ぼくは、少しばかり見栄を張り、落ちたら脚の骨折ではすまなそうな巨大な岩《ハイボルダー》に取りついた。一〇メートルほど登ったところで傾斜がきつくなり、さらにコケで滑りやすくなっていた。それ以上進むことができなくなり、戻ることもできなくなった。身体が震え出した。ディーンは瞬時に、隣の木に登って片手で枝にぶら下がり、桁外れに長い腕をぼくのほうへ伸ばした。「落ちそうなら、この手をつかめ！」。ぼくはあきらめたくなかった。分厚いコケを慎重につかみ、岩の上に立った。

ディーンはそのことに感心してくれたようだ。もしかしたら、クライマーの集団に馴染むきっかけをディーンがつくってくれるかもしれない。次の朝、キャンプ場でディーンを見つけ、ぼくは気後れしつつ近づいていった。

「やあ、ディーン」ぼくはさりげない口調で言った。ディーンはリンゴの芯をナイフでえぐって地面に捨てた。「今日は何をする予定なの？」

「ティミーとノーズを登る」ディーンはそう言って、リンゴをかじった。

「え……でも、もう昼の一一時だけど」

「ああ。五時間もあれば登れるさ」

サラテを登るのに、ぼくは五日かかった。もちろん全ピッチをフリーで登ろうとしての結果ではあるが、ハイレベルのフリークライミング技術とギアを使った人工登攀《エイドクライミング》を織り交ぜる彼らの〝なんでもあり〟のスピードクライミングをこの目で見てみたかった。この屈強なヨセミテクライマーたちは、当時の常識を打ち破ろうとしていて、ぼくもその一員になりたかった。しかし、ぼくはそこまで振り切れていなかったし、実力も示せていなかった。

ぼくはキャンプの費用を浮かすために、パークレンジャーの一人に便宜を図ってもらっていた。もともとロッキーマウンテン国立公園で働いていた人で、父の知り合いだった。そのつてで、いい話をもらうことができた。彼が家にいないときはぼくがその家に入って、シャワーを浴びたりくつろいだりできる。彼が家にいるときには、ぼくはヴァンに戻るかほかの場所へ行く。

このころ、クライマーとレンジャーは、クマとごみ箱のように対立をしていた。ぼくの〝家主〟はクライマーのあいだでは悪名が高いということがあとでわかった。マリファナを吸ったり違法にキャンプをしているクライマーたちを、厳格に取り締まる融通の利かない人物だというのだ。ぼくが彼の家に暮らしているという噂が広まると、クライマーたちはぼくを避けるようになった。連座制というわけだが、当時のぼくはなぜ避けられているのかわからず、理由を訊く勇気もなかった。

ひと月ほど、ヴァレーを放浪しているクライマーを適当につかまえては、ショートルートを登りに行った。内気でやせっぽっちだったぼくにとって、ビッグウォールを一緒に登ろうと誘うのは簡単なことではなかった。ヴァレーにいるときはほとんど一人で過ごし、そのおかげでヨセミテがますます好きになった。エル・キャピタンの頂上までハイキングをしながら、ときおり立ち止まっては耳を澄ました。ツツジの香りをかぎ、岩をなでて花崗岩の手ざわりを確かめた。山を歩くリズムに身を委ねていると、自分のエゴから離れることができた。自分が風景の一部になったような気がした。滝や風の音だけでなく、静けさやシンプルな生活を求める心の声に耳を傾けた。天気が悪いときには、遠くまでハイキングに出かけ、木々や空に、そしてヨセミテの岩に心から魅了された。

やがて、地元の高校生のマイク・キャシディを誘って、エル・キャピタンを一緒に登ることにした。マイクは十六歳で、あるレンジャーの義理の息子だった。バンドをやっていそうなハンサムな少年だ。

「ビッグウォールの登り方を教えるよ」ぼくはあたかも自信があるような言い方をした。

ぼくたちは日帰りでサラテに一週間通い、寝泊まりするための用具をテラスに運び上げ、核心部のピッチをリハーサルした。そのあいだ、ぼくはいかにも詳しいふりをしながら——実際にはマイクと大して変わらなかった——ビッグウォール・クライミングについて多くのことを学んでいった。スポートクライミングでやっていたように、フリーのムーブを身体に覚えこませた。ギアを設置するすべての位置を順に書き留め、各ピッチで必要なギアだけを持っていけるようにした。本番前の一カ月で、身体が強くなったように感じた。つるつるの岩にも慣れてきて、登るコツがわかってきた。自分の中の何かが変わり始めたということが、いちばん大事なことだったと思う。かつてはめまいを覚えた高度感にたじろぐことはなくなった。スポートクライミングでは、落ちるのは当たり前のことだし、地面から何百メートルも離れている傾斜の強い壁のほうがずっと安全だ、と自分に言い聞かせた。

サラテを通して登る二度目のクライミングは、一回目とはまるで違っていた。ホールバッグを荷揚げする重労働から解放されて日陰を登っていると、空中に浮かんでいるような感覚になった。クラックの中に空手チョップのように手を突っ込んで何時間も登り続けた。ハンドやフィンガージャムの技術は——以前、デヴィルズ・タワーで父が教えてくれた、クラックに慎重に手を入れる方法と同じだ——今やすっかり身に染みついていた。水中で呼吸をしたり空を飛んだりする夢を見ているかのようだ。マイクはユマール——登降器《アッセンダー》の一種で、ロープをセットして上に滑らせることで、壁をすばやく上がっていくことができる——を使って登ってきた。一ピッチ登るごとにぼくたちはハイタッチをした。何かの拍子でエル・キャピタンをフリーで登る秘密の扉がさっと開いたのではと思うほど順調に進んでいった。

開始から三日後、ぼくたちは頂に立った。エル・キャピタンをフリーで完登したのは、ぼくが五人目だった。学習曲線は始めのうちなかなか上がっていかないものだが、ぼくにはこのルートがとても簡単に感じられた。この分野なら、ぼくは世界で一番になれるかもしれない。二十歳のぼくは、人生で進みたい方向、そこにたどり着くための道筋を突如として悟ることになった。

第5章
CHAPTER 5

彼女の目にキャンドルの光が踊っている。蚊の羽音が、シトロネラの香りを突き破る。目を上げると、すぐ向こうにエル・キャピタンの白い壁が月明かりに浮かび上がり、森を突き抜けて夜空へとそそり立っている。森の小さな岩の上にキャンドルが置いてある。揺らめく炎に目を奪われる。ぼくたちは脚を寝袋に入れ、岩に背を預ける。脚を彼女の脚に寄り添わせる。彼女は片手をぼくの膝に置き、もう片方の手をぼくの顔の前で振る。「起きてる?」

「ああ、ごめん。ちょっと考えごとをしてた」。ぼくは手を重ねようとしたが、彼女の手はもうそこにはない。彼女は横になり、積み重ねた服に頭をもたせかけ、空を見上げている。その顔に笑みが浮かび、キャンドルの光に白い歯が輝いて、ぼくの胸に軽い痛みが走る。この落ち着かない、丘を駆け上がるような感覚。これは恋なのだろうか。

彼女は今、ぼくにクライミングパートナー以上のものを求めているのだろうか? あちらこちらにヒントが散りばめられている。キャンドルの神殿、二人分ほどの狭い場所に並べて置いた寝袋。そしてあのほほ笑み。ぼくをまっすぐに見ることができずに、うつむきながら、クライミングに誘ってきた。

「一緒に〈ラーキング・フィア〉を登らない？」

「うん」ぼくはためらうことなく言う。

これまでぼくは、ほかのクライマーたちと同じようにベスに接してきた。そうしたかったからではなく、そうする以外、どうすればいいかわからなかったからだ。今は、彼女が合図を出してくれているのかもしれない。けれども確信が持てない。戸惑い、心が千々に乱れる。

合図を読み間違えていたらどうするのか。キャンドルはただの蚊よけのためだったら？寝袋を並べたのは、ほかに平らな場所がなかったからだとしたら？ある友達の言葉が頭から離れない。

「おまえに恋人はできないよ。岩が恋人だから」。今この瞬間は、彼女と一緒にいるためなら、岩なんてすぐに捨ててやるという気分だ。ただ顔を近づけてキスをすればいい。

夜が更けていく。ぼくたちは目を開けたまま、仰向けに横たわっている。ベスの身体が発する熱を感じ、髪のシャンプーのにおいをかぎ取る。ベスはまだ眠っていない。次第に勇気がわいてくる。ベスのほうを向くんだ。そのとき、彼女の寝袋が衣擦れの音を立てる。ベスが寝袋から出て、キャンドルを吹き消す。

「今の季節は火事になりやすいから。おやすみなさい、トミー」

ぼくは心の中で悪態をつく。クソッ。

なぜ勇気が出ない？クライミングをしているときとはまるで別人だ。

突然、ベス・ロッデンに惹かれたのは驚きだった。それまで、興味を引かれたのは化粧気のないタイプの子ばかりだったからだ。ビルケンシュトックのサンダルを履いて髪はぼさぼさ、悪態をついたり大きな声で笑ったりし、酒を飲んで、錆びついたスバルを運転するような子だった。

ベスは郊外の住宅街に住むお嬢さんという感じだった。いい香りがして、つややかなブロンドの髪。小柄でやせていて、ずぶ濡れになっても四〇キロもいかないだろう。

ひと目惚れをしたわけではない。初めて彼女と会ったのは、クリスとぼくとでヨーロッパをヒッチハイクして回っていたときだった。ベスはクライミングコンペに出場するために両親と来ていて、自分とは違う人生を送っていた。ベスはジムでクライミングを始め、コンペを転戦していた。外で登ることはほとんどなく、ほかのクライマーともほとんど話をしない。だが、それからも何度かぼくたちは顔を合わせることになった。ベスは成績がオールAで、パンケーキのように平らなカリフォルニア州デイヴィスに住んでいることがわかった。

そして、二〇〇〇年の三月、初めて会ってから二年後に、ボールダーのクライミングジムでベスを見かけた。ぼくはそのジムでスライドショーをすることになっていた。一五人ほどが集まった部屋でスライドを映してしていたとき、ベスが友達と一緒に部屋に入ってきた。二人は後ろのほうに座り、ぼくを見て、何かささやき合いながらくすくすと笑った。スライドショーのあと、ベスが誇らしげにぼくのほうへ近づいてきた。

「トミー、こんにちは。知ってる? わたし、このあいだエル・キャピタンを登ったの」

「へえ?」ぼくはびっくりして言った。「どうだった?」

「めちゃくちゃ怖かった」ベスはにっこりと言った。なんてふっくらとした唇なんだろう、とぼくは思った。「写真、見る?」ベスは尋ねた。ぼくはベスのすべすべの楕円形の顔をじっと見つめた。笑うと頬が赤くなり、瞳がきらきらしている。とてもかわいい娘だな、と思った。

ベスは、高校を卒業したあとの自由な生活について語り始めた。大学に進学せずに旅に出たこと、外でのクライミング経験はゼロに等しかったけれども、オレゴン州のスミス・ロックへ行って、〈トゥ・

ボルト・オア・ノット・トゥ・ビー〉というスポートルートに一カ月取り組んだこと。そのルートは、一〇年前にはアメリカでいちばん難しいとされていた。ベスは、それを女性として初めて登り、5・14を登った最年少の女性となった。

そのとき、近くにかのリン・ヒルがいた。完登したあとベスが地上に下りてくると、リンが近づいてきてベスをマダガスカルの遠征に誘った。その遠征はザ・ノース・フェイスがスポンサーで（当時のリンのスポンサーだ）、二人は三六〇メートルの難しいクライミングを成功させた。ベスに見せてもらった写真には、別の惑星の風景かと思うような、そそり立つ岩壁や岩のアーチが映っていた。

ベスとぼくはそれから何日か、理由を作っては一緒に行動し、ベスの生活や冒険についてさらに多くのことを知った。心の中で、急速に強い思いが育っていた。その週の終わりには、ほかの計画をすべてキャンセルし、〝偶然に〟ベスと同じ旅のスケジュールを立てた。

ぼくは興奮に浮かれていた。それまで、ぼくには恋人ができないという友達の言葉を信じていた。実際、ぼくは岩しか目に入らなかった。けれども、ぼくが一人でいたのは、どちらかというと女性が怖かったからだ。自分は、さえない子どもなのだとまだ思っていた。ガールフレンドを作ったことも何度かあったが、ぼくは惚れっぽくて想いが強すぎたのだろう。知っている戦略といえば、ルートやムーブに関するものだけで、ぼくが部屋の空気を吸い尽くしてしまうせいで、短いロマンスの炎はどれもすぐに燃え尽きてしまった。

当時ぼくは二十一歳で、ヴァンの中ではなく、両親と一緒に住んでいた。金もなく、一つのことを除いては人生のすべてに不器用だった。そして、その一つのことだけが重要だった。

それでも、ぼくは夢を見ていた。

ベスとぼくは友人たちと一緒に、クラッククライミングのメッカである、ユタ州のインディアン・クリークを訪れた。要塞のような岩塔や岩壁がそそり立つ砂漠で、濃い赤とオレンジ色が、コバルトブルーの空と色鮮やかな対比をなしている。ぼくたちは夜遅くまでキャンプファイアを囲んで語り合い、みんながテントに入っていったあとも、二人で夜空を眺めた。気づくとぼくは食欲がなくなり、集中して一つのことを考えられなくなっていた。もはや眠る必要もなくなった気がした。

愛がどんなものなのかはわからなかったし、初恋がどんなものなのかはなおさらわからなかったけれども、きっと竜巻に巻き上げられるときもこんな気分なのだろう。ベスの頭の周りに小さな後光が差し、少し曲がった脚や野暮ったい言葉遣いにさえ、説明がつかないほどの愛おしさを感じた。とはいえ、ベスがぼくに惹かれているかどうかはわからなかった。

数週間後、ぼくたちはヨセミテで再会した。エル・キャピタンのラーキング・フィアというルートをフリーで登ろうとベスに提案されて、ぼくは有頂天になった。そのルートをフリーで完登したクライマーはまだいなかった。ぼくたちが成功すればフリー初登となる。

ラーキング・フィアに取りつくと、太陽が照りつけ、岩は刃のように鋭く、指から血が流れた。きついシューズや焼けつく岩や厳しいフットワークを要求される小さなホールドのせいで、ぼくの足の爪は何枚も剝がれた。ぼく一人なら、そんな状態で登り続けようとは思わなかっただろう。けれどもベスは不平一つ言わなかったので、ぼくも耐えた。ベスは非の打ちどころのないバランス感覚と抜群のセンスで、目には見えないようなわずかなホールドを使って登った。高度感にもまったく怖じ気づいていないようだった。ぼくはベスの強さに舌を巻き、同時に強く惹きつけられた。けれども、一歩を踏み出す勇気が出なかった。

ポータレッジで過ごした最初の夜、ただの友達という一線を越えてきたのはベスのほうだった。普通、ポータレッジでは、互いの頭と足が逆にくるように横になり、あいだに仕切りを張って自分だけの小さな空間を作る。最初の夜、ベスは仕切りを取り、寝袋を同じ方向に並べた。ぼくにとっては、おとぎ話のような夜だった。仲のいい恋人がアメリカ随一のビッグウォールの狭い岩棚《レッジ》で寄り添って眠る、という夢のような物語だ。ぼくたちはラーキング・フィアを完登し、ベスはエル・キャピタンをフリーで登った二人目の女性になった。

そのあとも、魔法にかかった時間を壊したくなかった。けれども、ベスはザ・ノース・フェイスの別の遠征で、キルギス共和国の花崗岩の楽園へ行くことになっていた。リン・ヒルやザ・ノース・フェイスのほかのアスリートチームが数年前に同じエリアを旅し、すばらしい岩壁や壮大な山脈、麓の谷間で農業を営む親切で素朴な村人たちの話をぼくに聞かせてくれたことがある。ぼくはベスと離ればなれになることなど考えられず、二人でカリフォルニア州サンリアンドロにあるザ・ノース・フェイスの本社へ行き、カメラマンの補佐として遠征メンバーに雇ってもらえるよう頼み込んだ。そして二週間かけて計画を練り、遠征の準備をした。ぼくはチームになじめず、迷子の子犬のようにベスのあとをついて回りながら、鋭いウィットと知性を持つチームリーダーのジェイソンとトレーニングをした。ジェイソンにからかわれておどおどしていく姿をベスに見られていた。ジェイソンには逆らわないほうがよさそうだったので、ぼくは甘んじて耐えた。ベスはそれを、意気地がないと受け取った。恋人として魅力的な態度とは言いがたかったのだろう。

ある夜、ぼくのヴァンで並んで横になっていたとき、もとの友達に戻ろうとベスが告げた。泣くのを見られたくなかったし、弱い人間だと思われたくなかったので、ぼくはヴァンから出て走りに行った。九〇分後、できるだけ静かにヴァンのドアを開けた。ほとんど目が合わなかったが、さっきは表情が硬かったベスの態度が和らいでいるのを感じた。ぼくを傷つけたことをベスはわかっていた。キルギスでのビッグウォールのクライミングをサポートするという意味では、ぼくが必要なこともわかっていた。

次の日の午後には、ぼくたちはもとの関係に戻っていた。ぼくはほどなく、カメラマンの補助の職を得ることができた。ぼくたちは一緒にキルギスへ発った。

それまで、もしヨセミテに車や人影がなかったらどんな風景が広がるのだろうと、よく想像していた。まさにその想像していたような場所が、キルギス共和国のカラフシン地方だった。隣り合う二つの渓谷、アクスウとカラスウ。パミールアライ山脈の奥深くに位置し、ヨーロッパやロシアのクライマーのあいだでは昔から知られていて、中央アジアのヨセミテと呼ばれてきた。自然そのままの人里離れた場所で、道路もなければ、緊急時の救助の手立てもない。ぼくたち四人のクライマーは、一世一代の冒険に出ようとしていた。

キルギスの旅行会社がチャーターしたロシアの巨大な軍用ヘリコプターで、首都ビシュケクを飛び立ち、後戻りのできない場所へと向かった。ヘリの中で、ぼくたちは小さな丸窓に顔をくっつけていた。乾いた砂漠が淡い緑の丘陵に変わり、高原には無数の岩壁が現れた。旋回して谷をさかのぼるうち、目当ての山々が見えてきた。地上に降り立つと、ヘリコプターはすぐに離陸し、地震のような震動とディーゼルエンジンの排気が、ぼくたちの眠気を吹き飛ばした。周りの景色に深い感動を覚えると同時に、眠気が襲い、孤独感が込み上げてきた。

カラスウ渓谷の最深部まで、ダッフルバッグを引きずって平らな草地を歩いていった。岩だらけの丘の斜面が、氷河から流れ出した網状河川へと落ち込んでいる。巨大な花崗岩が天を突き、岩壁の反対側には青と白の氷河が下流の盆地へと広がり、草地には野草が花をつけている。

ベスとぼくは、ある岩塔に登り、低木の林や渓谷に目をやった。左側には花崗岩の一枚岩、マウント・アサン・ウサンが、右側には金色の盾を思わせるイエロー・ウォールが屹立している。イエロー・

ウォールは高さ六〇〇メートルほどの岩壁で、巨大な除雪機の刃に似ている。谷の上流には、雪を頂いた高さ五四〇〇メートルのピラミダルニー・ピークがそびえている。

　胸が熱くなり、指の先まで温かくなってくる。想像を絶するような景色に圧倒され、何か大きな力を感じているような気がした。こんな美しい渓谷は、神が創ったものに違いない。ぼくはベスに腕を回してから、彼女を抱きかかえて二人でくすくすと笑った。

　ビャクシンの林の空き地に並べた色とりどりのダッフルバッグから荷物を取り出し、ベースキャンプを設営し始めた。ベスとぼくは共用のテントを立て、残り二人もそれぞれテントを立てた。

　ノース・フェイスがこの遠征のために雇ったカメラマンは、ジョン・ディッキーという名だった。ディッキーは辺りをのんびりと歩き回り、ファインダーをのぞきながらリラックスした笑みを浮かべていた。事実上、ディッキーがぼくのボスだった。ぼくはディッキーの補佐として雇われたのだ。二十五歳のディッキーは、遠征メンバーでは最年長だった。身長一八〇センチで肌の浅黒いハンサムな落ち着いた青年で、ディッキーに比べると残りの三人は子どものようだった。

　テキサスの信心深い家庭で育ったディッキーにとって、娯楽といえば聖書の雑学クイズ大会だった。少なくとも、反旗を翻して西へ向かうまではそうだった。サンフランシスコのミッション・ディストリクトに移ったディッキーは、クライミングに出会い、ヨセミテやハイ・シエラに引き寄せられ、そこですばらしい成果を挙げた。サンフランシスコ州立大学でレジャー・レクリエーション学の学位を取っていたディッキーが、この遠征ではいちばんのインテリだった。二番目は、大学に一学期だけ通っていたベスになる。

「なあ、ベス。ぼくのＣＤがどこにあるか知らないか。メタリカを聞きたいんだ」。もう一人の遠征メンバーであり、リーダーのジェイソン・〝シンガー〟・スミスが、スピーカーとポータブルＣＤプレイヤーの小さなセットを調整していた。シンガー〔ミシンの商品名〕というあだ名がついたのは、破れた服を繕うのが趣味だからだ。シンガーは、ぼくと同じく小柄な青年で、スポーツの試合では、太った補欠の男の子の隣に座り、いつもベンチを温めていたが、やがてソルトレイクシティ近郊の山で、探検やクライミングに没頭する生き方を見つけた。二十二歳の今は一六七センチ、五九キロで、ぼくより七センチ低く、九キロ軽かった。

　シンガーは高校を卒業したあとヨセミテへ行き、そこでぼくと出会った。軽業師か剣を飲む曲芸師のようなおもしろい男だった。明らかに目立とうとしていて、上半身裸と裸足で、継ぎを当てたカットオフジーンズをはき、正しい歯の磨き方といったことについて三〇分も演説をぶつこともあった。芝居がかった語り口に、スタンダップコメディのような身ぶりで、ブロンドのぼさぼさの髪が、生き生きとした口上に合わせて弾んでいる。頭の回転が速すぎるせいか、周りからは少し疎んじられているようで、損をしたこともあるのだろう。変人か天才か、いや、おそらくはその両方だったのかもしれない。

　とはいえ、シンガーは、エル・キャピタンですばらしいクライミングを成し遂げ、さらにロストラムをフリーソロで登った。いちばんすごいのは、バフィン島での五〇日にわたる冒険だ。一二〇〇メートルのビッグウォール、トールをロープソロで初登したのだ。三週間のあいだ誰ともしゃべらず、北極圏という世界の果てで成し遂げた偉業だった。そのルートをソロで登ろうとしたクライマーが残したギアを壁の途中で発見した。その日本人クライマーはトライ中に命を落としたという。

　バフィン島でのすばらしい登攀によって、シンガーはクライミング界で知られた存在になり、ザ・ノース・フェイスとスポンサー契約を結んだ。シンガーはヴァンで暮らし、ベスとも知り合いになった。そういういきさつがあって、シンガーがリーダー、ディッキーがカメラマン、おまけのぼくがディッキーの補佐となって、この旅が始まった。でも実のところ、ぼくが旅に加わったのはベスがいたからだ。

ぼくたちがベースキャンプを設営し終えたころに、地元のヤク飼いが訪ねてきた。服には茶色の染みがつき、顔は日差しと風にさらされ、頬はピンクの斑点と緑のあざで覆われている。男は、ほほ笑みながらひょいと会釈をして近づいてきた。そして小枝をつかんで土に線を引き始めた。身ぶり手ぶりで、彼の名前と、彼と家族がすぐ近くの石造りの小屋に住んでいることを伝えてきた。ベースキャンプの上流で暮らしているのはこの一家だけだが、半遊牧生活をするもっと大きな集団がカラスウ川とアクスウ川の合流点よりも下流のほうに住んでいるという。この辺りの渓谷はクライミングでは有名なエリアだが、僻地に住むキルギス人たちには西洋人が珍しかったようで、最初の数日間に、少なくとも一〇人以上の地元のヤク飼いがキャンプに押し寄せた。

ぼくたちは宇宙船でやってきた異星人のように見えたに違いない。CDプレイヤーや派手なテントやクライミングギアの山を持ち込んで、彼らのシンプルな生活を乱す侵略者になった気分だった。

そのヤク飼いは次の日に家族を連れ、焼きたてのパンと絞りたてのヤクの乳を持ってやってきた。男の妻はキルギスの伝統衣装姿で、頭にピンクのスカーフを巻き、赤のロングスカートと華やかな刺繍を施したブラウスを身に着けていた。子どもたちはジーンズをはき、西洋風のロゴ入りTシャツを着ていたが、そのTシャツはアメリカの母親たちなら、ごみ箱に投げ捨てそうなほどぼろぼろだった。ぼくたちはゆっくりと茶を飲み、身ぶりで話をしながら、互いに楽しい時間を過ごした。

これまでのストレスが消えていき、十四歳のときに行ったボリビア旅行のように満ち足りた気分になった。夜、冷たい風が吹いてくるとテントに引き揚げ、寝袋にくるまりながらお茶を飲んだりトランプをしたりした。朝になって草の露が日差しで乾くころになると、キャンプから足を延ばして散歩に出かけた。平らな岩に寝転がって目を閉じ、心の中のざわめきが消えていくのを感じた。

アメリカでは、国務省がキルギスへの渡航に注意喚起をしていたが、危険などなさそうだったので、ぼくたちはそれを意に介さなかった。この地域の状況は「流動的な危険性がある」とされていたが、この場所にはそんな危険はないように思えた。山あいの渓谷の奥地でキャンプをし、クライミングをしている限りは、クライミングそのものに伴うリスク以上の危険はないとぼくたちは判断した。キルギスには毎年大勢のクライマーが訪れているし、この前年にはロシア山岳連盟がビッグウォール・クライミングの国際大会をアクスウ渓谷で開催していた。それでも、友人の何人かはキルギス行きの計画を取りやめた。彼らの決断は尊重すべきだが〝石橋は叩いて渡りなさい〟という警告に過剰に反応していると思った。ぼくたちは安全だと信じ切っていて、飛行機の到着の遅れを取り戻し、一刻も早く壁を登りたいという思いから、ビシュケクのアメリカ大使館に入国を報告する手間を省いた。

到着したあと、ダッフルバッグが一つ見当たらないことに気づいた。乗り継ぎでどこかに紛れてしまったようだった。ビシュケクにいるコーディーネーターと連絡をとるべく、シンガーとディッキーが電話のある家を数日間探し回った。二人はヤク飼いの小屋や小さな村、軍の駐屯地を回り歩いたが、電話を持っている者は誰もおらず、英語を話せる者もほとんどいなかった。ぼくたちのほうも、現地で主に使われているキルギス語やロシア語、ウズベク語を話せなかった。

二人が苦労して周辺地域に慣れ親しんでいるあいだに——四日間歩き回ったが、バッグのありかはつかめなかった——ベスとぼくはハイキングに出かけた。表向きは、クライミングのための調査に行くというものだったが、本当はベスと二人きりになりたかった。土手を歩き回り、急勾配の坂を登った。白と茶色の毛が縮れ、毛がスカートのように足元まで垂れ下がったヤクが草をはんでいた。岩だらけの斜面を登り、氷河で削られたカールへ出た。そこできれいな水をペットボトルに汲んだ。透き通った水面から光が反射している。ぼくはときどき足を止め、ベスが岩を跳び越えたり、岩棚へ這いのぼったりするのを見守った。ベスが振り返る。丸みを帯びた頬とつややかなブロンドの髪。心が晴れやかになっていくのがわかる。日を追うごとにベスの顔は日に焼けていき、脚は泥で汚れていった。もうベスがいない人生は考えられなかった。

ディッキーとシンガーがすでに戻ってきていたので、ぼくたち四人はクライミングを開始した。最初は大きな壁を登るのではなく、高さ六〇〇メートルほどのイエロー・ウォールをウォームアップとして登ることにした。半分ほど登ったところで二人ずつペアになってポータレッジに座り、縁から足をぶら下げた。沈む夕日の最後の光が地平線を照らし出し、はるか下方から川の心地よい水音が聞こえてくる。

「驚かせたいことがあるの」と言ってベスはぼくのほうを向き、ほほ笑みながらぼくの太腿に手を置いた。ベスはインスタントのチョコレートプディングを入れていた容器を取り出し、中にキャンドルを置いて火をつけた。壁で過ごす最初の夜。ぼくの二十二歳の誕生日だった。つかの間、世界が炎の照らす二人だけの空間に変わった。ぼくがキャンドルを吹き消すと、暗闇がぼくたちを包んだ。たくさんの無垢の星が瞬いていた。自分がちっぽけで取るに足りない存在に思え、これ以上ないほど満ち足りていた。ヒマラヤやヒンドゥー・クシュ、ティエン・シャン、カラコルムなど、地球上で最も見事な山々にぼくたちは囲まれていた。星が瞬くなか、ベスとぼくは語り合い、笑い、眠りに落ちた。

ぼくたちはぐっすり眠った。近くの渓谷で起こっている拷問や殺人に気づくわけもなかった。その数日前に、ウズベキスタン・イスラーム運動（ＩＭＵ）の兵士たちが武装して、キルギスとタジキスタンの国境にある四五〇〇メートルの山を越えてきていた。ぼくたちがクライミングをしているこのキルギスの南西部は、タジキスタンやウズベキスタンの国土が入り組んでいて、それぞれの国の少数民族の飛び地があった。タリバーンと提携したＩＭＵは、ウズベキスタンとキルギスの両政府に聖戦を布告していた。ＩＭＵは、ウズベキスタンがイスラム教徒を過酷に弾圧していると非難し、キルギスがそのウズベキスタン政権を支援しているとして糾弾していた。ＩＭＵは、この地にイスラムのカリフの領地を作ろうとしていた。

ＩＭＵは秘密裏に国境を越え、いくつかのグループに分かれて行動していた。二〇〇〇年八月十一日の昼間、ぼくたちがクライミングをしていたときに、一六キロも離れていない場所で、ＩＭＵの兵士がキルギス軍のマザール駐屯地を奇襲した。ディッキーとシンガーが電話を探して立ち寄った場所だ。キルギス軍の兵士一〇人が殺害され、そのうちの何人かは拷問も受けていた。さらに渓谷をパトロールしていたキルギス兵士を一人捕まえ、その兵士からぼくたちのことを聞き出した。ＩＭＵの兵士たちはマザールへの道すがら、恐怖に震える地元民たちから話を聞き、外国人クライマーがアクスウ渓谷やカラスウ渓谷にいることをつかんでいたようだった。同じ日に別のグループがアクスウへ入り、ドイツ人やウクライナ人のクライマー数人を捕まえて渓谷内に拘禁した。一方、マザールを襲ったグループはカラスウへ向かった。そこに四人の外国人クライマーがいることを知っていたからだ――ぼくたち四人がいることを。

耳をつんざく残響ではっと目が覚める。すぐに銃声だとわかった。それまでぼくはぐっすりと眠っていて、ベスと一緒にいられることの幸福感がまだ身体中を駆け巡っていた。なぜ銃を撃ったりするのだろう？　ダッフルバッグが見つかったとか、ぼくたちに何かしらのメッセージを伝えようとしているのだろうか？

二度目の銃声が響く。頭上の小さなルーフに銃弾が当たって跳ね返り、岩の破片がポータレッジに落ちてくる。ベスは飛び起きて、壁に身体を寄せ、激しく胸を上下させて息をしている。

「何が起きてるんだ?」シンガーが叫んだ。

「狙撃されてるのよ」ベスはそう言って、あちこちに目を走らせている。

恐怖が身体を駆け抜ける。それまで感じたどんな恐怖とも、落石や高度感や落雷の恐怖とも違っていた。どうしていいかわからず、しばらくじっと座っていたが、ポータレッジの縁からそっと頭を出してみる。はるか下に三つの人影が見える。

ディッキーが望遠レンズをのぞき込んだ。

「銃を持ってる。降りてこいと合図してる」ディッキーの声は冷静だった。

ぼくたちは四人で話し合いをした——どうするべきか? 銃の照準が正確なことはすでにわかっている。選択の余地はない。

「ぼくがいちばん年上だ」ディッキーが切り出して、静かに続けた。「それに、きみたちより少なくとも一〇歳は上に見える。降りていって、タバコを渡してみるよ」

四人の命運を懸けて、ディッキーは無線機を持ち、ありったけのロープをつなげて、三〇〇メートル下の地面に降りていった。

しばらくすると、ディッキーから無線が入った。「……その、ぼくたちとキャンプで一緒に朝食をとりたいだけらしい。みんな降りてきてくれないか」。その言葉の選び方が、どこか変だった。ベスとぼくが聞いているのをわかっていて、ぼくたちを怖がらせないためにそんな言い方をしたに違いないと直感した。

一人ずつ懸垂下降をして地面に降りる。シンガーが二番目、次がぼく、最後がベスだった。

リーダーとおぼしきアブドゥルという男が挨拶をしてきた。濃いひげを生やし、ずんぐりとしているがウエストは細い。迷彩服のポケットが弾薬で膨らんでいる。カラシニコフのライフルを胸の前にぶら下げている。

ほかの兵士二人は、武器を持っていることを除けば、授業をさぼってゲームセンターに来た高校生のようだ。ひょろ長い猫背の男は、パタゴニアのジャケットの上に、迷彩柄のベストを着ている。ほかのクライマーかトレッカーから奪い取ったのだろう。

最後にロープを伝って降りてきたのが女だと気づくと、兵士たちは目を見開いた。二十歳よりもずっと若く見える小柄なベスは、子どもだと思われたのかもしれない。

驚いたことに、兵士たちは感じよく握手をし、手荒なまねをすることもなく、ぼくたちをベースキャンプまで連れていった。ぼくはすぐに、テントの布が切り裂かれているのに気づいた。出入り口のファスナーを開ける手間を省いたのだろう。ギアや食料が辺りに散らばっている。別の男——四人目の兵士——が身体を折り曲げて嘔吐していた。ぼくたちの食べ物が合わなかったらしい。

兵士たちは手ぶりや口笛を使って、小さなバックパックに食料や服を詰めるよう指示してきた。そして、すぐにパスポートを渡せと言った。

これなら大丈夫かもしれない、とぼくは思った。少なくとも殺す気はないようだ。ぼくたちはパスポートを渡し、状況を理解し始めた。

ディッキーが言った。「人質にするつもりだ」

ぼくは草地に座り、兵士たちが散らかったギアを集め終えるのを待った。すぐ近くに、もう一人の男がいた。その男には見覚えがあった——トゥラットという名前のキルギスの兵士だ。数日前に、彼が定例のパトロールでキャンプに来たときに顔を合わせていたのだ。そのときの彼は、カラフシンで会ったほかの人びとと同じように、陽気でリラックスしているようだったが、今は様子が違っていた。刈り込んだ髪や、がっしりした身体つきは同じだが、ベージュの軍服は血に染まっていた。それを見て、ぼくのこめかみが激しく脈打った。彼は憔悴し、あきらめているように見えた。恐怖で視線が泳ぎ、悲しみと決意の入り交じった光が浮かんでいる。

ＩＭＵの兵士たちの視線がそれている隙に、トゥラットがぼくのほうを向いた。そしてズボンの血を指さし、指を三本立ててから、指を首の前で水平に動かした。恐怖が込み上げた。ぼくたち三人を殺したあと、ＩＭＵはベスを連れていくつもりなのだ。

「ニェット、ニェット！」トゥラットが言った。ぼくのこわばった表情に気づいたのだろう。手話と片言の英語で、ようやく彼の言いたいことが理解できた。ＩＭＵは彼の友人三人を殺した。次はトゥラットだ。トゥラットがまだ殺されていないのは、ここへ案内させるためだったからだ。

周りに散らばっている道具のなかから、トゥラットはテントのペグを拾い上げ、何かを突くようなしぐさをした。ぼくはゆっくりとまばたきをし、何を言おうとしているのか理解しようとした。その意味するところははっきりしていたが、受け入れたくなかった。テントのペグで、武装した兵士たちと戦えというのだ。これまでに、ぼくが何かを殺そうと行動を起こしたのは、家にねずみ取りを仕掛けたことくらいで、それだけでも吐きそうな気分になった。ぼくは断固として首を横に振り、小声で言った。

「ノー、ノー」

ひそひそと話しているあいだに、遠くからエンジン音が近づいてきた。ぼくは立ち上がり、空を見上げた。アブドゥルがすばやく立ち上がった。集中している猟犬のように一瞬動きを止め、そのあと何事か叫び始めた。兵士たちが銃を突きつけ、〝立て〟と合図した。そして木の茂みのほうへぼくたちを追い立て、そこに隠れるよう命じた。やがて叫び声や口笛や喧騒が聞こえてきて、ふたたび立ち上がった。キルギスの軍用ヘリコプター二機が上空を旋回するなか、ぼくたちは走って逃げた。カラスウ川の岸を何キロか走り、アクスウ川との合流地点を過ぎた。疲れと恐怖に息を切らしながら、茂みや木立に身を隠してはまた走った。

つかの間の休憩をとっていたとき、ベスを元気づけようとシンガーが言った。「テレビゲームだと思うんだ」その言葉に、ぼくも胸を打たれた――現実から気をそらさなくてはならない。現実ではないと思い込まなくてはならない。

ヘリコプターはまだ上空を飛んでいる。兵士たちは岩だらけの丘へとぼくたちを走らせた。銃弾が飛んでくる。ぼくたちは、岩の深いくぼみに縮こまるようにして隠れた。誰が誰に発砲しているのかも、罪のない人間が人質にとられていることにキルギス軍が気づいているのかどうかもわからない。きっと気づいているに違いない。でなければ無差別にこちらを攻撃してくるだろう。キルギス軍側が慎重になっているのはぼくたちのためではなく、トゥラットが捕らわれているからという可能性もある。

いつの間にか、激しい銃撃戦が始まっていた。キルギス軍の小隊が到着し、こちらを追ってくる。どしんという低い音が聞こえ、甲高い口笛が鳴り響いたかと思うと、地面が爆発し、石や土を吹き飛ばした。ＩＭＵの兵士たちはマシンガンを連射し、一歩も退かず激しく応戦した。

ベスとぼくは、トゥラットとともに木の下で身をすくませていた。銃弾が木の枝を貫き、木片が降り注ぎ、土煙が立ち上る。ベスが嗚咽を漏らしている。ぼくは恐怖に身を震わせながら、ベスを抱き締めた。トゥラットが隣に座り、膝を抱えている。不思議なほど落ち着いていて、すべてを受け入れ、世界と折り合いをつけたかのようだった。銃弾の金属的なにおいの中に、ビャクシンの香りが混じっている。そのとき、トゥラットがとった行動は一生忘れない。ポケットから飴を一つ取り出し、ベスの手のひらに置いた。そしてベスの目を見て、片言の英語と身ぶりで言った。「泣かないで。ぼくはもうすぐ死ぬけれど、泣いてなんかいないよ」

戦場と化した渓谷に銃弾の雨が降るなか、高らかに口笛が鳴った。ＩＭＵのリーダー、アブドゥルが近づいてきて、腕を振って合図した。ぼくたちのそばにいたもう一人の兵士が銃撃をやめ、銃をトゥラットに向けた。トゥラットはアブドゥルのほうへ無表情で歩いていった。アブドゥルはトゥラットを岩陰へ連れていった。

大きな銃声が二回響いた。ベスの嗚咽がすすり泣きに変わった。

続けてアブドゥルがぼくたちも来いと合図をした。ぼくは胃がひっくり返りそうだった。周りには銃弾が飛び交い、従うしか道はなかった。トゥラットの死体のそばにしゃがみ込む。死体は次第に冷えて硬直していった。頭から流れ出した血が海のように広がり、時間が経つと、砂地の上には光沢の消えた黒い染みだけが残った。手足がねじれ、指が丸まっている。なるべく見ないようにしたが、気づくと目がそちらに吸い寄せられていた。死体を見たのはこのときが初めてだった。ふらつかないように脚に力を入れた。

ベスも自分と同じように恐怖におののいているだろうと思いながら、ベスへ目を向けた。しかし、ベスはトゥラットの強さが乗り移ったのか、静かに、だがはっきりとした口調で言った。「ずっとわたしの目を見ていて。何があってもそらしちゃだめ」

岩に銃弾が当たって跳ね返り、岩の破片が降ってくる。耳にこだまする轟音が大きさを増していく。ぼくは気分が悪くなって目を閉じた。ふたたび目を開けたとき、夕方のアルペングローが地平線をバラ色に照らしていた。なぜこれほどまでに美しい自然現象が、こんな恐ろしい出来事と同時に起こるのだろう。また口笛が響いた。何かが頭上を横切って、ぼくたちは一斉に身を縮こまらせた。アブドゥルがリンゴを宙でつかみ、口に押し込んだ。それを投げた兵士は、背を向けてまた銃撃に戻った。アブドゥルは銃を調整している。家でテレビでも見ているかのように平然としてリンゴを頬張っている。それを食べ終えると、芯を地面に吐き出して手をズボンでぬぐい、静かに銃を岩のあいだに置き直し、また発砲し始めた。

銃撃戦が激しさを増し、薄暮の中で双方が相手を倒そうと躍起になっていた。日が沈むまでの数分が何時間にも感じられた。やがてアブドゥルと三人の兵士が銃を置き、マットを広げた。ロケット弾がまた一発、近くの丘で爆発した。兵士四人はメッカの方角へ向かって祈り始めた。

空が暗くなると、銃撃はやんだ。トゥラットの死体をあとに残して、ぼくたちは兵士たちとともに逃げた。その夜、兵士二人が集団を離れて、食料にするヤギを探しに行った。二人は二度と戻ってこなかった。あとで知ったところでは、キルギス軍に捕らえられたらしい。アブドゥルと、のちにスーと呼ぶことになるシャリポフだけが残った。スーは二十歳で、ベスと同い年だった。上唇に目立つほくろがあり、ウール帽の下から短い髪がのぞき、細いひげが顎にこびりついている。スーはおびえているように見え、途方に暮れて呆然としながら目を大きく見開いていた。逆らうことなく命令に従うスーを見て、突然引き金を引くのではないかと不安になった。

ぼくたちは囚われの身だったが、ある意味では兵士たちも似たようなもので、キルギス軍に追われる身だった。逃避行は夜通し続いた。ぼくは片時もベスのそばから離れなかった。強行軍の疲労とすさまじい恐怖で、さまざまな感覚が麻痺していた。ぼくたちは現実とは思えない世界を歩き続けた。夜が明けると、今度は身を隠した。ぼくたちが何かしでかさないよう、アブドゥルはぼくたちを二組に分けた。アブドゥルがベスとディッキーを、スーがシンガーとぼくを受け持った。彼らが何をしようとしているのか悟ったとき、ぼくとベスは顔を見合わせた。

「大丈夫よ」ベスは言った。「とにかく逆らわないようにして」

「うん」

「約束してね。ばかなまねはしないで。いい?」

「うん。またすぐ会えるよ」

でも、このときは二度とベスに会えないのではないかと不安だった。そばにいてベスを守ると心に誓い、そのことに生き甲斐と一抹の希望を持っていたのに、ぼくたちの運命は、もはや自分たちの手を離れていた。

それからの一四時間、急流のしぶきから一〇メートルほどの場所で、シンガーとスーとぼくは湿っぽい穴に入って身を寄せ合い、頭上をアシや木の枝で覆った。湿った葉のすっぱいにおいと吐いた息が狭い空間にこもっていく。穴の外のすがすがしい空気とはあまりに対照的だ。湿気で服が濡れ、歯がかたかたと鳴るぐらい寒気がする。あまりのつらさに時間の感覚がゆがんでいく。最後に水や食べ物を口に入れてからまる一日が経っていた。舌が口蓋に張りつく。もう何もかもがどうでもよくなってきた。けれども、ベスのことが心配で、それに比べれば自分のことなどどうでもよかった。

ぼくは自分自身と神に問いかけた。何かすがるもの、かすかな希望の光が必要だった。唇だけ動かして祈りを唱えた。ぼくたちは見守られていて、これはぼくたちに課された神の意思なのだと信じたかった。母のことを思った。母はいつも、自分には超能力があって、大切な人が苦しんでいるときにはそれがわかるのだと言っていた。穴の中に座りながら、ぼくがこんな目に遭っているのを母が気づいているだろうかと思った。

シンガーとぼくは隣に並んで、両腕で膝を抱え、膝に顎を乗せていた。芯まで冷え切って、一分が一時間に、一時間が一日に感じられた。ほとんどのあいだ、ぼくはぼんやりと土を見つめていた。けれども、スーが眠り込んでいたとき、シンガーがスーの銃をじっと見ているのに気づいた。何を考えているのだろうとぼくは思いを巡らせた。

ふたたび日が沈み、ぼくたちは隠れ場所から外に出た。年寄りのようによろよろとした足取りだった。けれどもベスを見つけた途端、背筋が伸び、活力が戻ったように感じた。ベスは生きていて、目の前に立って笑みを浮かべている。川の岸にいたので、急流の水音がうるさくて叫ばなければ声が聞こえない。ぼくたちは近づいていって、抱き合った。そして、目を見つめ合い、互いの無事を噛みしめた。ぼくはいつまでもベスを抱き締めていたかった。

ほどなく、暗闇の中でその日の食事をとった。一本のエナジーバーを六人で分け合った。キャンプを逃げ出す前に、バーが六本入った小さなバッグをくすねてきた。食料はそれがすべてだった。川から離れると、会話ができるようになった。そして、ベスとディッキーの一日が、ぼくたちよりもずっとひどかったことを知った。アブドゥルは川岸の岩の下にあった洞穴を隠れ場所にした。日中に川が増水し、洞穴にも水が入ってきて、二人はびしょ濡れになった。岩の下の地面が浸蝕されていて、いつ自分たちの上に岩が落ちてくるかと気が気ではなかったそうだ。

あとになってベスから聞いたのだが、あの恐ろしい日々のあいだ、ディッキーはずっと父親のように振る舞い、震えるベスの身体を抱き締めて温めてくれていたという。ベスはときどきすすり泣いて、なぜ自分たちがこんな目に遭うのかと訴えた。アブドゥルとスーは、ぼくたちにはよそよそしく強圧的に接していたが、ベスにはどう接したらいいかわからないようで、明らかに態度がぎこちなく、ときには怖がっているようにも見えた。あるとき、ディッキーが機転を利かせて、ベスとぼくは夫婦だと手ぶりで伝えた。どうやら、それが埋もれていた彼らの人間性をいくらか刺激したようだった。

アブドゥルの先導で、ぼくたちは逃げ続けた。小さな川をいくつも越えたが、毎夜、川を渡るときが水を飲む唯一の機会だった。土や砂の混じった水を飲むと歯にざらつきが残ったが、ひと口ごとにわずかながら力がよみがえった。

二日目の夜、ぼくたちは急流の岸に立って、先へ進むすべを探していた。アブドゥルとスーは倒れた丸太を押して、橋を架けようとしていた。けれども、重い丸太と格闘するあいだ、二人は足を水に濡らすまいとしていた。明らかに、水を怖がっているようだ。突然、シンガーが激しい流れの中に腰まで入っていった。途中で流されかけたが、体勢を立て直してもとの位置まで戻り、丸太をつかんで反対側の岸に渡した。アブドゥルは震えながら丸太の上を這って渡った。シンガーは川の中央に立ち、アブドゥルがよろけるのを見て手を差し出した。アブドゥルは両手を空けるためにシンガーに銃を預けた。アブドゥルが向こう岸にたどり着くとシンガーは銃を返し、ぼくたちも渡ってくるよう叫んだ。一人ずつ向こう岸に渡ると、最後にシンガーが川を渡り、びしょ濡れで息を切らしながら岸に座り込んだ。

「どういうことだ?」ぼくは眉を寄せた。いくぶん腹を立てながらシンガーに言った。

けれどもそのとき、アブドゥルが銃を頭上に掲げ、シンガーに向かって意気揚々と叫んだ。「同志よ!」

途端に、ぼくは悟った。ぼくを含め残りの三人が恐怖に圧倒されていたときに、この悪夢の中でシンガーは脱出の方法を模索し、まずは信頼を得ようとしていたのだ。

どんな行動をとるべきか、それぞれが考えていたあいだに、シンガーは戦略をみんなの前にはっきりと示した。それ以降、自分たちだけになれる機会が来るたびに、気づかれないよう小声で話し合いをしたが、意見は割れた。ベスはきっぱりと、リスクを冒すべきではないと主張した——兵士たちはこちらを殺しかねないし、向こうがどういうつもりでいるのかわからない。今の扱いに耐えられないわけではないのに、なぜ命を危険にさらすのか? いずれ兵士たちは捕まる。軍が追ってきているのだから。

シンガーとディッキーは、早急に逃亡計画を立てるべきだと主張した。こちらは四人で向こうは二人。隙を突いてやつらを取り押さえれば、銃を奪える。行動を起こすべきだ。

シンガーたちの意見にも一理あると思ったが、ぼくはジレンマに陥った。ぼくにとって最優先すべきはベスの安全であり、それゆえベスの側についた。それでも、なるべく口を出さないようにした――こんな状況でも、摩擦を引き起こしたくなかった。

それから数日、東の空が白み始めると、追跡者でもあり救世主にもなりうるキルギス軍から身を隠し、夜闇に包まれるころになると、さらに暗い未来へと前進した。

日ごとにぼくたちは消耗し、もとから少なかった脂肪の蓄えを失っていった。身体はエネルギーを取り出すために筋肉を代謝した。飢えや恐怖よりもなお耐えがたかったのは、睡眠不足が心をさいなんだことだ。夜に再会すると、四人で車座になり、ディッキーとシンガーが計画についてあれこれ語り合った。ベスとぼくは二人の戯れ言を聞き流した。

キルギス軍は厳しい追跡を続けていた。ときどき日中の隠れ場所から軍の様子が見えたり、ヘリコプターの音が聞こえたりすることがあった。小競り合いは減っていたが、散発的に銃撃戦が起こった。存在を忘れさせまいとするかのように、ときおり遠くから銃声が聞こえてくる――そのほとんどは軍と近くにいる別のＩＭＵのグループの衝突だった。幾晩かが過ぎた。ぼくは今後のことを考えるのをやめるようになっていた。キルギス軍は効果的にこちらを追い立てていた。ぼくたちは大きく円を描いて、アクスウ渓谷とカラスウ渓谷の北へと進んだ。谷には、板造りの橋や朽ち果てたヤク飼いの小屋が点在していた。

身を隠しているあいだ、シンガーはずっと逃亡計画を練っていた――空想していたと言うべきかもしれない。陰鬱な穴ぐらや鬱蒼とした茂みの中で、周りに聞こえないよう淡々とした低い声で話してくる。

「スーが寝ているあいだに、ぼくが石を拾って頭を殴り、銃を奪う――安全装置は引き金の右後ろだ。何が起こっているのか気づかれる前にアブドゥルを撃てる」。シンガーはのべつ幕なしに、ぞっとする血なまぐさい殺しの詳細を語った。「ぼくがスーののどに噛みついて頸動脈を噛みちぎる。そのあいだに銃を奪え」

四人がそろっているときに、シンガーとディッキーが話し合っているのが聞こえた。ベスの考えは変わっていなかった。IMUをIMUたらしめている邪悪な手段に訴えるくらいなら、数カ月、虜囚生活を送るほうがいい。けれどもシンガーは引かなかった。「殺すんだ。石を拾って頭をかち割り、銃を奪う。今ならこっちは信用されているからうまくいく」。ぼくはシンガーを黙らせたかった。黙らせたくてたまらなかった。シンガーはしゃべり続け、ぼくは冷めた目でシンガーを見つめた。人殺しはできない。殺すのは間違っている。殺したら、ぼくたちはやつらと同類だ。

けれども、時間が無駄に過ぎ、ぼくたちは体力と気力を失っていった。天使のようだったベスの顔は虚ろになってやつれていき、七キロほどもやせていた。身体が弱っていくにつれ、ぼくはシンガーが正しいのではないかと徐々に思い始めた。生き延びるには、殺すしかない。

シンガーは絶好の機会を待っていただけなのかもしれなかった。川を渡ったときには、スーがまだ銃を持っていた。アブドゥルもスーも、ぼくたちのそばを離れなかった。片方を取り押さえ、もう一方と撃ち合うリスクを冒すわけにはいかない。武器の使い方も知らないというのに。

だが、ある意味では、ぼくたちは優位に立っていた。ぼくたちがいるのは異国の地だったが、逃走している場所は険しさを増す山道で、ぼくたちが兵士たちを先導して、岩だらけの道を進んでいった。ときには彼らの背中を押したり、手を貸したりすることもあった。

今なら、シンガーの考えが正しかったのがわかる。やつらは善人ではない。ぼくたちは拘束されていて、解放される瞬間がおとぎ話のように天から降ってくるわけではないのだ。ぼくたちは何を待っているのだろう。アメリカ海軍の特殊部隊が乗り込んできて、キルギスの山中からクライマー四人を救い出してくれるとでもいうのか？

このままでは、ぼくたちは死ぬまで囚われの身のままだ。

アブドゥルとスーを先導して山を登っているとき、シンガーが計画を語る声がよみがえってきた。やつらを投げ落とす相談をディッキーとしているのが聞こえる気がした。いつやる？ 今だ！ 今しかない！

不安でいっぱいだったが、これだけは自信があった。耐え続けることだ。ぼくなら、さまざまなことにほかの誰よりも耐えられる。それに、死ぬのは怖くなかった。いつだってそうだ。大切な人たちを失うのは怖いが、自分の死だけは、心の中にその居場所を残している。

ぼくはついに悟った。これまでかたくなに拒んできた暴力こそが、この状況を抜け出す唯一の道なのだ。そして、さらに悟った。ほかの者にはやらせない。ぼくがやる。


飢えとは奇妙なものだ。最初は、吐き気のような痛みを下腹部に感じる。息をするのが億劫になり、動きが鈍くなる。表情もこわばり、あらゆる動作が面倒くさくなる。思考が散漫になり、無関心にのみ込まれ、感情が消える。けれども、数日経つと、ぼくの腹部の痛みは消えた。今でも何が起こったのか、どういう理由なのかはわからないが、ほかのみんなが弱っていくなか、ぼくは力が満ちてくるのを感じた。

気づくと、夜目が利くようになっていた。物の輪郭がくっきりと見える。六日目の太陽が沈むころには、あらゆる物音や動きに敏感になっていた。身体が軽くなり、力がみなぎり、丘まで駆け上がっても鼓動は少しも乱れない。ほかのみんなは、数歩進むごとに立ち止まっていた。幻覚にせよ何にせよ、ぼくは自分を戦士のように感じた。

自信とともに、使命を受け入れる気持ちが強くなってくる。シンガーはぼくよりも頭が切れるが、力はぼくのほうが強い。シンガーが司令官なら、ぼくは兵士だ。はっきりと確信した。ベスへの愛が、ベスを求める気持ちを上回った。ぼくは心を鬼にすることに決めた。

六日目の夜、兵士たちはある計画を実行した。彼らも飢え、寒さに震えていたので、アブドゥルがぼくたちのベースキャンプへ戻り、残りの食料や暖かい服を集めて持ってくることになった。残りのメンバーは六〇〇メートルほどの斜面を登り続ける。ぼくたちにとっては（少なくとも通常の状態であれば）、なんということはない斜面だった。アブドゥルは食料を調達してから、その山の登りやすい反対側を登り、頂上で合流することになった。ここで初めて、ぼくたちの見張りがスーだけになった。

夜闇の中、月がいたずらをしたのか、岩壁に影が踊る。ごつごつとした岩の壁が、下方へと消えていく。漆黒の闇。はるか高みから、尖った峰々や雪をかぶった山を星が照らしている。

スーが足を滑らせ、痛みにうめき声を漏らす。シンガーがスーを先導し、しっかりしたホールドをつかむよう指示するのをぼくは見守る。ベスとぼくはスーの上にいて、スーが落ちていくラインは避けるようにする計画だ。

ぼくたちは上へ上へと登っていく。またスーがよろけ、岩が垂直に近い崖を転がり落ちていく音が聞こえる。

今だ。

やるなら今だ。

心の中で二人をけしかける。本当は彼らにやってほしい。

ディッキーとシンガーが先導を再開する。スーが無防備に危険にさらされる場所をいくつも通過する。自分が彼らに何をさせようとしているのか、そのことについては極力考えないようにする。

頂上に近づくと、自信を取り戻したのか、スーが二人の前を登り始める。不安定な石を両手でつかみ、バランスをとりながらよじ登っていく。もうすぐ頂上というところにやや難しい箇所があり、スーはそこで少しもたつく。ぼくたちの六メートルほど右だ。ディッキーとシンガーはまだ下にいる。ぼくは下を見下ろす。二人と目が合う。二人がうなずく。

ベスを見る。「やらなくちゃならない」ぼくはささやく。「ぼくがやる」

ベスは身を震わせる。表情が曇る。わずかに唇が開いたが、声は出てこない。しばらく、ぼくたちは互いを見つめる。ベスがうなだれる。

よし。

どこからともなく、身体の中に怪物のような力がわき上がる。これまで味わったことのない感覚だ。ロッキーにいるヤギのようなすばやさでフットホールドを伝い、闇の中を音もなく移動する。四メートル、三メートル、一・五メートルまで近づいたが、スーはまだぼくが迫っているのに気づいていない。スーのライフルの銃身が星明かりを反射し光っている。上唇のほくろの輪郭が見える。ぼくの足元から浮き石が落ちる。

スーが、はっとこちらを振り向く。目が合う。ぼくは、スーの銃のストラップに飛びつく。思い切り引っ張り、スーの肩を突き飛ばす。スーの身体がのけぞり、月を背景に、弧を描きながら暗闇へと落ちていく。驚きと恐怖の叫び声が上がる。吐き気のするような重い音とともに、身体が岩棚に激突し、弾みながら奈落へと消えていく。

しばらくのあいだ何も聞こえず、何も感じない。やがてめまいに襲われる。太陽が昇ってくるのだろうか。ちらつく光がぼやけ、長い筋になり、現実感と非現実感が同時にわき起こる。ふいに、頭に石をぶつけたときのように身体中の筋肉が収縮し、目を固く閉じる。急いで頂上までの残りの距離を登り、息を切らしながら、一人そこに立つ。地面に座り込み、ボールのように身体を小さく丸める。前後に身体を揺らしながら、すすり泣く。心の中にため込んでいたものが、一気に溢れ出す。

たった今、ぼくは人を殺した。極悪人ではなく、自分と大して変わらない、おびえた若者を殺した。彼の家には、帰りを待つ家族がいたはずだ。この悪夢から目を覚まさせてくれ、と神に叫んだ。これが現実だと考えるには恐ろしすぎた。身体の震えが止まらず、正気を失うのではないかと怖くなった。

声が聞こえて、背中に手が置かれた。シンガーだ。とっさにぴくりと身を引いた。「やるべきことをやったんだ」

ぼくは膝のあいだに頭をさらに深くうずめ、顔をゆがめた。誰かを責めずにはいられなかった。ぼくは人を殺す道を選んだ。シンガーの絶え間ないささやきが、ウイルスのように感染したのだ。シンガーがやるはずだった。なのに、なぜシンガーはぼくをこんな立場に追い込んだんだ？　シンガーが悪魔で、ぼくはその手先だ。この六日間、ぼくたちにつきまとっていた邪悪なものになりさがった。ぼくは全身のあらゆる筋肉を引きつらせた。身体から、最後の一滴まで命を絞り出したかった。

けれどもそのとき、ぬくもりが伝わってきた。ベスが後ろにひざまずき、ぼくの背中を膝で挟んで肩を抱き締めてくれた。「あなたは、わたしたちの命を救ってくれたのよ」ベスは言った。

「愛想が尽きただろう？　ぼくは見下げ果てた人間だ！」ぼくはむせび泣いた。

「違う。わたしのヒーローよ」

ぼくは顔を上げ、しゃがんでいるほかの三人を見た。切迫した様子が見て取れた。ここはアブドゥルと落ち合う予定の場所だ。そして今、ぼくはスーを殺した。ぼくは大きく息を吸った。

しっかりしろ。まだこれで終わりじゃない。

前方の東側の斜面は、傾斜が落ち、丘のほうへとつながっている。ぼくたちは尾根に沿って走り、十分な距離を進んだところで右に曲がった。土や岩の道をパニックになりかけながら駆け下りた。恐怖と幸運と月明かりに導かれながら、ときおり現れる崖を回り込み、小さな崖は飛び降りた。

ディッキーとシンガーは、眼下の谷のことは知っていた——行方不明になったバッグを探していたときに通った場所だ。そこまで行けば、ヤク飼いの小屋や軍の駐屯地がある。だが、キルギス軍がぼくたちを敵と見なして撃ってくるかもしれない。すでに敵に占領されている可能性もある。暗い岩陰や谷沿いの木立の中には、銃を持ったキルギス軍兵士や、彼らを殺した反乱軍の兵士が隠れているかもしれない。もし反乱軍の兵士だったら、ぼくたちのことを生かしてはおかないだろう。

ぼくたちは谷底を歩き続けた。木々のあいだで揺れる影が人の姿に見える恐怖を押し殺しながら、家畜が通る小道を走った。肺が焼けつくように痛み、冷たい空気が鼻を麻痺させる。スーを突き落としてから三、四時間。アドレナリンと恐怖に突き動かされて、夜闇の中を骸骨のように走り続けた。もうすぐ夜明けというころに、ようやく足を止めた。前方に小屋が見え、野生のヤギの頭蓋骨が柱にかけてある。ディッキーとシンガーはその場所を覚えていた。ここから遠くないところに軍の駐屯地があるはずだ。

霜が茂みを覆い、自分の吐いた息が揺らめきながら白く立ち上るのを見つめた。ふたたび足を速める。やがて、暗がりの中を人影が左右に散っていくのが見え、さらにスピードを上げた。パン、パン、パン！　銃弾が飛んでくる。心臓が耳元で飛び跳ねる。銃撃が激しくなったが、ぼくたちは駐屯地に飛び込み、建物に囲まれた広場をめざした。キルギス軍がぼくたちを反乱軍の兵士と勘違いしているのか、あるいは軍は全滅していて反乱軍が撃ってきているのかわからない。どちらにしても、考える余裕もなく、ぼくたちは地面に倒れ込み、たちまち男たちに取り囲まれた。怒号が上がり、ライフルを頭に突きつけられる。ぼくたちは何度も繰り返し叫んだ。

「アメリカンスキー（アメリカ人）！　アメリカンスキー！　アメリカンスキー！」

第２部
PART 2

THE PUSH

02

第6章 CHAPTER 6

雪がまつ毛に積もり、一瞬、視界をゆがめ、解けていく。前線が来ているのか、昼間でも夜のように暗い。スノーシューの踏み跡が登山道を埋め尽くし、いっそう足元を悪くする。湿気の多い春の雪が、太陽の熱と夜の寒さで固くなる。ぼくは足を滑らせながらも、外で走っていることに幸せを感じる。汗の粒が背中を流れ落ち、身を震わせる。

一・五キロほど走り、ゆるやかなカーブを曲がると、明るい日差しの中に出る。空に筋雲が踊り、北西に連なる山々の頂を磨いている。日の光が雪に反射し、スパンコールが散りばめられた白い絨毯の上を走っている気分になる。その場の雰囲気を乱すのは、ぼくの靴がきしむ音だけだ。

徐々に登り坂になる。傾斜はそれほどでもないが、標高三〇〇〇メートル近くになると、息が苦しくなる。歩幅を狭めてピッチを上げ、腰を少し曲げて前屈の姿勢をとる。頂上に着けば、あとは家まで下りが続く。

数時間後、ぼくはソファに腰を落ち着ける。壁には額に入った二人の写真がかかっている。ぼくは、ずっとベスに結婚を申し込もうとしていた。だが、こういうときに限って勇気が出ない。『デイト＆ナイト』〔若い夫婦がひょんなことから事件に巻き込まれるコメディー映画〕みたいだ、とベスはあっけらかんと冗談を言ったが、本心から言っているのではない。本当は不安で神経を尖らせている。ぼくも同じだ。世間になんと思われているか心配だったし、一年八カ月前の二〇〇〇年八月の出来事を思い出さなくてはならないのは、どんな気持ちになるのだろう。あれからさまざまなことが起こった。九・一一同時多発テロ、各地の紛争、ほかにも数え切れないほどの出来事が。

NBCのニュース番組「デイトライン」が始まる。番組冒頭の予告映像を見て、ぼくはいたたまれずに身じろぎをする。みんなとても若く、画面の中のぼくはすっかり萎縮している。ベスに目を向けると、同じく画面に釘づけになっているように見えるが、ほかのことを考えているのかもしれない。邪魔はしたくない。ベスなりの方法で向き合ってもらうことにする。

ついに、ぼくたちが出演するコーナーが映し出される。なつかしい映像だ。岩壁、ポータレッジ、山々と渓谷の輪郭。この映像を見たら自分がどんな反応を示すのかわからなかったけれども、実際にはなんの感情もわかなかった。他人事のように思えてくる。

画面が変わる。刑務所で女性が男性にインタビューをしている。二人ともキルギス語で話していて、翻訳された英語の音声がその上に重なって聞こえる。

ベスとぼくは前のめりになって、手を握り合う。何カ月もの嘲りや疑惑の末、やっと待ち望んでいた言葉が聞ける。「あなたは突き落とされたのですか? それとも眠り込んでしまったのですか?」女性が問いかけた。

「突き落とされたんだ」男性が言った。

生きていたんだ。

ぼくは人を殺してはいなかった。

テレビを消す。疑惑の重圧から解放された今、望むのは元どおりの生活に戻ることだけだ。

前に進もう。

ぼくたちの頭に銃口を突きつけたのは、キルギス政府軍の兵士たちだった。ぼくたちが反乱軍の者ではないことをすぐに理解して、数分後には暖かい服と水と食料を分け与えてくれた。ぼくたち四人はイワシの缶詰二つをむさぼるように食べた。イワシの缶詰を食べるのは初めてだったけれども、食べているあいだ、〝こんなにおいしいものが世の中にあるなんて〟と考えていた。食べ終わると、両手を胸に当て、兵士たちに感謝の気持ちを示した。兵士たちはやつれ、やせ細っていた。激しい戦闘で消耗してしまったのだと想像できた。

数時間後、ぼくたちはヘリコプターに乗せられ、政府軍の小さな前哨基地から、大きな軍の施設に移動させられた。キルギス共和国の首都ビシュケクから、飛行機で数時間の場所だった。軍の施設に着くと、キルギス共和国大統領のアスカル・アカエフや官僚たちと短い面会をした。言葉の壁のせいか、大統領との会話は短いものだった。質問内容から判断すると、大統領はキルギス軍の兵士がぼくたちを〝救出〟したことにしか関心がないようだった。ぼくは呆然とした。ぼくたちは自分たちの力で脱出したのに、大統領はこの〝救出劇〟を政治的に利用することしか考えていなかった。

そのあと、航空機で首都へ向かった。ビシュケクに到着すると、アメリカ大使館へ連れていかれた。大使館は、ゲートやコンクリート防護柵で囲まれた建物群の一角にあり、掩蔽壕《えんぺいごう》のような形をしていた。そこで初めて家族に連絡をとることができた。呼び出し音が鳴るまで、気が遠くなるほどの時間がかかった。雑音やブーンという音が、電話回線から聞こえているのかぼくの頭の中で鳴っているのかわからなかった。

「母さん、ぼくだよ」ぼくは言った。「父さんはそこにいる？　二人一緒に話せる？」

ぼくはためらいがちに切り出した。「拉致されたんだ」。何を伝えて何を言わずにおくか、秤《はかり》にかけながら話し始めた。「でも、もう大丈夫。脱出した。逃げるときに相手の一人を崖から突き落とさざるをえなかったけど、なんとか脱出できた」

長いあいだ返事が聞こえなかったので、回線が切れてしまったのかと思った。ときおりパチパチという雑音が聞こえてくる。

「無事でよかった」両親がほぼ同時に言った。両親は何回も何回も繰り返しそう言った。無理もなかった。二人は息子が拉致されるなんて夢にも思っていなかったのだ。みんな無事でよかったと両親は言った。ぼくは涙ぐみながら、もう切らなきゃと言った。帰国のめどが立ったらまた連絡すると最後に伝えた。

電話を切ると、同じ部屋の奥からシンガーが興奮した声で、母親に何が起きたのかを詳しく説明しているのが聞こえてきた。往年のジャン＝クロード・ヴァン・ダムが出てきそうなアクション冒険映画について話しているような口ぶりだった。心の片隅で、自分がシンガーのような熱血漢で、今回のことを心躍る大冒険のように話せたらいいのにと思った。ぼくはとにかく悲しかった。人の命を奪わなくてはならなかったことが悲しかった。早くここを離れたかった。

そのあとに行われた大使館内での事情聴取は、まさにシンガーの独壇場だった。ぼくは、胃の底が歯を立てて体内を切り裂いているように感じながら黙っていた。事情聴取が終わる直前、入国時に登山届を出すべきだったと言われた。ぼくたちは全員うなずいた。大使館の職員は、ぼくたちにとてもよくしてくれ、暖かくて清潔な新しい服を買いに行くのに付き合ってくれた。ビシュケクからアメリカへ飛ぶ便は一週間先までなかったので、カザフスタン経由でカリフォルニアへ飛ぶ手配もしてくれた。ベスとぼくは飛行機の座席に収まって、やっと二人きりになれた。ディッキーとシンガーはもっと安い便に乗るために、キルギスに一週間滞在することにした。ぼくたちはうとうとしたり、ささやき合ったりしながら、高度一万メートルの空の上で、つかの間の休息に感謝した。

八月二十二日、空港まで迎えに来てくれたベスの両親と涙ながらの再会を果たした。デイヴィスにあるベスの家に帰ると、家の前に数台の中継車と記者がいた。ぼくたちはうつむいたまま家の中に駆け込んだ。どうして報道陣にこの事件が知られたのか見当もつかない。ごく身近な人以外に話をする気はなかった。でも中継車が停まっていて、記者も集まっている。早くこの場所を去ってほしかった。

ぼくたち二人はパニックに陥ったように、裸足で家の中を歩き回った。大きな音が聞こえるとびくっとして身を縮こまらせた。ベスの両親はぼくたちを優しく包み込んだ。記者が玄関のドアを叩いたときには、肩を抱いて奥の部屋へ連れていってくれた。ベスとぼくは奥の部屋のドア口に立って、玄関のほうに耳を澄ました。ベスの両親は断固としつつも丁重に、しかるべきときに記者会見を開くと記者たちに言った。ベスとぼくは、二人の落ち着いた物腰と支えに心から感謝した。二人は、ぼくたちにどう接すればいいかを直感でわかっているようだった。ベスから聞いたのだが、数年前にベスの父親は癌で命を落としそうになったという。ベスの母親と父親は、保護者に必要な相反する態度、鉄のような強さとビロードのような柔らかさを経験から学んでいたのだ。

ぼくたちと同じように、ベスの両親も記者の扱い方は知らなかった。どうやら、報道陣にはあきらめという概念はないようだ。ベスの母親と父親が報道陣とぼくたちのあいだに鉄の垣根を築けば、その鉄格子でこちらも身動きがとれなくなってしまう。

やがてぼくの両親が到着した。母が感情を抑えようと唇を震わせているのを見て、ぼくの胸は痛んだ。居間に集まり、母はぼくの後ろの白いソファに座って、ぼくの肩をさすった。みな何を言っていいかわからずにいた。たわいのない世間話とぎこちない沈黙が続いた。父がいい天気だなと言ったせいで、みながいら立った顔をした。でも、それは父に対してではなくて、この状況に対するいら立ちの表れだった。それまでの数日間、ぼくたちは声を落として話をしていた。父は声を張り上げていたわけではなかったが、もともと声が大きいため、ベスの両親がぼくたちを守ろうとふくらませたクッションから空気を抜いてしまったようだった。

ベスが立ち上がり、寝室へ入ってドアを閉めた。残されたぼくたちは床をじっと見つめるか、窓の外を眺めるかしていた。ぼくはしばらく待ってから、ベスの寝室へ行った。

「今はご両親の相手はできないわ」ベスは言った。

みなが苦しんでいた。ぼくはベスの横にいてやりたかったが、両親のそばにもいたかった。二人が来てくれたことには感謝していた。ぼくには二人の支えが必要だ。ぼくは板挟みになったが、今回はベスのそばにいることが、自分の両親といるよりも大事だと感じた。

気まずい二日間が過ぎ去った。初日と変わらず、父は会話を弾ませようとし、お通夜のような雰囲気を少しでも和らげようとしていた。それでも、父のあらゆる言動がベスをいら立たせているようだった。たとえば、父が静かに座ってジグソーパズルに取り組んでいるとき、ピースがうまくはまって「よし」とつぶやく声さえも耳障りなようだった。ベスはよく、重い荷物でも運んでいるかのようにため息をついた。実際、ぼくの両親に出ていってもらいたがった。ぼくの気持ちは引き裂かれそうになったが、こう言った。「わかった。そう伝えるよ」

両親に帰るよう頼むと考えるだけで胸が痛んだ。まだ到着したばかりなのだ。ぼくは両親を散歩に誘い、中継車がいなくなった頃合いを見計らって外へ出ていき、白い囲い柵やプランターの前を歩いていった。鳥のさえずりがあちこちから聞こえた。ベスの家の周辺の広い通りは、碁盤の目のようになっている。二人が足音を立てないように歩いているのがわかった。ぼくは何度か深呼吸をして、口を開いた。

「ごめんね。父さん、母さん」涙が溢れて頬を流れた。「今、二人にここにいてもらうのは難しいんだ。なるべく早く帰るようにするから。心配はいらないよ。ぼくは大丈夫だから」

ぼくは二人に腕を回して抱き締めた。しばらく抱き合ってから、ぼくたちは家に引き返した。両親は荷物をまとめて別れの挨拶をし、車で去っていった。罪悪感を覚えながらも、ぼくはほっとしていた。ひとまずこれで、ベスがぼくの両親を煙たがるのに対処しなくてよくなる。もうぶつかり合うのはごめんだ。とにかくベスの望みどおりにして、なんとか落ち着いてもらいたかった。

ぼくの両親ならきっとわかってくれると思っていた。母は口数が多くなかったが、言うべきでないことはけっして口にしなかった——「不幸中の幸いだったね」とか「命があるだけでも感謝しないと」といった、人が言いがちなことは一切言わなかった。一瞬、母の目に苦悩の色が浮かんだが、すぐに消えた。母はきっと、ぼくが両親にこんな仕打ちをしたのは、母以外の大切なもう一人の女性のためであることをわかっていたのだと思う。母はいつものように、人として正しいことをしようとしていた。自分のことは後回しにしてぼくを助けようとしていたのだ。

しばらくすると、ぼくもベスの家にいづらくなった。さらに、今回のことを自分がどうとらえればいいのかわからなかった。何か強い感情がわき出てきて、行動に導いてくれるのをずっと待ち続けた。恐怖やショックで震えているべきなのか、それとも「生きててよかった！」と飛び跳ねながら叫ぶべきなのか？　行動を起こして窮地を脱したぼくは英雄なのか？　もちろん英雄だなどとは思えなかった。毎日、嫌な記憶がよみがえった。高山の凍原に広がる血の海。銃弾が岩を撃ち砕き、銃声が遠くの丘にこだまする。怒鳴り声と空気を切り裂く弾丸の音、悲鳴。サイレンのようなけたたましい音を立てるロケット弾。騒音と恐怖がぼんやりと白くにじみ、テレビの雑音のようになっていく。気づけば、一瞬の出来事だと思ったのに、一人公園のベンチに座って何時間も宙を見つめていた。心の中でできるだけ急いで穴を掘り、溢れ出しそうな感情をすべて埋め尽くしても、一つの事実だけが頭の中をぐるぐる回っていた。ぼくは人を殺した。

ベスは泣いていたかと思うと、次の瞬間には恐怖に身を震わせたり、窓の外をぼんやりと見つめたりした。ＩＭＵがぼくたちを探し出すと本気で信じていたのだ。どうしてわたしたちがこんな目に遭わなきゃいけないの、と何度も訊いてきた。囚われの身だった六日間のあいだには、笑ったり陽気な気持ちになったりしたこともあったはずだが、そんなことはまったく記憶になかった。家に帰ってからも同じだ。拉致されていたときと同じような不安に襲われ、いつも似たようなところから始まって、似たようなところに行き着く。立ちなおるまでにどれだけの月日がかかるのだろう。二人の苦痛を和らげる力をどうしたら手に入れられるのだろうか。

毎夜、ぼくはベスの背中をさすってやった。そうして、ベスはやっと眠りにつく。けれども、眠りという人間の回復に不可欠な特効薬は、ベスには効かないようだった。夜中に何度も悪夢を見て目を覚ます。ベスの両親とぼくは、彼女を安心させるためにできることはなんでもやった。ベスの好きなレストランでテイクアウトを頼み、ぼくたちは安全でここにいれば危険はない、と繰り返し言い聞かせた。それでもあの六日間の恐怖はベスにつきまとい続けた。

ベスの両親は専門家の助けが必要だと考え、精神科に行った。診療が始まるや、精神科医はレイプ被害者の例を出して、ぼくたちと比較し始めた。ぼくはしばらく椅子に座ったまま、呆気にとられて何も言えなかった。この医者はぼくたちのことも、何が起こったかも、どうやって救いの手を差し伸べればいいのかもまったくわかっていない。ぼくたちはレイプされたわけじゃない。ぼくは誰の話も聞きたくなかったし、それ以上に、何が起こったのかを話したくなかった。精神科医が言わんとしたのは、ぼくたちは心的外傷を受けているということだったのだろう。当時のぼくは、物事を深く考えるのを避けていた。膿んでいる傷口を洗浄せずに絆創膏を貼ろうとしていたのだ。ベスだけが、ぼくの唯一の相談相手であり、ぼくを理解しうるたった一人の人間だった。

ぼくは幾度となく、キルギスでの強烈な瞬間を思い出した。ぼくたち四人が反乱軍の者ではないと、軍の兵士たちが気づいたあとのことだ。小屋の壁に背を預けて座り、ぼくはベスを膝に乗せていたが、ベスが遠い存在に感じた。生きていることがうれしかったが、人を殺したぼくをベスが怖がるのではないかと心配だった。

「トミー」帰国する前にシンガーが言った。「ぼくがスーを崖から突き落としたことにしても構わない。あるいは三人でやったことにしてもいい。どうするかはきみに任せる」。ぼくはわけがわからず首をかしげた。拉致されていたあいだ、頭の回転が速いシンガーは、いつもぼくたちの何歩も先を考えていた。ぼくが絶望しているのを見て、親切心から責任を背負うと言ってくれたのだろうか。それとも脱出できたのを自分の手柄にするつもりだったのだろうか。

初めのうち、ぼくたちはスーを突き落としたことについて、話を曖昧にしていた。けれども、言わないでいるのは正しいことではないと感じるようになった。ある日、シンガーと電話で話していたとき、真実を公表したいとシンガーに告げた。同じことを考えていたとシンガーは言い、スーを崖から突き落とすことになったぼくの精神状態を説明し始めた。

「パール・ジャムの『ジェレミー』って歌は知ってるだろう。虐待され、いじめに遭ってた少年が正気を失い、銃を持って教室に飛び込んでクラスメイトを殺したって歌詞なんだけど。きみもきっと同じ状況だったんじゃないかな」シンガーは言った。

その説明はぼくにはしっくりこなかった。正気を失って暴力に訴えた人間と比べられるなんて。とはいえ、反論はしなかった。

電話を切ったあと、集中すべきことに意識を集中した――ベスに対してだ。ベスはぼくを必要としているが、ぼくとは違って、恋人として必要としているわけではないかもしれない。ベスはきっとこう思っている。あなたは自分が経験したことをすべて理解できる人間だ、そばにいてほしいと。突っぱねることなどできるはずがない。

ベスはもがき苦しんでいて、おそらくメンバー四人の誰よりもつらかったはずだが、ぼくが両親と交わした約束を果たせるように協力してくれた。家に帰るという約束だ。ぼくたちはコロラドへと向かった。

父はやはり父だった。前へ進む唯一の方法を心得ていた。父のように強くなりたい、弱みを見せないタフな男になりたいと思ったあの二歳のころからずっと、父はぼくを支えてくれていた。「トミー、どんなに失敗しても、また立ち向かうんだ」。ぼくとベスがエステス・パークに戻って間もなく父は言った。

ベスがものすごいけんまくで言った。「どうしてあんなことが言えるの？　わたしたちがどんな目に遭ったかわかってるわけ？」。父は自分の私欲のため、ぼくのキャリアに勝手に抱いているプライドからそう言っているのだ、とベスは非難した。けれども、ぼくは人のつらい体験を利用しようとする連中には敏感になっていたので、父はそういう連中とは違うとわかっていた。とはいえ、ぼくは母の血を引いてもいた。だからベスの気持ちを汲んで、耐えることにした。

内心では父の意見に賛成だった。けれども、またしても別の方向へ引っ張られ、結局、ベスの側についた。いま思えば、当時のぼくの思考は麻痺していて、ベスを立ち直らせることに集中するあまり、自分にとって最良の選択肢が見えていなかったのだ。

ぼくたちはコロラドに長くは滞在しなかった。ベスには、自分の両親といることが必要だった。だが、それはベスの実家に永遠に住むことを意味してもいた。カリフォルニアに戻ってきても、ぼくの両親へのベスの非難はひどくなる一方だった。ぼくが電話で両親と話すたびにベスは怒った。「どうしてあなたの親はわたしにクライミングをさせようとするの？　そもそもクライミングのせいで、わたしたちの人生はめちゃくちゃになったのに」と言って、誰彼構わず八つ当たりしているようだった。傷が癒えるまでには時間が必要だったが、なんとかベスを立ち直らせたかった。

メディアの注目は収まっていなかった。コロラドの家に帰ると、途端に記者たちに取り囲まれた。一週間後、ぼくたちは自分たちの体験談をグレッグ・チャイルドに託すことにした。グレッグは優れたクライマーであるとともに作家でもあり、シンガーの友人でもあった。グレッグが『アウトサイド』誌に記事を書き、そのあと本として出版することになった。ぼくたちは契約書にサインをして、グレッグに体験談の独占権を与えた（拉致事件を詳しく調査して書き上げた作品『オーバー・ザ・エッジ』は二〇〇二年に出版された）。

その間に、当時のスポンサーの一つで広報を担当していた女性が、『プレイボーイ』誌に拉致事件の話を勝手に売り込んでしまった。『プレイボーイ』はその話に乗った。しかし、ぼくたちはすでに独占権の契約をグレッグや『アウトサイド』誌と交わしており、違法ではないとしても、道義的に彼女に協力するわけにはいかなかった。それを知った女性は、ぼくたちが報道を統制し、体験談に尾ひれを付けてハリウッド映画にするつもりだろうと決めつけた。つらい体験を私利私欲のために利用していると責められて、ぼくは頭にきた。彼女の夫まで加わって、ぼくたちのつらい体験を利用しようとしたときには、なおさら腹が立った。ぼくたちの話がでっち上げだと言うのなら、なぜぼくたちから聞いた話を

『プレイボーイ』に売り込んだりしたのだろうか?

その女性はでっち上げ説を世間に広め、暴露本の出版契約まで結んだ(結局は白紙になった)。夫のほうは自説に固執して、わざわざキルギスまで調査に赴き、最終的に三万ドル以上の私財をつぎ込んで、でっち上げを証明しようとした。彼はけっしてあきらめようとしなかった。なぜそこまで執着したのかは今でもわからない。変人として片づけるのは簡単だったかもしれないが、その執着ぶり自体が注目を集め、論争好きのメディアが飢えたサメのようにこの話題に食らいついた。

ある日、ベスと二人でカリフォルニア州セントラル・ヴァレーのガソリンスタンドに並んでいたとき、列の前にいたカップルが拉致事件の詳細について話しているのが聞こえてきた。

「四人組のクライマーが拉致された事件、知ってる?」

「ああ、すごい話だよな。メディアにもてはやされたくて、全部でっち上げたらしいよ。まったく、変な世の中だぜ」

ベスはくるりと身体の向きを変え、車へ走っていった。ぼくがガソリン代を払って車に戻ると、ベスは涙で顔をぐしゃぐしゃにしていた。ぼくたちは地獄を経験したあげく、嘘つき呼ばわりされていた。

その日からぼくは、留守番電話のメッセージを再生することはなくなり、ほとんど誰とも話さなくなった。クライミングが与えてくれる自由が欲しくてたまらなかった。けれども、その自由の本当の意味を考えるようになった。誰の役にも立たない行為に人生の大半を費やすのは、自分勝手なことなのだろうか。でもそれは、ぼくら以外にも誰もがやっていることではないのか。ほとんどの人はただ平穏に過ごし、人や土地や愛するものとつながりたいだけだ。それぞれの目的と意味を持って生きたいだけなのだ。そして、情熱を持って生きることができるならば、それは紛れもない幸せな人生といえる。そうやって考えてみれば、クライミング——あるいはなんであれ、誰にも迷惑をかけないで楽しめるもの——

をするのに言い訳をする必要はないはずだ。それに、ただ単にクライミングは最高に楽しくてたまらない。けれども、今のベスにとって、クライミングは恐怖の象徴となってしまった。悪夢や死と結びついた行為なのだ。

ぼくは山に行きたくてたまらず、また心を引き裂かれたが、引き合う愛の力がぼくをベスのもとへ連れ戻した。しかし、ほどなく、のどかな郊外の生ぬるい環境にぼくはいら立ちを覚え始めた。心が弱っていると——よくあることだが——批判がましくならずにはいられなかった。すべてが嘘に思えた。誰もがオーガニックフードや、おすすめのドライブスルーの洗車場のことばかり話していて、そのあいだぼくは、自分の心に厭わしい悪が存在することを意識しながら、日々を過ごさなくてはならなかった。

みんな、腫物に触るようにぼくと接した。ぼくの心が折れてしまうのを心配していたのだろうか。ぼくのとった行動は、自分の強さか弱さの表れでなくてはならないのだろうか。結局のところ、ぼくはただ、すべきことをしただけだと感じていた。事件前と同じように接してもらいたかったが、心的外傷を受けたように振る舞わなければ、邪悪な人間と見なされる気がしていた。あんなことがあっても、心が折れたり心的外傷を受けたりしない人間ならば、人の命をなんとも思わない冷酷な人間だということになるのだろう。

葛藤はあったけれども、ぼくはまだこの世界に、思いやりや美しさを見いだすことができた。苦しむベスにも強さを見いだした。ベスはもがき苦しんでいて、それを隠さなかった。ぼくたち四人は団結して、地獄のような六日間を生き抜き、支え合った。誰もが善と悪の両方を持ち合わせていた。アブドゥルやスーやほかのＩＭＵの兵士もそれは同じだった。身近な人びとが何人も殺されていた兵士たちは、自分たちがしているのは崇高な行為であり、圧政と戦うことで大切な人びとを守っているのだと信じていたはずだ。だとしたら、どこで善悪の線引きをすればいいのだろう？　しばらくのあいだ、ぼくは何もかもが、自分自身さえも信じられなくなった。

長い時間、人の心について考えて過ごした。トゥラットと彼の勇気についてよく考えた。殺されに行くとき、トゥラットはベスに飴を渡し、泣かないでと言った。彼がこの世で最後にした行為は、苦しむ人をなぐさめることだった。

ぼくは人を殺した、という意識を抱えて二カ月を送った。それまで自分は温厚な男だと思っていた。レスリングの試合では友達をわざと勝たせたりしたし、悲しい映画を見て涙することもあった。その自分が、ある夜、遠い異国で月光に照らされながら、人の命を奪った。

ある日、一本の電話がかかってきた。『プレイボーイ』誌にぼくたちの記事を掲載しようとして、でっち上げ説を証明しようとしたあの女性からだった。女性は、スーが生きていてキルギスの刑務所にいると言った。最初はとても信じられなかった。そのあと、ふつふつと怒りが込み上げた。性善説を信じていたぼくだが、この知らせは彼らの罠だと確信した。すぐにグレッグ・チャイルドに電話をかけて調べてもらうと、女性の言ったことは嘘ではないとわかった——スーは生きていた。誰もが耳を疑った。ディッキーもシンガーもぼくも、スーが岩棚にぶつかって消えていったのを目にしていた。あんなふうに落ちて生き延びるなんて不可能だ。けれども、なぜかわからないが、スーは生きていた。

今、ぼくの両親に当時のことを訊けば、スーの生存を知らされた瞬間に、ぼくは立ちなおったと言うだろう。でも、ぼくの記憶はそれとは違っている。多少はほっとしたけれども、ぼくを苦しめていた原因は変わらなかった。ぼくは人を殺せる人間なのだ。

何カ月ものあいだ、ベスは実家に引きこもってほとんど外に出なかった。ぼくはできるだけ彼女のそばにいるように心がけた。ぼくだけ出かけようものなら、ベスの怒りと不安が噴き出した。ＩＭＵが復讐のために追いかけてくるというのだ。また、通りすがりの人に、例の人質だと気づかれて嘘つき呼ばわりされるのを怖がっていた。不安に押しつぶされ、いきなり泣き出すこともあった。とはいえ、ぼくがベスの実家での生活に次第にいら立ってきているのに気づいて、結局、ぼくがヨセミテへ通うことを許してくれた。

二〇〇一年三月には、エル・キャピタンがぼくのいちばんの親友になっていた。偏った見方をせず、ばか正直で、ぼくにやる気を起こさせ、常に元気づけてくれる。ぼくはヨセミテの雄大さを再発見した。そして、自分をちっぽけな存在だと感じられることに感謝した。あまりに圧倒的な岩壁に向き合うと、自分の心配事など取るに足りないものに思えてきた。一人で安全に登れるシステムを工夫して作り上げ、ロープで自分を確保しながらのソロクライミングをした。

最初は単なる気晴らしのつもりだった。でもやがて、これまでになく強い、純粋な高揚感がわき起こった。あらためて感謝の念がわき上がるような思いだった。エル・キャピタンの基部を歩くときの湿った森のにおい、コバルトブルーの空、ハヤブサの甲高い鳴き声。これらすべてを瓶に詰めてベスに持って帰れたらいいのにと思った。ベスの実家には二、三日ごとに帰り、ベスを抱き締めて寝かしつけ、もう心配はいらないと語りかけた。ベスを愛していたし、一生大事にしようと思った。

ベスとぼくは暗黙のうちに、相手が欲していることと自分が欲することを、同じように受け入れるようになっていた。ぼくはベスの悲しまずにはいられない気持ちを受け入れ、ベスはぼくのクライミングへの想いを受け入れた。離れているときも、しょっちゅう電話で話をした。

春になると、ぼくはミュア・ウォールという困難なエイドのルートをフリーで初登する計画を立て、ベスも同行することになった。

壁に取りつくと、ぼくたちは難しいクライミングに没頭した。このルートは、ぼくがこれまでに登ったエル・キャピタンのどのルートよりも難しかった。ぼくのクライミングの新境地を開くことになるかもしれず、またプロのクライマーとしてやっていけることを証明するチャンスだった。完登すれば、自分の復活を周囲に示すことができる。ベスは献身的にビレイをし、ずっと励まし続けてくれた。夕方には痛む身体を揉んでくれたし、母親のようにあれこれ世話を焼いてくれた。山の空気と花崗岩に囲まれながら、わが家にいるような感覚だった。

四日目、強烈な嵐がヨセミテを襲った。突然、雪が舞い始めた。ポータレッジ用のフライをすぐにかぶせ、備えをしてからポータレッジに入り込んだ。ときおり現れる雲の切れ目から、ほかのクライマーたちが懸垂下降をしていくのが見えた。マッチ箱ほどの車がヴァレーから次々と避難していく。静寂がぼくたちを包む。暗くなり、風が強まった。ポータレッジはしっかりとアンカーに固定してあったが、大凧のように大きく揺れた。雪片が舞い続けるなか、ぼくたちは静かに眠りに落ちた。

朝になると、嵐はやんでいた。そよ風が吹き、壁の一部が乾いていた。すぐさま防水ウェアを着て、ぼくはギアを身につけた。「急いで、ビレイをしてくれ！」とベスに言った。ぼくは猛スピードで壁を登り、必要なときにはギアを使った。また風が強くなり、湿った雪が激しく降り出した。壁に水が流れ出している。頂上直下の三〇メートルは、滝のように流れ落ちる水流の中を登った。ぼくたちはずぶ濡れになりながら、エル・キャピタンの頂に立った。すべてが静止していた。ぼくはベスの顔を見つめ、誇らしさに身を震わせた。

ルートのフリー化はできなかったが、それほどの難しさも感じず、ときには笑い声とともに困難な箇所を乗り切った。フードをかぶったベスの頰を、手袋をした手で抱えて熱いキスをした。

「一緒に登れてうれしいよ」

登山道を駆け足で下りながら、ぼくは自信と心の軽さを久しぶりに感じることができた。

だが、ベスの心の内をはっきりと推し量ることはできなかった。嵐に遭遇したということが、彼女を不安定にさせた。数日経つと、あの逃れられない感情が戻ってきた。この世界には自分たちを殺す力が働いている、きっと前世で何かひどい行いをしたに違いない。それなのに、なぜ危険でつらいことにわざわざ身をさらすのか？　ベスは、ビッグウォール・クライミングからしばらく身を引くことを決めた。つまるところ、ベスはまだキルギスの悪魔から逃れられていなかったのだ。

ぼくは、あの嵐に遭ったことに関して、ごく自然なことだと思っていたし、なんらかの力が働いているなどとは思わなかった。自分がすべきことをしたまでだ。ぼくの中で、ある想いが頸をもたげ、はっきりと突き止めることのできないものを感じ始めた。

親友のニック・サガールはスポートクライマーで、短くて難しいボルトルートを得意としていた。ニックとは、ぼくが高校卒業後に放浪していたときに出会った。最初は、口を開くたびに「〜って彼女が言ってた」というジョークにしてしまうところが気に入っていたが、ぼくたちの友情は徐々に深くなっていった。二人ともクライミングへの情熱を共有していた。ニックはトヨタのミニヴァンで、恋人と犬二匹と寝起きしていた。ニックの〝物質的な豊かさを捨て、別のかたちの夢を追い求める生き方〟にぼくは尊敬の念を抱いていた。

二人で有り金をはたき、南フランスとスペインに何度かクライミングをしに行ったことがある。ぼくの腹筋は、クライミングとニックの冗談で鍛えられた。ジョークだけではなく、ニックは深い見識も持ち合わせていた。今ぼくに必要なのは、ただニックと過ごすことだった。ニックはビッグウォールのクライミングに関しては初心者だったが、ミュア・ウォールの再挑戦に誘うと、ふたつ返事で受けてくれた。「長くて難しいルートにトライしたいとずっと思ってきた」と言ってから、お決まりのジョークを決めた。「って彼女が言ってた」。二人で腹を抱えて笑い、しばし童心に返ることができた。

二人で登ると、いい意味で張り合うことができた。スポートクライミングでは実力は互角だったが、エル・キャピタンを登るとなるとそうではなかった。ぼくは、ひとたびエル・キャピタンに取りつくと、スイッチが切り替わったようになる。夜になっても、クラックが濡れていても、嵐が来ても登り続けることができた。

「おいおい、何かに取り憑かれてるみたいだぞ」ビレイをしているニックが息をのんだ。そのとおりだった。ぼくの身近な人たちがすでに感じ取っていたものに、ぼくもようやく気づいた。強さだ。ぼくは返事の代わりに、にっこりと笑ってみせた。

たとえ相手がニックであっても、キルギスでのことは話す気にはなれなかった。人に見せる覚悟のできていない傷口をさらすことになるからだ。ぼくが何も言わずとも、ニックはわかってくれていた。彼はぼくの友達であって、セラピストではないが、心から同情してくれていて、すべてを整理するのにもう少し時間が必要なことを理解していた。

ぼくがリードの大部分と荷揚げを担当したが、ニックのクライミングはすばらしかった。不慣れなビッグウォールであることを考えればなおさらだ。ぼくたちはリード、フォローにかかわらず全ピッチをフリーで登り、ミュア・ウォールをフリーで初登した。そのときぼくは二十二歳。キルギスの事件から九カ月経っていた。フリーで登ったエル・キャピタンのルートはこれで三本になった。当時、エル・キャピタンをフリーで登った最多の本数で、ぼくが尊敬する伝説的なフリークライマーたち――まだまだぼくが肩を並べることもできない偉人たち――も成し遂げていないことだった。後日、この初登について『アメリカン・アルパイン・ジャーナル』誌に寄稿した。拉致事件にはふれず、ミュア・ウォールの完登を自らの復活として大げさに自慢したりもしなかった。ぼくはまだ〝内気な戦士〟で、多くを語らず、自分に酔いしれることはなかった。ミュアのフリー初登を単なるクライミングの一つとして扱いたかった。ぼくはまたもう一歩、日常への階段を登った。

ミュアの挑戦が終わりに近づいていたある晩、ニックとぼくはポータレッジに座って、星を眺めた。そのとき、初めてニックがキルギスのことを話題に出した。「銃を持った男を崖から突き落として脱出したと聞いたときはな」ニックは言った。「やったのはおまえだってわかったよ」


ベスは、徐々にクライミングに復帰し始めた。ベスの負けず嫌いは知り合ってからずっと変わらなかった。一度、高校の試験でBを取ったことがあったが、落ち込んで誰にも言えなかったという。それ以来、試験でBを取ったことはないそうだ。落ちこぼれのぼくには想像もつかないが、それをクライミングに置き換えればベスの気持ちがよくわかる。

ベスとぼくは、コロラド州エステス・パークにある、広さ五〇平方メートルほどのぼくのキャビンに引っ越した。近くの岩場や山には、一〇〇〇以上のクライミングルートがある。ぼくたちは、トレーニングを再開した。プロのクライマーとして、スポンサーに対する義務があることをベスは理解していたが、最初のうちは、彼女がクライミングを再開したことをスポンサーに秘密にしていた。自分が嘲笑されるのではないかと怖がっていたのだ。人前でうまく登れないといったことでさえ、キルギス後のベスの目には何倍も恐ろしく映った。

はた目には、ぼくたちの暮らしは幸せな家庭生活そのものに見えた。トレーニングをして、クライミングをして、食事をして、レストする。キャビンは古びてくたびれていたので、ぼくはリフォームの本を何冊か買って作業に取りかかった。ベスは額縁に入れた写真を壁一面に飾った。家にいるときには、ベスはエプロンを着けてキッチンを動き回り、クッキーやパイを焼いた。そして、「焼きたてのクッキーがカウンターのタッパーに入ってるからね」といった愛情のこもった書き置きをしてくれたり、行動食用にと、菓子をぼくのバックパックにこっそり入れておいてくれたりした。夕方の散歩に出かけ、そのあとベッドにもぐり込んで、腕枕をしながら何時間もおしゃべりをした。ベスはいつも赤ちゃんの名前について話したがり、ぼくはいつか行ってみたい場所について話した。

人前でのベスはかわいらしく感じがよかったが、苦悩と不安の重圧はまだ消えていなかった。眠りにつくときは愛と希望に満ちているが、夜が更けるうちに胸騒ぎや不安が忍び込んでくる。寝ているあいだに床下から幽霊がそっと入ってくるかのように。ベスはいら立ちをぶつける的を見つけた——息苦しく感じるぼくの両親やクライマーとしてのキャリアの重圧、エステス・パークの保守的な住人たちだ。ぼくには、ベスの不安は根拠のない思い込みに思えた。彼女に対していら立つこともあれば、守ってやりたいという気持ちになることもあり、ぼくはベスの回復に必死で付き合った。

ベスにいちばんの満足を与えられるのは、トレーニングのようだった。彼女は躍起になってトレーニングに打ち込み、ウエイトトレーニングで身体と指を鍛えたり、インドアジムの壁で登ったりした。トレーニング中のベスの選曲は、いつもエミネムの暗いラップだった。ぼくが疲れてもう終わりにしようと言うと、ベスは最後に腹筋を数セット追加し、うなり声を上げながらこなしていた。

最初は主にボルダリングをやっていた。クラッシュパッドと呼ばれるウレタンのマットを敷き、それほど高くない岩《ボルダー》をロープなしで登るもので、落ちたときのためにクライマーを補助するスポッターがつく。ボルダリングは高難度のムーブにトライするのが主な目的なので、かなり頻繁に落ちることになる。エンドルフィンが出ているのか、疲れ切ってもベスは満足そうだった。きついトレーニングに励む能力を自分でコントロールできると感じることで、ベスは一時的にではあったが、安定を取り戻した。

やがてベスの興味は、自分の限界グレードを登ることに向けられ、ベスとぼくと壁しか存在しない場所を選んだ。ぼくが十代のときに父と開拓したルートが主な挑戦の場となり、ぼくはなつかしさに胸が熱くなった。ベスはもともと身軽でバランス感覚も優れていたので、筋力をつけてからは並ぶ者がいないクライマーになっていた。ベスもまた、よい変化が内面で起こっているのに気づき始めた。どんなスポーツでもそうだが、高いレベルになると、痛みへの忍耐力が鍵になる。ぼくたちの忍耐力はすっかり元どおりになっていた。それに加えてベスには生まれつきの才能が備わっていたので、アメリカ国内では、ほんのひと握りの女性にしか登れないグレードをすぐに登れるようになった。

キルギスから一年ほどが経ち、いつプロポーズするつもりかとぼくに尋ねてくるようになった。結婚して三十歳までに子どもをつくり、夫婦で世界のトップクライマーになるという人生設計を立てていた。ぼくもそれには大賛成だった。

前にも増して、ベスの望みがぼくの望みになり、ぼくの望みがベスの望みになった。ベスが落ち込み、おびえ、不安定になっていると、ぼくも胸が痛んだ。ぼくが友達とクライミングツアーに行くと、ベスはよく泣きながら電話をかけてきた。ベスが心のよりどころとしてどれだけぼくの存在を必要としているのか、ぼくはよくわかっていなかった。ぼくたちはロープの糸のようにしっかりと縒《よ》り合わされていた。だが、自立した人生を送る能力がどんどんなくなっていくことには、二人ともほとんど気づかずにいた。

ぼくたちの家のすぐ近くに、地元の宝石と呼ばれているダイヤモンドの岩場がある。ぼくが十二歳のときに父と登った有名なビッグウォールだ。地元コロラドのクライミング仲間のあいだでは以前から、ダイヤモンドで最初の５・13のルートが登られるのはいつになるかと話題になっていた。

友人のエリック・ドウブは、ちょうどそのルートにトライしていた。フリー化をめざし、三年間で計四〇日を費やしていた。クライミングの世界では、新しいルートにトライしている人間がいるときは、敬意を表してその人物が初登するまではトライしないのが習わしだ。「登りたくてたまらないルートだけど、おれにはちょっと難しすぎる」エリックはぼくに言った。「おまえが登ってみてくれ」。エリックは寛大にも、そのルートを登る許しを与えてくれただけでなく、詳しいルート図まで渡してくれた。

ぼくは昨夏のつらい体験をしてから、絶えず進歩し、成長していた。命を落としかけたことで人生の辛苦に耐えるための力を手に入れることができた。それは思っていた以上に、さまざまな場面で発揮されたと思う。

エリックがトライしていたルートへの最初の挑戦は、少年時代のクライミングを再現したかのようだった。ぼくは父をパートナーとして登った。父はぼくに負けないくらいモチベーションが高かったが、今回は難しいルートだったし、ぼくがリードをして父がセカンドを務めた。一〇年前に登ったときは、チムニーから氷の塊が落ちてきたが、今回は壁全体がびっしょり濡れていた。ぼくたちは壁の半分しか登ることができなかった。

敗退はしたが、傾斜のあるすっきりしたルートで、ひと癖あるクラック、極小のホールドなどが随所に出てきて、クライマーにとって垂涎の要素が満載だった。だが、ぼくは核心のピッチまで、たどり着けなかった。また、突然の雷雨や高所の影響などはダイヤモンドにはつきもので、トライはさらに恐ろしいものになった。初めてのトライから一カ月半のあいだ、ぼくの頭の中はこのルートのことでいっぱいだった。

ベスもダイヤモンドという壁を見てみたいと言うので、ビレイヤーとして同行することになった。三時間のアプローチをこなし、朝日が壁に当たるころ、ブロードウェイ・リッジにたどり着いた。父と前回登ったときとは違い、岩は乾いていて、前半の数ピッチは順調に進んだ。ぼくがリードし、ベスは食料の入ったバックパックを持ってユマーリングしてきた。

父はカスム・ビューという見晴らしのいい近くの展望台まで徒歩で登り、壁の下半部を登るぼくを応援してくれていた。やがてぼくはルートの核心部に入った。肺が焼けつくような感覚になり、前腕には乳酸がたまり、燃えるような痛みを感じた。息を吐いて身体の力を抜き、集中してから、高山の薄い空気の中、強度の高いストレニュアスなセクションに突入した。ベスの甲高い声援が谷間にこだまする。つるつるのホールドに足をスメアリングする。だが、なんとか落ちずに上へ上へと登っていった。

二〇〇一年八月の週末のことだ。例のルートにぼくが取りついているという噂を聞きつけ、多くのクライマーが集まっていた。ベスの懸命の声援がぼくを押し上げ、ぼくは剃刀ほどの薄いホールドをつかみ、震える身体を制御しながら、正確に足を置いて登っていった。

父とベスというかけがえのない人が見守ってくれていなかったら、ぼくのエネルギーは切れていただろう。実際に数え切れないほど落ちかけた。一二時間の激闘の末、ぼくたちは頂に立った。ダイヤモンドで最も難しいフリーのルートを完登することができたのだ。ぼくは、それまでずっと、いろいろな方向に引っ張られてきたので、ひたすら上をめざせたのは最高の気分だった。不思議な新しい力を手に入れたような気がした。

エリックはこのルートを〈ハネムーン・イズ・オーバー〉と名づけたがった。純粋にエリックへの敬意と感謝を込めて、ぼくはそのルート名にすることにした。ベスは頂まで登ってくると、ぼくにキスをした。少年時代の光景が地平線まで広がり、歓喜の叫び声が風に運ばれていった。

第7章
CHAPTER 7

若い娘の目に憂慮の色が浮かんでいる。入院してから二週間。あまりに長すぎて、看護師が何を考えているのか表情からわかるようになった。床ずれも起こした。だが、いまだにぼくはモルヒネのポンプを押し続けている。退屈すぎて頭がしびれてくる。心配でくたくたになり、胃がぎゅっと締めつけられる。

大量の薬と血液を注ぎ込まれる。さらにメスを入れられ、縫合される。子どものころに作ったぬいぐるみになったような気分だ。夜になるとバイタルを測られ、睡眠が奪われる。疲れ果て、神経がすり減っていく。これまで〝人生〟と呼んでいたものが、切り刻まれた紙吹雪のように思えてくる。薬で朦朧としながら、追憶のモザイク画を目に浮かべる。

「長く寝たままになっていると、肺活量が衰えることがありますからね」。看護師がプラスチック製の装置を手渡す。目盛り付きのビーカーの中に赤いプラスチックのボールが入っていて、底からホースが伸びている。

「ホースに思いっ切り息を吹き込んで。ボールが目盛りの4まで上がったら上出来です」

看護師がビーカーを押さえ、ぼくは息を吹き込む。ボールが一瞬で10まで上がる。

「すごい！　スポーツ選手か何か？」

どう答えるべきだろうか。

包帯でぐるぐる巻きになった手を眺める。心臓より高い位置のトレイに載せられている。人さし指がむき出しになっていて、グリルに放置してあるホットドッグのようだ。だが、そのホットドッグからは、解剖待ちの標本のように、金属のピンが何本も突き出している。

「以前は……。いや……今もそうです。復帰できたらいいんですが」。そらで覚えていると思っていた曲の最初の一音を思い出そうとしているピアノの初心者のようだ。

「今もスポーツ選手よ」ベスがぼくの目をまっすぐに見つめる。

三〇分後、病室のドアが開いて、哀愁に満ちた色白の医師が入ってくる。

「わたしも、あなたと同じクライマーです。同時に、手を専門とする外科医です。運ばれてくるのがあと数時間遅かったら、最初の手術はわたしが担当していたでしょう」

医師はベスを見てからぼくに目を移す。経過をずっと観察していると言う。心拍数モニターのブザーが鳴るのが聞こえる。心拍数は先ほどまでのゆっくりとしたものではない。心臓が緊急メッセージを発信しているように聞こえてくる。「頼むから、いい知らせを聞かせてくれ」と。

医師は床に視線を落としてから、ぼくを見つめる。「トミー、経過が思わしくない。切断することになると思う。人生の新しい道を考えたほうがいい」

「そうですか」ぼくはそう答えることしかできない。医師が会釈をして病室から去っていく。

ベッドの脇に立っていたベスの顔には強い決意が表れている。「ヤブ医者ね」ドアが閉まった途端にベスが言う。「もっとあなたを信じるべきよ」

ベスへの愛が溢れてくる。

二〇〇一年秋のクライミングシーズンに、ぼくはある計画を立てた。リン・ヒルやディーン・ポッターといった、最も敬愛するクライマーたちのレベルにたどり着くための計画だ。ベスを実家まで送り届けたあと、ぼくはヨセミテに戻った。今回は何がなんでも自分の身体能力の限界を越えたかった。

ぼくはこれまでに、多くの壁をフリーで登ってきたが、今となってはエル・キャピタンも、何日もかけて登るほどの大きな壁とは思えなくなってきた。最初は、いかに効率よく登るかという点に重きを置いていたので、自分の限界を押し上げることは意識してこなかった。だがキルギスで、それまで知らなかった世界を垣間見た。袋小路に陥り、もうこれ以上進めないと思ったときに、生存本能が目覚めることに気づいたのだ。身体に力がみなぎり、できないことなどないという気になる。最初から遺伝子に組み込まれている、黎明期からの進化の過程の一部なのかもしれない。人間の能力の限界がどうしても知りたい。ぼくはもっと進むことができるはずだ。

エル・キャピタンをフリーで、そして一日で登る。そう決めた。

まずは、いかにして速く登るかを学ぶ必要がある。そこでぼくは、ヨセミテに戻ったときに、スピードクライミングの泰斗、ハンス・フローリンに教えを乞うた。スピードクライミングでは、タブーに当たるルールはなく、とにかくルートをできるだけ速く登ることが目的になる。フリーで登ることもあるし、エイドで登ることもある。たいていはこの二つを組み合わせる。ハンスはスピードクライミングの本まで出版していて、その中で、実践する上でのあらゆるコツを披露している。ぼくはスピードの記録には興味がなかったけれども、その技から学ぶことができると考えた。

ハンスはぼくの師匠になることを快諾してくれ、ぼくたちはノーズを四時間二二分で駆け上がった。頂に着いたとき、ハンスはこのあとハーフドームも登らないかと誘ってきたが、ぼくは断った。そんな体力が残っているはずがないと思ったからだ。エル・キャピタンは怪物のような場所ではなく、ただの岩壁にすぎないと思い込むにはまだ早すぎた。この体験に、ぼくは圧倒されていた。

ノーズのスピードクライミングを終えてほどなく、ハンスはぼくにサラテを一日で、フリーで登ってみてはどうかと提案した。ビレイ役をしてくれるという。ぼくたちは日の出とともに岩に取りついた。ぼくが全ピッチをリードし、ハンスはあとからユマーリングで登ってきた。ぼくはできるだけ速く登り、猛スピードでそれぞれのピッチをこなしていった。二八ピッチ目のヘッドウォールまで九時間足らずで到達した。強い日差しの中、すばやくギアをラックにかけ直し、5・13のストレニュアスなピッチに取りかかった。登り始めると前腕がパンプした。脱水症状で頭がくらくらし、目の焦点が合わなくなった。終了点まで一・五メートルのところでパンプしきってしまい、ロープにぶら下がった。ビレイ点まで降ろしてもらい、ロープを引き抜いた。二度目のトライでは一〇メートルほど登ったところで落ちてしまった。「ここからが本番だ。残っている力をすべて使うんだ」ぼくは自分に言い聞かせた。そのあと、さらに二度トライしたが、前腕が悲鳴を上げた。カムさえ持てない状態では、サラテのヘッドウォールをフリーで登り切ることなど無理な話だ。ハンスとリードを交代し、エイド交じりで頂上まで駆け登った。

完全な失敗に終わった。だが、このときエル・キャピタンを一日で登り切るのに何が必要かを学ぶことができた。速く登ること以上に、力を温存することが大切なのだ。ぼくは速く登ることばかりに気を取られて、リラックスすることを忘れていた。落ち込みはしたが、次回はもっとうまくできると確信した。

その冬、ベスとぼくはエステス・パークに帰った。

本当は毎日、朝から晩までトレーニングに費やしたかったが、現実には不可能だった。身体には休養が必要だ。ある日、ぼくは新しい洗濯機と乾燥機を置くための台を作っていた。ひび割れて傾いたコンクリートの床に木を詰めて平らにする必要があった。その木を買ってくる代わりに、ツーバイフォーの木材をテーブルソーで削って使うことにした。長さ三〇センチほどの木材を集めて外に出た。これで木材店まで行かずにすみそうだ。そう思った。

木材を長辺に沿ってテーブルソーに送り込んでいたとき、木材が台から跳ね上がり、庭の向こうへ弓矢のように飛んでいった。テーブルソーの電源を落とすと、黒い台の上に水滴が垂れている。左手に目をやると、指の断面から血がごぼごぼとわき出ていた。まるで公園の水飲み場の水栓から水が流れているように見える。人さし指の白い骨がのぞいている。ちょうど第二関節にあたる部分で、ぐちゃぐちゃになった肉と、腱か靭帯らしきものの残骸が見える。手と腕に激痛が走る。

頭が真っ白になった。**左手の人さし指なしで、どうやってクライミングをすればいいんだ？**

一瞬めまいがし、気を失いそうになるが、まばたきをして深呼吸をする。指を探さなくてはならない。作業台の上を見回し、台の横を見て回った。左手を心臓より高くするように気をつけながら、地面も探した。ベスを驚かせたくなかったので、家のほうに向かって落ち着いた声で呼びかけた。「指を切り落とした。ちょっとこっちに来てくれる？」指を探しに木材が飛んでいったほうへ向かおうとしたが、足が震えていたためその場にとどまった。

ベスが走ってきて、刃のそばにあった人さし指を見つけた。ベスは、その指を削り屑の中からすばやく拾い上げ、家の中へ消えていった。ぼくは何がなんだかわからず呆然としていた。ベスはジップロックの袋を持ってすぐに戻ってきた。切断された指が袋の水の中で浮いている。ベスはぼくに布巾を渡して手に巻きつけ、ホンダの小型車をレーサー顔負けのスピードで飛ばし、タイヤをきしらせながらエステス・パークの病院にぼくを連れていった。事故が起きてから病院に着くまで、五分ほどしか経っていなかった。医師は冷静だったが、ぼくたちはそうではなかった。医者は局所麻酔剤のノボカインを傷に注射した。そして指を氷で包み、山を下ってフォート・コリンズの大きな病院へ行くよう言った。医師は安全運転をと言ったが、ベスは猛スピードで向かった。

ベスがいくら車を飛ばしても、ぼくの不安を振り切ることはできなかった。

涙が頬を伝った。ヨセミテのきらめく花崗岩を思った。地上のはるか高みで、その瞬間に集中する感覚を思い出す。この世で最も情熱を注いでいることが、もうできなくなるのだろうか。ぼくを駆りたて、心を平和にしてくれるクライミングという行為が。丸裸にされた気分だった。ほかにやりたいことなどないし、スキルもない。クライミングがくれる夢に勝るものはない。出会いのきっかけになった繋がりがなくなっても、ベスはぼくを好きでいてくれるだろうか。

事故から二週間。三回の手術でぼくは体内の三分の一近い血液を失った。日がな一日、無菌室でじっと寝て過ごした。ぼくはひっきりなしに、身体に繋がれたモルヒネのポンプを押していたが、適正量しか投与されないことはわかっていた。この薬で身体よりも心の痛みを消してほしかった。

ぼくのクライミング人生は終わったのかもしれない、と思いかけた。

以前、ベスが口にした言葉について考えた。この世界にはぼくたちに悪意を持つ力が働いている、とベスは言った。あのときは鬱になっていたベスの妄想だと気に留めなかった。しかし、こうして病室で寝ていると、思いを巡らさずにはいられない。最初は拉致、次は指の切断。こんな目に遭うようなことをしたのだろうか？　ぼくはずっと「努力と結果は比例する」という方程式を信じて人生を過ごしてきた。クライミングに運は関係ない。努力に見合った結果を手に入れる。これは自業自得の結果なのか？　ツーバイフォーの木材を押し棒――刃に手が近づかないようにする道具――なしで切ることはよくないとわかっていた。けれども、跳ね返った木材が指をつぶすとはあんまりだ。

ぼくは焦りすぎていたのだろうか？　ビッグウォールでのスピードクライミングを始めようとしたことが、残りの人生に影響を及ぼしたのか？

薬のせいで頭がぼうっとし、数時間が数日間、いや何週間にも引き延ばされたように感じた。医師たちは骨を針金で留め、神経をつなぎ合わせて、指をふたたび接合した。さらに細い血管を縫合するというとてつもなく繊細な作業に入った。指はすぐ鬱血してしまうので、圧力を下げるために爪を剝がし、爪床部分に切れ目を入れて血を流し出した。さらに、医療用のヒルも使った。クライミングで指が太くなっているので血流が多く、鬱血量も多かった。圧力を頻繁に下げる必要があって、しょっちゅう血を流し出すことになり、その分、輸血も増えた。医師は全力を尽くし、ぼくは朦朧として意識と無意識のあいだをさまよった。

意識があるときは、ひどい苦悩と麻痺したようなあきらめとのあいだを行き来した。けれども、靄の中にいるときは、二つのことだけを考えていた。いつもそばにいてくれるベスのこと、そしてクライミングのことだ。ぼくはベスのために強くありたいと願い、面会時間が終わって不安が頭をもたげてくると、それを脳裏の片隅に追いやった。医療装置のモニターの光と音、ナースステーションから聞こえる笑い声とおしゃべり、すべてがぼくを拘束し、痛めつけた。

日中、友人や家族に囲まれると、みんなに愛されていることを実感できた。父は自分の指を移植用に提供すると申し出てくれた。また、ぼくの特集記事が載っているクライミング雑誌を何度か持ってきた。医師たちを説得して手厚い治療を受けられるようにしたかったのだろう。ぼくの両手は生計の源であり、クライミングはぼくの人生そのものであることを医師にわかってもらおうとした。父のアイデンティティの一部がクライマーであるぼくと結びついていたことはわかっていたけれども、ぼくはじっと横たわったまま、ぼくのためにあらゆることをしようとしてくれる父の気持ちに胸を打たれた。

ぼくの支えとなり、心配して愛情を注いでくれたのは父だけではない。ベスの母親は、病院の上空を飛ぶタカのようで、ぼくの担当医を見つけるたびに降下してきた。夫の癌治療の経験から、病院の内情をよく知っていた。家族のみんなが、医師に無数の質問を浴びせ、ぼくのために全力を尽くすよう迫った。そしてもちろん、ベスはあらゆる方面で不動の存在だった。ぼくのベッドに一緒に横たわり、頭をなでて、愛していると言ってくれた。本を読んでくれたり、ほんの少ししか食べられないぼくの食事の世話をしてくれたりもした。ベスはぼくと同じくらいの時間を病室で過ごした。

ぼくの母は、一歩引いて遠慮気味にぼくを見守っていた。ぼくがみんなによくしてもらっていることをわかっていて、さらに口を出しても混乱や軋轢を生むだけだと理解していた。ここでもまた、母とのあいだの静かな絆と、母が与えてくれている力を感じた。

それでも、いつも夜になると不安が襲ってきた。ベスを失望させるのではないか、父がぼくに抱いている夢が潰えてしまうのではないか。眠気がやってくるのが待ち遠しかった。眠ってしまえば、自分自身に課している期待と義務の重圧から解放される。

再結合したものの、うまく動かない指をふたたび切り離してから二日後、医師はぼくを家に帰した。利き手である左手の人さし指は、ずきずき痛むだけの切り株と化し、指の三分の二が失われた。骨を覆うようにして皮膚が縫いつけられ、縁の部分が小さなカルツォーネ・パイのようにはみ出している。ずっと見ていると吐き気が込み上げた。

ベスはぼくのために優秀な理学療法士を探し始めた。傷口が過敏にならないように、神経を調整する必要があった。「基本はとことんいじめ抜くことです」と理学療法士は言った。そして、神経の再訓練と感度を抑制するやり方をぼくに教え、毎日一時間行うよう言った。ぼくは毎日三種類の訓練をやった。一つ目は温度の変化に慣れる訓練で、湯と冷水に交互に指を浸す。二つ目は感触の訓練で、異なる物質に指で触れる。まずは米粒、次にヒラマメ、そして乾燥マカロニ、そのあと星の形をしたパスタ。訓練を進めていくにつれ、ぼくは大胆になっていった。鉛筆の頭に付いた消しゴムで切断面を叩いてみたりもした。三つ目は手先の器用さの訓練だ。一セント硬貨が入った瓶をじゅうたんの上にひっくり返して、落ちた硬貨を一枚ずつ拾っていく。切断した指とほかの指を使い、硬貨一枚一枚に集中して手探りするが、何度もつかみ損ねる。でも、あきらめず、脳が神経や筋肉と同期して、これまでとは異なる指で細やかな作業ができるようになるまでこれを続ける。そして、絶えず氷で指を冷やす。

ベスは予定表を作って訓練を管理してくれた。進み具合を記録し、どの曜日にどの訓練をどの順番でどのくらい行うか指示してくれた。けれども、いちばんの支えになったのは、ぼくを信じてくれたことだ。一瞬たりともぼくが回復することを疑わなかった。ベスはぼくの目をまっすぐに見て、涙ぐみながらも確信を持った口調で言った。「あなたなら、復活できる」

ぼくは、ベスの献身的な看護で回復していった。それまでずっと、ベスは本当にぼくを愛しているのか、それともキルギスの事件のあとでぼくを必要としているだけなのか、と心の奥底で自問していた。けれども、ぼくが必要としているときにベスはそばにいてくれた。ぼくはベスの愛を感じた。

やがて、前に進めるか否かは自分の気持ち次第だと気づいた。退院してほどなく、筋力トレーニングを再開した。父が鉄材を溶接して「指強化マシーン」を作ってくれ、ぼくは毎日、そのマシーンを使った。しばらくすると、ぼくの指の力がマシーンの限界を超えてしまったので、父は装置の両側を溶接して延長し、重りを増やせるように改造しなくてはならなかった。積み重ねた重量プレートを握ってピンチ力を鍛える訓練も行った。雪の中を走り、血流をよくして治癒力を高めようとした。体力がみるみるうちについていき、以前の筋力が戻ってきたように感じた。家の外ではロッキー山脈からの北風が吹きつけていたが、粗末なガレージで訓練をしているときは、ぼくの内なる炎が激しく燃えていた。

指を切断してからしばらくは、よく物を落とした。ほとんどは車のキーなどの小物だった。手が痛み、幻肢痛にも悩まされた。指の先端がないのに指先にかゆみを覚えた。指のことを忘れて気まずい思いをすることもあった。エレベーターに乗り、あとからほかの人が乗ってきたときのことだ。

「何階ですか?」とぼくは尋ねる。

「四階をお願いします」

ぼくは手を伸ばして四階のボタンを押し、エレベーターが動くのを待つ。エレベーターは停止したままだ。乗り合わせた人がぼくをじっと見つめる。ぼくは礼儀正しく笑みを返す。相手も笑みを漏らす。

「しまった!」ぼくはやっと気づく。指がボタンに五センチ届いていないことに。幻肢の分が足りなかったのだ。

クライミングを再開したとき、ぼくは驚くほどの興奮を感じた。目標がはっきりと見て取れた。過去の過ちを気にしても無意味だと気づいた。この痛みは自分の成長につながり、トラウマが集中力を高めてくれる、と自分に言い聞かせた。その日の疲労がすぐに消えることに驚いた。おそらく家族以外は誰もぼくが完全に復帰するとは考えていないだろう。そう考えると不思議な解放感に包まれた。

退院から三週間後、地元のボルダリングコンペに出場した。手に力は入らなかったけれども、全力で登り、なんと三位に入ることができた。ぼくはさらにトレーニングを続けた。

あるとき気づいたのだが、ぼくは最初のうち、どんなホールドも指が五本あったときと同じようにつかんでいた。手のひらの腱の再調整が必要で、クライミングをすると腱が炎症を起こして腫れ上がった。腫れを防ぐために、切断した指の正しい置き方を身につけなくてはならなかった。やがてこのことが、高度なテクニックを必要とする垂直のクライミング――たとえばエル・キャピタン――へとぼくを向かわせた。とはいえ、弱点に向き合わなくてはならないこともわかっていた。難しいスポートルートは、トラッドルートよりも傾斜が強いことが多いので、指を失った今は、以前よりもずっと難しく感じるようになった。

春先になると、ぼくは回復具合を測るために、以前に自分で開拓した地元のスポートルートを再登することにした。指の力に頼りすぎることなく、全身で登る方法を学ぶ必要があった。体重をできるだけ両足にかけ、体幹を総動員して壁に身体をぴたりと寄せれば、腕の力をセーブできる。退院して三カ月で、ぼくは地元の〈グランド・オレ・オプリー〉という5・14bのルートを再登した。核心部分では、極小ホールドにつま先を乗せ、腰を少しだけ壁に寄せて理想的な位置に身体を持っていけた。指がなくても脚の力をうまく利用した。壁に触れているのは、数ミリの指の皮とシューズのラバーだけだが、うまくムーブをこなすことができた。何年も前に登ったときよりも、もっと自然なムーブで登ることができたのだ。

とはいえ、再登したルートはいずれもショートルートばかりだった。困難なクライミングが待ち受けるビッグウォールに挑むためには、もっと戦略を練り、もっと厳しいトレーニングをしなければならない。

むしろ指を切断したことで、再スタートのきっかけになると思った。最初は四本の指でクライミングなんて無理な話だとぼく自身や周りも思っていたが、そういう予想を造作もなく覆した。ぼくは進歩していく感覚が好きだった。クライミングを始めてから、困難を乗り越えていくということをずっと楽しんできた。そして今、目の前に新たな難題が現れた。たとえば、ホールドをピンチでつかむことが途方もなく難しくなった。ぼくは肩の力を強化して補うことにした――ホールドをピンチでつかむのではなく、ホールドの内側に指を当て、外向きに力いっぱい押す。指を失ったことは世間が思うほどの障害とはならない。高難度のクライミングではたいていホールドが小さすぎて、四本の指全部でつかむことなど、どのみちできないのだ。ぼくはそんな小さなホールド——二本指や三本指の幅しかないホールド——を苦にしなくなった。ぼくの左手にはそれしか指がないからだ。垂壁のクライミングはダンスを踊るようなもので、強傾斜のクライミングはレスリングの試合のようなものだと昔から思っていた。筋力を鍛えるのは実は簡単で、多くのクライマーは、技術のなさを筋力で補おうとする。けがと生来の性分が合わさって、ぼくはこれまで以上に技術に焦点を当てるようになった。そして、やはり自分は頭を使うクライミングが好きなのだとあらためて思った。

キルギスに遠征に行く一年前に、ぼくはコロラド州西部にあるフォートレス・オブ・ソリチュードという巨大な岩場で、〈クリプトナイト〉という5・14dのルートを開拓した。当時はアメリカ国内で最もグレードの高いスポートルートだった。このクリプトナイトの三〇メートルほど右に、ぼくはもっと難しいルートの開拓を始めていた。〈フレックス・ルーサー〉——スーパーマンの大敵レックス・ルーサーのもじりだ——と呼んでいるもので、この美しいルートは、大きくオーバーハングした石灰岩の壁を四〇メートルほどの高さまで登っていく。完登すれば国内最難のルートになることは間違いなかったが、今のぼくが得意とする種類のクライミングとは言えなかった。フレックス・ルーサーはぼくの目標の一つになった。

当面の目標は、エル・キャピタンでぼくが初めてフリーで登ったルート——サラテ・ウォール——を一日で、そしてフリー（ワンデイフリー）で登ることだ。これは昨秋、指を切断する前にハンス・フローリンと挑戦して失敗した目標でもある。エル・キャピタンをワンデイフリーで登った人間は、ノーズのリン・ヒルただ一人だけだ。リン・ヒルはノーズを四日かけてフリー化、その一年後に、たった二三時間でフリーで完登し、クライミングの水準をぐっと引き上げることになった。

この目標がぼくの頭から離れることはなかった。サラテをワンデイフリーで完登できれば、指を切断する前と同じ力があると自分に証明できる。


ヨセミテの夜空に星が瞬いている。午前一時。サラテの取りつきで、ベスがからまったロープをほどいている。指を失ってから明日でちょうど六カ月。そのあいだずっとベスはぼくのそばにいてくれた。月はまだ顔を出していない。ぼくはロープを結んでクライミングシューズの紐を締め、両手にチョークをつけた。

「結び目は確認した？」ベスが訊く。

ぼくはヘッドランプの光を、八の字の結び目に当てる。「大丈夫だ」

「絶対に登れる。自分を信じて」ベスが言った。己を信じろと。

できるだけリラックスして登ることに意識を集中した。暗闇の中で、ヘッドランプの光の筋だけが浮かび上がる。驚いた紙魚《シミ》がクラックから逃げ出してくる。ぼくはそんなことには動じず、次のムーブのことだけを考える。呼吸も落ち着いてくる。

地平線が明るくなるころには、壁の半分近くまで登ってきた。朝日が壁を照らし、ぼくたちを温めてくれる。朝日が昔からの親友のように思えてくる。最初の一八ピッチは駆け上がるように登れた。さらに数時間登り続けると、快適なレッジに着いた。ここで真昼の熱気をやり過ごすことにする。レッジに横たわり、頭をベスの膝に乗せる。ベスはぼくの額に手を置いてささやいた。「あなたならできる」。ぼくはこの先に待っていることを考えないようにして、二時間ほどまどろんだ。

涼しいそよ風で目を覚ました。目をこすり、大きく息を吸い込んで、顔を上げ、核心のヘッドウォールへと続くラインを目で追う。ヴァレーが活気づき始めている。道路には車が数台。エル・キャップ・メドウでは、草地に寝そべった人たちがクライマーを見物している。

ここから見上げるヘッドウォールは、五年前に父と初めて来たときと変わらず壮大で美しい。クラックとコーナーが、黄金色に染まった原始のままの姿で空へ伸びている。六メートルのルーフを越えると、ヘッドウォールは前傾した美しいクラックへと続いている。進むにつれてクラックの幅は狭くなり、傾斜も増し、ストレニュアス度も強くなる。そして最大の核心がやってくる。厳しいボルダームーブをいくつかこなしてから、ピンチホールドにランジするのだ。

胸に興奮がわき上がる。レストもしたし、水分も十分とった。残置のスリングが、風に吹かれ旗のようになびいている。岩のコンディションは完璧だ。落ち着いて登らなくてはいけないことはわかっている。感情を爆発させるのは、最後の最後でいい。出だしのコーナーとルーフの抜け口まで、ゆっくりと登っていく。終了点では風がうなり声を上げている。ベスがユマーリングで登ってくるときに、ロープが風で跳ね上がり、結び目ができてしまった。ベスがビレイ点に着くと、ぼくはロープを巻き直して心を落ちつかせようとした。次が核心のピッチだ。使う順番にギアをハーネスにかけ、頭の中でムーブを再確認する。そして、登り始める。

時間をかけて、ゆっくりと深呼吸をする。クラックに指を深く、正確に決めることを意識する。もう少しで終了点というときに、前腕がパンプし始めた。ここからはクラックはフレアしていて、不安定なジャムしか決まらない。フットホールドに足を乗せて、腕の力を抜く。そうしているうちに、どうにか岩に張りついているだけの力が戻ってくる。一つでもミスをすれば虚空に投げ出される。ぼくは目を閉じ、呼吸を整える。

前回のトライでは、この場所で回復不可能なほどのパンプに見舞われた。でも今回は違う。前の自分ではない。何をすべきで、何をすべきでないかわかっている。今回は夜も明けないうちから登り始め、前回よりも時間をかけて登り、この核心のために力を温存してきた。

クラックの幅はフィンガーサイズにまで細くなってくる。フレアしているため、ジャミングを決めにくい。片方の手で、残りのすべてのギアをハーネスから外し、クラックに決まっている一つのカムにかけた。これで少しは軽くなる。「息を大きく吸って」ベスの励ます声が下から聞こえてくる。これまで同じ声を、何度もクライミング中に聞いてきた。リハビリ中にも何度も聞いてきた。病院にいた日々のことがよみがえる。「息を吐いて、身体の力を抜いて」。それまでのぼくは弱虫だった。「大きく吸って。落ち着いて……」

今ぼくは、エル・キャピタンの頂の近くにいる。あまりに遠く、けっしてたどり着けないと思ったところまであと五メートル。ぼくは意を決してムーブを起こし、細いクラックに指先を思い切りねじ込んだ。足を高く上げ、ざらついた結晶に押しつける。プロテクションは取らず、ボルダームーブをこなし、叫びながら最後のホールドに飛びついた。そこから先は簡単なクライミングしか出てこない。ぼくはそこを駆け上がり、セルフビレイを取ってから、終了点にロープをフィックスし、そこに座り込んで息を弾ませ、顔をほころばせた。身じろぎ一つせずに、風が髪をなびかせ、顔をなでるに任せた。そして、どこまでも続くシエラネバダの山並みを見つめた。

上がってきたベスは、口元に温かい笑みを浮かべていた。そして、身体を寄せて両腕でぼくを抱き締めた。信じられないことだが、ここまでのクライミングは、ずいぶん易しかったように感じられた。

第8章
CHAPTER 8

ヴァンの窓を開け、カリフォルニアの暖かい空気を左手に感じる。左手を外に垂らしたまま車を走らせる。右折してハイウェイ一二〇号線に入る。一条の黒いアスファルトが、高地砂漠へと続いている。さらに数キロ走ると、上下に激しくうねる道になる。公道を走っているのではなく、ジェットコースターに乗っている気分だ。

ぼくはベスのほうに目をやる。フリース姿のベスは、助手席で身体を丸めている。急カーブや下り坂になっても目を覚ます様子はない。これもポータレッジで幾夜も過ごしてきたがゆえの能力だろう。これほど互いに信頼し合っていることに驚かずにはいられない。ベスを起こしたくはないので、ラジオはつけずに運転する。背後の太陽がさらに高く昇り、ぼくの思考は、窓の外に出した手のように漂い始める。北に見えるモノ湖の水面を砂嵐が吹きわたり、子ども時代の記憶がよみがえる。

九歳のぼくは、父とクロスカントリースキーに出かけ、数キロほど進んだ場所にいる。鼻水が凍るほどの寒さだ。

吹きすさぶ風に、ロッジポールパインがねじ曲がっている。ぼくたちはミルズ湖に着く。凍った湖面を、雪煙のつむじ風が駆け抜ける。ぼくと父は、雪と氷の境目を進んでいく。森の切れ目に出ると、一陣の風がぼくをさらい、湖面まで吹き飛ばす。当時のぼくの体重は二〇キロほどだったので、スキー板付きの二〇キロの氷上ヨットが、凍った湖面を進む格好になる。膝を曲げてエッジを利かす。スピードが落ちてくれることを祈る。硬い湖面にポールの先端を突き差してみるが、どんどん速くなっていく。一瞬、恐怖に襲われる。次の瞬間、ぼくはエッジを利かすのをやめ、風に身を委ねる。両腕を広げ、華奢な身体で風を目いっぱい受け、スピード感に酔いしれる。そして自由が身体を駆け巡る。しばらくすると、湖の対岸の吹きだまりに、そっと受け止められる。

ぼくはふらつきながらもにやりと笑う。対岸から父の声が聞こえる。「トミー！」ぼくは手を振って大丈夫だと知らせる。父の大きな身体が、こちらに向かってくる。父もまた風に乗って、つるつるの湖面をぼくの近くまで運ばれてくる。ばかだなあと大笑いしながら。

またベスのほうに目をやる。ベスはまだ助手席で丸くなって眠っている。思考はぼくたちの将来へと向かう。まぶしい日の光で目がくらむが、やがて視界がはっきりしてくる。小さな男の子が、よちよち歩きで荒い造りの遊具に突進していく。ブランコのシートを手で叩き、少し考えるそぶりを見せる。振り返って目を見開き、口元の笑みをさらに広げる。金髪のくせ毛の後ろから光が差している。おぼつかない足取りでジャングルジムに向かい、はしごをよじ登る。だぼ接《つ》ぎされた木の雲梯《うんてい》にためらうことなく飛びつく。両足は宙を蹴り、手だけで進んでいく。きゃっきゃと笑い声を上げ、ご機嫌な様子だ。ぼくは近づいて、下りるのを手伝おうと手を伸ばす。「じぶんでできるもん」男の子が言う。ベスが近づいてくる。髪にリボンを付けた女の子を抱いている。

「子どもは親に似るものよ」ベスが言う。

「そうだとうれしい」ぼくが答える。

下り坂が続いたあと、やがて道は平坦になる。あと数時間でヨセミテに着く。ぼくたちの第二の故郷はすぐそこだ。アクセルを踏み、明るい未来へ突き進む。その未来を現実にするために。

ベスにプロポーズするのに、なぜこんなにも長い月日がかかったのか、自分でもその理由はわからない。ぼくにとってベスは、初めて真剣に付き合った恋人だったし、ぼくの自信のない性格のせいで、ありのままの自分をベスが愛してくれると思えなかったのかもしれない。けれども、時間が経つにつれ、ぼくたちの絆は切っても切れないものになり、ついにプロポーズをした。八カ月後、二〇〇三年の暖かい春の日に、ベスの実家の裏庭で結婚式を挙げた。新緑の側廊を歩いてくる彼女を見ながら、ぼくは確信していた。一生涯、この女性と連れ添うのだと。

ぼくたちはクライミングへの情熱をまだ共有していた。ベスは徐々にではあるが、人目につくようなクライミングをすることへの抵抗が少なくなっていった。スイッチが入ったときのベスは、向かうところ敵なしの強さを発揮した。二〇〇二年には、ヨセミテのフェニックスというルートをオンサイト（あらかじめカムなどをセットしたり、事前に人が登っているのを見たり、ルートの情報を手に入れたりせずに、初めてのトライで一度も落ちることなくフリーで登り切ること。最も純粋なスタイルとされる）した。トラッドのルートでは、これは女性によるオンサイトの最高グレードだった。

ぼくのほうは、ロッキーマウンテン国立公園の標高三六〇〇メートルの岩場で、〈サーキャズム〉という5・14のルートの第二登を果たした。さらに、事故後一年足らずで、指を失った状態では到底登れないと考えていたルート、〈フレックス・ルーサー〉の開拓を再開し、初登した。このルートはアメリカで最初の5・15とされている。ぼくの初登後、誰も完登していないので、グレードはまだ確定してはいないが、実際のグレードはもう少し高いのではないかと、このルートをトライした若いクライマーたちは言っているそうだ。もちろん、再登者が出るまでグレードは推定でしかない。だが、ぼくにとって、高グレードを登ることが目的ではなく、指の切断後に自分が完全に復帰したと証明することが大事だった。

スポートルートとはいえ、〈フレックス・ルーサー〉を完登したことで、もっと大きな冒険に挑みたいという願望がいっそう強くなった。〈フレックス・ルーサー〉は、アプローチの短いスポートルートとは異なり、アプローチ自体が冒険で、一月の氷点下の中、膝までの雪をラッセルして取りつかなければならなかった。ルート自体は巨大な石灰岩のケーブの中にあり、どういうわけか冬のあいだは日が燦《さん》燦《さん》と当たる。ケーブの気温は外より五度ほど高い。石灰岩は侵食性が高く、夜にはルートの周辺に巨大な氷柱ができる。ぼくが取りつきに到着するころに、氷柱がよく落下してきた。

〈フレックス・ルーサー〉は傾斜がとても強く、フィジカルな要素が要求される。クライミングのタイプとしては、岩の上でダンスを踊るというよりも、レスリングで相手をねじ伏せるといった形容が合うかもしれない。厳しいボルダームーブのあとに、それほど休めないレストポイントが出てくる、という繰り返しだ。コーナー状になったハングにニーバーを決め、頭が下になるような格好でレストすることになる。のちにぼくが得意とすることになるクライミングとはかなり異なるタイプものだったが、それはどうでもいいことだ。

とにかく、ぼくとベスは復活した。

ようやく、ベスと遠征に行けるような状態になってきたので、二〇〇三年の夏、カナダの北西準州にあるアンクライマブルズ圏谷に向かった。ベスのスポンサーであるザ・ノース・フェイスの企画だった。遠く離れた場所でのクライミングを、ベスがやってみようと決めたことに、ぼくは大賛成だった。ぼくたちは水上飛行機をチャーターし、野生のクマが生息するわびしい荒野の上空を何時間も飛行して、小さな湖に着いた。そこからさらにヘリコプターに乗り換え、美しい高地草原まで行った。森林限界をはるかに越えた、針峰に囲まれている場所だ。ぼくたちは、巨大な岩の陰にテントを張った。到着して二週間はひどい嵐で、雨が激しくフライを打ちつけるなか、テントにこもって、ほとんどの時間を寝たりトランプをしたりして過ごした。

ほかのパーティーも同じ場所にテントを張っていた。そのなかの一人が、弾薬を入れる缶に入った小麦粉の袋を見つけた。ここを訪れたパーティーが、岩陰に隠してそのまま置いていったようだ。ぼくたちはそれでパンを焼き、スクラブルに興じた。叩きつけるような雨が降ると、山々は息を吹き返す。すぐ近くで地鳴りがし、落石が滝のように降り注ぐ。そういうときは、バーナーで暖を取っていた者も、スクラブルをしていた者も、テントから身を乗り出し壮大な光景に見とれた。

ぼくは原始の自然を心から楽しんだ。ぼくたちは石器時代の男女で（スクラブルの単語を壁に刻んだりはしなかったが）、サーベルタイガーがうろうろしている（雨が降っている）ので、洞窟（テント）から出られない、ということを空想した。二人だけのときは、ベスとぼくはテントで本を読んだ。ぼくはこのやむなき冬眠を楽しんでいたが、ベスは違った。ベスは寒さに震え、疲れ切り、おびえていた。無理もない。何もしない状況が耐えがたいようで、さらに僻地の荒涼とした場所に放り出されたことが、キルギスの記憶を呼び覚ましたのかもしれない。

遠征一五日目にして、初めて雲間に青空がのぞいた。ぼくたちは大急ぎで準備し、ロータス・フラワー・タワーと呼ばれる高さ六〇〇メートルの聖堂のような岩峰の基部に向かった。その岩峰は天からの贈り物のように、空に向かってまっすぐ伸びている。ぼくは喜びのあまり叫びたくなったが、ベスはほとんどしゃべらなかった。

　登り終えたあと、衛星電話で水上飛行機のパイロットを呼び、ギアを二つの巨大なホールバッグに詰め込んで、徒歩で湖へ向かった。ヘリコプターを使わなければ一〇〇〇ドルの節約になる。ベスは第三世界で働く子どものように、膨らんだホールバッグに押しつぶされそうになっていたが、なんとか耐え抜いた。ぼくたちは、不安定なガレ場を通り、濃い藪を押し分けて進んだ。

　半日かけて湖に着いたころには、ベスは足の親指の付け根に刺すような痛みを感じていた。家に帰ってから医者に診てもらうと、種子骨が折れていることがわかった。種子骨は血の巡りが悪い小さな骨で、治るまでに時間がかかるという。

　このけがで、ベスは満足を得られる唯一のもの――クライミング――から遠ざかることになってしまった。登ることができなくなると、ベスから見たぼくたちの生活は陰りを帯び、ベスは絶えず将来を憂うようになった。プロクライマーの選手生命には限りがある。指も身体も若いころの力を失って、スポンサーの期待に応えられなくなったらどうすればいいのだろう。新進気鋭の次世代のクライマーたちについていくことができなくなったらどうなるのだろう。二十三歳での、しかもやっとクライミングの感覚を取り戻したところでのけがは、ベスにとって大きな挫折となった。

　ぼくは、ベスを心底元気づけようとした。父と似たやり方なのはわかっていたが、ぼくは人を元気づける方法をそれ以外に知らなかった。母や姉、ぼくを元気づけるときに、父が父なりの仕方で励ますのをぼくは見てきた。だが、結局のところ、うまくいった。ぼくたちはこうして生きていて、自由な人生を心から楽しんでいる。世界で最も美しい場所で楽しい時間を過ごしながらお金をもらっている。そして深く愛し合っている。

ぼくたちは、クライミングの狭い世界で「クライミング界の大統領夫妻」と呼ばれるようになっていた。有名になったことで、スポンサー企業が増えた。ベスも、自分に収入がないときは、相方のぼくがその分も稼げばいいと考えるようになった。最高のクライマーになることは、もはや自分勝手な夢ではなくなっていた。いつかは子どもが欲しかったし、それは、ゆくゆくはぼくが一家の大黒柱になることを意味した。誰にも負けないクライミングの技術を身につけなくてはと思った。結局、ぼくが得意なのはクライミングだけなのだから。

二〇〇四年に入っても、ベスの足は完治していなかった。ベスは春のクライミングシーズンは見送り、デイヴィスの実家で家族と過ごした。ぼくは一人でヨセミテに一カ月行き、エル・キャピタンのダイヒードラル・ウォールというエイドルートのフリー化に取り組んでいた。このルートは凹角（二面の岩壁に挟まれたコーナー）にクラックが走り、外開きになっていて幅が狭く、完全に閉じている場所もところどころに出てくる。閉じたクラックの周囲に極小のホールドが散らばり、登るにはその小さなホールドを使うしかない。クライミング技術が向上するにつれて、なんの手がかりもなさそうな壁にも挑戦するようになり、これまで登攀不可能と思っていたルートにも魅力を感じるようになった。

毎朝五時になると、ロープソロで登り始め、地上から五五〇メートルの最後の核心ピッチまで登り、正午までに懸垂下降で地上に降りて、昼食をとる。そのあと暗くなるまでボルダリングをする。至福の疲労に至るまで身体を追い込むので、夕方にベスと電話で話していて眠ってしまうこともあった。毎日、太陽が東から昇り、西に沈むまでずっと一人で過ごした。石が落ちてくることや、ツバメが脇をかすめて飛んでくることもあった。ぼくはダイヒードラル・ウォールで初めて身体的な限界を感じた。誰にも見られることなく一人で登り、ビッグウォールでのフリーの限界を今までにないほど押し上げていると感じていた。今まで学んだことや身体に叩き込んだことを総動員して登った。自分だけの小さな秘密の世界で生きることが楽しかった。身体は脳から送られる指令に、いつになく反応した。何時間も、来る日も来る日も、自分の限界をじりじりと押し上げ、睡眠も食事も水分補給も二の次、三の次になった。毎晩、満足の笑みを浮かべて深い眠りについた。水分や食料を摂取しなくても自分の力を発揮できることに、うれしい驚きを感じた。恐ろしく難しい一連のムーブを解き明かし、少しずつ高度を上げていった。足の爪が剝がれ落ち、指先の皮が擦りむけるまで登った。ぼくは静寂を愛するようになり、ぼくの人生の土台となっている〝進歩することへの渇望〟を楽しんだ。

ベスが恋しかったが、クライミングをしているときは、ベスの憂鬱と不安の重圧から解放されているように感じた。力がみなぎり、世界が明るく見え、生きている実感があった。エル・キャピタンは、ふたたびぼくの最高の友になった。

ある日、ヨセミテでアダム・スタックに出くわした。すばらしいクライマーの一人だ。アダムは、中学校で体育教師をしていたぼくの父からクライミングを教わった。アダムとは、そのころからの知り合いだ。アダムはサラテをフリーで登ったばかりだった。ぼくはダイヒードラル・ウォールを一緒に登らないかとアダムを誘った。はた目には、ビッグウォール・クライミングは危険な試みに思えるかもしれない。もちろんさまざまなリスクにどう対処するか知っている必要はあるのだが、クライマーという人種はそもそも、大自然のジャングルジムで遊んでいる子どもと大して変わらない。いいときも悪いときも笑っていられる能力こそが、最高のパートナーの必須条件になる。

アダムは四六時中冗談を言った。一八六二年のホームステッド法〔一定の土地に改良を施して五年間定住すれば、その土地の所有権が得られることを定めた法律〕を引き合いに出しては、長い時間を過ごした場所には「不法占有者所有権」があると主張した。ぼくがクライミングの準備をしているとき、珍しくアダムが静かにしていたのでそちらに目をやると、アダムがにんまりと不敵な笑みを浮かべて小さなレッジにしゃがんでいる。「おい！」ぼくは言う。「その岩はきみのものじゃないぜ。重いケツを持ち上げて、ビレイしてくれよ！」。難しいムーブをつなげたり、一つのセクションをフリー化したりしたときなど、アダムはこう言う。「何かにおうってか？　そりゃそうだ。何しろオレがクソすげえからな！」

ベスにもこんな冗談の応酬を見せてやりたかった。明るく楽しい世界を。けれども、ベスとぼくはまったく異なる人間であることをぼくは感じ始めていた。

ぼくは毎週デイヴィスに戻ってベスと数日間過ごした。ベスは、自分が痛みと闇の中で暮らしているのに、なぜあなたは楽観的でいられるのとこぼした。一方で、性格の相違とけがのことがあっても、ベスはぼくを支えようとしてくれた。「あなたと壁に取りついているのが好き」と言ってくれた。

二〇〇四年五月、ぼくはダイヒードラル・ウォールをグランドアップで登る準備ができたと感じた。二五ピッチのルートを取りつきから終了点まで全部つなげてフリーで登る。一回でもロープにぶら下がってしまえば失敗だ。

クライミングの規則は、はたから見れば恣意的に思えるだろう。ビッグウォール・クライミングでも、ほかのいかなるかたちのクライミングでも、監視する者は存在しない。ルールは――これがルールとすればだが――クライミングコミュニティの総意のもとに決められる。各時代の限界を押し上げたり高難度のルートを開拓した第一人者たちが、何をもって成功と見なすかを決める。ダイヒードラル・ウォールでぼくが行ったリハーサルは、スポートルートの開拓とよく似ている。つまり、エイドで各セクションを登り、必要なムーブを練習する。落ちたらまたそのピッチを登り直して構わない。しかし、最終的に成功するには、すべてのピッチを完全にフリーで、一度も落ちずに（完登するまで一つのピッチを繰り返し登って、そのあと次のピッチに進むことは可能）、取りつきから頂まで一気に登らなくてはならない。

アダムはサポート役を買って出てくれたが、まる二日しか空き時間がなかった。ベスは大きめの登山靴を履けば医者がくれた歩行ギプスの代わりになると言って、ビレイとユマールでのフォローをしてくれることになった。

序盤は力がみなぎり、調子よく登れた。しかし、難しい箇所に近づくにつれ、筋肉がこわばって身体が震え始めた。取りつきから六〇〇メートルほどに集中しているルートの核心部では、5・13と5・14のピッチが何本も連続している。難度が増すにつれ、徐々に重くなっていく扉を、無理やりこじ開けようとしている気分になる。成功と失敗の目に見えない境界を行きつ戻りつした。アダムとベスの応援する声は、すでにかすれていた。ほとんどの高難度のピッチで何度も落ちた。大フォールしたこともあった。落ちるたびにビレイポイントまで降り、ロープを引き抜いて少し休み、またトライした。まるで高難度の体操の演目を成功するまで、何度も繰り返しリハーサルしているようだ。一つ終えても、上にはまた同じくらい難しいピッチが待ち受けている。その次にも、またその次にも。夜にポータレッジにもぐり込むと、身体が痛みに震え、登れないのではないかという疑念が頭をもたげる。ベスがぼくの疲れ切った筋肉をほぐすあいだ、アダムは、ハイイログマにまたがってベースキャンプに乗り込んだといった、ありとあらゆる陽気なばか話をとりとめなく続けた。愛と笑い、笑いと愛。最高の組み合わせだった。

三日目、アダムは壁を降りていった。ぼくはルートの三分の二をフリー化し、難しいピッチは残るところ一つだけとなった——頂上までの最後の一〇ピッチは比較的簡単だ。問題は、体力が尽きてきたことだ。その日はもう終わりにして翌朝まで休むつもりだった。そのとき突然、無線が鳴った。「グッジョブ！」アダムだった。下の草地から双眼鏡でこちらを見ていたのだ。アダムのほかにも数人いるようだ。「みんなここに集まって、おまえが最後の核心を登り切るのを待ってるぞ！」

孤独な挑戦であることが、ビッグウォールをフリーで登ることにぼくが惹かれる理由の一つだった。地上から隔絶された世界。ショートルートを登るときのような下からの応援もない。でも今回は違った。思わず吹き出してしまい、しばらく目を閉じたあと、ギアをラックにかけた。大きく息を吐く。もうすぐ終わる。残すは一ピッチ。登り始めると、全身が痛みと疲労で震えた。三日間集中し続けていたので、心も疲れ切っていた。浅いグルーブを越えるとレイバックが続く。核心はあと三メートル。ほとんど休めないスタンスでレストし、歯を食いしばる。意を決して、スメアで登っていく。ここでもし落ちても、少なくとも二〇年は経っている残置ピンが墜落を止めてくれるに違いない。血だらけの腫れ上がった指先を極小の縦カチにかけ、足をわずかな窪みにスメアする。伸ばした指先が次のホールドをつかんだ瞬間、足が滑る。滑った足を必死にスメアし直し、上のハンドクラックに手をねじ込む。核心は越えた。あと一〇メートル。このパートは、それまでで最も慎重に登った5・11となった。レッジにたどり着くと、下から声援がかすかに聞こえた。ぼくは下に向かって両手を上げ、腹の底から絞り出すように雄叫びを上げた。

ぼくたちが出会ったばかりのころ、ベスには何よりも達成したい目標が一つあった。エル・キャピタンのノーズをフリーで登ることだ。付き合い始めの数カ月間は、その夢がベスの原動力となっていた。だが、キルギスの一件でその想いが薄れてしまったようだった。

とはいえ、次の年には、鬱と闇の日々はゆっくりと終わりに向かっているかに見えた。足のけがは癒えつつあり、意欲も戻ってきた。ベスがビッグウォールへ戻る決意をしたことで、おびえ続ける日々が終わってほしい、とぼくは思っていた。というのもぼく自身、ベスにビッグウォール・クライミングに復帰してほしいと思っていた。ベスはぼくが一人で登りに行くのを嫌がったし、ぼくにはビッグウォール・クライミングをやめるつもりはなかったからだ。これでようやく互いに望むものを手に入れることができる。

ぼくは、ベスのノーズに向けたトレーニングを手伝いながら、自分も目標を胸に秘めていた。エル・キャピタンでの次なる目標は、二つのルートを一日で、フリーで登るという途方もない計画だった。これを成し遂げるには、次元の違う戦略が必要だというのが大方の意見だった。頂上からベースジャンプでヴァレーまで下りて移動時間を節約する、といった方法だ。しかし、ぼくは自分なりの方法を考え出した。ノーズを一一時間で登り、一時間で走って取りつきまで下り、一一時間でフリーライダーを登るというものだ。うまくいけば、二四時間の壁を破るのに一時間の余裕もできる。

これまでノーズを一日で、そしてフリーで登ったのはリン・ヒルただ一人だけだった。ぼくは自分の計画を誰にも打ち明けずに計画を練った。ベスには自分がどれだけ強くなれるか知りたい、とだけ言った。まず基礎体力を強化することから始めた。ロッキーマウンテン国立公園で三週間ほど高難度のボルダー課題を登った。そのあと、スポートクライミングを日課に加え、5・12から5・14のショートルートを一日に六本登った。持久力トレーニングも取り入れた。二、三週間ごとに新しい要素を追加した。クライミング、ウエイトリフティング、フィンガーボード。夏の終わりに始めた三時間のサイクリングでは標高差一二〇〇メートルもあるコースを標高三六〇〇メートルまで登った。トレーニングに一日一四時間費やすことも珍しくなかった。目標は持久力と身体を酷使しても完登できるパワーの強化、そして総合的に強靱な身体を作ることだった。

二〇〇五年の秋のシーズンにヨセミテ入りするころには、ベスは絶好調で、ぼくもこれまでで最高の身体に仕上がっていた。

ぼくは暖かい寝袋を出られずにいた。木陰の砂礫が平らになったヒマラヤ杉の下でぬくぬくと寝転んでいるところだった。辺りにはツツジの香りが漂っている。すぐ南側に真っ白な花崗岩のスラブが続き、エル・キャピタンの露出した頂部が見える。風は穏やかで、鍋のカチャカチャいう音とバーナーの低音しか聞こえてこない。ベスは忙《せわ》しなく歩き回り、この日使うギアの準備をしている。それを終えると、温かいコーヒーを渡してくれた。自分の寝袋にもぐり込んでこちらに身体を寄せ、ぼくの肩に頭を乗せた。

「おはよう。よく眠れた?」とベスは言って、寝袋の縁を顎の下まで引っ張った。

「ぐっすり眠れたよ。早く登りたくてうずうずしてるようだね」

ぼくたちは一〇分ほど、朝日が地平線から顔を出すのを眺めた。その瞬間、すべてが完璧に調和していた。

ぼくたちの計画は、エル・キャピタンの頂上から懸垂下降をしてノーズ上部の核心部分を練習し、リハーサルを重ねてムーブを洗練させていくというものだった。

しばらくしてからハーネスをはき、一八〇メートルのロープを木に結び、頂上の縁まで進んだ。少し上にいるベスを振り返ると、ベスはにこりと笑った。

ゆっくりと崖の縁を越えた。はるか下のヴァレーから吹いてくる冷たい風に身震いする。すぐに目の前の壁が手の届かない距離まで離れていく。ゆっくり弧を描いて身体を回転させ、一〇〇〇メートル下をのぞき込む。この露出感が心地よく思えてくる。猛スピードのオートバイにまたがってゆっくりとスピンしているような気分だ。恐怖心は何年も前に消えていて、今はうずく興奮しか感じない。岩壁の高みこそが、ぼくのいるべき場所だった。

一五分後、下に目をやると幅三メートルほどの三角形のレッジが見えた。二人の男が寝袋に入ったままレッジに座り、前方を見つめている。近づいていくと、男の一人がぼくを見上げた。

五〇年近く前に初登されてから、ノーズは世界で最も人気のあるビッグウォールのルートになっている。ひと目でそれとわかる美しいラインの歴史的なルートだ。フリーで登るのは困難を極めるが、エイドで登るのはそれほど難しくはない。ハイシーズンにもなると、一〇組ものパーティーが常に取りついている。

壁に人が押し寄せるので、小さなコミュニティが形成される。エル・キャピタンを登る夢をかなえようとするクライマーが世界中から集まり、共通するクライミングへの愛を通じて絆を深める。そのコミュニティはいたってにぎやかで、多少過激な部分もあり、ドラッグや音楽、セックスに興じる者もいる。生と死の狭間で、危機一髪の逸話には事欠かない。心身ともに追い込まれるビッグウォールでは、人の長所と短所が表に出やすいのだ。

「グッダイ、兄さん」男が言った。

「きみたちが準備しているあいだ、ここをフリーで登ってもいいかな?」三角形のレッジに降り立ったところで、ぼくは尋ねた。

「フリーで?」

「ああ、そのつもりだ」

「もちろん構わない。ぜひ見てみたいな。あの子はお連れさんかい?」

「そうだよ」ぼくは言った。「ぼくの妻だ」

「いいねえ、奥さん連れのクライミングか」

数分後、ベスもレッジに着いた。ベスは陽気に笑った。「二人ともゆうべはよく眠れた?」ベスが訊いた。ベスはいつも、シャワーを浴びたばかりのようにさっぱりして見える。肌の質感や、つややかな髪。体臭のない体質のせいかもしれない。

セルフを取るためにベスが後ろを向くと、オーストラリア人の一人が手で髪をなでつけた。大きな黄色い目やにがいくつも付いていて、先端を切った革の手袋から突き出た指先は赤く腫れ上がり、信号灯のようにてかっている。どうやら疲れすぎて手袋をはめたまま眠ってしまったようだった。この二人組は、登り始めて四日目とのことだった。

ベスは小さなクライミングシューズに足を入れ、慎重に登り始めた。二本のクラックを使い、岩の結晶にそっと足を押しつけて登っていく。ハンドジャムもしっかり決まっているようだ。二四メートル進んだところでクラックが終わる。ベスは手を目いっぱい伸ばし、薄いフレークをつかんで少しずつ上へ上がっていく。コーナーでは、両手、両脚を使い、身体をねじるようにして踏ん張り、リズムよく四肢を正確に入れ替えていく。クモが一片のガラスを登っていくのを見ているようで、ベスは両側の壁に手足を押しつけ、手がかりがほとんどない九〇度のコーナーをじりじりと上がっていった。

二人組のオーストラリア人は、口をぽかんと開けてそれを見ていた。天使を見るような顔になっている。「ここをフリーで登るなんて想像もつかない」と一人が言って首を振った。「おれなんて寝袋から出ることすらできないのに」

それから一時間ほど、ベスは登り降りを繰り返し、それぞれのムーブの繊細な部分を頭に叩き込んだ。ノーズの核心にあたる〈チェンジング・コーナー〉にベスはいる。一メートルほど登ってはロープに体重を預け、壁に顔を近づけて手のひらを壁面に走らせる。点字に触れるようなしぐさで、クライミングシューズのラバーのかかりが少しでもよくなる粗い粒子を探している。いいスタンスを見つけると、チョークで印をつけて一連の動きを組み立てる。ベスの身体と岩というピースを組み合わせていくパズルのようだ。そして、もう一度トライする。

ぼくはオーストラリア人の二人組と雑談していた。「調子はどうだい?」ぼくは尋ねた。「散々だったよ」一人が言って首を振った。「あいつらめ」。登り始めてから二日目に、二人組はアイルランド人のクライマー二人組に追いついたという。だが、なぜか双方のロープがからまってしまった。アイルランド・パーティーの荷揚げロープがオーストラリア・パーティーのロープと交差してしまい、アイルランド人が荷揚げをしている最中に、オーストラリア人のセカンドがロープを登ってきたためにロープがこすれ合った。

二組はロープが切れてしまわないように動きを止めた。しかし、ビレイ点で激しい口論となった。オーストラリア人の一人が、アイルランド人のホールバッグをカラビナから外し、壁の下に落とすぞと脅した。ふたたび登り始めたころには一日が半分終わっていた。風が出てきて二組のロープがまたからまり、いら立つ二組にさらなる追い打ちをかけた。結局、オーストラリア・パーティーが先行したが、一日の終わりにオーストラリア人が便意を催した。強風の中、ハーネスにぶら下がりながら、臀部の真下に茶色い紙袋を当てがった(これが通常のやり方で、用を足した紙袋は「うんちチューブ」に溜め、下に降りたときに捨てる)。風が凪《な》いだ瞬間、大便の一部が紙袋に入らず、六〇メートルを自由落下していき、アイルランド・パーティーのホールバッグに当たってしぶきを上げたのだ。

どちらのパーティーも、直立姿勢でハーネスにぶら下がったまま眠れぬ夜を過ごした。次の日、互いに助け合って登り続け、日が暮れる前に壁の中ほどの小さなレッジまでたどり着いた。アイルランド人が和解のしるしとしてウイスキーの瓶を取り出し、男四人は酩酊しながら月に向かって遠吠えした。二つのパーティーが一つになった瞬間だった。ベスとぼくがオーストラリア人たちに会ったとき、彼らは登り始めてから四日経っていたが、頂上までまだ一八〇メートル残した地点にいた。食料はほんのわずかしかなく、水も四リットル足らずしか持っていなかった。

「それでアイルランド人たちはそのあとどうなったんだ?」ぼくは訊いた。

「ああ、三〇メートル下のレッジでお休みだ」一人がそう答えると、もう一人が下をのぞき込んで叫んだ。「おい、こら、あほうども! マスなんてかいてないでさっさと起きろ!」

この四日間に、見ず知らずの他人同士だったこの男たちは、互いを殺しかけ、互いに便をかけ、互いに酔っ払い、苦労をともにし、今や思い出話に興じている。長らく音信不通だった旧友とパブでばったり会い、過去の冒険を酒のつまみに酔いしれている仲間のようだった。


それからひと月ほど、ベスとぼくは、エル・キャピタンの頂上のささやかなベース・キャンプで生活した。毎日、懸垂下降をして、まだ解決していないパートに取り組み、三日に一日は休養した。レスト日には、美しい樹林帯をハイキングし、巨大なシュガーパイン、ヒマラヤスギ、セコイア、そして木々の幹を覆っている蛍光色の緑のコケを眺めた。高い天蓋から太陽の光が差し込み、小川に反射して光り輝いている。その小川は四〇〇メートル先で姿を消し、北米で最も高い一条の瀑布、リボン・フォールとなる。ぼくたちは氷のように冷たい水に浸かり、鳥肌を立てながらも、笑いながら水をかけ合った。また、森にはクマが潜んでいることを示す痕跡がいくつもあり、クマの足跡や湯気を上げる糞が川岸に残されていた。

やがて、すべてのピースがあるべき場所に収まったと思えたところで、エル・キャピタンの取りつきに戻り、四日間のゴーアップの準備に取りかかった。ルートの中ほどに、あらかじめビバーク地を作っておいた。初日は長い行程になるとわかっていたので、満月の夜、午前一時に登り始めた。夜のエル・キャピタンは静寂に包まれる。日中は車の騒音が響き、熱が風を起こす。夜になると、互いに三〇メートル離れていても、ささやき声で会話ができる。ビレイのときにヘッドランプの明かりを消すと、夢のような情景が広がる。巨大な岩壁が谷底を不気味な影で覆い、半分隠れた夜空には星がきらめく。西の地平線は、サンフランシスコの無数の建物や車のライトで淡く照らされている。夜明けの一時間前に月が隠れ、ぼくたちは真っ暗な闇の中でクライミングを続けた。日が昇るころには、すでに取りつきから三〇〇メートル地点に到達していた。

ベスは、ぐんぐん高度を上げていった。力がみなぎり、調子が上がってきているのがわかった。しかし、一六ピッチ目の終了点手前でベスが顔をしかめているのに気づいた。

「大丈夫?」

「うん、大丈夫よ」

けがをしてから長い時間が経っていたにもかかわらず、ベスの足は完全には癒えていなかった。手術を受ける道もあるが、それなりのリスクを伴う可能性があると医者は言っていた。痛みはベスの生活の一部になっていた。慎重なクライミングではあったが、ベスはその日最後のピッチをフリーで登り切り、あらかじめ用意しておいたビバーク地にたどり着いた。

ぼくたちはそこでポータレッジを組み立て、中に入った。ぼくはベスのクライミングシューズと靴下を脱がせて足を優しく揉んだ。初秋の風が吹き、背筋《せすじ》が冷えた。ぼくはウールの帽子をかぶり、上着をはおった。

ベスの足をさすりながら思いを巡らせた。ぼくのしていることすべてが、ベスに愛されたい、大事にされたいという不安定な感情から来ているのだろうか? もし、ベスの幸せがぼくがそばにいることに左右され、ぼくの幸せがベスに愛されることにかかっているとしたら、これを真実の愛と呼ぶことができるのだろうか? それに、ベスがこのノーズのクライミングに失敗したら、また鬱状態に陥ってしまうのだろうか? いや、そんなことにはならない。成功すればベスは喜ぶはずだし、ぼくもうれしい。

翌朝、ベスの足の痛みはほぼ治まった。少なくともベスはそう言った。真上《まうえ》には〈グレート・ルーフ〉が待ち構えている。世界中のクライマーが知っている威圧的なピッチだ。過去一〇年間、ここをフリーで登ろうとするクライマーたちの挑戦をことごとくはねつけてきた。フリーで登ることができたのは、リン・ヒルただ一人だけだ。

ノーズの垂直な壁から水平に六メートルにわたって続く巨大な岩の天井〈グレート・ルーフ〉は、身震いするほどに美しい。下から見ると建物のひさしのように突き出している。でもここは地上五五〇メートル。おそらく、大昔にルーフの下の壁が大きくすっぱりと剝がれ落ちたのだろう。それにより、真っ平らで水平の天井と、その下に凹凸ひとつないつるつるの壁が残った。とはいえ、手がかりがなさそうな壁にも、たった一つだけ弱点がある。四五メートルのクラックがルーフの出口に向かって伸びている。ルーフにたどり着くには、比較的登りやすいそのクラックを登っていく。ルーフの下には、ものすごく細いクラックが横に走っている。フットホールドは、一〇セント硬貨の厚みほどしかない滑りやすい結晶だけだ。

ベスが登り始めた。親指が曲がると痛むので、シューズの外側で登ろうとしている。そのとき、ベスの様子が少しおかしいことに気づいた。ぼくは指の爪を噛んだ。落ちずになんとか無事に登り切ってほしかった。三分の二ほど進んだところで、ベスは足を滑らせて虚空に投げ出され、ロープにぶら下がった。

ビレイポイントまで降りてくるあいだ、ベスは無言だった。セルフを取り、ロープを解く。「ロープを抜いて。もう一度トライするから」

ベスは次のトライで、〈グレート・ルーフ〉を墜落せずに登り切った。完登した瞬間のベスの喜びようは、ビレイをしていたぼくにもロープ越しに伝わってくるほどだった。

さらにその上の美しいクラックを登り、ビバークができる広いテラスまで順調にたどり着いた。次の日の大半はこのテラスでレストし、待ち受ける核心に備えることにした。

ぼくの優先事項はベスを補佐することだったが、常に自分自身の目標が頭の片隅にあった。六カ月前、継続登攀——ノーズとフリーライダーを一日で、フリーで完登すること——を目標にしているとベスに話したとき、ぼくはベスの気を散らしたくなくて、少しぼかした言い方をした。しかし、厳しいトレーニングのあいだも、ベスと壁にいるときも、どうやったらそれを実現できるかを夢想していた。テラスでレストしている一日の終わりに、ぼくは野心を抑えられなくなった。

「ベス、今夜〈チェンジング・コーナー〉に挑戦してみてもいいかな」ぼくは言った。「そうすれば、きみは明日の朝の涼しい時間に登れるよ」

〈グレート・ルーフ〉と〈チェンジング・コーナー〉はこのルートの二つの核心部で、一流のクライマーでも敗退するパートだ。気温が低いときに、クライミングシューズのラバーを最大限に機能させ、滑らないように登ることが、この二つの核心部では重要だ。とくに〈チェンジング・コーナー〉では、気温が低いことが絶対条件となる。凹角の中間部まで登ると、手がかりがまったくない箇所があり、上部の何もない壁面へと凹角が消えたら、そこから右上して隣の凹角へと移る。体勢が最も大事で、両方の手のひらと両足のクライミングシューズの摩擦で突っ張り、凹角の左右の壁を押して、身体をねじりながら、どうにか体勢を安定させて身体を支える。

力は関係がない。懸垂を連続一〇〇回できたとしてもなんの役にも立たないのだ。この難解な〈チェンジング・コーナー〉をフリーで登るために必要なのは、技術と祈りだけで、フーディーニの奇術めいたクライミングといえる。

「わかった、いいんじゃない」ベスは言った。ぼくはギアをハーネスにかけて、ロープを結んだ。核心で二度落ちたあと、もう一度トライした。三〇分後、ぼくにとっての挑戦は終わった。頂上までの残りのピッチは、ほかと比べて簡単だ。ぼくは自分の野心のままに行動したが、これが図らずもベスへのプレッシャーとなった。あとはベスの肩にすべてがかかっている。

翌朝、目を覚ますと、ベスがポータレッジの端に背筋をまっすぐにして座っていた。朝の新鮮な空気の中、ベスは目を閉じて深呼吸をしている。ぼくが話しかけると、ベスは返事をする代わりに、一本目にクリップした。ぼくは黙って準備を整え、必要なこと以外は言わないようにした。ベスが何を感じているのかわからなかった。

はるか眼下に見えるパインの巨木に太陽の柔らかな光が当たり出したとき、ベスは登り始めた。息を吐くごとに、低くしわがれたうなり声を上げた。蒸気機関が水蒸気を力強く吐き出すような音だ。

徐々に高度を上げていき、うなり声は荒い息へと変わった。過去一カ月、ぼくたちはこのピッチのリハーサルを行い、ベスは一つひとつのムーブをすべて解決していた。しかし、下から通して登ることはまだできていなかった。本番の今こそは、これまで以上にうまく登らなくてはいけない。日なたがじりじりと迫ってくる。日なたに入ってしまえば、鏡のような壁を完登する希望はかき消される。ベスは中間部にある小さなレッジに着いた。絶妙な体勢でレストする。周囲をツバメが飛び回り、小さな戦闘機のように互いを追いかけ回している。一〇分間、ベスは身体の重心を微妙に前後にずらして、体力の回復を図り、凹角の残りの部分を登っていった。手のひらと指を両側の壁に強く押しつけ、身体をねじり、はた目には不自然だが安定する体勢をとった。終了点に近づくと、ベスのうなり声は悲鳴に近いものに変わった。前回の最高到達点を越えたとき、カミカゼ特攻隊員が突撃時に出すような叫び声を上げた。最後の難しいムーブをこなしたときには、ぼくの目に涙が溢れた。ベスは終了点の狭いレッジに座り、数分間、何も言わなかった。そして、叫んだ。「ビレイ解除!」

ぼくは全速力でフォローし、ベスのところに行った。ベスの頬を涙が伝っている。五年分の重圧から解放されたような泣き方だった。「足がすごく痛い」ベスは泣きべそをかきながら言った。

「よくやったね。この先はただのハイキングだ」ぼくは言った。クライマー用語で簡単なクライミングのことをこう呼ぶ。そこそこ難しいクライミングがまだ続くが、ベスにしてみれば見慣れた森を散歩するようなものだった。

ぼくはベスを抱き締め、背中をさすった。そして、その場所に長くは留まらず、すぐに登り続けた。ベスの登りは、車にひかれたシカが脚を引きずりながら走っていくさまを思わせた。ベスは全身の力を振り絞って登っていた。やがてベスの恐怖と痛みが一気に噴き出した。

数時間後、ぼくたちはエル・キャピタンの頂上に達した。頂上の平らな地面に座り込んだベスの瞳は虚ろだった。

ノーズをフリーで登ることによって、幸せになれるとベスは考えていたのだろう。それが心を癒してくれると思っていたのだ。ベスは、長年夢見てきたことを成し遂げた。寝室の壁にリン・ヒルのポスターを飾ったときからの夢だった。しかし、エル・キャピタンの頂上に座ってみると、登る前のベスとなんら変わっていなかった。おびえ、傷つき、まだ何かを探していた。ぼくたちは啓示のようなものが受けられると期待していたが、そんなものはなかった。

「そういえば、いつ継続登攀をやるつもり?」ベスが抑揚のない口調で訊いてきた。

ぼくはどう答えればいいのかわからなかった。おそらくほかの営みよりも、クライミングというものは自己賛美と自己奉仕の側面が強い。登ることにより、自分自身を神格化してしまう危険性がある。しかし、ぼくはこの瞬間をベスに捧げたかった。喜びと安らぎが結晶化する瞬間を。パインの甘い香りが風に乗って鼻孔をくすぐる。頭上には、シエラネバダの澄んだ青空が広がっている。次に何が待っているかなど、考えないほうがいい。

そうは言っても、継続に挑戦しようとするぼくの計画は、夢をかなえるためだけのものでもない。このところ、ぼくたちの関係はぎくしゃくしていたが、そのことについて一度も話し合ったことはなかった。ぼくは限界に挑戦しているとき、そして未知の領域に取り組んでいるときにこそ生きがいを感じていた。一方、ベスは生活の安定を徐々に求めるようになっていた。クライミングの世界ではこういった男女の相違はよくあることで、この相違が恋愛関係をつくり出し、また同時に壊しもする。このときのぼくは、心のどこかでは、大きくなっていく心の空洞を埋めようとしていたと思う。ベスとの暮らしはぼくが期待していたようなおとぎ話ではない、という現実から目をそらそうとしていた。ぼくも、クライミングに没頭しているほかの男たちと変わらない。恋愛と冒険を同時に手に入れたかった。

「来週ぐらいにトライしようかな」ぼくは無理に笑ってみせた。

ぼくたちは、すぐに次の新たな挑戦に乗り出した。浮かれ騒いだり、たったいま成し遂げたことの余韻に浸ったりはしなかった。ベスは、この一カ月間ぼくがやったように、今度は自分が献身的にサポートをする番だと考えていたようだった。クライミングシューズで登ると足は痛むが、登山靴を履き、ユマーリングで登るなら問題はない。ぼくはベスのサポート役から自分がトライする番になったので、にわかに興奮してきた。

三日後、ぼくはノーズを一二時間でフリーで登った。すべてのピッチをぼくがリードした。そのすぐ二日後にはフリーライダーに挑み、一二時間以内で登ることができた。さらにその四日後には、両方のルートを登った。一つ目が終わってから次のルートの基部に移動する時間を含めて、計一八〇〇メートルを二三時間と少しで登り切った。友達のクリス・マクナマラの助けも借りた。この長い一日の終わりには両腕の感覚がなくなった。疲れ果て、原因不明の頭痛に襲われた。一カ月間は左肘を伸ばすこともできなかった。

ベスもぼくも、これは二人でつかんだ成功だとわかっていたが、世間はベスのノーズの成功より、ぼくの継続登攀をもてはやした。ノーズとフリーライダーの継続は、高難度と耐久力を組み合わせた、クライミング史に残る成果だと見なされた。注目されたことは気分がよかったし、この継続登攀は今もまだ誰も成し遂げていない。それでもベスは、世間の注目がぼくだけに向けられたことに対して、少しも嫉妬した様子は見せなかった。

二つのルートの継続は満足のいくものだったが、ぼくにとっては、ベスとノーズを登れたことが何よりうれしかった。このクライミングは、二人にとって夢にまで見た目標であり、ぼくたちは夫婦としてこれを成し遂げた。二人だったからこそ、一人のときよりも強くなれた。将来の計画の中には、ヨセミテに活動の拠点を完全に移すことも含まれていたので、この年すでに貯金をすべてはたいて、国立公園の敷地のすぐ外に小さな土地を購入していた。やっとその土地に家を建てる時間ができる。

しかし、秋にエル・キャピタンを登ったあとの幸福な疲労感の中で、ぼくは次に何が起こるかをまったく想像していなかった。いま覚えているのは、ベスといる限り、死ぬまで幸せでいられると思っていたことだけだ。

第9章
CHAPTER 9

次の懸垂下降のために、二本のロープを引き抜く。目の前でロープがキンクし、からまり出すが、引き抜くとキンクがほどけてくる。トファー・ドナヒューは狭いレッジに立ち、上に目をやりながら何か考え込んでいる。下をのぞくと、垂直の花崗岩の壁がはるか下の氷河まで続いている。

トファーの弟のトビアスとぼくは、子どものころ、火の番をしたり西部劇ごっこをしたりして遊んだ。トファーとぼくは、この二本のロープのようなもので、それぞれ異なる道を旅し、ときに交わってきた。トファーはぼくより八歳年上で、アルピニストとして名声を博していた。パタゴニアへの遠征に一緒に行かないかと誘われたとき、ぼくは興奮すると同時に悲しくもなった。すべてが順調だったら、ぼくはここにはいなかったからだ。

トファーは目元をこすっている。バックパックを下ろし、雨蓋のファスナーを開け、透明の小瓶をぼくに見せる。小瓶には岩塔や湖、氷河、草地が引き伸ばされて映っている。

「あの人は、いつもぼくたちと一緒だった」トファーが言うのは父親のことだ。

もともとこの遠征は、父と息子の旅になるはずだった。けれども二カ月前、悪性で進行の早い脳腫瘍がマイク・ドナヒューの命を奪った。五十九歳だった。マイクの温かい笑い声と満面の笑み、うれしいときによく目を細めていた姿を、今でも鮮明に思い出す。トファーが弱々しくほほ笑み、小瓶の蓋を開けて遺灰をまく。小さな灰色の煙が、いっとき空中に広がるが、すぐに風に吹き散らされる。マイクは、ぼくが知る誰よりも深く自然と関わっていて、その関わりはナラの古木のように地中深く根差していた。季節の移り変わり、自然の循環、そして、〝悪天候〟が長くは続かないことをいつも話していた。自然は人間の運命に無関心であるかのように見えるが、それを受け入れることができれば、心の平穏と強さを得られる、とマイクはよく言っていた。ぼくはマイクの意志の一部を胸に、残りの人生を過ごしたいと切に願っている。マイクのあり余るほどの山への愛、どんなことも楽しんで受け入れる姿勢、宇宙における自分の居場所をわきまえる聡明さを胸に生きていきたいと思った。

二〇〇六年の初頭、南半球での夏のある日、バスがでこぼこ道を揺れながら疾走し、遠くの丘にまで続く砂埃を巻き上げている。ぼくは二十七歳だったが、夢のような景色に囲まれて、子どもに戻った気分だった。バスのフロントガラスに縁どられているのが、アルゼンチン・パタゴニアの山々だ。うねるような大草原の向こうに、白い綿毛の帽子をかぶった怪物のごとくそびえている。四方に広がる牧草地では、ヒツジが気だるげに草をはんでいる。

二〇時間の長旅だったが、ぼくは一睡もできなかった。もうすぐ、アルピニズムの世界で最も知られた地に着く。想像を超える強風が吹き荒れるので、最も簡単な山であっても、気を抜けない高度なクライミング技術が求められる。神々がアルピニストのために活躍する場をあつらえてくれたかのような場所だ。

唯一の問題は、ぼくがアルピニストではなく、根っからのロッククライマーであることだった。

「到着したときに晴れてたら、すぐ山に入ろう」トファーが言った。マイク・ドナヒューと妻ペギーの長男トファーは、パタゴニアに通じた経験豊富なクライマーへと成長していた。やる気満々のトファーは、年季の入った化繊のズボンとポリプロピレン製のシャツを着込み、ギアの準備も終え、すぐに登り始められる態勢に入っていた。

ここしばらく、これまで以上に壮大な冒険をしたいという気持ちがぼくの中で大きくなりつつあった。ヨセミテへの飢餓感が一時的に和らいでいたので、ふたたびモチベーションを高める必要があった。雄大で厳しくも美しいパタゴニアの山々こそが、自分の能力の限界をさらに押し上げる絶好の場所だと思った。パタゴニアについて書かれた本を読み漁り、写真を眺めては畏怖の念に打たれた。疲労と戦いながらパタゴニア名物の嵐に立ち向かうのを夢想した。これまで自分がしてきたクライミングのなかでも、悪天候に見舞われたときほど強烈な印象を残すことはない。アーネスト・シャクルトンのような北極探検家を描いた本もいろいろ読んだ。シャクルトンは、信じられないような窮地をたびたび脱してきたという。そうした逸話に、ぼくは自分を重ねるようになった。そして、ぼくの中に長らく眠っていた懐かしい記憶、逆境を乗り越えてその向こうにあるものを発見する記憶を呼び覚まされた。大きな山でどれだけ動けるかということに関しては少しわかってきたつもりだが、自分の限界をもっと確かめたかった。

パタゴニアでのクライミングは、岩壁の難易度で計れる部分が大きいが、さらに今まで経験したことのない、これまでとは違った難しさがある。高山のテクニカルなクライミングには、予想できない変数――雪や氷、浮き石、突然の嵐――があり、好天下で安定した岩を登るクライミングでは直面してこなかった大自然という要素が加わる。そうした外部の危険要素は制御不能であり、うまく対処するしかない。その多くが、ぼくには未知のものだった。しかし、トファーはぼくのことをよくわかっていて、ぼくが新しい挑戦を好きなことも知っている。トファーは、ぼくには必要な技術と心構えが備わっていると思っているようだが、ぼくとしては天候に恵まれたヨセミテでの経験がどこまで通用するのか不安だった。いずれにせよ、ぼくはパタゴニアで自分の視野を広げるつもりでいた――何より今回の遠征地は、テロ警戒地域に指定されてはいない。

ベスは、ぼくが遠征に行きたがっていることに理解を示してくれたが、ベス自身は、大きな山でのクライミングはしたくないと言った。二人とも一カ月も離ればなれでいることなど考えられなかった。貯金は乏しく、収入も多くないので、できるだけ質素な生活を心がけていたが、節約して貯金をしているのは、まさにこういう遠征のときのためだった。そこで、ベスもアルゼンチンまで一緒に来ることになり、ベスの父親も同行した。トファーとぼくがフィッツ・ロイでクライミングをするあいだ、ベスと父親は周辺をトレッキングすることになった。

出国の日が待ちきれなかった。そのとき、ぼくの英雄の一人であるトム・ホーンバインの言葉を思い出した。彼は著名な医者で、一九六三年にアメリカ人としては初のエヴェレスト登頂を果たしたパーティーの一員だった。当時のエヴェレストは、まだ危険な僻地だった。彼の著書『エヴェレスト西稜(*Everest, the West Ridge*)』はぼくに無限の感動を与えてくれた。「おそらく、危険は薬物と同じようにとらえることができる。適正量であれば人体にとって有益である」と彼は書いている。「だが、過剰または過少な摂取は害をもたらす」

フィッツ・ロイの頂上は、エル・チャルテンという小さな村の三〇〇〇メートルほど高みにある。村からの道は、突風で発育を妨げられたナンキョクブナの森を抜け、川を越え、湖を回り込んで、氷河まで続く。そのすべてが、周りの平原とは現実離れした対照を見せている。登山道には常に風が吹きつけ、砂煙を上げている。

　ぼくたちは襟を立てて鼻まで覆い、ダッフルバッグを引きずって、ぽつぽつと立っている建物の前を通り過ぎた。ガウチョ〔牧畜に従事する南米の牧童〕の男が馬に乗って通りかかったので、彼を雇い、リオ・ブランコのベースキャンプまで荷物を運ぶ手伝いをしてもらうことにした。二時間ほど歩いて、ゴブリンが住んでいそうな風の当たらない森までたどり着いた。それから一カ月間、気圧計の目盛りを気にしながら、テントの中で、じりじりしながらほとんどの時間を過ごした。気圧が上がり始めたら、それが山へ入るときだ。出発のときが来たら、ぼくはきっとベスの頬にキスをし、ベスはこう言うだろう。「約束よ、無事に帰ってきてね。あなたなしでは生きていけない」。そしてぼくは目に涙を浮かべ、山へ向かう。

　ぼくは、ベスやほかの人たちを心配させたくなかった。最初に遠征に行くかもしれないことを言ったときから、ベスは不安そうにしていた。ベス自身もクライマーなので、遠征に伴う危険の程度をトファーとぼくが理解し、それが二人にとって無理のない範囲であることをわかっていた。ぼくたちは、安定した岩場を登る。雪崩の危険がない場所を通り、氷河帯はロープをつなぐ。トファーは経験豊富で慎重なクライマーだ。それはそれで本当のことだが、ぼくはこれから、エル・キャピタンやほかの場所で経験したことのない危険を冒そうとしている。

　トファーとぼくは、フィッツ・ロイ東壁の〈ロイヤル・フラッシュ〉という一二〇〇メートルのルートに目標を定めた。〈ロイヤル・フラッシュ〉は純白の雪と青い氷河から、垂直に屹立している。ぼくたちは午前二時にベースキャンプを発った。ヘッドランプの光が前方で踊り、埃っぽい急な登山道を照らす。やがて埃は氷晶に変わり、ぼくたちは崩壊した氷河の脇を通って、クレヴァスのあいだを縫うように進んでいく。ときおり、クレヴァスが白い氷の影のように見える。腰までの深さのクレヴァスに落ちたこともあった。

数百メートル登るのにも何時間もかかり、ぼくたちはめざす巨大な一枚岩の基部にたどり着いた。登攀可能な壁とは思えないほどの大迫力だ。壁の形状は複雑で、威圧感がある。映画『ロード・オブ・ザ・リング』の滅びの山を連想させた。この大きな山の頂まで人が登れるルートが続いているなんて想像もできない。まばゆい朝日が地平線上のギザギザの山々を照らし出すなか、ぼくたちはギアの整理をした。取りつく直前にぼくは岩を見上げ、死なないでとベスが言ったことを頭から締め出そうとする。何度か深呼吸をし、頭を空っぽにしてから登り始めた。

冷たい水が滴り落ちてくる。じきに指先とつま先の感覚がなくなった。遠くで気力を削ぐような風音が響いていたが、風圧を感じることはなく、音だけが耳に届いた。悪天候は自然の大きな循環の一部だというマイク・ドナヒューの言葉を心に留め、ぼくたちは登り続けた。比較的安全なルートではあったけれども、日の光が壁を温め出すと、氷の塊が落ちてきて、真下の氷河に当たって砕けた。この状況に、ぼくは不安を感じながらも興奮した。神経が研ぎ澄まされ、息をするたび鞴《ふいご》が内なる炎をかき立てた。

日が暮れ始め、それ以上進むことが難しくなった。取りつきから六〇〇メートルほどの地点で、壁から独立した岩の上に、幅一メートルほどの小さなテラスを見つけた。壁から五〇センチほど離れており、壁との隙間に雪と氷が詰まっている。今夜はここでビバークするしかない。ぼくたちは、隙間に雪を盛って表面を平らにした。壁にもたれて座り、足から腿までを二人用の超軽量寝袋に入れて、なんとか休もうとした。上半身にスリングを何本も巻きつけ、アンカーに固定した。ヘルメットの留め紐もスリングにくくり付けて、頭を支えた。まるでクモの巣にかかった昆虫のようだ。

赤、黄、青、紺、紫が混じり合った淡い夕焼けが西の空を彩っている。吹き荒れた風も疲れてしまったのか、ぴたりとやみ、辺りは静寂に包まれた。すべてが夢のようで、息をのむほど美しかった。

目を閉じ、自然の神秘が闇に沈むと、寒さと恐怖が身を貫く。皮膚を突き刺すような寒さで、歯の根が合わないほどの震えに襲われる。ぼくたちはまるで、スリングのクモの巣で凍える操り人形のようだ。

なんだってわざわざ、こんな目に遭おうとするのだろう？

ぼくはかかとを岩に打ちつけて、木のようにこわばった足に血を巡らせようとした。寒さが脳にも染み込んできて、このままではつま先も指も失ってしまいそうだ。ベスのことを思い出し、彼女の傍らに横たわり、温めてもらっているさまを想像する。ベスの身体からは熱が放たれている。焚火にあたっているときのことや、トビアスと駆け回る自分の姿を思い描いた。凍傷を負った人間の黒くしなびた手指や足指が脳裏に浮かぶ。

ようやく、朝日が昇り始めた。周辺でいちばん高い山にいたので、昇ってくる最初のかすかな光を見つめ、ぬくもりが伝わってくるのを待つ。今ぼくたちのいる場所は、天国ではないにしても、もはや凍てつく地獄ではなくなった。ぼくは、スリングのクモの巣から抜け出しにかかった。

立ち上がり、ふたたび登り始める。けれども、ペースは落ちていた。嵐で染み出た雪解け水が凍り、壁はベルグラ〔薄い氷の膜〕に覆われていた。頭上に雲がわき、西から吹きつける風が怒れる獣の咆哮のような音を立てている。

ぼくたちは東壁のハングに守られていたが、頂上から崩落する巨大な氷塊が、一キロほど下の氷河に落ちるのが見えた。山が生命を取り戻し、空が暗くなるなか、ぼくは不思議と安らかな気持ちになった。氷河から七五〇メートルほど登っていたが、急いで撤退し始めた。突然激しくなった嵐は、下山の途中にもどんどん威力を増し、ぼくたちはずぶ濡れになって、寒さで震えた。

さらに転がるようにして、フィッツ・ロイの巨大な壁の下に広がる氷河を下った。吹きさらしの場所に出ると、ぼくは突風で地面に倒れた。氷河に這いつくばり、アイスアックスを突き立てて安全を確保し、頭を低くして飛んでくる氷の塊を避けた。ヘルメットが風で飛ばされ、宙に舞い上がって地平線に消えていった。

荒れ狂っていた嵐はじきに収まり、空が晴れ上がると、先ほどまでとは違う音が聞こえてきた。崩壊する氷の音、クランポンが雪を踏みしめる音、規則正しいぼくたちの呼吸の音。岩峰の頂が水晶のように輝いている。ぼくがこれまで目にしてきた何よりも美しく安らかな光景だった。ベースキャンプに戻ると、ぼくはベスを抱き締め、テントに横たわった。充実した疲労感に圧倒されていた。ぼくの魂の何かがざわめいていた。

そのあと、ぼくたちは森を散歩して体力を回復させた。ときには麓の町へ出かけ、食料の買い出しをしたり、ステーキを食べたり、セルベッサ（ビール）を飲んだりした。一〇日後、ベスは父親と帰国し、ぼくとトファーは思う存分動けるようになった。

降ったりやんだりを繰り返す横殴りの雨の向こうに、天を突くような山々が見渡せる。失敗に終わった挑戦の苦い記憶がよみがえる。予測不能な結果が起こりうるという事実がぼくの心に焼きつけられた。あの頂に登りたかった。

数日が過ぎ、帰国の日が迫っていた。気圧計が徐々に上がり、夜明け前の暗がりの中、ぼくたちは、フィッツ・ロイへの七時間のクライミングを再開した。今回は、友人のエリック・ロエドが合流した。エリックは、トファーほど経験豊かではなかったが、強靭で粘り強い、肝の据わった元海兵隊員で、その容貌はテディベアを髣髴させた。

今回は別のルートを登ることにした。ロイヤル・フラッシュの少し右側にある、〈リネア・ディ・エレガンザ〉というルートだ。このルートは二年前にイタリアのパーティーによって初登された。イタリア人たちは固定ロープとエイド技術を駆使して、たび重なるトライの末に完登を果たした。ぼくたちの目標は、ワンプッシュで、かつフリーで登ることだったが、頼みの綱はエリックが見つけた簡素なトポだけだった。だからどうした、とぼくたちは思った。フリーで登れる可能性はゼロに近かったが、パタゴニアではすでにいろいろひどい目に遭わされている。もう一つ増えたところでなんなんだというのか？

フィッツ・ロイの巨大な東壁の取りつきにふたたび立ったとき、ぼくの中に今まで知らなかった自信がわき上がってきた。雲は燃え、空がだいだい色に染まっていた。明るくなると、ぼくたちの持っている情報は、思っていたよりもさらに少ないことに気がついた。トポの紙をどこかでなくしてしまったのだ。だが少なくとも身軽ではあった。ビバーク用のギアは持ってこなかった。軽量化のためというのもあるが、おそらく失敗すると確信していたからだ。

ぼくたちは、ロープを結んで登り始めた。

最初の三〇〇メートルは駆け上がるように登った。クラック、コーナー、フェイスと変化に富んだ爽快なクライミングだった。次に傾斜の強いパートに差しかかるとペースが遅くなった。そこはトファーがリードした。トファーはいつものように、うなり声を上げながらも、冷静に流れるような動きで登っていく。そのとき、落石がトファーに当たり、宙に投げ出された。トファーはビレイ点まで降りてくると、息を切らせながら、ぼくの番だと言った。

深呼吸するんだ。落ち着け。ぼくは登りながら、片手でホールドをつかんでは、もう一方の手に息を吹きかけて指を温めた。そして、今いるのは家の裏手の慣れた岩場なんだ、と自分に言い聞かせた。ぐいぐいと高度を稼いでいく。進むごとに眼下の氷河が小さくなり、地平線が広がっていく。夜が訪れると、ヘッドランプの明かりを頼りに登った。寒さのため休憩することもできず、暗闇をひたすら登り続けた。トファーはヘッドランプの明かりだけで、薄く氷が張ったコーナーを、五時間かけてリードした。白い息が暗闇に消えていく。最後のプロテクションからかなり上まで登ったところで、不安定な体勢で止まり、片手でアックスを握って薄氷に打ち込んだ。そして、もう一方の手で脆いフレークを押さえ、両足のラバーを慎重に氷に押しつけてステミングした。細かな氷片が降り注いだ。エリックとぼくは身を震わせ、身体を前後に揺らして暖を取りながら、トファーを大声で元気づけた。トファーは無事に登り切り――ぼくたちは彼のすばらしいクライミング技術を目の当たりにした――終了点に着くなり精根尽き果てて座り込んだ。次のピッチはぼくがリードし、ヘッドランプの光を追いながら小さなホールドを拾って登った。やがて、どこにもホールドが見当たらなくなり、ムーブを解決しようとしたが、壁から引き剝がされた。そのまま滑り落ち、ビレイ点を越したところで止まった。

その先のライン取りがわからなくなったので、それ以上の行動はやめ、九〇〇メートル地点の小さな氷の上で身を寄せ合った。ぼくは頭が混乱していて、疲れすぎて何も考えられなかった。ヘッドランプを切って暗闇をぼんやり見つめ、ゆっくりと息をしながら星を眺めた。ほんの少し仮眠をとったが、身体が震えてすぐに目が覚めた。まぶたの裏が疲労で焼けるように痛む。しかたなくコンロを出して、氷と雪を削って溶かし、温かい飲み物を作って身体を温めた。

朝日が地平線を照らし始めた。眼下の氷河や遠くの森、うねるように続く草原を眺めた。世界は崩壊しながらも、再生しているように見えた。新しい一日が力を与えてくれる。ぼくたちは上を見た途端、声を出して笑った。暗闇に惑わされ、壁の最も傾斜の強い場所に迷い込んでいたのだ。すぐ右側には簡単に登れそうな場所があった。あくまでも慎重に、眠い目をこすりながら、交代でリードをし、ビレイポイントにぶら下がりながら、わずかな仮眠をとった。登っては休む、また登っては休むを繰り返した。

空が薄紫色に染まるころ、急峻な氷の迷路に迷い込んだ。空には、白い円盤のような雲が浮かんでいる。五〇キロ西の太平洋から流れてきたのだろう。風が強さを増した。足元の氷がぐさぐさの雪になってくる。これは現実に起きていることなのだろうか？　すべてが幻のようだった。

突然、気づくとぼくたちはフィッツ・ロイの頂上を足元にしていた。東には乾燥した草地が果てしなく広がり、西には白銀の世界があった。広大な南パタゴニア氷床だ。雲が周りの山頂で渦巻き、まるでストーヴが湯気を立て始めたようだ。風がさらに強く吹き出した。

懸垂下降中に太陽が沈み、山域全体が夕映えに染まった。ぼくたちは、おぼつかない足取りで氷河を越え、登山道を下り、夜通し歩き続けた。風が強く吹きつけたかと思うと、不意に、頬をなでるように優しくなった。やがて不思議な静けさに包まれた。**これがぼくの選んだ道だ。ぼくのための道なんだ。**

ベースキャンプに着く直前、三度目の朝日が昇ってきた。五〇時間ぶっ通しで起きていたことになる。睡眠不足と空腹で、何もかもがおぼろげな霧に包まれて見える。周りの音も不明瞭になり、ただ疲れ切った身体の痛みだけが現実味を帯びていた。

青緑色の湖をいくつか横目に見ながら下山していくと、登山者のパーティーが立ち止まり、こちらを見つめている。ぼくたちには、彼らが亡霊のように見えた。一団は何も話さずに、一歩ごとにストックの音を立てながら歩いていた。

もがき苦しみ、骨がうずくような疲労の中で、深い確信がわき出てきた。心の奥深くにある、忘れてしまいがちな場所に入り込んだかのようだった。自分が丸裸にされて、何者なのかを垣間見ることができる場所。不可能を可能にする場所だ。これほど自分が生きていると実感したのは、そのときが初めてだった。

ボディビルの大会に出場していた父。1980年、アメリカ中部の大会で優勝する。
Terry Caldwell

3歳のとき、父マイクに連れられ、生まれて初めてのロープクライミングをした。ぼくがクライマーになった瞬間だった、と両親は言う。
Terry Caldwell

3歳になるころには、父がやることをすべてまねするようになっていた。ウエイトリフティングもその一つ。
Mike Caldwell

ロッキーマウンテン国立公園でハイキング。左から母のテリー、ぼく、姉のサンディ、そして父。
Terry Caldwell

子どものころに登った4000メートル峰の一つ、マウント・シャーマンにて（当時4歳）。
Mike Caldwell

6歳、デヴィルズ・タワーにて。映画『未知との遭遇』に登場する岩場だ。
Terry Caldwell

ユタ州スノーバードで生まれて初めてクライミング・コンペに出場した。予想を裏切って、ぼく（写真中央）が優勝した。
Mike Caldwell

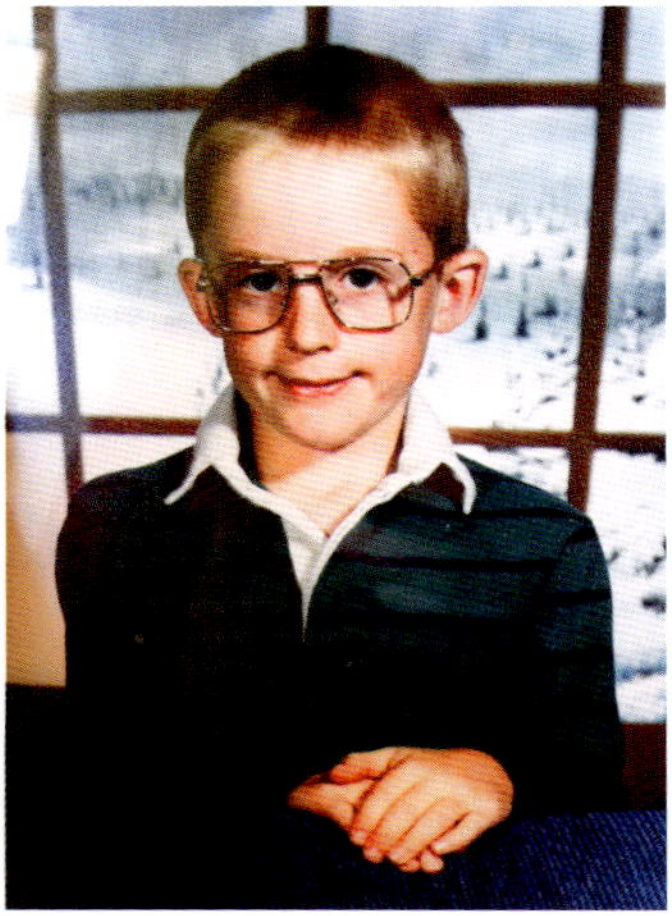

小学3年生。当時のクラスメイトは、ぼくがプロのアスリートになるとは夢にも思わなかっただろう。
Estes Park Elementary School

12歳のとき、ぼくはロッキー山脈・ロングスピークのダイヤモンドを登った最年少のクライマーになった。
Mike Caldwell

クリス・シャーマ（左：当時15歳）とぼく（当時17歳）。一緒に世界の岩場を旅していた。
Jim Thornburg

スポートクライミングに熱中する日々。多様な動きを学び、指の力の必要性を教えられた。
Jim Thornburg

1998年、サラテを初めて
フリーでトライする。
Topher Donahue

ラーキング・フィア。エル・キャピタンで、フリーで登った2本目。元妻のベス・ロッデンと登った。
Corey Rich Productions/Novus Select

2000年、キルギス遠征にて。ベスとぼく、ジョン・ディッキーとジェイソン・“シンガー”・スミスの4人は、6日間にわたって反政府勢力の捕虜となった。
Associated Press

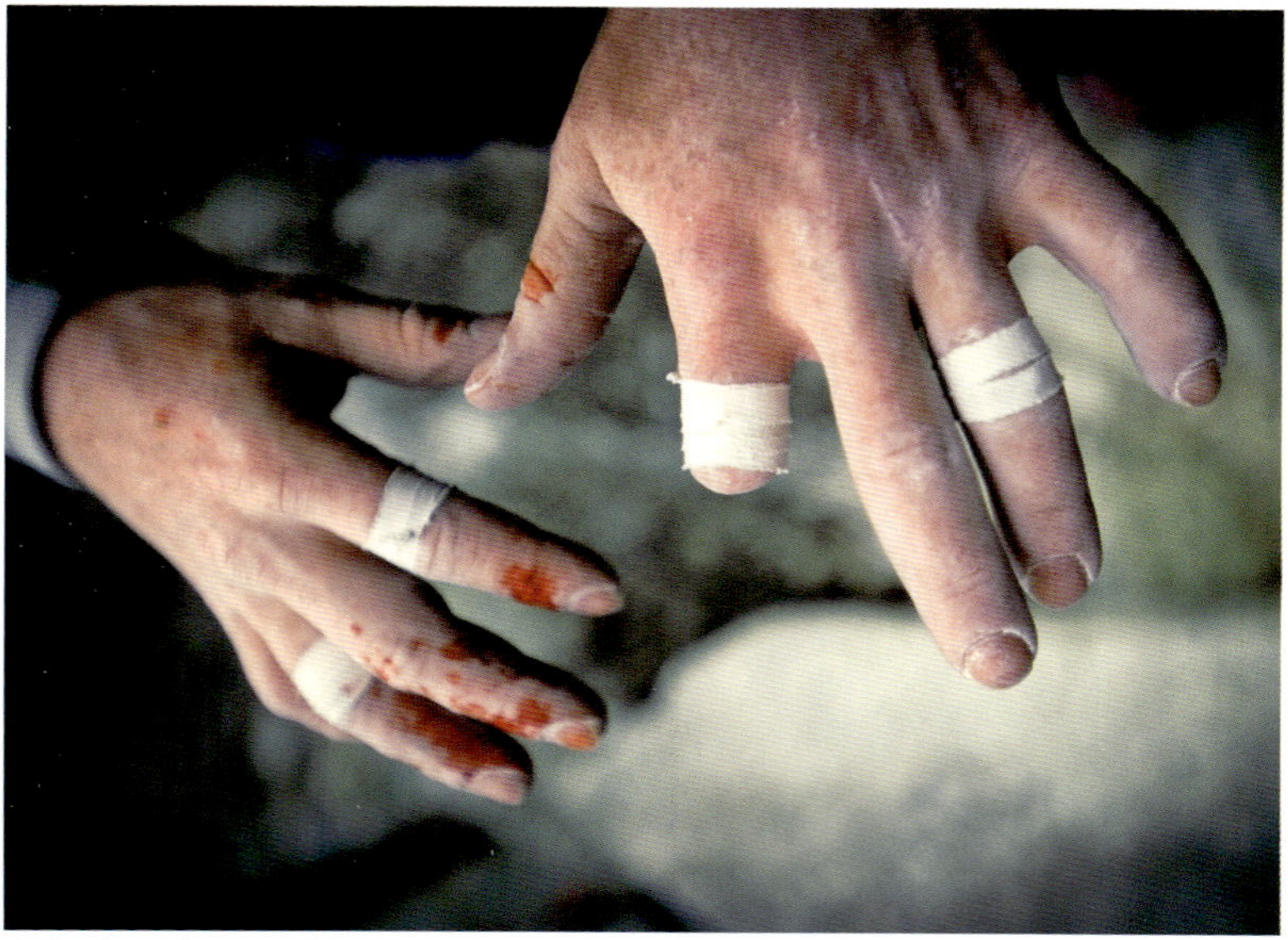

左手の人さし指をテーブルソーで切り落として間もないころ。
プロクライマーとしてのキャリアは終わるだろう、と担当の医師に宣告された。
Corey Rich Productions/Novus Select

エル・キャピタン、ダイヒードラル・ウォール。
Corey Rich Productions/Novus Select

パタゴニアのフィッツ・ロイで、1500メートルの新ルートをフリー初登。これが初めての本格的なアルパインクライミングになる。
Topher Donahue

エル・キャピタン、ドーン・ウォールのライン。
© 2013 Nate Ptacek

アレックス・オノルド(右)とパタゴニアでフィッツ・トラバースに成功する。
Tommy Caldwell

ドーン・ウォールでベッカと。
ぼくたちは2012年に結婚した。
Corey Rich Productions/Novus Select

ケヴィン・ジョルグソン。
ドーン・ウォールを登ったパートナーだ。
Corey Rich Productions/Novus Select

ドーン・ウォールの地上350メートルに設置したポータレッジにて。ゴーアップをしてから19日目。
Corey Rich Productions/Novus Select

ドーン・ウォールは、世界でもっとも傾斜が強く、ホールドの少ないビッグウォールだ。
Corey Rich Productions/Novus Select

ドーン・ウォール中盤。ルートを通しての最大の核心部だ。
Brett Lowell/Big Up Productions

壁の中ほどに設置したベースキャンプ。
Corey Rich Productions/Novus Select

夜中の1時ごろに食事をとる。
Corey Rich Productions/Novus Select

もっとも露出感のあるピッチ。
Jimmy Chin

長い長い道のりだった。ドーン・ウォールの終了点にて。夢のような瞬間だった。
Corey Rich Productions/Novus Selec

ドーン・ウォールを完登したときのエル・キャップ・メドウ。
Corey Rich Productions/Novus Select

左から息子のフィッツ、娘のイングリッド、ベッカ、ぼく。
Caldwell Family Collection

第10章
CHAPTER 10

ランニング用の短パンとチョークバッグという姿で、ロストラムという花崗岩の頂に座っている。ぼくはこの岩の、ほかとは独立した孤高の雰囲気が好きだ。

遠くの瀑布の低い轟音が、上昇気流に乗って聞こえてくる。白い斑模様の花崗岩が、裸足に食い込む。頂の縁に座り、二四〇メートル下の森を見つめる。ヴァレーには、ちぎれ雲が浮かんでいる。この場所で、ばらばらになった人生を整理したい。波乱に満ちた日々と自分の醜さをぬぐい去りたい。

昔、ある友人からベースジャンパーの死体を見つけた話を聞いたことがある。パラシュートが開かず、地上一〇〇〇メートルから墜落したという。外傷はなかったが、内臓が破裂していた。そんなベースジャンパーの運命も悪くない。今はとにかく、頭の中をかき乱す雷雨から逃れたい。

クライミングシューズを手に持って、頂の縁から両足を投げ出す。ヴァレーの風景を眺めながら、この六カ月に思いを巡らす。空を見ると、飛行機雲が尾を引いている。一本の筋が、ゆっくりとちぎれていき、やがて消えていく。

二〇〇八年の夏と秋は、ぼくの人生で最も暗い時期だった。その年の五月に〈マジック・マッシユルーム〉を登り、最高の一日を過ごしたあとに、鬱の嵐がぼくを飲み込んだ。ベスは何も言わないが、ぼくと別れようとしている。毎夜、悪夢にうなされる。父がエル・キャピタンから墜落する夢や、ぼく自身が死ぬ夢を見る。自分が死ぬ夢を見るなんて、本当にどうかしている。

はるか前の話だが、ぼくたちの将来設計はすっかり決まっている、と二〇〇一年の時点でベスは考えていた。結婚し、ノーズをフリーで登り、三十歳までに子どもをつくる。さらにこの計画に新たな目標が一つ加わった。ヨセミテに家を建てる。四つのうち最初の二つを実現し、残りも実現させるつもりだった。

ぼくたちは幸運にも、一〇〇〇平方メートルの美しい土地を、四万二〇〇〇ドルという破格の値段で購入することができた。その土地は丘の急斜面にあり、高さ三〇メートルのヒマラヤスギとシュガーパインの枝葉が天蓋になっていた。ヨセミテ・ウェストという地区で、ヨセミテ国立公園のゲートの内側にある小さな私有地だった。エル・キャピタンまでほんの二〇キロの位置にあった。

事実上、ヨセミテはぼくたちの仕事場であり、そこに家を建てることは、理に適った次の一歩だと思えた。キルギスの試練を書いた本の契約金の一部を大事にとっておいた。つましい生活をし、微々たる収入はすべてクライミングの遠征費用と食費に使った。

クライマーとして、ぼくたちは一瞬一瞬を全力で生きてきた。ベスと二人で、何百日もヨセミテで隠れてキャンプし、何年ものあいだ世界中の岩場を放浪《ダートバック》してきた。しかし、キャンプ場に不法に停めたヴァンで子育てはできないし、クライマーの収入では食費やガソリン代、遠征費のすべてを賄うことはできず、ましてや家を持ったり、大学の学費を払ったり、退職年金を受け取ったりするなど到底かなわぬ夢だった。これまで謳歌してきた自由をいつかは捨てて、それ相応の責任を担わなくてはならなくなる。

そんなとき、経験豊かなクライマーで大工でもあるランス・ラムカウに出会った。彼の助けを借りれば、森の中での生活という夢を実現できそうだった。これで、落ち着いた環境で子どもを育て、互いのことやクライミングのことや、増える家族のことに集中できるようになる。ヨセミテにささやかな安住の地を持てる。すべてが思いどおりになる。そう思った。

二〇〇六年の夏の終わり、ベスとぼくは、いつものクライミングギアを、作業靴と留め継ぎ箱、電動工具に持ち替えた。ランスがぼくの師匠となり、彼の知識とぼくたちの情熱で、家は徐々に形をとり始めた。毎日一三時間を作業に費やした。

雲一つない晴天のもと、ぼくは材木を引きずりながら、山腹の急斜面を何度も往復し、二〇枚重ねたベニヤをどれだけ早く運べるかタイムを計った。ベスがのこぎり台に立ち、五センチ×一五センチの木材を間柱の長さに切った。ランスが設計図を見ながら、合板の床の上に壁を建てた。ぼくは切りたての木材の香りが大好きになった。電動ドライバーを握り、形あるものを作るとき、深い満足感に浸った。家を建てていると、毎日何かしらの進展がある。家を建てるときに出来《しゅったい》するさまざまな問題を解決していくのも楽しかった。クライミングでも大工仕事でも、戦略を練り、いかに効率よく作業するかを考えなければならない。ぼくは作業に没頭し、大粒の汗をかいた——凝り性のぼくには、まさにうってつけの作業だった。

作業の合間に、ベスとぼくは家の周りを歩き、将来について語り合った。楽しそうなベスを見て、ぼくもうれしくなった。ぼくの精神状態は、ベスと直結していた。二人でいれば怖いものなど何もなかった。しかし、心の片隅では暗い日々が舞い戻ることを恐れていた。

一日の作業を終えたある晩、ニック・サガールから電話がかかってきた。ニックはキルギスの事件から九カ月後にミュア・ウォールを一緒に登ったクライマーだ。クライミングのトレーニングに関する著書を一冊出版していて、コーチング・ビジネスを始めていた。その顧客のなかに、ジム・コリンズという人物がいた。

「エルドラド・キャニオンのジェネシスを登ったあのジム・コリンズ？」ぼくは尋ねた。「実業家じゃないのか？」

「ああ、そのジムだよ」ニックは言った。

コロラド州のクライマーでジム・コリンズの名を知らない者はいない。一九七九年に、ジムはジェネシスを初登した。当時のコロラド州では最も難しいルートだった。さらに、噂ではネイキッド・エッジをフリーソロで登ったとも言われている。高さ一八〇メートルの船の舳先《へさき》のような形をしたルートで、エルドラド・キャニオンでも指折りの名ルートだった。ジムは、このことを大した功績とは考えていないらしく――あまりにも危険すぎた、とのちに語った――このフリーソロについては沈黙を守った。ジムが本格的な名声を得たのは人生の後半になってからで、ビジネスコンサルタントとして、また作家として成功した。スタンフォード大学で教鞭を執ったあと、何冊ものベストセラーを世に送り出した。ジムのクライミングの実績だけでなく、クライミング以外の分野でも成功を収めた能力をぼくは心から尊敬している。

ジムは、五十歳の誕生日にノーズを一日で登りたいと話しているという。フリーでトライするわけではないが、二四時間以内に完登したいということだ。ジムは著書の中で〝ふさわしい連中をバスに乗せろ〟ととりわけ強調していて、ニックによれば、その〝ふさわしい〟人物がぼくだという。

ぼくはジムに興味を抱かずにいられなかった。しかし、ぼくはビジネスとは距離を置く根っからのクライマーで、自分のことを筋肉ばかのようにも感じていたので、頭脳明晰なビジネスマンとうまく付き合えるか不安だった。

ひとまず考えておいててくれ、とニックは言った。後日、ぼくはジムと電話で話し、ぼくがコロラドの実家に戻っているあいだに、その近くのクライミングジムで会う約束をした。

実際に会った人物は、髪は白くなっていたが、せいぜい三十五歳にしか見えなかった。ジムはぼくに歩み寄り、温かい笑みを浮かべて力強く手を握った。「会えてうれしいよ」とジムは言った。ジムが壁を登る姿を見ると、ノーズを登るのにぼくの助けなどいらないのではと思うほどで、今も現役のクライマーそのものだった。

休憩しているときに、ジムは一冊のノートを取り出した。当時、ジムは四十八歳だった——五十歳の誕生日まではまだたっぷり時間があった。ジムはページをめくり、ある箇所を指さした。そこには、クライミングジムで一日三〇ピッチ、エルドラド・キャニオンで長いルートを数本、ヨセミテで二、三本の足馴らしと記されていた。ほかのあるページには、過去一〇〇年分の天候データを分析した結果、二〇〇八年九月二十六日が晴れる可能性が最も高く、クライミングに適した気温になり、かつ満月という絶好の条件を兼ね備えているという。二四時間で完登するためには、長い時間ヘッドランプをつけて登るため、満月の明かりが助けになる。ジムはこの日をクライミングの決行日にしようと考えていた。

ぼくはすっかり圧倒された。**この人には抜かりがない**。

ジムは熱い男で、クライミングへの愛に溢れていた。データに基づくアプローチに、ぼくは魅了された。ジムはただ単にノーズを登って、自身のクライミングキャリアに新たな項目を追加したがっているわけではなかった。それまでのプロセスを大事にしていた。しかるべき方法を採用して、いい結果が得られる可能性を最大限に高めようというのだ。ジムとぼくは、計画の詳細について話し合い、微調整をいくつか加えて、ゴーアップの一五日前から、二人でヨセミテに入ることにした。これは、家を建てる作業を抜け出してクライミングに出かけられるいい口実にもなった。

木の葉が色づき始めると、日も短くなり、ヨセミテを訪れる観光客も減った。作業をしていると長い影が伸び、その影はフランネルのシャツとジーンズを着込んでいるせいで、以前よりもずんぐり見えた。

そのころには、ぼくとベスが思い描いた未来図が遠いものに思えてきて、ぼくたちの気持ちに変化が生じていた。テラスで遊ぶ子どもたちの姿の代わりに目に映るのは、まだこれからやらなくてはならない作業と減っていく銀行口座の残高だけだ。

クライマーの仲間たちは、完成した家をどう思うだろうか。そもそもクライマーという人種は、屋外で何を経験するかということがすべてであり、一般の人が享受している物質主義にとらわれるのを嫌う。ぼくは魂を売ってしまったような気持ちになった。

ぼくだけが気がかりを抱えているわけではなく、ベスもいつも悩んでいた。「時間がかかりすぎよ。そのうちスポンサーに見捨てられてしまう」ベスは愚痴をこぼした。クライミングはメジャーなスポーツではない。動く金額もたかが知れていて、プロのクライマーは基本的にフリーランスのようなものだ。

ぼくは明るく振る舞い、ベスの気を紛らわせようとした。

「少しずつだけど進んでるじゃないか。夢をかなえるのには時間がかかるだろう」と言って意地を張り、落ち込んでいるのをけっして表に出すまいとした。けれどもそのストレスが大きくなり、じきに下腹部がずきずき痛むようになった。そのときはまだ気づいていなかったが、ぼくはベスに共感できなくなってきていた。ベスを非難したい気持ちを心の内に押し込めた。

なぜもっと楽しもうとしないんだ？　なぜ昔のようになれない？

けれども、ベスが心配していることが正しかったらどうしたらいいのだろう。ぼくは根拠のない楽観主義者で、疑いや不安といった現実から目を背けているだけなのだろうか？

秋が冬に変わり、雪が降るようになった。雪は絶え間なく降り続け、〝シエラ・セメント〟という湿気を含んだ雪が一メートルも積もることもあり、家の作業はさらに遅れた。必要に迫られて、そして息抜きの意味も込めて、ぼくは毎日雪かきを二時間した。

最後にベスと笑ったのはいつだったろう。最後にベスがぼくをかっこいいと言ってくれたのは、いつだったか？　悪いのはベスだ。ベスが悲観することをやめてくれれば、すべてがうまくいくのに。

家が完成しさえすれば、心配事はすべてなくなる、とぼくたちは考えていた。作業は一日一五時間続き、単調な代わり映えのしない日課をこなして眠るだけの生活が続いた。ベスは一心不乱に身体を動かし、がむしゃらに作業を進めた。クモの巣だらけの仮住まいのアパートに帰ると、薄い毛布だけでは寒くて眠れず、寝袋を引っ張り出した。

「寝袋をつなげようよ」

「いいから早く寝ましょう」

ぼくの隣で寝るのさえ嫌なのか？　ぼくは家を建てるための道具にすぎないのか？　子づくりのためのただの種馬なのか？　ぼくのクライミングを応援するのは、もっと稼がせて自分の生活を安定させるためなのか？

頭がぐるぐる回り、気持ちが沈んだ。かつてのベスが恋しかった。クライミングが恋しかった。今の状況はどう考えてもおかしい。ベスとぼくのあいだには、もう何カ月も意味のあるかかわりがなくなり、外界とのかかわりも薄くなった。物理的に拒絶されているように感じた。夜の営みにかぎったことではなく、親密さの問題だった。単なるビジネスパートナーのような関係にはなりたくなかった。

山の雪解けが始まっても、ぼくの心は寒々しいままだった。

喜びと愛に溢れた結婚生活を送るのはどんな気分だろう？　ベスとの生活も昔は喜びと愛に溢れていた。でも、あまりに昔のことなので、もう思い出せなくなっていた。

ジム・コリンズとのクライミングは現実逃避のようなものだった。目標とするノーズがどんなものか見ておきたいとジムは言った。そこで、二〇〇七年の初春、ぼくたちはエル・キャピタンの頂上まで徒歩で登った。雪化粧をしたハイ・シエラからすがすがしい風が吹き、暖かな太陽が道中を照らした。

やがて、話題はそれぞれの妻のことに移った。ジムは妻ジョアンのことを語った。トライアスロンの元世界チャンピオンのジョアンが、いかにして癌の闘病生活を切り抜けたかを話してくれた。ジョアンのことを話すジムの声は優しく、称賛と慈愛に満ち溢れていた。人生の危機を乗り越えてきたがゆえの優しさに、ぼくは心を打たれた。ジムとジョアンの関係は、ときに脆く、困難に満ちているが、それゆえに得るものも大きいようだった。

「トミー、わたしはいつからか、妻を幸せにするのは、自分の役目ではないと気づいたんだ」ジムは言った。「幸せになれるかどうかは、彼女次第だ」

ぼくはそれを聞いて、今すぐにでも家に飛んで帰りたい衝動に駆られた。ベスにプレッシャーをかけ続けてきたことを謝りたかった。これまでずっと、ぼくはベスが幸せになれる道を必死で探そうとしてきたが、彼女への期待が大きすぎてうまくいかなかった。だが、ベスが自分で幸せになろうと思うようになれば、もっとぼくのことを愛せるようになるのかもしれない。

話をしているうちに、ぼくたちはエル・キャピタンの平らな頂に着いた。ぼくはホールバッグからロープを二本取り出し、懸垂下降の準備を始めた。ジムは話を中断し、ぼくのほうを半信半疑で見つめてくる。「まさか、ここから懸垂下降をして登り返すつもりじゃないだろうね? いくらなんでもそれは無茶じゃないか」

「心配ないよ、ジム。これまで数え切れないぐらいやってきたから」

「ジョアンがこう言ってた。もしわたしがここで死んだら、わたしを生き返らせて自分の手でわたしを殺し、そのあときみも同じ目に遭わせると」

ぼくたちは懸垂下降を何度か繰り返し、頂上から一八〇メートルほど下にある大きなレッジに降り立った。ジムは大きく息をついて、高ぶった神経を落ち着かせようとしている。ぼくは冗談を言って、いつも以上にくつろいだ雰囲気をつくりながら、登り返す準備をした。

ジムも次第にリラックスしてきたのか、登りながら会話をする余裕が生まれた。ジムはヴェトナム戦争でのアメリカ人捕虜たちについて話し、過酷な状況の中で生き残るには、もののとらえ方こそが大切だということを語った。やみくもに状況を楽観視するよりも、希望を抱きながら現実を受け入れるほうがずっと賢いということを説いた。また、キルギスでのことも訊いてきた。拉致やその後の試練をどうやって乗り越えたかを知りたがった。あらゆることに興味があるようだった。

そのあとジムは、ぼくがこれまでにエル・キャピタンで行った主なクライミングを、サラテからゴールデン・ゲートまで時系列で挙げてみせて、ぼくを驚かせた。さらに、〝フライホイール効果〟について語った。歯車を最初に回転させるのは難しいが、一度はずみがつけば、あとは勢いよく回転する。ぼくはそれまで、進歩というものは段階的に起こるものだと思っていて、ある結果が劇的にその後に影響を及ぼすとは考えていなかった。しかし、エル・キャピタンで登攀不可能と思われていたルートに挑んできたぼくのクライミングにジムの考え方を当てはめると、自分のやってきたことに納得がいった。

最初は、ぼくがジムに教える立場だった。しかし、その日の終わり——違う意味での始まりの日だ——には立場が逆転し、ジムが師《メンター》となって、ぼくが教えを受ける側になっていた。自分でもはっきりと意識していなかった考えに光を当てて意味を与えてくれるジムの明晰な頭脳は、混沌としていたぼくの世界に秩序をもたらしてくれた。ぼくの心を占めていたのは、ベスとぼくのあいだで高まる不安だった。だが突如としてぼくは、愛情溢れる夫になるために、必ずしもベスの悲しみをすべて受け入れる必要はないことに気がついた。ジムと話していると、ばらばらになった人生のかけらを拾い集め、また元どおりにできるような気がした。ジムの手がぼくの手に重なり、ぼくの心の中のフライホイールを回してくれた。何かが引っかかり重たくなっていた車輪が、ふたたび回転し始めた気がしたのだ。

二〇〇七年、春が深まって暖かくなるなか、ベスとぼくは相変わらず作業を続けていたが、新居の完成にはほど遠かった。家を建てるという興奮はとうに冷めていた。ぼくたちは、このような作業には向いていなかったのだ。資金を出すから手伝いを雇ったらどうかと双方の両親から提案されたので喜んでそれを受け入れた。

ぼくたちはクライミングを再開した。まずは、およそ一年のブランクを埋めるために身体をつくり直さなくてはならなかったので、ボルダリングから始めた。夏が過ぎて初秋に差しかかるころ、熱心なクライマーの集団によく出くわすようになった。彼らは毎週末、サンフランシスコからヨセミテまで車で通っていた。彼らのクライミングに対する情熱は、ぼくがずっと欲していたものだった。やがて、現地で落ち合って一緒に登るようになった。最初のうち、ベスは彼らと距離を置いていたが、少しずつ話すようになるにつれ、一緒にクライミングを楽しむようになった。キルギス以来、ベスは新しい友達をつくっていなかったので、心を開き始めたベスを見て、ぼくは彼女を誇らしく思った。

クライミングの感覚が戻ってきたベスは、難しいルートに挑戦してみたいと言った。登るのはとても無理そうだが、すばらしいシングルピッチのクラックルートが、森の奥深く、滝のそばの渓谷に隠れているという話をあるクライマーから聞いたことがある。真偽のほどは定かではないが、かつて何世代も前に、ヨセミテの偉人の一人がたまたまそのルートを見つけたものの、完登できないまま終わったらしい。

辺りを探索していたある日、ぼくたちはある洞窟を腹這いになって抜け、巨大な岩の下に身体をねじ込んで先に進んだ。すると、突然、周囲から隔絶された半円形の空き地が現れた。ゆるやかな滝が天然のプールに流れ込み、その傍らに花崗岩のオーバーハングした壁があり、レーザー光線で掘ったようなクラックがバルジの上まで続いていた。

「これよ！」ベスがクラックを指さして跳びはねて喜んだ。虹の向こう側に黄金が詰まった壺を見つけたようなはしゃぎぶりだった。

最高だ。ベスはこうでなきゃ。

ぼくはその壁を回り込んで、上からロープを垂らし、ベスがムーブを午後いっぱいかけて探れるようにした。少し見ただけでは、二〇メートルほどの壁にはまったく手がかりが見当たらない。太古の昔に壁が縦方向に二つに割れ、割れ目の左側が右側より三センチほど手前にずれたようだ。壁は一〇〇度ほどの傾斜がある。岩が二分されたときにできたこのクラックは絶望的な細さで、指先程度の幅しかない。完全に閉じている部分もあり、これを登るためには、三センチずれた部分を両手でつまみながら両足で岩を挟み込み、力を入れなければならない。腰を突き出し、両足を内側に向かって押し当てながら登る姿は、まるでヤシの木でも登っているようだった。ヤシの木との違いは、両手を巻きつける幹がないことだ。指先で三センチのオフセット部分を万力のようにつまんで持ち、それと同時に足を置く位置と姿勢を、寸分の狂いもなく保たなければいけないのだ――ほんの少しでもバランスを崩せば、すぐに墜落してしまう。

ムーブを探るベスを見ながら、ぼくはこのルートはベスに向いていると思った。これまでベスが挑戦してきたどのルートよりも難しく、ぼくの知る限り、こうしたテクニカルなルートを登らせたらベスの右に出る者はいない。もし、ベスがこれを完登することができたら、ヨセミテにあるシングルピッチのクラックでは最難のルートになるだろう。ヨセミテどころか、世界でも最も難しいルートになるかもしれない。

ぼくたちは数日間、ベスの新しいプロジェクトにすべての労力を注ぎ込んだ。ぼくはロープを設置し、クラックからすべての泥や岩屑を取り除き、一緒に登ってベスのやる気を保とうとした。ベスが休憩しているあいだに、ベイエリアから来た新しい友人たちとボルダリングをした。

ぼくたちは人生の核心部分を超えたのだ、とぼくは自分に言い聞かせた。しかし、現実には、ぼくたちの関係は完璧にはほど遠いものだった。ベスとは同じ屋根の下に住んでいたが、クライミング以外に共有できるものは何もなかった。ベスとあいだの心の壁は依然として存在した。

ベスがプロジェクトに集中しすぎているだけなのかもれない。この目標をやり遂げれば、ベスはぼくのことをもう一度恋愛対象として見てくれる。単なるクライミングのパートナーとしてではなく。

ベスは、頭の中でムーブを反復しながら家の中を歩き回った。さらに、躍起になってトレーニングに励み、このルートを登ることにすべてを懸けているように見えた。しっかり集中して前向きになったかと思うと、失敗するのではという不安に取り憑かれた。このとき初めて、ぼくはベスの反感をわずかに感じ取った。ぼくの献身は、ベスのいら立ちを助長するだけのようだった。

十二月に入るころには雪が降った。嵐が去ると氷が張りつくガリーを登って、そのルートへ向かった。そして、壁の上に積もった雪をシャベルでかき、下のルートが濡れないようにした。ぼくはその作業を終えると、ひっそりとした岩小屋に腰を下ろし、状況さえ異なれば、ここがどれほどロマンチックな場所になることかと一人物思いにふけった。

ベスに必要なのは、ストレスに意識を向けないことではないだろうか？

ある日、ぼくはベスを驚かせようと、バックパックにろうそくとスナックを入れていった。ベスはルートに心を奪われ、うまく登れないとひどく落ち込んでいたので、ぼくはそれを取り出せずにいた。ベスを元気づけようとしたが、ベスは慰めようがないほどにむせび泣いた。ぼくはふたたびジム・コリンズと交わした会話を思い出した。

いつからか、妻を幸せにするのは自分の役目ではないと気づいたんだ。

頭では、この言葉の意味を理解していた。けれども、ぼくはどうしてもベスの痛みを自分自身のものと切り離せなかった。

ある日、ベスがベイエリアで知り合ったばかりのボルダー仲間のカップルを見学に連れてきたとき、ぼくは驚いた。ベスはこのルートに取り憑かれていることを誰にも話そうとしてこなかったからだ。その仲間のランディとコートニーがいることでベスの緊張は和らぎ、落ち着いたようだった。どうやらベスは二人に自分の不安を見せたくなかったようで、そのおかげで不安のほとんどが霧散したようだ。その結果、いつもより集中してルートに挑めるようになった。ある日、もう少しで完登というところまでいった——これまででいちばんの出来だった。ランディとコートニーはとても感動したようで、スターに会ったような騒ぎぶりだった。とくにランディの感激は普通ではなかった。そのあと、ベスは二人にルートに挑んでいるときの不安感を打ち明けた。精神が溶解《メルドダウン》しそうなのだと。その場の成り行きで〈メルトダウン〉というのがルート名になった。

これはいい兆候だ。ベスにも友達ができた。冬のあいだ二人きりだったのがよくなかったのだ。じきに、ぼくとベスのあいだの居心地の悪さも、滝壺の霧のように消えてなくなるだろう。

二〇〇八年のヴァレンタインデイ。勢いよく舞う瀑布の霧に反射して、日の光が無数の流れ星のように見える。ベスはロープを結び、登り始めた。滝の轟音がベスのうなり声と叫び声をかき消した。ベスは流れるような動きで登り、最低限のプロテクションだけ使って登っていく。高揚と不安でぼくは胸を詰まらせた。ベスは完璧なムーブで登っていき、最後のパートもなんの問題もなくこなして終了点に着いた。

ベスはルートの上にしばらくたたずみ、やがて下まで降りてきた。ぼくはベスを両腕で包み込み、これまででいちばんの温かいハグをした。しばらくそのまま抱き締めたあと、ベスの耳元にささやいた。「すごいよ、ベス。これまでの努力が報われたね」。ぼくはベスを抱いたまま、目を合わせてキスをしようと顔を近づけた。ベスは身体をねじって、ぼくの頰にキスをした。

ベスは興奮しすぎているんだ。すごいことを成し遂げたばかりで、大量のアドレナリンがベスの身体を駆け巡っている。すべてを出しきったあとなので照れくさいんだろう。それ以上の意味があるわけじゃない。

父もそうだったが、ぼくも否定的な感情を押し殺す能力に長けている。それがうまくいくこともあるし、そうじゃないこともある。でも、うまくいかないときには、心が痛まないように「悪気はないんだ」とこじつけようとする。そのせいで何も先に進まない。ここ数年で、ぼくはベスのクライミングのパートナーに成り下がってしまった。ぼくは恋人同士でいることを望んでいた。親友、夫婦、最も近しい存在。もう一度、ぼくをまるごと受け入れてほしかった。夫婦であれば当然のことだろう？　あえて頼み込む必要もないはずではないか？

ベスの足の傷はふたたび炎症を起こした。さらに、〈メルトダウン〉で負担をかけすぎたせいで、指の靭帯も損傷していた。なので、ぼくは友人のジャステン・ソングと組んでエル・キャピタンの別のフリールート、〈マジック・マッシュルーム〉を登ることにした。ぼくがルートに取りついているあいだ、ベスはほとんどの時間を、ランディとコートニーと一緒に過ごした。週末には三人でボルダリングに出かけ、ベスは指を治すために主に見物に回った。さらにベスは、二人に会いにバークレーまで一週間泊まりにいった。楽しそうなベスを見てぼくはうれしかった。以前は、ぼくと離ればなれになると不安そうにしていたからだ。

ぼくには、さらに困難なルートに挑戦したいという飽くなき欲求があった。エル・キャピタンは、ぼくにとって自分の家のように隅々まで知り尽くした場所になりつつある――埃がたまる部屋の隅々も、小さな引き出しのどこに何がしまってあるかも全部わかっているのと同じだった。〈マジック・マッシュルーム〉のラインは、壁の最も傾斜の強い場所に引かれており、凹角はフレアしていて両側にホールドなど何もない。かつて世界で名をはせたドイツのフーバー兄弟がフリー化を試みたことがある。当時、フーバー兄弟はすでにエル・キャピタンにある数本のルートをフリーで登っていたが、傾斜の強い上にホールドがなく、厳しいムーブが連続するこの凹角の壁を登るのは不可能だと言った。しかし、ダイヒードラル・ウォールのフリー化に成功していたぼくは、それと似たこのルートをフーバーとは違った視点で見ていた。フレアしたつるつるの凹角にもかすかな可能性が隠されている。ムーブは難しいが、目には見えないほどのホールドを使い、凹角の中になんとか身体をフィットさせれば、わずかだが登れる可能性が出てくる。とはいえ、実際にやってみないとなんとも言えなかった。ジャステンとぼくは一カ月かけてムーブを探り、五日間で下からフリーで完登することに成功した。あまりにもあっけなく終わってしまい、拍子抜けした。そして、自分はもっと難しいルートを登れるはずだと確信した。ルートを登り終えたあと、巨大なホールバッグにギアを詰め込んで、苦労しながら登山道を下り、ヴァレーまで下りた。家へ向かおうとしたとき、ロードバイク用のウェアを着たベスの姿が目に入った。車の屋根に高そうなマウンテンバイクを載せた黒いアウディに大きく手を振り、別れの挨拶をしている。ぼくは驚いた。

「おーい、ベス!」ぼくは叫んだ。ベスははっとした顔をしたあと、にっこりとほほ笑んだ。

「ただいま、トミー」

「完登したよ!」

「知ってる、さっきジャステンからメッセージをもらったの」ベスは言った(ぼくが壁に取りついているあいだ、二人で共有している携帯はベスが持っていた)。「すごいじゃない、トミー。本当に誇りに思うわ」

ぼくは、寝床から起き上がる九十歳の老人のように、ゆっくりと肩からホールバッグを外し、地面に下ろして腕を伸ばした。「今のは誰?」と、ハグしながら尋ねた。

「ランディよ、トゥオルミ・メドウでサイクリングしてきたの」

「いいね、どうだった?」ぼくは訊いた。

「すごくすてきだった。車はいないし、とってものどかで」

こんなに明るい表情のベスを見るのは、ずいぶん久しぶりだ。ぼくは急に自分の放つ異臭が気になった。そのとき、ベスが持っている携帯からメールの受信音が鳴った。ベスはポケットから携帯を取り出し、くすくすと笑ってすばやく返信した。そして、ぼくたちはベスのバイクとホールバッグを車に積んで帰路についた。

その晩、ベスがシャワーを浴びているあいだに、ぼくはベスと共有している携帯をのぞいた。先ほどのメッセージはランディからだった。「夢のような時間だった。ありがとう」

大して気にすることじゃない。

ぼくがいなくてもベスが楽しい時間を過ごせたことがうれしかった。過去八年間で、ベスを一人にした罪悪感を持たずに帰宅できたのは、これが初めてだった。

そのとき、ベスは気になることを言った。「この数日間、力がみなぎってる感じなの。ほとんど眠らなくていいくらい」ベスは満面の笑みを浮かべ、目を輝かせていた。

ベスと恋に落ちたときのぼくと同じだ。表情も、感じていることも。

その出来事やランディからのメッセージのことを、ぼくは頭から締め出した。その一件にはふれずに、日々の生活を過ごした。ぼくはクライミングに集中した。マジック・マッシュルームをワンデイフリーで登ることを目標とし、ベスも協力すると言ってくれた。

ルートに挑戦する前日、ぼくたちがヴァレーを車で走っていたとき、携帯が鳴った。

「ちょっと停めてくれない？」ベスは言った。そして、車から飛び降りて森の中へ入っていき、行ったり来たりしながら電話をしていた。ぼくはとまどった。一〇分後、車のエンジンを切り、ベスのほうへ歩いていった。ぼくは心配でたまらなかった。

いったいどうなってるんだ？

ベスは手でぼくを追い払って、口の動きだけで言った。「あと五分だけ」

ぼくは車に戻った。頭の中をぐるぐるさせながら、そのまま待った。

「どうしたの？」車に戻ってきたベスに言った。

「ランディとコートニーが別れることになりそうで。ランディは、誰かに話を聞いてもらいたかったみたいなの」

「つらいね」ぼくは言った。「でも、ランディがきみの肩で泣くようなことになったら、ぼくは嫌だな」

ベスは何をばかなと言わんばかりにぼくをにらんでみせた。「心配しないで、ただの友達だから」

心配せずにいられるものか。ただの友達であろうと関係ない。ぼくたちの幸せより、ランディの幸せのことばかり考えているのが嫌なんだ。


次の日、ぼくたちは午後五時から登り始めた。ぼくは快調に登り、ベスもユマールを使ってすごいスピードで上がってきた。ぼくが心配していたことは解消し、ベスがサポートしてくれることがうれしかった。彼女もそれを楽しんでいるように見えた。ぼくたちは夜を徹して登り続け、朝日が昇ってくるまでに、取りつきから五五〇メートルの地点まで登ってきた。

クライミングは快適そのもので、ぼくの身体にすっかり馴染んでいた。つい数年前までは、この手の難しいルートを登ったときは、すぐに息が切れてうめき声を漏らしたものだ。しかし今は、寒い夜に焚火にあたっているような感覚になる。自分が壁の一部になったようで、難なく巣を動き回るクモのような気分だ。傾斜の強い手がかりのないコーナーに、手のひらとシューズのソールをゆっくりと正確に押し当てる。ムーブに迷うことはない。一〇年以上かけて磨き上げてきた技術を、ついに自在に操れるようになった。これまでに登られたビッグウォールのフリールートでは、このルートが最も難しいとトポに記されていることがおかしく思えた。そのルートを、ぼくはいま一日で登り切ろうとしている。ジムが言っていた〝フライホイール効果〟を思い出し、ぼくのホイールが勢いよく回り始めているのを確信した。しかし、高度を上げるにつれ、なんとなくベスが別人になっていくような気がした。その場にいたくない、もしくは、ぼくといたくないと思っている気配があった。声援もやみ、ビレイ点で口も利かず、ぼくの目を見ようともしなくなった。

「どうかしたの?」ぼくは訊いた。

「ちょっと疲れただけ」

そうは見えなかった――気力が完全になくなっているようだ。しかし、これはぼくたち二人がずっとめざしてきたクライミングの頂点になるはずだった。ベスは同世代の女性クライマーでは最強と評され、ぼくもクライミングキャリアの絶頂になるであろうことをやり遂げようとしている。ぼくは余計な考えを頭から振り払った。そのあとの数時間は、ムーブだけに集中した。頂に立ったのは、スタートから二二時間後だった。静かに腰を下ろしてヴァレーを見渡した。岩峰、山々、そして森。ぼくは誇らしい思いで深呼吸した。

数分後、ベスも頂上に着き、すぐさまロープを解いた。顔を上げることもなく、ぼくの横を通り過ぎていく。そして花崗岩のスラブを駆け下りていった。ぼくも走ってあとを追い、どうしたのか問い質した。ベスは目を合わそうとしなかった。

「なんでもない。一人になりたいだけ」ベスはそう言って走り去った。

生まれて初めて、ぼくの理性は感情にのみ込まれた。ぼくは、崩れ落ちて地面に膝をつき、大声で泣いた。

次の朝、ぼくはシャワーから出て、完成したばかりのバスルームの冷たいタイルに足を置いた。悲しさが込み上げて、目に涙が溢れた。ベスがバスルームに入ってきた。

「少し距離を置きたいの」ベスは言った。「頭の中を整理したいから」

ベスは悲しそうに言った。こんなに悲しそうなベスの声を聞いたのは、これが初めてだった。

「自分を取り戻したい。本当の自分に戻って、自信を持ちたい。あなたと一緒にいると、それができないの。しばらくコロラドに戻ってくれないかな」

ぼくはベスを信じなくてはいけない。誰でもちょっとした心の危機に直面することはある。ベスがそれを乗り越えられるよう、ぼくは協力するしかない。

ぼくはベスを心から愛していたから、ノーとは言えなかった。ぼくだって一人でいたいと思うことはある。

「わかった。荷物をまとめてすぐに出発するよ」

本当は嫌だ。行きたくない。

ぼくたちは距離が近くなりすぎたのだろうか。互いに依存しすぎたのだろうか。

二三時間休まず車を運転して、エステス・パークに着いた。まだ頭は混乱していて、胃が飛び出てきそうだった。少し休むと、なんとか持ち直した。それから二カ月間、エステス・パークのキャビンで一人で過ごした。この八年間で、離れて暮らすのは初めてだった。ぼくは、昔の友達と再会し、青春時代のなつかしい岩場でクライミングをした。

これは夫婦として成長していくために必要な時間だ。しばらくすれば、ベスのまなざしはまた愛の輝きに溢れ、そのあとは幸せな夫婦としてずっとやっていける。

だが、受話器の向こう側のベスの声は素っ気なく、淡々としていた。「今日は何をしたの?」

ぼくは世間話など省いて、電話口でベスへの思いの丈を吐き出したかった。しかし、ひと言も口に出せなかった。ぼくがそんなことを言い出したら、きっとベスは、気持ちの整理をする邪魔をしないで、と言うだろう。ベスはいつも最小限の会話だけで、すぐに電話を切った。ぼくは数週間ほどで帰るつもりだったが、ベスはもっと時間が欲しいと言った。やがて数週間が数カ月になった。そのあいだ、それぞれの自分を取り戻すことにすべてを注いだ。

すぐに絆は復活する。

マジック・マッシュルームをトライする直前の春に、晩夏の南アフリカへボルダリングをしに行くつもりで、航空券を二枚購入してあった。

出発が迫ったある日、ぼくはヨセミテの家へ向かった。家の前で車を停め、深呼吸をして、家の玄関の前まで歩いていった。ドアベルを鳴らすべきだろうか?

いや、いくらなんでもそれは変だ。

ぼくは一分間迷ったあと、ドアを開けた。

「ただいま」

「ちょっと待って、すぐ行く」ベスが二階の寝室から叫んだ。

台所のテーブルに座ってベスを待つあいだ、家の壁をじっと見つめた。ベスに電動ドリルの使い方を教え、一緒に窓枠をはめた思い出がよみがえってくる。生まれてくる子どものために作った子ども部屋のことを考えた。窓の外の巨大なパインの木を眺め、ヨセミテが自分にとってどれほど大事な場所になっていたかを思った。

二階から下りてくるベスを見た途端、不安と欲望と愛で全身がうずいた。ヨセミテに到着する前、ぼくは車を側道に停め、森に入って、いつもより小ぎれいな服に着替えていた。ぼくがどれだけハンサムだったかをベスに思い出させたかった。急に自分の身なりが気になりだした。

ベスは近づいてくると、他人行儀な笑みを浮かべた。「運転は大丈夫だった？」柔らかな口調だった。

「うん、問題なかった」ぼくは自然に振る舞おうとした。「この家、いい感じだね。ぼくらもいい仕事をしたと思う」

「そうね」ベスの視線が床に落ちた。

「南アフリカへの旅行は楽しみ？」ぼくは弱々しげに笑顔を作った。

「うん」ベスは視線を窓の外に向けた。

もはや無視しようのない痛みが胸に広がっていく。ベスは両腕を組んで、ぼくの目を見ようともしない。

「ねえ、今晩はゲストルームで寝てもらっていい？　まだ心の整理ができてないの」

ぼくは頭が真っ白になり、椅子に座り込んだ。ベスはくるりと背を向けて立ち去った。

ぼくたちは南アフリカ行きの飛行機に乗った。現地で滞在する家に到着すると、ベスは並んだ二つのベッドをそれぞれ部屋の端に移動した。

境界線というわけか。

ぼくはほとんど眠れず、食欲もなかった。家をシェアしている一〇人の若いボルダラーたちと、泥酔するほど酒を飲んだ。

ベスはみんなと一緒にクライミングするのをやめ、毎日、街のインターネットカフェで過ごすようになった。ぼくはベスのために花を摘んで帰った。

遠征に来て二週間経ったある夜、部屋でベスが静かに泣いているのを目にした。ぼくはそばに行って隣に腰を下ろした。そして何があったのかと尋ねた。そのとき、ずっと聞きたくなかったけれども、ぼくが待ち望んでいた言葉がベスの口から出てきた。

「ランディに会いたい」

ぼくは言葉もなく、ただ凍りついた。怒りと絶望が心に染み込み、涙が溢れ出した。

「どういうこと?」

「自分でもわからない」ベスは泣きながら言った。

「自分を取り戻すって、こういうことだったの?」ぼくは頭が混乱していた。ベスを直視できなかった。

「ごめんなさい」

ぼくは立ち上がった。今度はぼくが立ち去る番だった。

家に帰ってエステス・パークの小さなキャビンで一人になると、あらゆる感覚と感情が暴れ出した。動き回ることでしか気を紛らわすことができなかった。ぼくは走った。身体の感覚が麻痺し、焼けつく肺の痛みしか感じなくなるまで走り続けた。山を縦走しながら日の出を眺め、森林限界の高みから夕日を見た。太陽が昇ると、高揚、痛み、愛、怒り、喜びが波のように押し寄せた。

一、二週間に一回、ベスに電話をした。沈黙が続くことが多く、会話はぎこちなかった。やがてベスは、気持ちの整理が終わるまでランディとは連絡をとり合わないことにした、とぼくに告げた。この先どうなるのかわからなかったが、ぼくには待つことしかできないということは理解していた。

ベスはデイヴィスでカウンセリングを受けていた。一緒に行こうと言われ、ぼくはカリフォルニアへ向かった。

カウンセラーは郊外に住む主婦といった雰囲気の人で、ベスの母親を連想させた。ベスはそれまで一カ月ほど通っているという。どんな話をしてきたのだろうとぼくは思いを巡らせた。

ぼくたちは椅子に座り、軽く挨拶を交わした。セラピストが口火を切り、これから過去の心の傷を開くことになると告げた。そして、ベスにいま思っていることを話すように言った。ベスはぼくのほうに身を乗り出し、震える手をぼくの腿に置いた。

「わたしたちの関係が、キルギスで始まったのが問題なんじゃないか、と今は思ってます」ベスはいったん言葉を切って、心を落ち着けようとした。「あなたを愛してました。ただ、あなたがわたしに恋をしたのと同じようには、わたしはあなたに恋をしなかったように思う」

「じゃあ、この八年間はなんだったんだ?」ぼくは言った。「ぼくたちはうまくいっていた。誰に訊いても、ぼくたちほどお互いを思いやっている夫婦は、ほかにいないと言ってくれるはずだ」

「ねえ、わかって。あなたのことを愛してます。人をここまで愛せるとは思いもしなかった」。涙が頬を伝い、ベスは両手で顔を覆った。「ただ、わたしは幸せじゃない」

もちろんそうだろう。きみが幸せだったことなど一度もないじゃないか。

きっとぼくは傷つきすぎて、思いやりを持てなくなっていたのだろう。

ぼくはベスのほうを向いた。「ランディの存在がなくても、こうなっていたと思う?」

このとき感じていた絶望的な怒りを、どう言葉にすればいいのかわからなかった。ベスに自分が間違っていたと認めてもらいたかった。ベスは自分の両手をじっと見つめた。「わたしたちの関係がうまくいってたら、ランディに心を開くようなことはなかったと思う」

このあとの時間は、ラジオの砂嵐が大きくなったり小さくなったりするのに似ていた。ぼくはただ座り、うなだれていた。ぼくの父親の高圧的な態度や、ぼくの愛情がベスにとっては息苦しかったことを話し合った。新しい話題が出るたびに、突き刺されたような痛みが走った。一つだけはっきりしたのは、ベスがセラピーを受けていたのは、ぼくたちの関係を修復するためではなかったということだ。セラピーを終え、それぞれの車でヨセミテに戻るとき、ぼくは車ごとコンクリートの壁に突っ込みたい衝動に駆られた。

ぼくは自分の苦悩をなんとか正当化しようとした。ベスが恋に落ちたのは、たしかにこのぼくだった。けれども、ベスが本当に求めていたのは、ぼくではなく、自分の身を守ってくれる人間ブランケットのようなものだったのかもしれない。ぼくは、キルギスへ向かう数週間前にベスと破局したときのまま、何も変わっていなかった。試練を乗り越え、愛に似たものが芽生えたが、ベスが真実の愛の絆を感じることはなかった。当時のぼくに見えなかった事実、セラピーを受けたあとでもわからなかった事実は、救いと真実の愛は必ずしも同じではないということだった。

ヨセミテの家に帰ると、ベスがひどく泣きじゃくっていた。しゃくり上げる合間に、何度も「あなたを心から愛してる」と言った。少なくともベスは今、ぼくと口を利いてくれていた。そしてベスは、ランディと付き合いたいが、ぼくとの婚姻関係も続けたいと言った。

正気か？　ふざけるのはよしてくれ。

ぼくは歯を噛みしめた。何も言わなくても、ぼくが何を考えているかベスは察したようだった。家の中でわめき散らすベスを置き去りにして、ぼくは家を飛び出した。

ぼくはいつも、フリーソロは自分勝手で、無謀で、愚かな行為だと思っていた。独りよがりのソロイストたちがフリーソロは〝魂の旅〟だとか、〝自殺行為じゃない。生そのものだ〟であるとか、〝日常の生活の中で、最も自制の利いた状態〟だとか言うのを聞くたびに、ぼくは吐き気がした。生きて帰ることを優先しながらリスクを引き受けることと、責任を無視して振る舞うことには大きな違いがある。フリーソロをするクライマーは、ただ怖いもの知らずと言われたいだけで、自分たちを愛する者を傷つけることをなんとも思わない、そう思っていた。

とはいえ、もしぼくが彼らのように自分勝手に振る舞ったらどうなるだろう。ぼくは、すべてが危険にさらされているときの最高に研ぎ澄まされた感覚が好きだ。己を抑制し、登ることだけに集中する。あらゆるものが背景に沈む。自分が全能になったような気がする。ロープをつけずに登れば、その感覚はもっと強烈に、もっと鮮明になるだろう。

ウォーミングアップにロストラムをフリーソロで登り、次にエル・キャピタンをやる。ロープなしでビッグウォールに挑めば、ユートピアに行ける。大好きなことに没頭し、心が傷つくこともない世界に浸れる。もし落ちて死んだとしても、少なくとも心の痛みからは解放される。

ぼくは一人座って、ヴァレーを眺めた。森や爆音を響かせる滝、そして地平線にそびえる岩壁。クライミングはぼくの人生そのものだ。苦しいときもクライミングに支えられた。ベスを除けば、最も親しい友人だった。しかし、クライミングを道具として利用することと、それなしではいられなくなることは別物だ。母の優しさを思った。愛する誰かが傷ついているとき、母はそれをいつも感じ取る。今のぼくの痛みも母は感じているのだろうか。そして、父はぼくにどんな助言を与えてくれるだろう。父親はいつでも逆境を前向きな力に変えてきたし、幼いころからその精神をぼくに植えつけようとしてきた。

谷を挟んだ向こう側にエル・キャピタンがそびえている。あの壁がぼくの人生をかたち作ってきた。

この場所、クライミング、そしてヴァレーの人びと、その三つはぼくの中で分かちがたい強い絆で結ばれている。最後にエル・キャピタンを登ってから二カ月も経っていない。ジム・コリンズと一緒に一日でノーズを登った。彼の夢の実現を手伝い、彼から多くのことを学んだ。今の自分に、ジムならなんと言ってくれるだろう。自暴自棄で絶望しているぼくに、ジムはどんなアドバイスをくれるのだろうか？

ぼくはノーズに登った日のことを思い返した。頂上から三〇メートル下のレッジに着いたときに、ジムがぼくを見て言った。「トミー、わたしの人生最大の恵みは、偉大で刺激的な人たちと一緒に過ごせたことだ」。ジムは世界中の偉大な指導者たち、実業家やフォーチュン五〇〇に選ばれるような著名な経営者、軍司令官、そしてアメリカの元大統領とも直接交流している。

ぼくはただのクライマーだが、もっと大きな存在になれるとジムは思わせてくれた。自分は愚かではないと思わせてくれた人は、ジムが初めてだった。次にジムが言ったことが胸に響くまで、少し時間がかかった。「きみは一流の人間の一人だ。わたしと登ってくれてありがとう。この経験はわたしの人生の頂点の一つになったよ」

ぼくは自分の置かれた状況を見直し始めた。

ベスの不安を支えるという重荷が消えたら、いったい人生はどう見えてくるのだろう？

簡単なことではないとわかっていた。心の苦悩が魔法のように消えてなくなることはない。しかし、身体を酷使することが、ぼくにとってのいちばんのセラピーであることもわかっていた。ただ登ればいい。頭を空にして――ロープをつけて――失うものは何もないという気持ちで。

ヴァレーを眺めながら、どこまでも楽観的だった一瞬を思い出した。誰一人としてフリーで登れるとは思っていなかったエル・キャピタンのある壁の下調べをしたときのことだ。登攀可能とはとても思えないところがぼくを引きつけた。エル・キャピタンでも最も広大で、傾斜がきつく、ホールドのない壁。過去に登ろうと思ったどの壁とも比較にならないほど難しい壁。名前もそのルートの本質を表している。昔から、クライマーたちはその壁を「ドーン・ウォール」（暁の壁）と呼んできた。この壁に一日の最初の日の光が当たるからだ。

ぼくの中で火花が弾けたような気がした。深呼吸をして、崖の縁から離れた。クライミングシューズを手に持ったまま、くるりと身体の向きを変え、登山道を下っていった。頬の涙は、まだ乾いてはいなかった。

第3部
PART 3

第11章 CHAPTER 11

舌を歯に走らせる。これでさっぱりした。歯ブラシがなかったこの一週間居座っていた、ブリトーとコーヒーの後味がミントの味に置き換わる。

もうすぐ二〇〇九年になろうとしている。ぼくは一カ月に及ぶ放浪生活を終わらせることにした。

床に積んだシャツを拾う代わりに、ほとんど何も入っていないクローゼットを漁る。脇がにおわないか確かめる必要はない。赤いバッファロー・チェックのシャツは、この魚の腹のような白い肌には明るすぎるのではないかと心配になる。目は落ちくぼみ、これまでになく黒っぽいくまができている。さらに何着か試してみたあと、青地に白と緑の落ち着いたチェック柄のシャツを選ぶ。

クローゼットの奥の棚に、固くなったヘアジェルを見つける。普段は身だしなみに無頓着な男だが、今日は別だ。ヘアジェルと歯磨き粉は、ぼくがこれから変わるという決心の表れだ。

身体の向きを変え、首を傾けて、鏡に映る自分を違う角度から眺めてみる。

それほどダサくは見えない。

自信めいたものがわき上がり、鏡の前でダンスのまねごとをしてみる。……やはり、ダンスフロアには近づかないほうがよさそうだ。

己の垢抜けなさを噛みしめ、車の中で自分を慰める。

出かけていってみんなと話をしよう。そう、話をするんだ。

ロック・インに到着する。ひげを生やしたフランネルのシャツ姿の人込みの中に足を踏み入れる。クラフトビールや薪の煙のにおいが、人いきれと混ざり合う。アーチ状の丸太でしつらえた天井から光が差し込み、人びとが木の梁に跳ね返っているように見える。バンジョー弾きがステージを取り仕切り、背後の壁に飾られた立派なムースの首の視線を浴びながら身体を揺らしている。暖炉と薪ストーヴが、競い合うように部屋を暖めている。

周囲を見回し、友人のシャノンの姿がなければと思う。彼が来ていなければ、誰にも気づかれず、探されずに簡単に抜け出せる。そのとき、店の奥で手を振っている人影が見える。人をかき分け、そちらへ向かい、決意が試されるときが来たことをぼくは知る。


ベスとぼくは迷い、衝突し、そしてついに決着をつけた。ぼくは七カ月間で六回、コロラドとカリフォルニアを二三時間かけて車で行き来した。一人でいることを受け入れ、一人だからといって寂しいわけではないことを知った。クライミングをしているときは自分に自信を持てたが、それ以外のときは自尊心も自負も消えてしまう。それでも、新たに見つけた自由を少しずつ享受し始めていた。

ベスは、結婚生活がうまくいかない原因として、ぼくの両親、とくに父を責めた。父が傲慢なせいで、ぼくがベスよりも父を喜ばすことに腐心しているようにずっと感じていた、というのだ。ベスは感情をあらわにしながら、ぼくが父から自由にならなければ幸せにはなれないと言い張った。突きつめると、ぼくはベスの夫でいたいのか、あくまで父の息子でいたいのかということだ。ぼくは結婚生活を守るためならなんでもすることをベスに示すべく、最後の手段として両親に手紙を書いた。すべてを父のせいにして責めたのだ。本心ではなかったものの、綴った言葉はぞっとするものだった。それを封筒に入れ、ポストに投函した。自分の口からは、直接言うことはできないとわかっていた。

その手紙は、ぼくとベスにはなんの意味もなかった。結局のところ、ぼくたちは考え方の違いを乗り越えられなかったからだ。ほどなく、ぼくたちは離婚について話し合い始めた。ぼくが結婚にポジティブな面ばかり見ていたとしたら、ベスは離婚にもっとポジティブな面を見ていて、クライミングパートナーとしての関係は、このまま続けようと提案してきた。ぼくには、そんな気は毛頭なかった。

幸いにも、最後まで弁護士の世話にならずにすんだ。ぼくはエステス・パークのキャビンをもらい、ベスはヨセミテの家を買い取った。

すべてが終わった。

両親に手紙を送った次の週に、母から電話がかかってきた。父はひどく打ちのめされている、と母は言った。息子を失い、生きる気力を失っている、と。たちまちぼくの胸は後悔でいっぱいになった。両親の家へ行って、あんな手紙を書いたことを謝りたかった。けれども、臆病で意気地なしなぼくは、実際に両親を訪ねることなく、いつか時間が解決してくれると自分に言い聞かせた。

これまで生きてきたなかで愛した唯一の女性に拒絶され、父との関係もずたずたになり、すべてを見失ったぼくは、二〇〇九年が近づくなか、キャビンにこもったり、一人で長旅に出たりした。ロッキー山脈から晩秋の風が吹き始めたころ、これから何をしていいのかわからなかったので、エル・キャピタンに戻った。ドーン・ウォールへの挑戦が、闇の中にいるぼくのかがり火になった。

長いロープを担いでエル・キャピタンの頂に登り、さまざまな地点から懸垂下降を試みて、ドーン・ウォール上部で登れそうな道筋を探った。少しでも可能性のありそうな点があれば、少しずつ、少しずつそれをつなぎ、線を作っていく。長大なフリーのルートは、そうやってパズルを解くように作られていくのだ。一つひとつのムーブを考え、それをつなぎ合わせて、一連のムーブができ上がっていく。そういう作業を繰り返したのちに、合理的な場所にそのピッチの終了点を設置する。不文律として、終了点はレッジかスタンス（こういう岩壁では相対的な定義になるが）、あるいはクライミングの性質がその前後で大きく変わる場所に置かれる。ピッチが一つ完成したら、次のピッチに取りかかる。最後に一連のピッチをつなぎ合わせ、長大なルート全体を作り上げる。そしてそのあとに、取りつきから頂までルート全体を通してフリーで登るのだ。

さまざまな点で、ぼくがやっていることは、体操選手や振付師と似ている。一つひとつの技術やムーブは独立していて――二回転宙返りやアラベスクのようなものだ――ほかのムーブとつなぎ合わせなくてはならない。ただ、クライミングの場合、その組み合わせは人が決めるのではなく、岩自体の形状に規定される。

上部三〇〇メートルには、登れそうなクラックが見つかった。ほとんどが5・11か5・12といったグレードになりそうだったが、二カ所だけほとんど手がかりのない場所があった。セルフビレイをしながら、ロープにぶら下がり、壁からできるだけ遠くに跳ね、宙に浮いている一、二秒のあいだに、わずかな岩の起伏を見つけようとした。かなり右のほうに凹凸がつながっているのが見えたので、そちらに跳ねて移動した。けれども、そこの岩は脆くて剝がれやすかった。ホールドが壊れたら、バランスを失って一〇メートルも振り子のように横に振られることになる。結局、その場所は無理だと判断して、別の場所に移動した。ほかにも可能性を探るべき場所はいくらでもあった。

このような作業を数週間続けたあと、岩壁の中ほどにポータレッジを設置した。これで、一度に数日間、壁の中での滞在が可能になり、たまに麓へ降りて休んだり補給をしたりすればすむ。

そのベースキャンプは花崗岩の大海原のただ中にあった。日を追うごとに、ポータレッジは風にはためいて傷み始め、日差しにさらされ色あせていった。嵐のあとには、壁の上部に厚い氷が張りつき、日差しに温められると、剝がれ落ちて、氷の塊が轟音を響かせながら、ポータレッジをかすめていき、ときには直撃した。毎朝、ぼくはポータレッジの入口を閉め、頭を寝袋の中に引っ込めて、頭上からの攻撃がやむのを待った。テントで寝起きし、ビーフジャーキーやナッツやフリーズドライ食品しか口に入れない生活が続くと、無人島に取り残されている気分になった。

それまでは、エル・キャピタンに取りついていると、強い一体感のようなものを感じてきた。けれども今回は、世界から切り離されているように感じた。やせ細り、弱り、感情的に張りつめて、こんな寂しい場所に一人でいる不安を振り払えなくなった。きつい作業や痛みや危険などが、すべてが虚ろな心に鳴り響いた。人生で初めて、クライミングが自己賛美的なものに思え、無意味にさえ感じた。ポータレッジで何度も泣きながら夜を過ごした。目が覚めると、ロープをつけて、裸眼ではほとんど見えない小さなホールドをつなげることに全力を注いだ。なんとか登れそうなパートとパートのあいだには、不可能に思える広大な空間が広がり、何日もロープにぶら下がって行き来しながら、点字を読むようなしぐさで手で壁を探り、ムーブを解き明かしていったが、袋小路に突き当たることもままあった。

何度もあきらめて別の場所に移っては、また同じところに戻った。

嵐が去ったあとのある日、壁の中間部を探るために、二五〇メートルほど懸垂下降した。そこには上部のパートよりもはるかに難しく、わずかな凹凸が点在するだけの、ほとんどホールドのない巨大な迷路が広がっていた。ホールドをつなげるために、腰を岩に近づける角度をあれこれ変え、つま先を岩に押し当てる良い方法を探り、この三次元の謎を解こうとあがいて岩にしがみついたが、すぐに重力で身体が剝がされた。この時期の花崗岩は手が凍えるほど冷たく、かすかな凹凸をつかむ指先がかじかんで感覚がなくなった。

ぼくは休憩をとり、手に視線を落とした。指先のテーピングから血が染み出している。指をチョークに突っ込み、さらに少し登った。胃がゴロゴロと鳴るのを聞いて初めて、休みなしで九時間登り続けていたことに気づいた。水も、食べ物も、暖かい服も、ずっと上のポータレッジにある。眼下に雲がたなびき、その切れ間から、三〇〇メートル下の谷底が白いもので覆われているのがわかる。雪がひらひらと舞い落ちていた。

壁の中で一カ月過ごしたあと、どうやってルートを一本の線にしていけばいいかが、ようやく見えてきた。最も難しい一〇のピッチについては、ムーブをつなげるめどさえ立たない部分が残っていた。個々のムーブをこなすのがやっとの箇所もいくつかあった。だが、基本的には、解決策はあった。いや、見つけるつもりだった。来る日も来る日も、一人でロープにぶら下がり、ホールドを探し続けた。あれこれ試した結果、ドーン・ウォールは、フリーで登れる可能性はあると確信した。けれども同時に、自分にはそれを登る技術は一生かかっても身につけることはできないこともわかった。

十一月の終わりには、真冬がやってきた。ほかに行く場所もなく、ぼくはコロラドに戻った。家族とは四カ月の間、まったく連絡をとっていなかった。ぼんやりと、みんなはどうしているのだろうと考えたが、それ以上深く考えてみることはなかった。


その冬のある朝、エステス・パークのコーヒーショップで、高校時代の友人に出くわした。シャノン・ベントンは背が低く、ミニ冷蔵庫のような体形をしている。ウエイトリフティングに熱中していて、ミミズのように血管が上腕に浮き出ている。ときおり連絡をとり合う仲で、彼はベスにも会ったことがある。

ぼうっとしていたのがいけなかったのか、ぼくは負け犬ならぬ、最近離婚した人間特有の顔つきだったのだろう。シャノンはぼくを見るなり大きな笑みを浮かべ、握手をして、豪快にぼくを抱き締めた。

「トミー・コールドウェル！ 会えてうれしいよ、ずいぶん久しぶりだな」

ぼくは回れ右をして逃げ出したくなった。とはいえ、シャノンはほかのみなとは違い、ベスのことを尋ねてこなかった。ぼくの沈んだ様子から、何かあったのを察したのだろう。

「なあ、トミー、明日の夜にロック・インに来ないか？ 最高のバンドが来るんだ」。エステス・パークでは、厳しい冬のあいだも、毎週金曜の夜になるとロック・インには、パーティー好きの客が集まってくる。

普段好んで行く場所ではなかったが、気づくとぼくは返事をしていた。

「行くよ」。久しぶりに出した声はかすれていた。

「そりゃ、よかった。九時に会おうぜ」。シャノンはぼくと拳を合わせ、ドアから走り出していった。

その一日半後、ぼくがロック・インに入っていくと、店の中は地元の客で混み合っていた。シャノンがすぐにぼくを見つけ、身を乗り出して音楽と笑い声に負けじと話しかけてきた。

「覚えてるか。高一のときのウエイトリフティングの授業で、片手の指一本でスリングで懸垂するやり方を、おまえが教えてくれたんだ」

「ああ、でもできるとは思わなかった。まじめにクライミングをやっていたら、ものすごくうまくなれたのにな」

「おれにそんな才能があったとは思えない。でも、化学の授業でおまえがバーナーから熱いビーカーを素手でつかんだのを覚えてるぜ。クライミングで作ったたこのおかげだな。女の子たちがキャーキャ

―言ってたぞ」

「そんなことで感心したりしないだろう」

「わからんぞ。おまえがもっとアピールしていたら、その子たちとうまくいったかもしれない。おまえはシャイで、ひょうひょうとしてたし、クライミングでほとんどいなかったからな。謎めいたやつだと思われてたよ」

「嘘だろ?」ぼくは言った。当時は自信めいたものよりも、居心地の悪さを感じていた。「ぼくはいつも寝癖で髪が跳ねてるようなガキだったよ。まだブリーフをはいてるとみんなが思ってるような子どもさ」

シャノンは、ぼくを連れてテーブルのほうへ歩いていき、友人たちに紹介してくれた。「これは消防士のロブ、あっちがフロリダから来たニコル。そしてこれがダイアンだ」。さらに、耳元でこっそり付け加えた。「ダイアンには気をつけろ。肉食で、いつも獲物を探してる」

初めて会った人たちと気軽に話している自分にぼくは驚いた。大音量の音楽が、いい意味で気を散らしてくれたおかげかもしれない。気まずい沈黙を意識せずにすんだ。誰もが笑い声を上げていた。心配事を入り口のクロークに預けてきたかのように、浮き立った楽しい空気だけが流れていた。その夜は、くだらないことを話しながら、この五年間でいちばんたくさん笑うことができた。

三杯目のビールを飲んだあと、ロック・インはぼくの社交生活の再出発の場になると確信した。リラックスして、シャノンのように楽しく、陽気に、気ままに生きようと思った。恥をかいたり、自分を笑いの種にされても構わない。

次の週、ロック・インでシャノンの誕生日パーティーが開かれた。仮装をしていく決まりになっていて、ぼくは後ろ髪だけが長くなったかつらを見つけ、恐ろしく短いショートパンツと、ハクトウワシとアメリカ国旗がプリントされた、染みのついたTシャツを古着店で買い、袖を切ってタンクトップにした。ロック・インに入っていくと、誰かが部屋の奥から叫んだ。「ハリウッド!」ほかの誰かがぼくの背中を叩いて、手にビールを押しつけた。ぼくはダンスフロアに向かった。その夜のことはよく覚えていないが、ぼくが仮装コンテストで優勝したのは確かだ。賞品は、半分朽ちて虫に食われたシカの首だった。それから一カ月、ロック・インのみんながぼくのことをハリウッドと呼んだ。

誰一人として、クライミングのことや、ベスやキルギスのことは訊いてこなかった。ぼくは、金曜日になると生演奏を聴きに行き、静かな夜には、新しい友人たちとチェスに興じた。シャノンとぼくは、たいていいつも一緒にいるようになった。じきにぼくたちは、女性を数人呼んでディナーパーティーを開いた。山あいの町では、めったにないことだった。ぼくはありのままの自分をさらけ出しても心地よいと感じられるようになってきた。それまで住んでいた岩の下から這い出てきて、新しい世界を目にしたような気分だった。気のいい仲間たちはぼくを歓迎してくれ、気楽な生き方を教えてくれた。ぼくも彼らのようになりたいと思った。

アルパインクライミングは、家庭を持つ身には危険すぎる行為だと、ぼくはずっと思ってきた。だが、今のぼくにはもう当てはまらない。そこで、ジョシュ・〝セーフティ・フィフス(安全は五の次)〟・ウォートンとパタゴニアに戻ることにした。このあだ名がついたのは、ジョシュがファーストエイド・キットもビバーク用の装備も持たずに、困難かつ危険を伴う長大なルートに好んでトライするからだ。彼は、世界中でいくつも初登を果たしている。しかも、ものすごいスピード・クライミングで初登したのだ。ウォートンともう一人の友人〝大ざっぱを地で行くケリー〟は、パキスタンのカラコルム山脈で誤ってギアのほとんどを失ったあと、水も食料もなしに六〇〇〇メートルの高所でクライミングを二日間にわたって続けた。二人は自分たちの手法を〝災害スタイル〟と呼んだ。高山での全力の登攀を指すブラックユーモアだが、これは人生にも当てはまる。当時のぼくにとって、無心になれるのは歓迎すべきことだった。失うものがなければそれはもう災害ではない。

はた目には、アルパインクライミングは博打《ばくち》のように見えるだろう。あだ名にしても、その危険性を自分で認めているウォートンについて特筆すべきなのは、彼は才能豊かな強いクライマーでもあるということだ。そして、大胆《ボールド》なクライミングをこよなく愛する。

ぼくたちの計画は、天を突く岩峰セロ・トーレの一二〇〇メートルの壁を、極限まで軽量化した装備で登るというものだった。寝袋も、衛星電話も、〝念のため〟の装備も持っていかない。パタゴニアのような場所でのクライミングでは、一〇グラムが一キロに感じられるようになり、じきにその重みで疲れてしまい、速く登れなくなってしまう。そのため、かえって危険が増す。天候が急変するような壁では、スピードは安全と同義だ。この考え方こそ、リスクと挑戦のバランスをとる唯一の解決策なのだ。

そこで、ウォートンとぼくは、膨らみすぎた野心とともにトーレ・ヴァレーに入り、青い氷河の上を進んだ。両側には、おとぎ話の世界のような岩峰がそびえている。セロ・トーレ山群の峰々には、水が凍ってマッシュルーム状に盛り上がった、霧氷《ライムアイス》と呼ばれる氷がかぶさっている。雪が凍った綿菓子のように頂上を覆っているのだ。五〇キロほど西の太平洋から、冷え切った水粒がパタゴニアの強風に運ばれて、最初にぶつかるのがセロ・トーレ山群だ。水粒は凍ってくっつき合い、成長して、ときにはオフィスビルほどに育ち、四方の岩壁に垂れ下がる。ライムアイスは頂でいちばん大きくなることが多いので、セロ・トーレの頂は巨大なアイスクリームコーンのように見える。ただでさえ登るのは難しいが、気温が上がると、霧氷の一部が崩れて岩壁を転がり落ちていく。

セロ・トーレの取りつきへ向かっていたとき、解けた霧氷が崩れ落ちる雷鳴のような音が鳴り響いた。

「このまま進んで大丈夫か？」ぼくはおずおずと尋ねた。最低限のギアを入れたバックパックを担いだぼくは、うなり声を上げるゴリアテ〔旧約聖書に出てくる巨人戦士〕の足元に立つダビデの気分だった。

「いや、みんな騒ぎすぎなんだよ」。〝危険は五の次〟の男の心強いお言葉だ。「霧氷は空気をたくさん含んでる。降ってきても問題ない。それに、軽装備で行けばマッシュルームの下をすばやく通過できる」。ぼくは、この壁の麓で雪崩に遭って死んだ人間を少なくとも一人知っている。

安全を三の次くらいにまで昇格させないと、楽しい冒険にはならないのではないか？

セロ・トーレのコンディションがよくならなかったので（岩が濡れていて、さらに霧氷が張りついていた）、そちらはあきらめ、技術的に難しい近くの山、セロ・シュタンハルトを急いで登った。比較的傾斜のゆるい六〇〇メートルの花崗岩を、ゾウの背中の皺を一本一本越えていく二匹のアリのように登っていった。そうした厳しい状況にあっても、ウォートンはリラックスしているように見えたが、自分にも同じように感じる能力が備わっていることに気づいた。プロテクションを取るのは一五メートルごとにし、スピードを最優先して登った。正午には頂上に着き、非現実的な景色を堪能した。西にはパタゴニア南部を覆う極地の氷が海まで続き、東には乾燥したなだらかな大草原が広がっている。時間を忘れる場所だ。

景色に陶酔したぼくらは、天気もよかったので、思い切って岩峰の頂上をつなぐ縦走《トラバース》をすることにした。当初の計画にはなかったので、余分の食料もビバーク装備も持っていなかった。次の頂へと向かうときには、すでにマッシュルームの一部が解けて、びしょ濡れになっていた。濡れた岩を迂回して登り、ルートを見つけようとしたが、気温が下がるまでは、それ以上進むのは無理そうだった。早朝まで待つしかない。暗くなってくると、ウォートンは辺りを見回し、霧氷や岩をどけ、尻が乗るほどの棚を掘り出した。楽しいわが家だ。ぼくたちはロープを張って腰かけ、身を寄せ合い、ときおり立ち上がって身体を動かして暖を取ったが、ほとんどのあいだ震えて過ごした。朝になると天候が悪化したので、トポには載っていない下降路を一二〇〇メートルほど下ることにした。岩に回したスリングや、クラックに決めたナッツと呼ばれるミント菓子ほどの小さな金属のギアをクラックに差し込んで、懸垂下降をした。

こう思ったのを覚えている。**くそ、どうして降りるんだ？　〝災害スタイル〟を貫くなら、今がそのときじゃないのか？**

ぼくは、自分が恍惚となれるような〝災害スタイル〟が魅力的に思えた。いい気分になり、自由を感じ、生きていることを実感した。これまでぼくが批判してきたソロクライマーたちと同じことをしたからといって、何が悪いんだ？

リスクについて考えるとき、その中心にあるのは死への恐怖だと人は思うだろうが、それは違う。うまく説明できないが、死は、ぼくを愛してくれる周りの人たちに何をもたらすかを考えたときに、初めて恐怖となりうる。ぼくがリスクを避けようとするのは、義務や信用からであって、恐怖からではない。最後にプロテクションを設置した場所からかなりランナウトしているときや、氷の塊がうなりを上げてすぐそばを落ちていくとき、ぼくは目の前の状況にとっさに反応するにすぎない。先の見えない状況をうまく切り抜ける喜びを味わっているのだ。

これを才能だと感じることもあるし、呪いだと感じることもある。あとで振り返ると、自分が死んだらどうなるかと考えたとき、危険のただ中で興奮を感じていた自分を愚かだと思う。足を滑らせたり、ホールドが壊れたりして墜落することを考えると、胃がよじれるような心地がする。心の片隅では、気をつけなくてはいけないとわかっている。

けれども、今はもう、ぼくが死んでも悲しんでくれる人間は一人もいない。

ぼくは極端な世界からもう一方の極端な世界に飛び込んだ。パタゴニアからエステス・パークの家に戻り、何週間か過ごしたあと、生まれて初めての正真正銘のバカンスに――クライミングとは無関係のコスタリカへのサーフィン旅行に――シャノンと女友達三人とで出かけた。ほとんどの時間を水着で過ごし、カクテルを鯨飲した。最初のうちは楽しかったけれども、やがて少しばかり込み入ったことになった。女友達の一人と付き合うことになったのだが、最終的には三人全員と寝てしまった。そういう展開もありえると、あらかじめ理解しておくべきだった。

バカンスから帰ると、友人のジョシュ・ローウェルから電話がかかってきた。ジョシュと彼の弟は、ビッグ・アップ・プロダクションという映像制作会社を経営している。ジョシュは、作品の一部に出演する気はないかと訊いてきた。

才能があり、信頼できる友人たちと撮影の仕事をするのはいつも心が踊る。ぼくは共同作業が好きだったし、ほとんどの人が直接目にすることのできない美しい景色をカメラに収め、それをどうやって分かち合うかを考えることが好きだった。ジョシュと撮影チームは、『プログレッション（*Progression*）』というクライミングビデオを製作しているところだった。限界を押し上げたクライマーたちの語られざる物語だ。

「ドーン・ウォールは登れそうか?」ジョシュが電話で尋ねてきた。

「わからない。厳しいかもしれない」ぼくは言った。「頭の中でラインはつながったけど、半端じゃなく難しい。次世代の課題かもしれない」

「トライする映像を撮ってみる気はないか。そういう課題が存在すると知ってもらうために」

クライミングをやらない人には不思議に思えるかもしれないが、まだ完登していないルートを公にすることには抵抗があった。これまで何人ものクライマーが大きな目標を語りながら、そのあと何もしないのを見て、複雑な思いを抱いてきた。ぼく自身は、〝まず登り、そのあと発表する〟という信念をずっと貫いてきた。

話題は未来の世代のことへと移った。この作品は、今までとは違ったものになる、とジョシュは言う。ぼくは、自分がドーン・ウォールを登れると主張するつもりはない。だが、この壁を登るという構想を立て、ラインを見つけた。そのクライミングを来たるべきクライマーたちに見せることは、将来への贈り物になる。のちに、若き新星が現れ、このルートを登ってくれたら、どんなにすばらしいことだろう。

〝まずは登る〟という信念に照らせば、そうした映像を作るのは偽善ではないか――単に生計を立てるためにやろうとしているのではないのか？　自分の名前が世間から忘れられないようにするためには、何かをするべきかもしれない。この一年ほど、とりたててクライミングの実績を挙げていない。そういうことを考えていると、父の声が聞こえてくるような気がした。

撮影クルーにはぼくの親友も何人か加わっていたので、このプロジェクトへの参加は、彼らと一緒にヨセミテで過ごすいい口実にもなった。

「やろう」ジョシュは言った。「きっとおもしろくなる」

二〇〇九年、四月のある暖かい日、そよ風が草を揺らすなか、ぼくは裸足でエル・キャップ・メドウに立っていた。

隣に広げられたシートには、食料やクライミングのギアが目いっぱい広げられている。ぼくがギアのリストをチェックしていると、コーリー・リッチが近づいてきて温かいハグを交わした。

過激な冒険の映像制作ではコーリーは指折りの才能の持ち主で、今回のプロジェクトのために呼ばれていた。身長は一六二センチほどで、跳馬の大学チャンピオンになったことがあり、しゃべり方にはレイク・タホ訛りがある。仕事のときには、毎朝四時に日の出とともに起き、暗くなるまで働き続ける。頭がよく、人生はどうあるべきかを生まれながらに理解しているように見える。コーリーもつらい離婚を経験していて、よくぼくの相談に乗ってくれた。ぼくは、コーリーとポータレッジで話をするのが待ち遠しかった。

「うずいてる感じだな」ぼくは言った。

「もちろんだ、エル・キャップを登るのは久しぶりだから待ちきれない」コーリーは言った。「それで、どれがそのラインなんだ?」

そのときには、おおまかなラインを決めてあったが、実際につなげるとなると、まだ未知の部分がたくさん残っていた。「あそこに凹角がかすかに見えるだろう。あれを登る。ずっと上のほうにある白い点、あれがぼくのポータレッジだ。あそこに泊まる」

壁を指さしながら話をしているうちに、ほかの撮影メンバーが到着した。ほどなく、三五キロのバッグを担ぎ、エル・キャピタンの裏側を登る四時間のアプローチを四人で登り始めた。ぼくはのんびりとした雰囲気を楽しんだ。下ネタが飛び交い、腹を抱えて笑った。ベスと別れたことは、まだ公にはされておらず、ぼくも決まりが悪くて必要に迫られたときしか話さなかったが、コーリーがこの旅に先立ってほかのメンバーに伝え、ぼくを元気づけるように言っておいてくれたのだ。

ハイキングのあいだ、ぼくの口元はずっとゆるんでいた。前回ドーン・ウォールをトライしたときとは天と地の差だ。ほんの数カ月前には、疑いといら立ちと闇が心に渦巻いていた。心持ちがパフォーマンスにどれだけ影響するかを考えずにはいられなかった。重い気持ちで行動しているときには、経験もまた重苦しいものになる。このクライミングが恐ろしいものになると思えば、そのとおりになってしまう。この数カ月で、人付き合いはともかく、人生の見方は変わったと思う。

頂に着くと、前回とはまったく違うルートに感じられた。周りに人がいるおかげで力がわき、ドーン・ウォールのかなりの部分をつなげることができた。前回よりも易しく感じ、自分がうまくなったように思えた。ある日、かなり難しいセクションに、かすかなホールドがつながっているのを見つけた。さらによく観察すると、一ミリほどのエッジが奇跡的に六〇メートルつながっている。次の日、二・五メートルの大ランジ――あるホールドから別のホールドに飛びつくこと――でホールドのない部分をなんとか越えられそうなめどがついた。ビッグウォールでは、ほぼ使われないテクニックで、映画『クリフハンガー』さながらの動きになる。ぼくは、ついに迷路を抜け出す方法を見つけた。少なくとも、その可能性を見つけたのだ。スケールや難しさで、このラインはぼくの想像をはるかに超えていた。三日目の終わり、ロープにぶら下がりながら、ぼくはうれしさのあまり、笑い出し、拳で壁を叩いた。

その夜は吹雪になった。ぼくたちはポータレッジに避難し、ブリトーにかぶりつき、ウイスキーをすすりながら、互いの過去の冒険の話をし、人生について語り合った。コーリーは、独身に戻るのはぼくにとってすばらしいことだと言った。「どれだけたくさんの女が追いかけてくると思う?」コーリーは言った。

ぼくは笑い飛ばした。けれども、その友情をありがたく思った。いつもなら自分の胸に納めておくのだが、そのときは少しだけ心を開くことにした。ベスと別れてエステス・パークに戻ってからの恋愛について、かいつまんで話をした。

彼女の名前はベッカといい、二〇〇八年の大晦日にロック・インで出会った。最初に目に留まったのは、カントリーミュージックに合わせて気ままに踊る、いたずらっぽい自信に溢れた彼女のほほ笑みだった。踊る姿もとても自然だった。

ベッカは脚が長く、きれいな青灰色の瞳と砂色のブロンドの女性で、いかにも都会から来たような服装をしていた。**どうしてこんな女性がエステス・パークにいるのだろう？**

曲が終わると、彼女はぼくのほうへ歩いてきた。「わたし、クライミングを始めたばかりなの。登り方を教えてもらえない？　あなたなら教えてくれるかもしれないって、友達から聞いたんだけど」

「さあ。やってみないと」ぼくは落ち着き払ったふりをして言った。その夜は、ダンスフロアで二人で身体を揺らして過ごした。ぼくは彼女を意識しすぎてくつろげなかったが、ベッカの持つ磁力がぼくの内気さを吹き飛ばした。

ベッカが踊るのを見ているのは、本の裏表紙のあらすじを読んで、残りも読まなければと思うのに似ていた。ベッカはエジプトのベリーダンサーになったかと思うと、七〇年代のディスコスターになり、ベビーカーを押しながらマイケル・ジャクソンばりのムーンウォークをしているようにも見えた。剽軽《ひょうきん》だけれども、おもしろくて、セクシーだった。彼女がぼくと踊っているという事実に、これまで感じたことがないほど興奮していた。

ぼくの手の届かない存在だということははっきりしていたので、過剰な期待をせずにいられた。じきに彼女は興味を失って、ほかのしゃれた男のところに行くだろうと思っていた。ところが、ベッカはどこにも行かず、その夜の終わりに、ぼくは彼女の電話番号を手に入れた。

すぐ電話するのも格好がつかないので、二日ほどかけるのを我慢し、電話番号が消えていないか何百回も確かめた。そのあとにぼくたちは友達をもう一人誘って、三人でクライミングジムに行くことになった。登っているあいだ、ベッカは爪がベニヤ板を引っかく音をひどく嫌がり、音が聞こえるたびに飛び上がった。その反応がかわいくて、ぼくは壁のほうへ歩いていって爪を板の上に置き、今にも引っかきそうなポーズをしてベッカの反応を待った。

「やめて」ベッカは頰を膨らませた。

「止めてごらん」

ベッカはぼくにタックルを仕掛け、ぼくはチョークだらけのマットの上に倒された。人に押し倒されて、こんなにうれしかったことはない。

その数日後、二人でエルドラド・キャニオンへ行った。赤と黒の縞模様の岩壁まで三〇分ほどハイキングをした。冬の暖かな日で、地面には雪が残っていたが、壁には日が当たり、Tシャツ一枚で過ごせた。

ぼくはバックパックを下ろしてから、クライミングシューズを二つとも左を持ってきてしまったことに気づいた。それを伝えると、ベッカはあきれた顔をした。「ばかねえ」

「問題ないさ」ぼくは言った。「クライミングシューズとスニーカーを片方ずつ履いて登るから」

「危なくない？——このままハイキングだけでもいいのよ」

「いや、大丈夫さ」

「スニーカーで登ったことがあるの？　滑りそう」

ぼくはしばらく考えてから言った。「ロック・インで出会った夜、どうしてぼくがクライマーだと知ってたんだい？」

「クライミングにはまっちゃって、もっとうまくなりたいんだって友達に話したら、あなたに相談してみたらって言われたの」

それだけ？　ぼくはマイケル・ジョーダンではないけれど、エステス・パークみたいな小さな町で、ぼくのことを知らないなんて。

ぼくはチョークをつけ、最初のピッチを駆け登った。フォローのベッカは苦戦し、何度かロープにぶら下がった。難しすぎるルートを選んでしまったと思ったが、ビレイ点まで来たベッカは恥ずかしそうに顔を赤らめた。「まいった、あなたはすごく上手なのね」

あの夜、バーでいちばんの美人がぼくに話しかけてくれたのは、ぼくの名前が少しは知られているからだと思っていた。けれども、ベッカはぼくのしてきたことをまったく知らなかった。

上へ行くにつれ、ベッカはぼくにますます頼るようになっていった。ベッカにとっては、切り立った壁のこんな上まで登るのは初めての経験で、すがるような目を向けてきた。ぼくはいろいろ冗談を言って、リラックスさせようとした。

トップアウトしたとき、ベッカの髪が風になびいているのを見て、ぼくはベッカにキスをするシーンを想像した。こと恋愛となると、ぼくは十三歳の少女のように奥手で、ベッカと過ごすのは「ベン＆ジェリーズ」のチョコアイスを一カートンむさぼり食べるような甘い気分だった。けれども、これは身のほどを知るために必要な時間だ。ベッカに恋をするのは愚かなことだ。それに、ぼくはベッカより八歳年上で、離婚したばかりなのだ。ベッカに恋人を探している様子もない。

その夜、家に帰る道すがら、ベッカは自分がクリスチャンで、クリスチャンの男性としか付き合うつもりがないことを話してくれた。ぼくは、それを聞いて少しほっとした。二人でいると楽しいし、友達でいられるだけで幸せだ、と自分に言い聞かせた。

それからすぐに、ぼくはベッカを誘ってインディアン・クリークへ出かけた。ユタ州にあるクラッククライミングの天国のような場所で、見事な褐色の砂岩が砂漠からそそり立っている。ぼくは、レストランでの仕事を終えたベッカを迎えに行った。ベッカは、車のトランクに荷物を放り込んでから、助手席に飛び乗り、ポップコーンの大きな袋を膝の上に置いた。運転中、ぼくたちは世間話をし、どんどん打ち解けていった。やがてベッカは車の窓を開け、大きな声で歌い始めた。そしてぼくを見て言った。

「一緒に歌って！」ばかなことをすればするほど、車内に笑気ガスが充満していった。

ラップの曲に合わせて二人で拳を突き上げたり、人生や愛やこれまでの過去について深く語り合ったりした。ベッカは何度かつらい経験をしてきてはいたが、まだ生き生きとした理想を持っていた。ただ無邪気なわけではなく、頭がよく、洞察力があった。さまざまな言語を学ぶのが好きで、他人の気持ちを思いやるのにも長けていた。自分をしっかり持ち、物事を決めつけずに公平に考えようとしていた。美人だけれども、自分本位なところは少しもなかった。

ベッカは中西部の田舎で育ち、夏になると家族でエステス・パークへ旅行に来ていた。よくある十代の反抗期のあと、看護学校へ進んだ。卒業すると、エステス・パークへ戻ってきて、山あいの町に住み、レストランで働きながら看護師の仕事を探そうとしたという。外国語に関する彼女の話に興味を持ったが、この国以外の場所で過ごしたことはないようだった。

「外国に行ったことはあるの？」ぼくは尋ねた。

「何年か前の冬に、パリに二週間だけ。恥ずかしいけど、それまでオリーブオイルがなんなのかも知らなかったの」

そういうベッカの世の中に疎いところに、ぼくは興味を持つと同時に面食らった。ぼくが身につけた知識は、何もかも旅の暮らしで得たものだったからだ。ベッカは田舎からほとんど出ずに育ったのに、どうしてこんなに魅力的で自分の考えをきちんと持っているのだろう？

「歳は？」

「二十二よ」ベッカは言った。「あなたは?」

「三十だ」

ベッカはそれについてじっと考えているようだった。

「前の奥さんとはなぜうまくいかなかったの?」

「聞きたい?」

「聞いちゃだめ?」

ぼくは一瞬、躊躇した。ベッカといるのは楽しかったし、これまで重い話は避けてきた。

「要は、彼女が浮気をしたんだ」ぼくは言った。「でも、そんな単純な話じゃない。何もかもうまくいっていたら、誰も浮気なんてしない。カウンセラーが言うには、互いに依存し合っていたことが原因だそうだ。ぼくたちの関係は一種の極限状態で始まった」

ベスが最初の恋人になったいきさつや、キルギスでの出来事、そのあと、何年も互いのそばを離れられなかったことを説明した。ぼくはベスを愛しすぎていて、ベスに幸せになるようプレッシャーをかけていたのかもしれない。そしてその過程で、自分の幸せをベスの幸せと結びつけすぎて、息苦しくなり、共依存に陥っていたのだろう。いや、間違いなくそうだ。ぼくは、自分以外の人間を、真の意味で幸せにはできないことに気づいていなかった。また、ベスを幸せにしようとしたことで、互いにとってさらに悪い状況をつくっていた。二本のロープが縒《よ》り合わされて丈夫になったのではなく、逆に擦り切れてしまったのだ。

ベッカはじっと耳を傾けていた。

「ベスはこう言っていた。ぼくがベスを愛したようにベスがぼくを愛したことはなかった、と。ぼくはそれだけは受け入れられなかった。初めのうちは、そうじゃなかったかもしれない。ベスはぼくを愛していると言ったが、ぼくにとっては単なる言い逃れに聞こえたんだ」

ぼくはまだ傷ついていて、どんな人間関係にも、二つの面があることを認められずにいたので、気づかないうちにベスを責めてしまっていた。

ベッカは自分の意見を口にすることよりも、ぼくに心を開かせようとしていた。ときおりユーモアを交じえながらコメントをし、シリアスに受け止めないようにしていた。心を許せる友達とはこういうものかもしれない。やがて、話題はベッカの暮らしのことに移った。

「わたしも若かったときは、恋愛が世界でいちばん大事なことだった」ベッカは言った。「ふられたことも、ふったこともあるけれど、そのうち、ほかの人のことを気にするのはやめようと思ったの。独りで生きていこうと決めて、自分のやりたいことをした。デートはしたけど、すべてが自分中心だった。だからうまくいかなかった」

ベッカは過去の恋愛について話した。ぼくたちは〝ただの友達〟だという事実がそういう話を打ち明けやすくしていた。ぼくは世の中を知っていたかもしれないが、人付き合いについては、氷の上の子ジカのようなものだった。ベッカは、ぼくとは正反対だった。

夜も明けきらない中を車は走り続け、現実が輪郭を失っていった。荒れ狂う吹雪をヘッドライトが照らし出し、光速で航行するエンタープライズ号に乗っている気分になった。ぼくは頭を振って現実に戻ろうとした。

「二年くらい前に恋人と別れたの」ベッカは言った。「心が空っぽになったように感じて、落ち込んだ。別の生き方を見つけなくてはいけないとわかってたし、もっとまともな人間になりたいと思ってたけど、ずっと失敗してばかりだった」。そして口ごもった。

「どうやって変わったの?」

「日記を書いたり、友達に相談したりした。友達の一人が教会に行ってみたらどうかと勧めてくれたの」ぼくが何か言い出すことを待っていたのだろう、ベッカはそこで言葉を切った。

「クリスチャンの人たちは、厳格で愛情がないような印象があったけど、神様のことは信じていたから、行ってみることにした。牧師さまは冷静で頭のいい人に見えた。こう言われたわ。『垣根の上からキリスト教をのぞき見ようとする者よ、シャワーを浴びる前に身を清める必要はない。ただ飛び越えなさい』って。わたしは大声で泣いた。何かが音を立てたの。これこそわたしの進む道だと思った。そのうちにいろいろなことが腑に落ちていった。本をたくさん読むようになったし、人とたくさん話すようになった。教会にも通い続けた。ある本に、人間関係についてこう書いてあった。相手中心の生き方はプレッシャーになりすぎる。自分中心になると、自分が自分の神になることになるから、どちらもうまくいかない。神がすべての中心にならなくてはいけないって」

相手中心というくだりで、ぼくはその正しさに胸を突かれた。自分中心のところでは、クライミングについて考えた。ぼくは返事に窮した。

「きみはとても信心深いんだね」

「気づきの瞬間があったんだと思う」ベッカは言った。

ぼくは、この会話をどう考えたらいいのかわからなかった。ほとんどのクライマーにとって、神を信じるのはサンタクロースを信じるのと同じことだ。けれどもぼくは、自分の周りにはなんらかの力が存在すると感じたことが何度かある。少なくとも、ぼくの理解を超えた何かが存在すると。ひどくつらいときや何かがひらめいたとき、神と呼ぶ何者かに話しかけている自分に気づく。その相手を知っているように感じたとは言えないし、答えが返ってきたわけでもなく、存在している証拠は与えられなかった。けれども、宇宙は広大で、ぼくたちのちっぽけな頭では理解しきれないのは確かだと思う。多くの意味で、本当の信心を持つ人は純心さを得て、それゆえに強くなる。一方で、盲点も生まれうる。

突然、ベッカが窓を開けた。雪が舞い込んで、車の中がちょっとした猛吹雪になり、ぼくは現実に引き戻された。

「寒い！」ベッカは叫んだ。窓を閉め、CDをかけて音量を上げた。

ベッカは矛盾の塊だった。信心深いけれども、視野が広かった。パーティーが好きだけれども、アルコールはなくても平気だった。何よりも、心から人生を楽しんでいるようだった。そして、ぼくは宗教全般に懐疑的だったが、ベッカの信仰の強さを尊敬せざるをえなかった。〝気づき〟を得てから愛と共感に満たされている、とベッカは言った。ぼくにはベッカが喜びに溢れているように見えた。

エル・キャピタンの壁の中で、ぼくはベッカの話を語り終えた。「もちろんクライミングも楽しかった。いつ行ってもインディアン・クリークは最高だ。ベッカもすごく楽しんでた」

ポータレッジにいた全員がにやにやしながら話を聞いてくれていた。ベッカに夢中になっているのはすぐにわかっただろう。ベッカはとてもきれいで自信に溢れ、頭がよい女性だ。ぼくのようなクライマーには出来すぎのような人だった。

「すげえいい女みたいだな。アプローチが大事だぜ」一人が言った。「来週、サンフランシスコの家の留守番の仕事をすることになってるんだ。おまえらも泊まりに来ないか？ ナパ・ヴァレーに行ってダブルデートする。そこのワイナリーのオーナーと知り合いなんだけど、いいところだぜ」

いつか一緒にヨセミテに行ってみたい、とベッカが言っていたことを思い出した。ベッカはヨセミテに行ったことがなく、ぼくはしばらく滞在する計画を立てていた。みんなに説得され、撮影が終わって麓に下りてから、ベッカにメールを送った。思いを打ち明けて、ヨセミテに会いに来ないかと誘った。

それから二日間、ぼくは返事を待つつらい時間を過ごした。あとになって知ったのだが、ベッカはまず親友たちに相談したらしい。ほとんどの友達はやめておけと言っていた、とあとでベッカは教えてくれた。けれども一人だけ、あるクライマーがベッカの話を聞いて、「そいつにチャンスをあげたらどうかな」と言ったという。

ぼくはベッカの誕生日に、サクラメント空港でベッカを出迎え、それから数日、ナパ・ヴァレーでワインを飲んだり、北部の誰もいないビーチを散歩したり、サンフランシスコの通りを歩き回ったりして過ごした。そして満月の夜、ヨセミテ・ヴァレーへ向かった。ブライダルベール・フォールの滝壺に案内し、泉がわき出ているところで足首までの深さの水に入った。満天の星空のもと、轟音を上げて流れ落ちてくる滝を見上げ、ベッカははしゃいで笑い声を上げた。その瞬間、自分の心をかき乱しているこの感情は、神がぼくに話しかけ、ぼくには理解できない方法で神が見守っている証《あか》しなのではないか、と考えずにはいられなかった。

第12章
CHAPTER 12

家の敷地に入っていくと、日にさらされ、傷んだ家の擬木丸太が見えてくる。乾燥し、ひび割れ、色あせる丸太との終わりのない戦いを、母が続けている。やすりがけと塗り直しが半分ほど終わったところのようだ——塗装されていない表面は、骨のように白い。

両親を最後に訪ねてから六カ月が経つ。今回、ぼくは父に何を期待しているのだろう——赦《ゆる》しか、理解か、やり直すチャンスか、それとも新しい関係だろうか。一つだけ確かなのは、ぼくの手紙が父をどれだけ傷つけたかを母が電話で教えてくれなければ、ぼくはここに来ていないということだ。父は生きる気力を失っている、と母は言った。数カ月前に母から電話をもらったときも、父は元気がないと言われたが、ぼくはどれほど父を傷つけたかわかっていなかった。

「お父さん、うちのクライミングウォールを壊し始めたのよ」母は言った。胸を突かれるような声だった。「あなたを思い出すからつらいって」

父と話をしに来るべきだとわかってはいた。ずっと思い悩み、どうすれば事態を好転させられるかを考え、眠れない夜を過ごした。

玄関の前に立ってドアベルに手を伸ばし、人さし指がないと久しぶりに気づく。

家の中からは、物音一つ聞こえない。ドアが勢いよく開き、目の前に父が立っているのを見た途端、身体がこわばる。

父の面差しが変わっている。以前より、疲れた顔に見える。父はうなずき、日に焼けてひび割れた唇を開きかける。

そして何も言わず、ぼくを中に通す。

ぼくはソファに腰を下ろし、父は青いリクライニングチェアに座る。父は自分の手を見つめている。ぼくは部屋を見回す。『エステス・パーク・トレイル・ガゼット』の切り抜きを入れた額が飾ってある。父とぼくがダイヤモンドを登ったときの記事だ。父の椅子のそばには、ぼくが載った記事や、ぼくが書いた記事のページの隅を折った雑誌が山積みされている。ポスター、写真、ビデオカセット、DVD。ぼくの写真や文章を集めた博物館のようだ。少なくとも、剝がしたり捨てたりするつもりはまだないらしい。

「父さん、話したいことがあるんだ」。父の理解を得られる言葉が、自分の口からさらに出てくることを祈る。

「話そう」父が弱々しい声で言う。

渦状の煙が、石の暖炉の煙突に吸い込まれていく。

「ぼくもつらかったんだ、父さん。ほんとに、ごめん」

「おまえを失ったと思っていた。息子を失ったと。すべてが終わったと思った――自分の人生も、家族も、何もかも」

「関係を断つつもりはなかったんだ」

ようやく、ぼくたちは目を合わせた。父の目が涙でうるんでいる。そして、ぼくの目にも涙がたまってくる。

ぼくたちは話すことで、ひびの入った関係を修復していく。ぎこちなさはまだあったものの、互いの限界を突破《ブッシュ》しなくてはならない。

どれだけ時間が経ったのだろう、母がほほ笑みながらキッチンにたたずんでいたかと思うと、姿を消している。風がチャイムを鳴らし、差し込む日の光が床を移動し、ぼくたちの目が乾いてはうるみ、夜が訪れる。

ぼくたちは話し続ける。二人の男が、道案内の地図も持たずに、見知らぬ世界に分け入っていく。時間と風、雨と日光にさらされ、二人とも新しい姿になっていく。


少し前の話になるが、二〇〇一年の春、カリフォルニア州レイク・タホの近くのノーススター・スキー場で、ぼくは部屋の窓からゲレンデを眺めていた。ぼくの周りには、登山ガイドやプロクライマーなどがソファや木の椅子に座り、膝の上にメモを置いていた。当時、ぼくのスポンサーだったアウトドアメーカーのマーモットが木造の家を一軒借り切って、みんなを呼び集めた。それぞれがクライミングやスキーのエキスパートで、専門的なフィードバックをするために集められたのだ。

そのなかに、一人で端のほうに座っている少年がいた。カーゴパンツにだぶだぶのTシャツ、つるつるの肌、パンクなスケートボーダー風の髪が目にかかっている。よく見ると、少年は椅子のへりをカチ持ちしている。**ぼくも昔、高校の教室で同じことをやっていた——クライミングに行きたくてうずうずしていたのだ。**

ぼくの隣には、マーモットのアスリート・アドバイザーが座っている。ぼくは身を乗り出して小声で尋ねた。「あの子は?」

「ケヴィン・ジョルグソンだよ。われわれのチームに入ってもらった。本社の近くのクライミングジムで見つけたんだ」彼は言った。「まだ十六歳だ――いわゆる神童だよ。登ってるところを見てほしい。ほかの子とは次元が違う」

そうだ、たしかあのときだ。キルギスから帰ったあと、ベスの家族と一緒にいたときに、気持ちを紛らわせるために、家から一時間ほどの場所で開かれた小さなコンペに出たことがある。小さな大会だから負けるはずはない。そう思っていたのに、いざ蓋を開けてみると、おかっぱの子どもにぼくは敗れた――その少年だ。

ケヴィンは十歳のときにクライミングを始め、並外れた才能を発揮した。このころには、国内の同世代ではトップクラスのコンペクライマーになっていた。ジムでは、ぼくの父が教えてくれたような昔ながらの技術は学べないが、そうしたものはあとからでも身につけられる。代わりに、さまざまなムーブを修得できる。

ケヴィンに敗れたコンペのあと、ぼくはニック・サガールと彼が新しく開発したコーチングプログラムについて話をした。クライマーを集め、コンペに必要な筋力や持久力をテストしたという。「ケヴィンの限界点は純粋に身体的なものだった。メンタルな部分で障害になるものは何もない」。その言葉が強く印象に残った。

ミーティングを二日間したあと、レスト日が設けられた。一メートルほど雪が積もっていたので、ほとんどのメンバーはスキーに出かけた。けれどもぼくにはほかに行きたい場所があった。ぼくについてきたのはケヴィン一人だった。

ぼくたちは道路脇の待避所に車を停め、腰まである雪をラッセルし、真っ白な新雪をかぶった花崗岩の回廊にたどり着いた。両側に三〇メートルほどの壁が続き、傾斜の強い壁には巨大なつららが下がっている。岩はどこもかしこも濡れているので、登るのをあきらめかけたとき、やや乾いた一〇メートルほどのかぶった岩を見つけた。雪をかき分け近くまで歩いていくと、途切れ途切れに続いているフレークや連打されたボルトがあった。いかにも難しそうだ。ケヴィンをちらりと見ると、彼はすでに岩を見上げながらムーブをシミュレーションしている。

「どう思う、ケヴィン?」

「怖そうだけど、おもしろそうだね」。岩から飛び降りてもけがをしないほどの雪の深さがあるかぼくが調べているあいだに、ケヴィンはクラッシュパッドを下ろし、そこに座って濡れた靴下を絞り始めた。

まず、ぼくが最初にトライすることになった。クラッシュパッドよりも雪のほうが柔らかそうだったので、パッドを壁際に寄せて靴を履くのに使った。五メートルほど上がったところで、試しにハングした壁から手を離してそのまま落ちてみた。すると巻藁に刺さった矢のように、雪に突き刺さった。笑みを浮かべてパッドまで雪の中を泳いで戻ると、ケヴィンが登り始めた。ケヴィンはぼくより数手上まで行き、六メートルほどのところから飛び降りた。

交代で登って少しずつ上に進んだ。まるで、度胸比べだ。もう少しでトップアウトできそうだった。ぼくたちはアドレナリンをみなぎらせ、庭で遊ぶ子どものように興奮していた。

「次はいける」ケヴィンはそう言い切った。ぼくは声援を送りながらも、内心では落ちろと思っていた。

ケヴィンはチョークをつけた手のひらで靴をこすり、フットホールドに足をかけて登り始めた。正確で落ち着いた動きだった。計算された緻密さとダイナミックさが交じり合っている。難しいムーブをすばやくこなし、動きをコントロールしながら、極小ホールドを使って登っていく。その弾むような動きは、手のついたボールが登っているかのようだ。一〇メートルほど登ると、ガバホールドでレストした。両腕を交互にシェイクしながら、大きく息を吸っている。集中力がさらに増しているのがわかる。次の瞬間、ケヴィンは眦《まなじり》を決して、ムーブを起こした。

ケヴィンは最後のマントルを返すと、振り返ってこちらを見下ろした。「よし！　登ったぞ」

登られた。これでこっちも落ちられない。

それから八年後、ぼくはケヴィンと再会を果たした。ケヴィンは、最初はインドアのコンペで、そのあとハイボールのボルダリングで名をはせてきた。ボルダリングとは、地面に近い場所でスポッターをつけ、クラッシュパッドを使って難しいムーブをこなすクライミングのことだ。だが、〝ハイボール〟はそれよりずっと高い場所、通常は六メートル以上の岩を登ることを言う。フリーソロほど危険ではないが、危ないことに変わりはない。死にはしなくても、骨折する可能性がある。クライミングビデオの『プログレッション』——友人たちがぼくのドーン・ウォールのトライを撮影した作品——に、ケヴィンがカリフォルニアの卵形の岩で、一三メートルの世界で最も難しいハイボールを登る映像が収録されている。これはハイボールとフリーソロの境界を曖昧にするもので、身体的な能力だけでなく、卓越した精神力が求められる。

『プログレッション』のぼくのパートの締めくくりとして、ぼくはこんなことを言っている。

「次世代のクライマーたちは、ボルダリングやスポートクライミングでぼくたちの思いもつかないようなことをやってのけている。そうした才能をビッグウォールに向ければ、このプロジェクトをフリー化できるかもしれない。ぼく自身が登れなくても、未来の誰かがこれをトライして、みんなを感動させてくれるきっかけになれたらうれしい」

二〇〇九年の夏にケヴィンとぼくがふたたび出会ったとき、ケヴィンはぼくのドーン・ウォールの映像について話し、あのルートはおもしろそうだと言った。そして、またトライする予定はあるのかと尋ねてきた。

ドーン・ウォールはぼくには難しすぎると思っていたので、あきらめるつもりだったのだが、ぼくはまた戻りたかった。けれども、解決すべき問題が多すぎた。まず、クライミングパートナーが見つからなかった。強いクライマーの友人はたくさんいるが、このルートの開拓は、エル・キャピタンのほかのルートとはわけが違う。猛烈に難しいピッチが続くので、気が遠くなるほどの集中力と練習が必要になる。何年もかかる作業で、それだけの時間をかけたとしても登れないかもしれない。エル・キャピタンのどのルートよりもドーン・ウォールは桁違いに難しい。それだけの時間を費やせる者がほかにいるはずがない。いわんや、それだけの意欲や集中力や能力を持つ人など望むべくもない。

ぼくは一応、社交辞令として、秋に戻るつもりだとケヴィンに言った。一緒に登らないかとはっきり誘ったかどうかは覚えていないが、何かそのようなことを言ったのだろう。そのすぐあとに、こんなメールが届いた。

やあ、トミー
先日は会えてうれしかった。きみと組めるのは光栄だし、楽しみだ。学べることはすべて学び、このプロジェクトに集中して、次の段階に持っていきたい。十月から十二月までだよね？ 少しだけ別の予定があるけど、その期間はほとんどヴァレーにいられる。
本当に楽しみだ。待ちきれないよ！
ＫＪ

このメールを読んでも、最初は、到底無理な話だと思った。ケヴィンはエル・キャピタンに登ったことがない。世界でいちばん難しいビッグウォールのフリークライミングルートに最初からトライすることはない。徐々に経験を重ねていくべきだ。けれども、これは筋の通った話なのか、それともぼくのエゴなのか？

ぼくはしばらく考えてから、返事をした。ギアを持って来るんだ、十月十日にエル・キャピタンで会おう、と。

涼しい風が秋の気配を運んできた。ケヴィンは、そよぐ草の中で緑の折り畳み椅子に座り、目を丸くして、観光客たちがよくやるように、頭を少し後ろに傾けてエル・キャピタンを見上げていた。今、ケヴィンは二十五歳で、もうカーゴパンツ姿ではなく、真っ黒の髪はきれいにカットしてある。いつもほほ笑みをたたえ、自信に満ち溢れている様子は、気さくなビジネスマンを思わせる。ぼくたちは挨拶を交わした。ケヴィンの表情には興奮と不安が入り交じっている。

「すごい壁だろう」ぼくは言った。

「ああ。ありえないな。いったいどのあたりのラインなんだ？」

ぼくはいくつか候補になっているラインを指さした。

「最初の一八〇メートルはあのダイアゴナルクラックを登って、小さなレッジまで行く。最初の五五〇メートルで唯一のレッジだ。そのあと、さらに登ったところにある、あの水平のダイクまで行く。ここからだと短く見えるが、実際には六〇メートルのトラバースだ。そこがいちばんの核心部になると思う。トラバースの最後に、映像にもあった特大のランジが出てくる。ボルダリングで鍛えたきみの技術とパワーがものを言うと思う」。ぼくは一五分かけてラインの説明をした。

「上から懸垂してトライするのがいちばん楽だ。だが、今日は下から数ピッチ登って、きみがクライミングの感覚をつかめるようにする。明日は、荷物を全部持って頂に上がる。最後の九〇メートルのパートをきちんと見ていないんだ。だから、明日の朝はそこから取りかかる。それから少しずつ下に降りながら調べていく。ポータレッジはワイノ・タワーに設営するつもりだ――三分の二ほど上がったところのあの柱みたいな場所だ――そして、そこで眠る」

「じゃあ、これからふた晩、岩の上で寝るのか？」ケヴィンは目を白黒させた。

ぼくはヴァンの後ろを開け、地面にギアを並べた。大量のロープやカム、ポータレッジ、食料の箱、ホールバッグ。ケヴィンは大きな笑みを浮かべながら、携帯電話で写真を撮った。そして何を手伝えばいいかと訊いてきた。

「スリングを一メートル五〇センチずつに切ってから、このライターで端を炙《あぶ》ってくれないか。そしてくちばし型のピトンの穴に通して、オーバーハンドフォロースルー（テープ結び）で結んでくれ。結び目から端を一〇センチくらい残して、しっかり結ぶんだ」

「わかった……でもオーバーなんとかってどうやるんだい？　結び方はよく知らないんだ。〝石登り屋〟だからさ、おれは」。ケヴィンがボルダラーの蔑称を自ら使ったので、ぼくは含み笑いをした。おかしな話だ。ケヴィンはビッグウォールの経験こそないが、とんでもない目標を持っている。やってみる価値はある、とぼくは思った。少なくとも、ケヴィンがあきらめるまでの一、二週間はビレイヤーを確保できる。

ぼくたちはその日に使うギアをラックにかけ、取りつきに向かった。ケヴィンはアプローチで、そそり立つ岩壁に目を奪われて何度かつまずいた。エル・キャピタンに近づいていくと、遠くからでは見分けられなかった岩の特徴がはっきりしてくる。慣れたクライマーの目には、登れそうだと思えてくる。

けれども、ドーン・ウォールに関しては、三メートルまで近づいても、真っ平らで手がかり一つないようにしか見えない。数センチの距離まで表面に目を近づけてようやく、凹凸や陰影や可能性が見えてくる。

「信じられない、陶器みたいだ」ケヴィンは言った。

「ああ。だからこのルートは特別なんだ。とても登れるわけがなさそうに見えるだろう」

高度なテクニックが必要なエル・キャピタンをケヴィンがどう登るのか見たかったので、ぼくたちは取りつきから最初の三ピッチを登ることにした。驚いたことに、ケヴィンはすぐに花崗岩のクライミングに適応した。粒子の細かい岩で、クライミングシューズのラバーがどの程度まで滑らずにいられるか、フリクションをじっくりと確かめ、微妙なバランスをとりながら登っていく。余計な力は入っていない。難しいセクションに差しかかると、むやみに動いて体力を消耗する代わりに、ロープに身体を預け、ホールドを観察している。キーとなる小さなホールドに印をつけ、ムーブを探る。岩肌を指で押し、粒子の一つひとつを皮膚になじませ、どれだけ力を加えればいいかを確かめている。それぞれのムーブを検討するさまは科学実験のようで、データを集めて分析したあと、仮説を立ててテストする。うまくいかないときはまた別の方法を試した。答えを見つけると、信じられないほどの優雅なムーブでそれをこなしていく。

ぼくは感動を覚えた。普通は、新しい種類のクライミングに慣れるのに何カ月もかかる。ぼくでもそうだった。ケヴィンにとっては、花崗岩の扱いなどお手の物だった。初めてピアノの前に座り、少し鍵盤を叩いただけで、一度聴いたことのある曲を弾けるサヴァン症候群の人を思い出した。そういうケヴィンのアプローチを目の当たりにして、ぼくも壁を違う角度から眺め、これまでより分析的にこの壁に取り組んだ。ホールドをよく観察するだけでなく、指をセンサーのように使って、岩の粒子のデータを収集した。指がその表面をつかむ様子が頭の中に映像として浮かんでくる。脳内で岩肌の3Dモデルを作り、それを回転させて、さまざまな角度から検討する。

ケヴィンはビレイをしているときに、いろいろ質問をしてきた。ぼくがどんなギアを持ち、どんなふうに荷揚げするのかを観察し、分析していた。ほかのクライマーが何年もかけて理解することを、瞬く間にのみ込んだようだった。さらに、彼はとても謙虚で、これほどの才能を持ちながら、人を感心させることには興味がないようだった。

ぼくたちは暗くなるまで登った。次の朝、ぼくはヴァンから三五キロのホールバッグを二つ降ろした。ブタの死体でも投げ降ろしたかのような音がした。ケヴィンはその一つを背負おうとして、途中で手を離した。

「嘘だろ、重てぇ!」ケヴィンは言った。「頂上まではどれくらい?」

「荷物がなければ一時間二〇分だが、荷物があると四時間くらいかな」。ぼくはホールバッグを一つ、ヴァンのドアのところに置き、中腰でストラップを肩にかけた。そして、うなり声を上げながら、上体を二〇度ほど前に倒して立ち上がった。

そのときケヴィンは気づいていなかったと思うが、ぼくは彼を試していた。クライミングの技術や度胸があるのは知っていたが、体力やモチベーションについてはまだ判然としなかった。

一〇分も経たないうちに脚が焼けるように痛み、背中が凝り固まった。ぼくは慣れていたので、最初の三〇分がいちばんきついとわかっていた。二時間ほどするとケヴィンは話すのをやめたが、足は止めなかった。ゆっくりと着実に歩き続け、身体が負荷に慣れてくると、顔を真っ赤にして膝を震わせながらもスピードを上げた。

頂上に着くと、ケヴィンは荷物を下ろし、両腕を伸ばした。

「やっと着いたぜ」

エル・キャップ下部での腕試しでケヴィンは高度に慣れてきたようだが、今回は話が違った。ここは地上九〇〇メートル。度胸と才能、体力と根気強さを総動員しなくてはならない。

ケヴィンは壁の縁に立ち、下をのぞき込んだ。ぼくはケヴィンにワイヤーブラシを渡し、予定しているラインを簡単に説明した。ぼくが明日使うギアを整理しているあいだに、ルートを見てくるように言った。ケヴィンは下降器をロープにつけ、なんのためらいもなく下に消えていった。

ぼくは二〇分ほど待ってから、セルフを延長して縁から頭を突き出した。ケヴィンは何度も壁を蹴り、できるだけ遠くに跳び上がって、左側のカンテの向こう側をのぞき込もうとしていた。そして、もっとよく見ようと垂直の壁を一〇メートル、一五メートル、二〇メートルと弧を描いて振り子のように左右にスイングし始めた。

まったく恐がる様子はない。やっとぼくは、ドーン・ウォールのパートナーを見つけたのだ。

一緒に過ごすうちに、互いの性格だけでなく、強さや弱さも、パズルのピースがはまるようにぴたりと合い始めた。楽観的で夢想家なぼくは、目標を定め、大きな視点で計画を立てた。ケヴィンは、科学者であり技術者で、一つひとつのムーブの詳細をすべて頭に叩き込んだ。

冒険が未知なものを味わい、危険を伴うものだとしたら、ぼくたちの挑戦は冒険とは言えないかもしれない。高度感はすさまじく、天候もときには荒れたものの、クライミングそのものは比較的安全だった。プロテクションはほとんどが頼りないものだったが、傾斜が強いので大墜落をしても身体はどこにもぶつからない。恐怖感はもちろんあるが、アンカーはどれも強固で、現代のロープはほとんど切れる心配はない——クライミングロープが切れるのは映画の中だけだ。何よりもここでは、ぼくたち自身の潜在的な能力や忍耐力が試される。

ぼくたちはワイノ・タワーにキャンプを設置し、ケヴィンは星を見上げながら、人生初めてのポータレッジでの夜を過ごした。

さまざまなピッチを行き来できるように、固定ロープを何本も垂らした。懸垂下降をしたり、アッセンダーを使ったりして、効率よく移動できるようになった。ロープを張り巡らしたおかげで、壁のどこにいても、別の場所まで比較的すぐに行けるようになり、人力の往復交通手段ができ上がった。

数週間が経つころには、一連のルーティンが決まってきた。壁の頂上までハイクアップし、ポータレッジまで懸垂下降をする。三日間から五日間ほどクライミングをし、そのあと地上まで懸垂下降して、数日間レストする。地上から数百メートルの息をのむような場所にいるのに、それを意識することはほとんどなく、人生で最高の岩で、いつものクライミングをしている気分だった。夕方になると壁に日が反射し、現実離れした光景に包まれた。

ぼくたちは少しずつ少しずつ前進していった。ぼくはあらゆる面で充実感が増していくのを感じた。ただ、一つのことを除いては。

それまでの数カ月間で、ベッカとぼくはさらに親しくなっていた。出会ったころの、夢中になったり互いを詮索したりする時期を過ぎ、愛や理解に近いものを感じるようになった。将来について考えるとき、どちらもお互いのいない生活は考えられなくなっていた。ベッカはエステス・パークで看護師の仕事を始め、勤務後に、目がほとんど見えない九十歳の老夫人のもとへ通っていた。老夫人はベッカと過ごすのをとても楽しんでいるようだった。偶然にも、その老夫人はマイク・ドナヒューの母親だった。自由な時間には、ベッカは持ち前の社交性を大いに発揮した。

ぼくの交友関係はいつも狭いものだったが、ベッカに出会ってから知り合いが飛躍的に増えた。さまざまな人と知り合い、彼らの人生を垣間見たり、自分の人生も知ってもらいたいと思えるようになった。

ぼくはベッカの自立したところに惹かれた。ベッカは一人の時間を大切にし、クライミングトリップに行きたがるぼくを応援してくれた。プレッシャーを感じずにすんだので、ぼくは心から自由を味わえた。ヨセミテで何カ月過ごそうと、ぼくがいなくてもベッカは大丈夫そうだと思えた。

とはいえ、ベッカのエネルギーをいつも感じていたい、ベッカと一緒にいたいという気持ちは変わらなかった。ぼくはベッカをヨセミテに一週間招待することにした。ベッカが到着すると、ぼくは彼女にユマーリングを教え、ドーン・ウォールで一緒に過ごせるようにした。

ポータレッジに座り、足をぶらぶらさせて、三人で並んで景色を眺めながら、スナックの袋を回す。まるで映画館にいるような気分になる。遠くのハイシエラの山々は、すでに初雪に覆われている。昼の日差しが花崗岩から照り返す。気温は一五度ほどだったが、ぼくたちの額には汗が浮かんだ。いつものように、ケヴィンとぼくはシャツを脱ぎ、カリフォルニアの太陽を浴びた。

ベッカもそれに倣って上着を脱ぎ、スポーツブラ一枚になった。

「信じられないような景色ね」。ベッカの髪が風になびき、ケヴィンの顔に当たった。

ケヴィンが赤くなっているのがわかる。ベッカはいつもと同じようにしていたのだが、それがケヴィンにはセクシーに思えたのだろう。

「ああ、本当にゴージャスだ」ぼくは言った。「びっくりしたろう、この――」とぼくは口ごもったが、ごまかすにはもう手遅れだった。「このサイズに」

「あら、それほどでもないけど」ベッカは言った。

「あの、ぼくは降りたほうがいいかな」ケヴィンが言った。

「いや、まだもうひとがんばりしないと」ぼくは笑いをこらえながら言った。

その日の残りの時間は、ポータレッジのすぐ上のピッチをトライした。そのあいだ、ベッカは冗談を言ったり、質問をしたり、写真を撮ったりした。ベッカを連れてきたことにケヴィンは内心腹を立てていたかもしれないが、顔には出していなかった。

ほどなく、ぼくは一週間レスト日を取って、ベッカと過ごすことにした。

「ぼくがいなくても、取りついてみたらどうかな」ぼくは言った。「壁の中で過ごした時間の差が少しは縮まる」

「いや、ぼくも少し家に戻るよ。洗濯もしたいし」

ぼくは、ベッカをヨセミテの短めのクラシックルートに連れていった。あと一ピッチというところで周りが暗くなり、ヘッドランプを持っていなかったので少しひやりとしたことがあったが、ベッカはパニックにならず落ち着いていた。ヨセミテでベッカと過ごした一週間のあいだに、ぼくは彼女と出会ってからの五カ月を振り返った。女性と付き合った経験が豊富なわけではなかったが、ベッカはすばらしすぎて、付き合っていることが現実とは思えなかった。

愛の指南書があるとすれば、それには「ちょっと展開が早すぎる」と書いてあるに違いない。失敗した結婚の傷が癒えるには時間がかかる。けれども、ベッカと付き合うことで、傷が開く気配はなかった。ただ、知らないうちに、失っていた自分の一部がふいに戻ってきたように思えた。地面に落ちている風化したコインをひっくり返したら、裏面に色鮮やかな新たな世界が広がっていたような感じた。

ただ、一つだけ気になることがあった。結婚するなら相手はクリスチャンがいい、とベッカが思っていることだ。ベッカはぼくを愛してくれてはいたが、それ以上に神への愛は深かった。以前、ベッカにクリスチャンかどうか尋ねられたとき、なんと答えればいいかわからなかった。子どものころは教会に通っていたし、日曜学校で神が自分の心に宿りますようにと祈ったこともある。赤ん坊のときに洗礼を受け、ひどく悲しいときや、大きな霊感を得たときには神に祈りを捧げた。

ぼくは離婚し、そのことで神を呪った。神を信じなくなり、クリスチャンは世間知らずで頑固な人びとだと思っていた。ぼく自身も、世間知らずで無知なのは同じだ。ただ、神の存在を実感したことはなかったし、ベッカのために神を愛するのは、神を信じるのとはまったく別のことだとわかっていた。純粋な興味はあっても、キルギスで実感したように、盲目的な信心は危険でもあることを身に染みて知っていた。とはいえ、ベッカの信心深さがぼくを変え、自分の信仰心について考えたり、自分自身にいろいろな問いかけをしたりするようになった。その週の終わり、ベッカを空港まで送っていったとき、ベッカといつまでも一緒にいたいと強く思った。

別れ際にキスをしたとき、自分の中の臆病な部分が首をもたげた。ぼくが一カ月後にエステス・パークに戻ったとき、ベッカはまだそこにいてくれるだろうか？　お互いに愛し合っているのは確かだったが、ぼくはベッカがいなくても幸せでいられる。ただ、ベッカの期待に応えられない男にはなりたくなかった。

ベッカが帰ったあと、ケヴィンとぼくはクライミングに全力を注いだ。指には分厚いたこができた。もはや高さは意識しなくなり、地面から一メートルの場所でクライミングをしているときと同じ自信を持って登れるようになった。困難な、つらい作業だったが、世界で最も美しい岩壁で過ごすことよりも楽しいことは二人とも想像できなかった。

難しいクライミングがずっと続くので、ぼくたちは信じられないほど多くのムーブを頭に叩き込み、一つひとつ正確に実行しなくてはならなかった。夜ごと詳細を話し合い、頭の中で一連のムーブを練習した。ホールドをどう持つか、体勢をどうするか。シューズのラバーが剝がれそうになったときには、どう対処するかを話し合った。スポルティバ社が今回のクライミングのために、特別なシューズを作成してくれた。

これまで積んできた経験すべてをつぎ込んで、それぞれのピッチをトライしていった。成功させるために、ぼくたちは〝完登シーンしか目に入らない術〟という技を編み出し、登れると信じてとにかくポジティブな思考でいることにした。壁が濡れているときには、乾いているものと思って登った。指先の皮膚が裂けたときには、テープを巻いて登り続けた。この場所と、この場所の美しさへの思いがたぎり、心の底から登りたいという欲求をかき立てた。岩壁は白いキャンバスのようなもので、目標や能力や創造性によってルートが生まれる。ただ一つの情熱にのみ込まれたことのない者には、この衝動は理解しがたいだろう。ルートや壁が夢にまで出てくる。問題を解決しようとしながら眠りに落ち、目が覚めると無意識のうちに解決案が生まれてくる。

絶対に登ってみせるという強い気持ちが、ぼくの中でどんどん育っていた。このプロジェクトをやり遂げられそうだという見通しを持てたことや、ケヴィンのような意欲的なパートナーを得たことも関係していたが、ベッカの存在も大きかった。ぼくが家に帰ったときにも、ベッカはそこにいた。ぼくはやる気をみなぎらせた。クライミングの枠を超えた強化トレーニングを始めた。外気温がマイナス一〇度を下回っても、ランニングシューズを履いて外に出て、秒速二〇メートルの風の中、頭を下げて走り始める。ドーン・ウォールをフリーで登れるかどうかは、身体的なことだけではなく、心の問題でもあるとわかっていたからだ。心を鍛え、登りたいという思いを深めなくてはならなかった。トレーニングの締めくくりに、五五平方メートルのキャビンの埃っぽい物置に入り、フィンガーボードの指懸垂を何セットもこなし、筋肉が疲労で痙攣するまで腹筋や腕立て伏せをした。

ぼくは、ベッカと一緒に教会に通うようになった。信仰というものについて確信が持てるのか断言はできないけれど、いま確かめようとしているところだと彼女に打ち明けた。心を開いて、神がそれを受け止めてくれるのかどうかを試してみたかった。週に一度牧師と会って、多くのことを学ぼうとした。ぼくが懐疑的なことを言っても、牧師は気を悪くすることも、神を受け入れるよう求めることもなく、理解を示してくれた。その教会の信徒はあまり多くなく――二〇〇人ほどだろうか――ぼくは温かく迎え入れられた。人生を前向きに楽しむ彼らに接するだけで、皮肉に満ちた不機嫌な世界を見てきたあとでは、心が洗われる気がした。

ある冬の、凍えるような夜に、ベッカとぼくはボールダーでデートをしたあと、エステス・パークに向かっていた。湿気が凍りついて、空気からすっぽり抜け落ちたような夜で、星に手が届きそうなほど空が澄んでいた。新雪をまとった山道の土手が、ヘッドライトを受けて輝いている。道を登る途中で、ぼくはわざとクラッチを踏んでエンジンを止めた。

「まずい。エンジンがかからない」。ぼくは、刺すような寒さの中、足元の雪をきゅっきゅっと軋《きし》ませて、ボンネットのロックを開けた。「ベッカ、手伝ってくれないか。懐中電灯をトランクから取ってきてくれ」

ベッカはほとんど文句を言うような人間ではないが、少々不服そうにしながらもハイヒールにドレスという格好で外に出た。懐中電灯は持ち手を回して明かりをつけるタイプのものだった。ベッカは震えながら懐中電灯をボンネットに向け、持ち手を回し始めた。ぼくはその持ち手に婚約指輪を結びつけておいたので、回転させるたびにチャリンチャリンという金属音が聞こえた。

「何、これ?」ベッカは手元を見下ろし、弾けたように笑った。「あなたって……あなたって突拍子もない人ね!」

第13章
CHAPTER 13

ぼくはケヴィンに目をやる。携帯電話のバックライトが、ケヴィンの顔を照らし出す。親指で、メッセージか通知をスクロールする。ケヴィンは、今日の出来事をどう発信するのだろう、とぼくはふと考える。今日のふがいなさに、自分のフォロワーも引き込むのだろうか。ケヴィンが顔を上げ、言葉を探すように顎をさする。

ケヴィンのミニスピーカーから、夜気を貫いてギターのリフが流れてくる。ピックが弦に当たる音まで聞こえる。しばらくして、別のギターとベースとかすかなドラムが、リフに力強いコードを重ねる。ケヴィンはぼくを見て、拳を突き上げる。一瞬、ぼくはためらう。ケヴィンの拳は勢いを増し、ぼくもそこに加わる。次の瞬間、ぼくたちはビートに押し流される。

絶妙のタイミングで、ケヴィンが歌い出す。「ライジング・アップ、バック・オン・ザ・ストリート」

ロッキーの映像がぱっとよみがえる。ぼくは笑い出し、一緒に歌い始める。「アイ・オブ・ザ・タイガー」と声を合わせるころには、二人とも声を限りに叫んでいる。

歌い終わると、ぼくたちはヘッドランプをつけ、クライミングシューズの紐を結ぶ。

夜はまだ終わらない。
ロッキー・バルボアに祝福あれ。

壁の上からビー玉のような水滴が落ちてきて、空中で静止した。どこに行こうか考えているかのように、宙に浮かんで陽光に輝いている。ぼくたちの顔の周りを、ホタルの群れのように漂っていたと思うと、しばらく動きを止め、そのあと落下していく。これは午後の早い時間に起こる現象だ。日の光がエル・キャピタン頂上の雪を解かし、その水が壁から滴り始めると同時に、温められた岩壁が強い上昇気流を生み出し、空気の流れを乱す。ただ一つ困るのは、風向きが変わるとぼくたち自身や岩も濡れることだ。

二〇一〇年の三月の終わり、シエラネバダの厳しい冬がようやく終わろうとしていた。静かで荘厳なヴァレーにも、春の兆しが宿っていた。毎週のように吹き荒れた吹雪は、ブランケットのような重い湿雪を積もらせたが、今は晴れ間ものぞいている。まるで季節同士が内輪で話し合いをしているかのようだ。だが、夜になると気温は急降下し、滴る水が壁の表面に凍りつく。翌朝、日が当たり始めると、氷の大きな板が剝がれ、氷の粒となって降ることもあれば、のこぎりの歯のようにうなりを立てて落ちていくこともある。最も大きな塊――ぼくたちは〝未亡人製造機〟と呼んでいる――が落ちてくるのはたいてい最後の段階だ。轟音を響かせて砲弾が落ちてくるのではないかと、不安を募らせながらクライミングをすることになる。

レストの日には、壁の取りつきに座って、状態を見定めてトライできるかどうかの判断をつける。「よし、わかった。要は、夜の最低気温次第だな。海抜二三〇〇メートルの頂上の気温がどうなるかだ。翌朝晴れてマイナス一度を下回ったら、氷は午前八時までにすべて落ちるが、壁は一一時まで濡れることはない。だから三時間は登れる。気温がマイナス一度を下回らなければ、氷はほとんどできないから、小さな氷の粒が落ちてくるだけだ。ヘルメットをかぶっていれば午前中ずっと登っていても問題ない」

ケヴィンは、正気かという顔でぼくを見る。「ずいぶん楽観的だな」

「一見恐ろしそうに思えるけど、大きな塊が当たる可能性はほとんどないからな」ぼくは肩をすくめて言う。

ケヴィンの眉間に皺が寄る。「そんな危険、冒す価値はまったくないよ」

世界でも有数の、とんでもなく難しいハイボールの数々を、地上一〇メートルの高さでこなしてきた男が言うせりふとは思えない。けれども、ケヴィンいわく、ハイボールのボルダリングはすべて自分次第なのだという——自分がうまく登れば、落ちることはない。自分で結果をコントロールできると。

濡れた岩や落ちてくる氷のせいで士気が下がることもあるが、ケヴィンの行動にも理解しづらい側面が出てきた。クライミングをしているあいだは、ぼくとケヴィンは兄弟のように笑い合い、励まし合い、鼓舞し合う。けれども、ポータレッジで過ごす長い夜、水の滴りが止まるのを待っているあいだ、ぼくはケヴィンに対して個人的な質問をいろいろするが、ケヴィンはｉＰｈｏｎｅをいじっていて、気のない短い答えしか返してこない。

壁を降りたときは、ぼくのヴァンで夕食を一緒に作って食べないかと誘ってみるけれども、ケヴィンは自分のピックアップトラックで一人で過ごす。ぼくはずっと、日常では築きえない強い絆がクライミングパートナーとのあいだには生まれると思ってきた。これまでのパートナーはみな一心同体だったからだ。

けれども、ほかのビッグウォールを登ったときには、もともと友人だった相手と登ってきた。だが、今回はそもそもスタートが異なっている。ケヴィンはエル・キャピタンをフリーで登る方法を学びたがっていて、ぼくのほうはパートナーを探していた。それでも登る分にはうまくいっていたし、ぼくはケヴィンのことが好きだったので、友情が育つのには、もう少し時間が必要なだけなのかもしれなかった。

二人で話をしているとき、ケヴィンが突っ込んで語りたがる話題があった。ビジネスについてだ。ケヴィンは「プロフェッショナル・クライマーズ・インターナショナル」という組織を立ち上げようとしていた。その団体は、プロクライマーのビジネスチャンスと収入を増やすことを目的としている。たしかにクライミングは稼げるスポーツとは見なされていないし、これまでずっとそうだった。スポンサーはギアを提供し（高価なものなので助かるが）、ときに遠征費用を補助し（その代わりに、企業が利用できる見栄えのいい写真を撮ってこなくてはならない）、運に恵まれたひと握りのクライマー（ぼくもそうだ）には資金援助をする。だが、そうした恩恵はかなりささやかなもので、人気のあるスポーツのアスリートたちが受ける支援とは桁が違う。

さらに、支援を受ける場合、見返りに、スポンサーのブランドイメージに貢献しなくてはならない。実績（目を引くものが求められる）を伝える写真や広告、読み物、ニュース記事に露出し、ブランドの好感度を高める顔になるのだ――だから、どれだけ実績があっても、無愛想なクライマーにはスポンサーがつきにくい。現実問題として、アメリカに住む〝プロクライマー〟を自認する人びとのうち、実際にそれだけで生計を立てている者は、両手で数えられるくらいしかいない。クライミング自体で得られる収入は、清掃員の給料とあまり変わらないかもしれない（クライミングに関する文章や写真やガイド、セールス業務などの収入は別だ）。クライミング業界ではほとんど金は動かない。けれども、時代は変わりつつあり、クライミング業界は成長し、チャンスも増えている――とりわけケヴィンのような、才能があって見た目もいいクライマーにはそうだ。

ビジネスの話をするときのケヴィンの物腰が変わるので、取締役室にいるような気分にさせられる。ケヴィンは、〝採算が合う〟といった言葉を使い、「プロクライマーの収入を増やすには……」と言う。ぼくはそれを聞いて、クライミングの本来の存在意義が冒涜されるように感じた。スポンサーからの資金提供は、クライミングに集中するための仕組みであり、金のためにクライミングをしているわけではないし、そのためにクライミングの純粋性を穢すべきではない。

「クライミングは反逆児のスポーツだ」そうぼくはケヴィンに言ったものだ。「それをビジネスにするのを、クライマーたちがどうとらえるかわからないな」。ぼく自身は、プロクライマーになりたいと若いころに思ったことはなかった。当時は、単純にそういう職業が存在していなかったからだ。そのうちにスポンサーがつくようになったが、支援の代償に魂を売れとは言われなかった。だからこそ今の自分があり、信念を貫き通してこられたのだ。

話をするうちに、ぼくは自分の動機や意図について、以前より深く考えるようになった。足かけ三年、ドーン・ウォールに取り組んできた。このクライミングはぼくの試金石で自己表現の場になっている。最初は、単独で開拓を始めたこともあり、いかにクライマーとして自立した存在になれるかということを追求してきた。独自の構想を立て、それをやり遂げることこそ創造的だと感じられた。これがビジネスチャンスになるとは考えもつかなかった。この壁にいるあいだは、ケヴィンはぼくにとっては見習いのようなものだ。ケヴィンはビッグウォールを登る方法を学びながら、ぼくがゴールにたどり着くのを手伝ってくれている。

あるとき、ケヴィンは驚くことを言った。「ぼくがエル・キャピタンで最初に登ったルートがドーン・ウォールだったら、すごくないか」。ふいに、ケヴィンは本当にビッグウォールの登り方を学ぶことに興味があるのだろうか、ケヴィンにとってのドーン・ウォールは、名を上げてプロクライマーとしての価値を高めるための手段にすぎないのではないかと思えてきた。

ベスと離婚したとき、ベスがぼくに惹かれたのは、愛情からというより、望みどおりのキャリアを積むためだったのではないかと考えたことがある。それを思い出すと身を切られるほどつらい。ケヴィンもベスと同じようにぼくを利用しているのだろうか。それとも、ケヴィンとの出会いは失敗した結婚という一連の流れの結末になるのだろうか。だが結局のところ、ある意味ではぼくもケヴィンを利用していたのかもしれない。

当初、ケヴィンはビジネスマンであり、必死にムーブを探し出そうとする男にすぎなかったが、二年にわたって一緒にトライを続けたなかで、ぼくはケヴィンのほかの面も知るようになった。若いケヴィンはついてこようと必死に努力していて、一人でいることを極端なほど好んだ。すばらしい才能を持っているにもかかわらず、彼なりの不安を抱えているのは間違いなかった。このプロジェクトに対するぼくの強い思いが、彼の不安をさらに増幅させていたのかもしれない。この状況は、ときに高圧的だった父との関係を思い出させた。ぼくはこれまでに一度たりとも父とは腹を割って話すことができなかった。父のことは好きだったし、一緒にいるのは楽しかったけれども、父の前では気圧され、萎縮してしまった。父がくよくよと悩んだりすることはないのだろう、といつも思っていた。あの世代の男性は、みなそうなのかもしれない――文句一つ言わず、仕事をこなして前に進む。けれども、ケヴィンがその高圧的な父のようにぼくを見ていたら?

とはいえ、ある意味でケヴィンとぼくの父は似ていた。父は、ぼくがどれだけすばらしい機会に恵まれているかということを常に意識していた――好きなことをして生計を立てるという機会のことだ。ときどき、父はぼくが何を考えているかよりも、プロとしての生活について話すほうが楽しそうに見えた。たとえば、キルギスでの出来事のあと、父は、ぼくのその後の生活について気にかけるよりも、ぼくのクライミングキャリアについて心配しているようだった。

そうしたことはぼく自身にも関係してくる。たぶんぼくには、そういう方向性や背中を押してくれるものが必要だったのだろう。ぼくは金で動く人間ではなかったし、父もそれは同じだったと思うが、収入を得ることで自分の好きなことをできるだけ長く続けられる。もし選ぶことができたならば、父も同じフルタイムのクライマーになっていたのは間違いない。

理想というのは、家賃や住宅ローンや光熱費や車の維持費といった俗っぽい現実を土台にしなくては成り立たないことを、父は——おそらくケヴィンも——ぼくよりも理解しているのだ。父やケヴィン寄りの視点から物事を見られるようになれば、クライミングは職業にもなりうるという、彼らの多面的な考え方を理解できるようになるのかもしれない。

タイミングさえ見誤らなければ、リスクをコントロールして、安全なクライミングが可能になると、徐々にケヴィンに納得させることができた。ぼくたちは午前三時に起床し、夜明けから午前一一時までトライをするようになった。そのあとはポータレッジに避難して、落ちてくる水滴を夜中までやり過ごす。眠ったあと、また午前三時に起きて核心のパズルを説く作業に取りかかる。

休憩しているあいだ、強い風がポータレッジを繰り返し揺さぶった。ときおりポータレッジから頭を突き出して、椅子に座っているメドウの観光客たちを見下ろした。みな、ぼくたちが何をやっているのかと不思議に思っているに違いない。ぼくたちの頭の上には、漫画に出てくるような雨雲が常に浮かんでいる。身体の疲れよりも、退屈に耐えるのがいちばんつらかった。

ほどなく、ケヴィンのモチベーションが下がり始めた。これまでケヴィンに発破をかけ、無理を強いていることが申し訳なくなった。壁から降りるたび、ぼくはヴァレーで身体を休めながら、ドーン・ウォールに戻ったときの計画を立てた。ケヴィンはレストのあいだ、自宅に帰ることが多くなった。そして予定よりも数日長く家にとどまり、ぼくは一人でトライすることが多くなった。その年の五月にヨセミテを離れたとき、ぼくは思った。ケヴィンはもう戻ってこないかもしれないと。

つらいシーズンを過ごし、ぼくはやる気を失ってもおかしくなかったが、ベッカとの暮らしが気力を取り戻させてくれた。ぼくたちの生活は、大好きなものや野外で過ごす時間で満たされていた。エステス・パークのシンプルな暮らしや、家の外に溢れる宝物を楽しんだ。山々には野の花が咲き、雪が積もっていた。

六月のある晴れた日、真っ青な空の下で、ベッカとぼくは友人や家族七〇人に囲まれて、広い草原に立っていた。ロッキーマウンテン国立公園の山々が遠くに連なっている。ぼくたちは手を取り合い、まずぼくが、次にベッカがスピーチをした。ぼくは緊張してどぎまぎしないよう必死だったが、愛情のこもったベッカのスピーチは感動を覚えるものだった。ぼくたちの関係はクライミングと同じで、試練が訪れたとき、それが想定内のものでも予想外のものでも、簡単なものでも難しいものでも、クライミングと同じように道を見つけていくこと、自分たちを最大限に表現するべく、自立しながらつながっていくことが大切だとベッカは話した。友人の牧師が式を取り仕切り、ぼくたちは互いの目を見つめて「誓います」と告げた。

愛するということが、こんなにも喜びに満ちたものだとぼくは知らなかった。ベッカと出会って以来、ぼくの生活はつらい困難な歩みから、雲から雲へと飛び移るスキップのようなものへと変わった。ベッカの明るさが、過去のささくれを和らげてくれた。ベッカの人びとへの愛や、見慣れない新しいものへの尽きることのない好奇心が、ぼくを幸せで満たしてくれた。ベッカに手を握られると電流が走り、彼女の笑顔を見ると胸が熱くなった。結婚してからの最初の数カ月は、現実に戻ってくることに必死だった。

ぼくはそれまでの七年間、年に九カ月はクライミングのために家を空けていた。ベッカとぼくは互いに自立した生活を送りたいと思っていたが、そこまで長いあいだ離れているのを二人とも望まなかった。話し合いの結果、ベッカが看護師の仕事を辞め、年に数回はぼくと一緒に旅をすることにした。ベッカには写真の才能があることがわかり、少し集中して経験を積めば、収入の足しになるのではないかと思った。

ぼくの両親はぼくたちの決断を理解し、応援してくれたが、ベッカの両親にとっては、受け入れるのに少し時間が必要だったようだ。岩場の多いアメリカ西部でさえプロクライマーは珍しい人種なので、ミネソタ出身の彼らには、ぼくがやっていることはなかなか理解できないようだった。彼らは娘を愛し、娘の幸せと安全を願っていた。ぼくたちのような生活にはリスクがあると彼女の両親が心配するのは無理もないことだった。けれども、ベッカは両親に信頼されていたので、最終的にはいい関係を築くことができた。

さまざまなことがよい方向に行ったのは、ベッカのおかげだった。ベッカがそばにいると、なんでもできるような気がしてくる。ほどなく、ぼくの心はドーン・ウォールに戻っていった。ドーン・ウォールがぼくの中で存在を変え始めた。拒絶された心の痛みからの逃避場所だったものが、自分の限界を試す冒険に赴くチャンスへと変わった。

このシーズンは、がむしゃらにトライするだけでなく、より頭を使って登ろうと考えていた。過去の何が悪かったのかを分析し、これからどうすればいいかを考えるつもりだった。

二〇一〇年の秋のシーズンに向け、第一段階として身体を鍛えることにした。ドーン・ウォールの難しさは、すべて個々のムーブに帰着する。ぼくはこれまで何十年もかけて持久力をつけ、エル・キャピタンのクライミングに必要な技術を身につけてきたが、ぼくに欠けていたのはパワーだった。クライミングで求められるパワーを強化するいちばんの方法は、難しいボルダリングをすることだ。そこで、トレーニング期間のほとんどをロッキーにある氷河で削られた谷、カオス・キャニオンで過ごした。

最初に、トレイルを一時間ほど走る。幅八〇〇メートル、長さ三二〇〇メートルほどのカオス・キャニオンは、標高三〇〇〇メートルから三三〇〇メートルの場所にあり、一軒家ほどの大きさの岩がごろごろしている。父は一〇年以上前に近くの湖に釣りに来たときから、このエリアのたぐいまれな可能性に気づいていたが、その後、無数のすばらしい課題を擁する世界的なボルダリングエリアとして知られるようになった。

谷に近づくと、さらさらと音を立てる小川や亜高山の美しい湖が見えてくる。湖にはスイレンの葉が浮かび、ニジマスも多く生息している。谷を下ると、ポンデローサパインの木立のあいだに、濃い茶灰色の岩が点在している。谷の上部は岩だらけで、黄色の地衣類に表面が覆われたものや、黒と褐色が渦を巻くマーブル模様のボルダーが見える。午後になって夏の嵐が訪れると、ぼくは岩の隙間や洞窟の迷路の奥に入っていった。外では雨が叩きつけ、雷鳴が轟くなか、適度なホールドのある傾斜の強い岩を探して歩き回った。

四、五時間ボルダリングをしたあとは、走って山を下った。上半身を痙攣させながら、車で家へ戻り、さらに家のクライミングウォールで二時間ほどボルダリングとけがを防止するための筋力トレーニングをする。締めくくりに三〇分のクロスフィット・トレーニングをすることもあった。

そうしたトレーニングの量と強度は、身体の限界を超えていた。毎晩、疲労でぐったりしたが、深い満足感に浸っていた。目標は単に身体を鍛えることではなく、心を鍛え、けっして折れない精神力をつくり上げることだった。

ぼくは身体を酷使する能力をコントロールできるようになった。もうだめだと感じる限界を超えて力を発揮した経験を思い出して、悲鳴を上げる筋肉にまだがんばれる、もう一セットできると脳から指令を送る。パフォーマンスと実際の能力のギャップをなるべく埋めたかった。

次のシーズンに向けた第二の段階は、岩壁のコンディションを再検討することだった。前年に悪戦苦闘したトライの経験から、雪解け水が絶えず染み出てくる春は、ルートの上半分を登るのは無理だと判断した。となると、秋の一シーズンに絞るしかない。夏は暑すぎ、冬は雪が多すぎる。困難を極めるルートでは、そうした状況が大きな違いを生む。今後、春は別の場所でトレーニングすることにした。

第三段階は、チームを再検討することだった。ケヴィンは正式に抜けたわけではなかったが、夏のあいだほとんど便りがなかった。ケヴィンが現れなかった場合に備え、計画を立てておく必要があった。これまでのクライミングでは一人のパートナーとずっと組んできたが、ドーン・ウォールの場合は不特定多数のビレイヤーを募集するのがいいかもしれないと思った。

そのシーズンにはベッカもヨセミテにやってきた。ベッカはビレイを申し出てくれたが、ぼくとしては、自分たちの関係に悪影響を及ぼしそうなことはしたくなかった。ベッカにはヨセミテを楽しんでもらいたかったので、秋のあいだ、いろいろな友達にヨセミテに来てもらうことにした。意外なことに、ちょっとしたビレイのあとに壁の中のポータレッジで眠るのを、みんなおもしろがってくれた。特別な環境にいると何もかもが最高の経験になる。食べ物がいつもよりおいしく感じられ、ジョークはいつもよりおもしろく思えてくる。紙袋に用を足すのも愉快でたまらなくなる。二〇一〇年十月のドーン・ウォールのシーズンが始まるころには、パートナーは多すぎるくらいになっていた。

そして、当然と言えば当然だが、ケヴィンはきちんと姿を見せた。やる気に溢れ、登る準備ができているようだ。新しく得たビッグウォールの知識を〝垂直キャンプのビレイヤー〟たちに披露したくてたまらないようだった。天候にも恵まれた。ほかに友人を一人連れて壁を三日間登ったあと、麓に下りて何日かレストするという流れができ上がった。ケヴィンは相変わらず、レストと称して家に戻っては何日間か帰ってこなかったが、深刻には考えなかった――準備ができたら戻ってくるだろうと思って、ぼくは別の仲間と登った。

そうした仲間の一人に、テディベアのような体格のクーパー・ブラックハーストがいた。身長一九三センチ、体重一〇四キロで、スタンフォード大学の元ラインバッカーだ。クーパーとぼくは、アメリカン・アルパイン・クラブのクライミングイベントで知り合った。ドーン・ウォールに来るまでは、地面から六〇メートルほどまでしか上がったことがなかった。

「重たい荷物を運んでやるよ」とクーパーは申し出てくれた。エル・キャピタンの頂上に運ぶ巨大なホールバッグを渡すと、まるで財布でも拾うような涼しい顔でそれを肩に担いだ。

クーパーはヒーローもののアニメのキャラクター、Mr《ミスター》・インクレディブルにそっくりだった。ブロンドの巻き髪、発達した筋肉、いたずらっぽい笑み。十二歳の子どもからルイ・アームストロングにまで絶えず声を変化させられる。爆竹が弾けるような笑い声を腹の底から上げているような人物なのだ。

エル・キャピタンの頂上へのハイキングは、下品なジョークとあり余るエネルギーに満ちていた。クーパーは数分ごとに立ち止まり、後ろを向いて、周囲の景色を眺めた。「マジかよ。すげえ眺めだなあ！」そして小さな声で付け加える。「今ここにいることが信じられない」。クーパーは自然の美しさについてたびたび独り言をつぶやいた。あまりに感激しているようなので、振り返ったら泣いているのではないかと思うくらいだった。

「なあ、トミー、ポーチ・ブランコのことを聞いたことがあるか」

「ああ、なぜだ?」

「壁にいるあいだに、やれないか?」

「そうきたか、どうだろうね」。ポーチ・ブランコは破天荒なクライマー、スコッティ・バークが最初に考え出した離れ業だ。スコッティは一〇年ほど前、ノーズをフリーで登ることを試みて、エル・キャピタンで三〇〇日ほどを過ごしたフリークライマーだ。エル・キャピタンがハードコア・ドラッグや命知らずのクライマーたちのメッカだった七〇年代後半に先祖返りしたような人物でもあった。熱狂的な支持を受けるレジェンドで、事実とも作り話ともつかない逸話に事欠かない。毎朝、エル・キャピタンの頂上で目覚めるなり、コカインを吸い、ロープをつけて岩壁の縁から飛び降りたという。

本当の話かどうかはともかく、それを〝ブランコ〟と呼ぶのは公平な言い方ではない。実際には、クライミングロープを使った地上九〇〇メートルからのバンジージャンプで、六〇メートル以上の自由落下になる。ただしバンジージャンプとは違って、ポーチ・ブランコでは垂直の岩壁からほんの数メートルしか離れていないところを落ちるので、スピード感と、壁にぶつかるのではないかという痺れるような恐怖が生まれる。セッティングしているところを何度か見たことがあったが、命を危険にさらすのは岩にしがみついているときだけで十分だと、ぼくはすぐに悟った。墜落はクライミングの副産物であって、目的ではない。〝楽しみ〟のために飛び降りるなんてありえないからだ。

「やろうぜ、トミー!」クーパーは引き下がらなかった。大きな手でぼくの肩を叩き、盛大に揺さぶってくる。もしかしたら、六〇メートルのフリーフォールは、ドーン・ウォールの精神を鍛えるいいトレーニングになるかもしれない。トライ中には、二〇メートルほどのフォールなど日常茶飯だからだ。ビレイデバイ
頭の中のパニックの声を静めようとしながら、ぼくはジャンプのセッティングをした。ビレイデバイ

スを短いロープにセットするとき、ぼくの手は震えていた。

　ポーチ・ブランコの仕組みはこうだ。六〇メートルのダイナミックロープの一方の端を、ダイビング・ボードという壁から突き出した岩に固定する。もう一方の端を身体に結びつけ、エル・キャピタンの縁に沿って水平に一五メートル離れた位置に立つ。そこのすぐ後ろのへりに木が一本あるので、そこに九メートルのロープを結ぶ。そして、すべてのクライマーにとっての悪夢を実行する。多くの疲れ切ったクライマーが命を落とすときのように、ロープ（短い九メートルのほう）を懸垂下降して、端まで来たら手を離す。

　クライミングは己をコントロールするスポーツだが、ポーチ・ブランコは自然に身を委ねる行為だ。ぼくは、短いロープの末端までゆっくりと懸垂下降していき、ロープの先端がブレーキをかけている手のすぐ下に来たところで止まった。エル・キャピタンの最も急峻な部分が、九〇〇メートル下まで切れ落ちている。ロープがハーネスから三〇メートル下まで垂れ下がり、ダイビング・ボードまで大きな弧を描いている。クーパーがアンカーの位置で動画を撮影していた。

「アンカーはどうだい、クーパー」ぼくはかすれた声で尋ねた。

「大丈夫そうだが、よくわからない。セッティングしたのはきみだから」クーパーはくすくすと笑った。「これからが本番だぜ」

「いいとも」ぼくは深呼吸をしながら言った。「少し時間をくれ」

「ああ、お祈りでもして気持ちを落ち着かせろ」

「何をしたって無駄な気がする」ぼくはつぶやいた。「どうにでもなれ」。そう言ってぼくは、つかんでいたロープの端を手から離した。

　ロープが音を立ててビレイデバイスを通過していき、無重力状態になって胃が浮き上がった。ぐんぐん下に落ちていき、九・八m／S^2で速度が増していく。実際はそれよりももっと速く感じられ、風を切る音が耳に押し寄せる。一メートルほど目の前を、灰色がかった白い影となって岩壁が通り過ぎていく。ぼくは口を開けて声にならない悲鳴を上げた。永遠にも思える時間のあと、ロープが伸び切り、肺に残っていた最後の空気が押し出された。大きな振り子のように弧を描いて壁の前を揺れ動き、アドレナリンが噴き出して恐怖が快感に変わる。ロープにぶら下がってたっぷり二分間スイングしたあと、まだ生きていることを神に感謝する。そして、ユマールで頂上へ戻った。

「こんなすごいもの初めて見たぜ！」と言って、クーパーは腹を抱えて笑った。「おれも早くやりたくてたまらねえ」

ぼくたちはシステムをダブルチェックし、クーパーがロープを結んで、短いほうのロープを懸垂下降した。ためらう様子がないことにぼくは驚いた。これほど高いところでクライミングした経験がほとんどないのに、クーパーは、エル・キャピタンの頂上からあっけらかんと六〇メートルのフリーフォールをやってのけた。

その夜、クーパーとぼくは壁の中腹にあるポータレッジへ降り、次の朝にはケヴィンが合流した。それから三日間、宙に浮かぶナイロンの島を拠点にクライミングをした。クーパーはビレイをし、生き生きと実況中継をした。ケヴィンはクーパーの存在で活気づいたようで、ジョークを飛ばして過ごした。二種類のプロテクションの話をしているときのことだ。その二つはどちらも身体の一部を示す俗語でもある。「何か変だなと思ったら、ペッカー（竿）がナッツ（玉）の下にあったんだ！」ぼくはケヴィンの陽気で快活な面を知るようになった。ぼくたち二人だけのときにはあまり表に出てこなかった部分だ。

そのあと、麓に下りたクーパーは、ドーン・ウォールでの日々は、フットボール人生の最高の一日と交換してもいいくらいすばらしかったと言った。

そうしたエネルギーを得て、作業は順調に進んだ。最難のムーブをすべて解決し、それをつなげて一連のムーブにしたあと、連結してそのピッチを完登する準備を始めた。いくつかの難しいピッチは最初から最後までつなげられてはいなかったが、ルートを通して登ることができる日に一歩一歩近づいていた。岩壁での生活に身体も慣れてきて、調子が上がっていた。

エル・キャピタンは、ヨセミテで最も携帯電話の電波の受信状態がいい。ぼくは壁の上から地上のベッカに毎晩電話をかけ、次の日に向けてエネルギーと熱意を補給した。ぼくたちは、子どもや将来についても話すようになっていた。ぼくがクライミングをしているあいだ、どんなに寂しくしているかをベッカは訴えたが、同時に友人たちとの楽しい時間についても話してくれた。ベッカはランニングを始め、ほかの友人たちとクライミングにも行った。「コールドウェル家の暮らし」というブログも書き始めた。内容は、冒険や料理の写真などさまざまだった。

ぼく自身が生来の性格を克服したのか、それとも、ぼくとベッカが一緒になったことの化学作用なのかはわからないが、前の結婚のときには、ぼくは自意識に縛られていると感じることが多かった。とにかく、ベスといたときのぼくは、まだ子どもだった。だが、今は何もかもがまったく違って感じられ、ベッカといると自信が持てた。ベッカのエネルギーと内面の穏やかさがぼくに流れ込んできた。ベッカはぼくを一段高い場所へ引き上げてくれた。ぼくは自分が変わり、成長し、よりよい人間になりつつあるのを感じた。

その年の十一月初旬、ケヴィンとぼくは壁の中で五週間過ごしたあと、ドーン・ウォールを初めて下から上まで通して登ってみることにした。取りつきから頂上までの全三二ピッチを、一度も壁を降りずに登る。これまでに経験したクライミングで、ドーン・ウォールほど時間をつぎ込んだものはほかにない。三年間で合計すれば、九〇日以上も壁の上で過ごし、壁を降りているときも、途方もない時間をトレーニングに費やした。だがそれはすべて準備にすぎない。本番《ザ・プッシュ》はこれからだ。そして、フリーで登ったと宣言するために、ある取り決めを作った。二人それぞれが各ピッチを、リードかセカンドかどうかにかかわらず、一度も墜落せずにフリーで登らなくてはならない（ピッチの途中でギアやロープに体重を預けてはいけない）。壁から下まで降りなければ、各ピッチを何度トライしても構わない。

ぼくたちは、十一月十九日の朝にスタートした。壁を二七〇メートル上がったところにポータレッジを設置し、二週間分の食料を用意した。ジョシュ・ローウェルと弟のブレットも撮影のために登ってきた。友人たちや家族から外に噂が広まっていたので、みんなをがっかりさせたくはなかった。ぼくは緊張していたし、たぶんケヴィンもそうだった。

5・13aというグレードは、上部に比べればウォーミングアップ程度にすぎないというのに、わずか二ピッチ目で足が滑り出し、身体が痙攣した。ぼくたちはホールドに必死にしがみついた。それぞれ何度も落ち、そのたびに登り直した。一日目の終わりまでに六ピッチを登り、戦争をくぐり抜けてきた気分になった。拳の関節から血が流れ、指先にはぼろぼろのテーピングが貼りつき、打ちのめされた気分だった。何が問題なのかはわかっていたが、それはなぐさめにはならなかった。ぼくたちは緊張にのみ込まれていた。今回のトライは、ぼくたちにとって、メジャーリーグの開幕戦やワールド・シリーズの第七戦を戦っているように感じられた。あまりに長いあいだ練習し計画してきたので、この瞬間はもはや自分たちだけのものではなくなっていた。周りからの期待もあったが、それよりも〝これは現実に起こっていることなのか〟という浮遊しているような感覚のほうが問題だった。心の乱れが足への不信に変わり、その分、腕の力に頼るようになった。体力を早く使いすぎ、この配分では最後までもたないと気づいた。早くも蓄えを使い果たして、タンクにはもう何も残っていなかった。

二日目は蒸し暑く、日を浴びながら難しいピッチを登るのは、とても無理な話だった。夜が来て涼しくなるのを待つことにし、それまでの時間を休養に充てた。

不気味な感じはするが、夜のクライミングはラインさえしっかり把握していれば昼間よりも楽だ。涼しいので手が滑りにくくなるだけでなく、ヘッドランプが平らな壁を面に沿って照らし出し、ホールドや結晶の影ができるので、フットホールドが大きく見えて安心感が増す。

二日目の午後一〇時三〇分、ぼくたちは最初の5・14となる七ピッチ目の準備をした。まだフリーで登ったことはなかったので、これまでの経験と試登した感じでグレードをつけた。ぼくたちの頭上に、長さ三〇メートルのオフセットしたヘアライン・クラックが伸び、鳥のくちばしのような金属のくさびが、プロテクションとしていくつも並んでいる。この一カ月に、ぼくたちが浅いクラックに打ち込んだものだ。大きく落ちたら、このプロテクションでは支えきれないかもしれないが、ギアがすべて外れて大墜落をしたとしても、壁の傾斜が急でぶつかる心配がないので、大丈夫だろうと考えていた。ポーチ・ブランコと同じようなものだ。

ぼくがリードし、三分の二ほど登ったところで、ぼろぼろの身体が痙攣し始めた。そのうちに体力と精神力が限界を迎え、不安定なプロテクションにかけたスリングをつかんでしまった。できるだけ慎重に体重を預け、ケヴィンがビレイ点まで降ろしてくれた。

「緊張に押しつぶされた」ぼくは言った。「やってみるか?」

ケヴィンのヘッドランプの明かりが着実に上へ動いていくのをぼくは見守った。進むのに合わせて、荒い息遣いとカラビナのゲートが閉まる音が聞こえてくる。ぼくが達した地点を越えたとき、ケヴィンの足が滑った。ケヴィンの口から叫び声が漏れ、ヘッドランプの明かりがぼくのほうに向かってくる。

プロテクションが外れる音がし、ぼくが衝撃に耐えようと身構えた瞬間、ケヴィンの身体が止まった。「ナイストライ！」ぼくは暗い静寂の中で叫んだ。「よく突っ込めた。そのプロテクションは効いてるみたいだな」

その後もぼくたちは、交代でトライするたびに少しずつ自信をつけ、前進していった。ぼくは三回目のトライで、核心の終わりまであと一ムーブに迫ったが、そこでパンプして落ちた。ビレイ点まで降りたとき、興奮して言った。「やっとわかったぞ！」

「こいつは本当に手強いな」ケヴィンは言った。

ふいに、青色の光が広がった。ケヴィンがバックパックから携帯電話を出して、何かを打っていた。

「何をしてるんだ？」ぼくは尋ねた。

「ツイッターを更新してる」

「トライのたびにやってるのか？」**なんのために？** ぼくは心の中でつぶやいた。

「ああ」ケヴィンは言った。「ウルトラマラソンのランナーも、レース中にこれをやってるよ。みんながリアルタイムでレースの経過がわかるように。おれも同じようにやってみようと思ったんだ」

その瞬間、ぼくの頭はめまぐるしく動いた。**おいおい、クライミングに集中しないのか。ビジネスは頭から締め出してくれ。ここにいるのはぼくたち四人だけだ。**実際にそれを口にする前に、ぼくは自分の考えが偽善的であることに気づいた。ほかの二人のメンバーはぼくの友達だが、そもそも映像制作の人間としてここにいる。ぼくはすでにキャリアを築いている。ケヴィンはまだこれからだ。これが現代風のやり方だというなら、テクノロジー排斥論者のような物言いはやめるべきだろう。

ケヴィンは文章を打ち終えると携帯電話をしまい、クライミングシューズを履いてそのピッチを登り切った。タッチダウンを決めたかのような喜びが爆発した。そのエネルギーは伝染し――〝センド・トレイン〟とクライマーは呼ぶ――ぼくもそのピッチを完登した。

午前一時まで登り続け、5・13dのピッチもなんとか登り切った、翌日は正午ごろに起き、蒸し暑い午後のあいだ冗談を言い合って夜の準備をした。数日経ったころには、地上の存在を忘れるまでになった。ジョシュとブレットという仲間の支えもあって、ぼくたちは俗世の心配事から切り離されていた。

それまでのシーズンは、ジョシュの映像作品やぼくがクライミング雑誌に寄稿した記事を通じて、一部のクライマーがぼくたちの挑戦のことを気まぐれに追っているだけだった。ただ、ケヴィンのツイッターがインターネット上で反響を呼んでいたことを、ぼくはよくわかっていなかった。気づくと、この壁の上でぼくたちが感じている緊張や興奮が、ときにはリアルタイムで、ヨセミテの外の世界に発信されていた。日中に休んでいるとき、携帯電話の電源を入れて、コメントを読んだ。不思議な経験だった。そんなものを目にしたくない気持ちもあったが、誘惑には勝てなかった。ぼくたちは、壁の上では二人きりだったが、さまざまな人たちが声援を送ってくれるインターネットという仮想のスタジアムがケヴィンを奮い立たせたようだった。ケヴィンは、これまで見たことがないほどいい登りをした。いつもよりも正確で迷いがなく、力強かった。

四日目の午後一一時三〇分、ぼくたちは一〇ピッチ目の取りつきにいた。5・14aの細いクラックで始まる。指の腱を酷使するピトンスカーを二五メートルほどレイバックで登り、クラックから泥が染み出てくるセクションを、一〇セント硬貨ほどの幅の出っ張りに立ち、シューズや手を乾かしながらステミングで通過すると、核心に差しかかる。核心では頭上の小さなルーフに指を押しつけ、身体能力をフルに使い、心もとないスメアで足を徐々に上げていき、手の一五センチ下まで持ってきたら、身体を振って足に体重を乗せ、手を大きく上に伸ばして外傾したピトンスカーをつかむ。つま先から指先まで全身の筋肉を使うきついムーブなので、ケヴィンはそれを〝赤ん坊の上で車を持ち上げる〟ムーブと名づけた。

二人とも何度かトライしては失敗した。そして、ロッキー・バルボアからやる気をもらいながら、ヘッドランプのスイッチを入れ、シューズを履いて、そのムーブに突入した。勢いに乗って、その次のピッチも登り切った。

一日レストしたあと、黒い雲が広がり、エル・キャピタンの頂上が見えなくなった。日が出ていないので、一二ピッチ目を昼になんとか登ることができた。5・14bのこのピッチはこれまでいちばん難しいピッチでもあり、ルートの最難部分への入り口でもあった。ケヴィンが天気予報を調べ、ぼくはこれから天候が崩れると思った。空を見上げて、信じられないほど脳天気にこう言ったのを覚えている。

「きっとぼくたちの上は避けて通っていくよ」

予報どおり雨が降り始め、ぼくたちは荷物をまとめて撤退した。強風と激しい雪が五日続き、頂上に一メートルの雪が積もった。最初のゴーアップのあっけない終幕だった。一〇日間をかけて、壁のわずか三分の一を登ったところで撤退となった。だが不思議にも、意気は上がっていた。

ぼくたちは、これまでとてつもない努力を注ぎ込んできた。けれども、頭で考えすぎることがあだとなっていた。もっと時間をかけ、もっと練習し、もっと経験を積めば、より直感的に登れるようになる。初めてのトライというプレッシャーが肩から下りたので、次回はもっとうまく登れると思った。

これまで何度も失敗をしてきたし、これからも失敗するとわかっていた。経験や師《メンター》から学んだのは、正しく失敗すれば、失敗は成長になるということだ。

第14章
CHAPTER 14

ぼくは一人仰向けになる。固定ロープがそよ風に揺れている。それを見ると、ロープに催眠作用が具《そな》わっているとしか思えなくなる。

瞑想しろ、成功を思い描け、とぼくは声に出して言う。

「おまえにはできる。前にも登れた。ずっと努力してきたんだ」

そして祈る。

神様、ぼくに強さと力をください。この指の皮膚を治してください。

目を閉じ、頭を振る。ばかばかしい。ドーン・ウォールを登ろうとしている人間のことなど神が気にかけるわけがない。そんな願いをかなえてくれると思うなんて、おこがましいにもほどがある。

でも、ぼくにとっては大事なことだ。この四年間を無駄にはしたくない。

指先を見つめる。乾いた血が層になり、皮膚は裂けたティッシュペーパーがぶら下がっているようだ。指先同士をそっと押しつけると、鋭い痛みが腕に走る。軟膏を塗り、テーピングをする。この傷があと二日で癒える可能性は低いことはわかっている。だがどうしようもない。人生からドーン・ウォールを奪われたら何をすればいいのか。どこへ行き、何者になればいいのだろうか。

数時間が経ち、今いる場所から壁の取りつきまで垂らしたロープが引っ張られる。ポータレッジの縁から頭を出し、下に目をやる。見慣れた人影がユマールで登ってくる。早く父に会いたい。父の存在が新しい人生をもたらしてくれるかもしれない。父の登りのおぼつかなさが目に入る。近づくにつれ、顔が赤らんでくる。一メートルほど登るたびにハーネスに体重をかけている。ここからでさえ、荒い息遣いが聞こえてくる。

ついに、手の届く距離までたどり着く。父は苦労してポータレッジに這い上がる。口から大きく息が漏れる。

「父さん、来てくれてありがとう。会えてうれしいよ」

父はぼくの隣に座り、うなずく。息をつくたび、肩が激しく上下する。父はぼくの肩に手を置いたままじっとしている。今も変わらず太い上腕には肉が垂れ下がり、顔には皺と日焼けのシミがある。向かうところ敵なしという過去のオーラは弱まっていると実感する。初めて、父が歳をとったのを実感する。ふいに、ドーン・ウォールを登ることがどうでもよく思えてくる。もうやめたいけれども、ベッカや父や、ほかのたくさんの人びとがこれまで協力してきてくれた。彼らのために続けなくてはならない。ぼくは無理に作り笑いをし、ずきずきと痛む手を父の手に重ねる。礼を言い、ぼくのドーン・ウォールへの執着に父を巻き込んでしまったことを、申し訳なく思っていると伝えたい。

「会えてうれしいよ」ぼくはもう一度言う。ぼくはどれだけのものを父から受け継いだのだろうと考えながら。

ぼくたちは打ちひしがれていた。コロラドの家まで二〇時間の道のりを仮眠もとらず、ラジオさえつけずに車を走らせた。

うまくいかなかった点、学んだ点、次は修正すべき点、一つひとつ考え続けた。十代のころは、失敗すると胸が苦しくなった。精いっぱいやってもどうしようもなくなると、肉体的にも精神的にも消耗した。けれども、失敗してやり直すたびに自分が成長できるし、そうした感情に耐えるメンタルが生まれる。最近では、失敗をすると、逆に目標が見えてくるので闘志がわく。

初日の昼間に急いで登りすぎてしまった。そのせいで神経が高ぶり、大事な指先の皮膚を消費した。夜にクライミングをするという決断をするのが遅すぎたのだ。来シーズンはコウモリのように夜行性になって、日中は日差しを避け、寝袋にくるまって身体を休め、夜に這い出てクライミングをするつもりだ。だが、夜でも暑すぎることがある。スケジュールを冬まで遅らせるべきかもしれない。

とはいえ、冬の嵐は落氷を伴う。吹雪の合間に、岩が乾いているときをねらって登ることになるが、晴れた日でも時間帯によっては、氷が降ってくることがある。ぼくは車を運転しながら、あることを思いついた。氷をよける盾を作ればいい。ヴァンを急停止させる。息を詰め、目を閉じて、頭の中で計算を始めた。壁に対して四五度の角度で、丈夫なものを取り付けられたら、〝未亡人製造機〟をよけることができる。考えが固まると、ぼくは興奮で身震いした。ケヴィンにメールを打った。「いいアイディアを思いついたぞ！　盾だ！」気が高ぶっていたので、車を走らせながらハンドルに手のひらを打ちつけ、「よし！」と叫んだ。

恋に落ちた女性を除けば、ドーン・ウォールは人生で最も情熱を注いだ対象だった。たくさんの友人や家族が集まって協力してくれるのを見ると、この壁の力を感じているのは自分だけではないと気づかされる。ドーン・ウォールは、ぼくの中ではスポーツを超えた何かに触れる、神話めいた存在になっていた。そんなふうに感じる自分をどうかしていると思うこともあったが、気にはしなかった。みんなの支援や関心がぼくの強迫観念を肯定してくれているようで、これほど登りたいと願うのも、そんなに変なことではないと思わせてくれた。

それから八カ月は、次のシーズンの準備に費やした。けれども今回は、休養も入れて、バランスをとるようにした。これまでは根を詰めすぎ、ほかのことが目に入らなくなる傾向があったからだ。

パタゴニアはいつでも集中力を高めてくれたし、ぼくの大好きな場所をベッカに見せたかったので、ヨセミテから戻った五週間後、荷造りをしてぼくたちは南半球へ向かった。四週間の滞在のあいだ、山はずっと吹雪だったため、アルゼンチンののんびりした文化を楽しんだり、エル・チャルテンの町の近くでボルダリングをしたりした。

ぼくはパタゴニアのうらぶれた感じが好きだった。ぼくが人生の大半を過ごしてきた場所——エステス・パークとヨセミテ——は大きな町とは言えないが、どちらも有名な国立公園への玄関口だった。観光業が町を支えていたし、ヨセミテ国立公園、とくにヴァレーはそれ自体が町のようなもので、食料品店やホテル、レストランまである。ハイシーズンには、マンハッタンを思わせる渋滞や長い列や人だかりができた。

エル・チャルテンはロス・グラシアレス国立公園の中に位置するにもかかわらず、一九八五年につくられたばかりのまさしく辺境の町だった。最寄りのエル・カラファテの空港から、二〇〇キロほど車を走らせると、南アルゼンチンの荒涼とした寂しい地域に入る。今はいくらか便利になっているが、長いあいだインフラなど何もなかった。ぼくはインターネットも携帯電話も使えない生活を楽しんだ。

とくに風が強かったある日、ヤマヨモギが強風になびくなか、ぼくは一人でボルダリングに出かけた。風が当たらない岩陰に腰を下ろして、目に入ったごみをこすり取っていたとき、二歳くらいの小さな女の子が近くの丘に現れた。ふっくらした頰をして、鼻水が固まり、長い黒髪が風になびいている。泥がこびりついた紫のダウンジャケットを着ていて、風が強すぎるので、まっすぐ立つために踏ん張って、前傾姿勢をとろうとしている。荒々しい風景から驚くほど浮いていて、少女もそれをよくわかっているようだった。優しい気持ちがわき上がり、ぼくは少女にほほ笑みかけた。少女はぼくが何者なのかを思案するように黙りこくっていた。そして駆け去った。一瞬、幽霊を見たのではないかと思った。少女が立っていた場所へ行くと、丘を駆け下りていく後ろ姿が見えた。杖をついて歩いている男が一人いる。父親だろう。

夜、ベッカにその話をした。

「ああ、それはたぶんトルメンティーナよ」ベッカは言った。「このあいだ、トルメンティーナと父親のジェイムズにも会ったわ。すてきな一家よ。ニュージーランドからヨットで旅してきて、去年、トルメンティーナがまだ一歳のときに、みんなで自転車でパタゴニアを回ったんですって。今はもう一人の赤ちゃんもいるらしいの。家財を全部売って、現金にしてヨットを買ったそうよ。そこに住みながら世界を回ってるって言ってた」

なんて理想的な子ども時代の過ごし方だろう。そのうちに、トルメンティーナの姿がシャーマンの作り出した幻影のようにぼくの心から離れなくなった。将来、子どもが欲しいという夢が姿をまとって現れたかのようだった。

そのあと、ベッカとぼくはときどき、子どもを持つことについてこれまでよりも真剣に話し合うようになった。ベッカは以前から子どもを欲しがっていたが、旅を始めたばかりで、見たいものがたくさんあったし、ぼくも子どもを育てることが、ドーン・ウォールの挑戦にどんな影響を与えるかが不安だった。「じゃあ、ドーン・ウォールを登ってから、子どもをつくればいいのよ」ベッカは献身的に協力してくれていたが、心のどこかではドーン・ウォールを、ぼくの愛人のように感じていたのではないかと思う。その考えを口に出したことはなかったが、そのとおりだった。ぼくたちは、ドーン・ウォールのプロジェクトと二人の今後がどうかかわってくるのか話し合った。ベッカからプレッシャーを感じたことはなかったが、ぼくは早く終わらせようというプレッシャーを自分にかけた。エル・キャピタンのほかのプロジェクトはすべて一シーズンで終わらせてきた。ドーン・ウォールにはすでに三年かかっている。早くやらなければ、もう登れないだろうと思った。それに、秋にヨセミテ以外の場所へ行く選択肢も欲しかった。天を突くフィッツ・ロイの麓で、ぼくはそう決めた。二〇一一年をドーン・ウォール挑戦の最後の年にする。そろそろ成長して、自分以外のことも考える時期だ。

エステス・パークに戻ると、冬が終わりを迎え、春が花開いていた。ベッカがある提案をした。「目標が欲しいの。わたしの誕生日に一緒にサラテに登って」

「本気かい?」ぼくは尋ねた。「誕生日にエル・キャピタンに?」

「ええ。それも、ユマールを使わずに登りたい。ちゃんと登りたいの。フリーは無理だとわかってるけど、リードできるピッチもあると思う」

これまでは、ベッカが根っからのクライマーではないことを喜んでいる自分もいた。クライミングのこと以外目に入らない人間が一人いるだけでも、ある意味で二人の関係性が変わってくるからだ。けれども、ベッカの提案をとても喜ぶ自分もいたことは確かだ。そこで、ぼくはそのクライミングがベッカにとって忘れられない経験になるよう計画を立てた。サラテを半分ほど登ったところに、エル・キャップ・スパイアという岩塔がある。上は完全に平らで、メインの壁から一メートルほど離れ、目のくらむような高さに浮かぶ台座のようになっている。二人きりのロマンティックな誕生日には最高の場所だ。

二〇一一年五月、ぼくたちは初日にその岩塔をめざして登った。ベッカにとっては、それまでで最も長いクライミングだった。ベッカはとてもうまく登っていたが、エル・キャピタンの二〇ピッチのクライミングは――とくに春先の湿ったコンディションでは――容易なものではなかった。ぼくは、ポータレッジではなく快適なテントを運び上げ、眺望のいいエル・キャップ・スパイアに設置するつもりだったが、そこより三〇メートルほど下の水滴が当たらない場所にテントを張ることにした。ビバーク地はまったく平らだとみな思いがちだが、実際に横になって身体が転がり始めるのを感じて、ようやく平らではないことに気づく。ぼくたちのロマンティックな誕生日のビバークもそうで、テントの中でのすばらしい一夜は、数十センチ先に五〇〇メートルの絶壁があるという不安と闘いながらのものになった。次の日の午後、ギアを準備しながら、昨晩はなぜ〝家族計画〟を忘れてしまったのかと冗談を言い合った。子どもが生まれたらサラテと名づけよう。いや、エル・キャップにしようか、ザ・キャプテンか?

二日後、ぼくたちは頂上にたどり着いた。ぼくは、誇らしさのあまり泣きそうだったが、ベッカは自分のセルフィーで写真を撮るのに夢中で、シャカ・サイン〔親指と小指を立てるハワイ特有のサイン〕を向けて言った。「こっちに来て、一緒に撮ろう!」

ぼくは、ベッカのほうへ歩きながら、今回のことで物事がよい方向に向かってくれればと願った。

二〇一〇年十一月の一〇日間のトライで、ケヴィンはドーン・ウォールのクライミングのおもしろさに夢中になってきたようだった。たとえば、小さな岩でしかやったことのないような難しいムーブを、取りつきから頂まで積み重ねていくことの可能性に気づいたのだ。このルートが要求するもの、その代わりに与えられるものを理解し始めたようだった。

夏から初秋にかけて、ぼくはエステス・パークの家で夜に横になりながら、計画の詳細を検討した。

夜明けから日没までトレーニングをして身体を鍛え、プロジェクトの厳しさに備えた。睡眠時間を削って、数え切れないほどの細かな動きを頭に叩き込み、最適なパフォーマンスができるようにした。一つひとつのホールドの形や大きさ、指をどこに置いてどんな強さで握るか、重心を数センチずらして足の角度をわずかに変えるタイミング。一、二度の差が大きな違いをもたらすので、すべてを完璧に記憶しなくてはならない。

最初は頭で理解し、次に身体に叩き込む。カオス・キャニオンで、ドーン・ウォールの核心と同じムーブのボルダー課題を作り、神経系にそのつながりを染み込ませた。ふとした拍子に、クライミングの動きがひとりでに頭の中で再生された。途中で止めることができず、頭がおかしくなりそうになった。目を閉じると、最初の二〇ピッチ分のムーブがすべて浮かんできた。

岩壁が求めるレベルのクライミングをするためには、徹底的に整頓された作業場のように、頭の中を整理しておかなくてはならない。散らかっているものは一つもなく、すべてがあるべき場所に納まっている状態だ。成功するクライマーは、細かい点へのこだわりとストレスを軽減するおおらかさの最適なバランスを見いだす。

頭の中が独自のトレーニング場となり、壁を登り切るのに必要なフォームをイメージして身につけた。岩に逆らうのではなく、岩と一体化して登るのだ。本当の闘いは自分たちの中にある。人間と岩の闘いという多くの人が考える構図は、真のクライマーをうんざりさせる。岩や山を〝征服〟するという表現は、クライミングの本質から遠く隔たっているからだ。

二〇一一年十月、ケヴィンとぼくはヨセミテに戻った。出だしは順調だった。中盤に出てくる核心の数ピッチをフリーで登れるほどには身体ができていなかったので、一六ピッチ目のランジに集中することにした。ドーン・ウォールのクライミングは、精緻な正確性にかかっていると言っていい。バレエや脳の外科手術のようなもので、すべての動きを連動させ、厳格な正確さとタイミングで実行しなくてはならない。だが、このランジだけは別だ。ジャンプして屋根の上に飛び乗るのに似ている。英気を養おうと、ぼくたちは朝のコーヒーをがぶ飲みし、はやる気持を落ちつかせた。ケヴィンのトライでは、最後のホールドに両手が届いたが、反動で身体を振られ、左足が小さな岩の角に激しくぶつかった。

「くそ」ケヴィンは小声で言った。「足首をひねった」。ぼくはケヴィンをポータレッジまで降ろした。ケヴィンは執拗に何度かランジを試みたが、足首が腫れ始め、痛みがひどくなった。「足首が動かなくなる前に、早く降りたほうがよさそうだ」

「わかった。先に行ってくれ。ぼくは荷物をまとめてから降りる」

ケヴィンは四〇〇メートルのロープを一気に降り、ぼくのパッキングが終わらないうちにメールをよこした。「家へ戻って足首を医者に診てもらおうと思う」と言って、帰っていった。

その後、ベッカがユマールで上がってきて、何日かビレイをしてくれた。やがてけがの診断結果の連絡が来て、骨は折れていないが内部に損傷があり、腱も少し痛めているとのことだった。ケヴィンのこのシーズンは、こうして終わった。

友情は大切にしたかったし、いわゆる〝ロープを結び合った仲〟という言葉もあるが、ケヴィンがいなくてもトライを続けるということは変わらなかった。ケヴィンとは二年にわたり三シーズンを一緒に登ってきたが、ケヴィンが加わったときには、ぼくはすでに一年間をこのプロジェクトに費やしていたので、どうしてもケヴィンと登らなくてはいけないとは感じていなかった。ケヴィンは才能あるクライマーで、熱心に取り組んでいたが、彼がエル・キャピタンに費やした時間は、ぼくの五パーセントほどにすぎない。現場で見せる能力はすばらしかったし、今シーズンは、やる気も十分に見えたが、ぼくの心の奥底には、ドーン・ウォールはやはりぼくのプロジェクトだという思いがあった。

ぼくの決断を、ケヴィンは信じられないほど気持ちよく受け入れてくれた。戻れないのが残念だと言い、自分のことは顧みずに応援してくれた。クライマーとしてだけでなく、人間としてもケヴィンはぼくより器が上だと実感した。残りのシーズンは、罪悪感を覚えつつクライミングをした。

ケヴィンがパートナーから外れたという話が広まるや、ありとあらゆる人たちがビレイをしたいと名乗り出てきた。ベッカや父、コーリー・リッチ、クーパーのほか、面識のない人びともたくさんいた。ベスまでもが協力を申し出てくれた。ぼくは胸を打たれ、クライミングコミュニティへの感謝の念が膨らんだ。

けれども、この挑戦はぼくの身近な人たちと一緒にやり遂げたかった。というのも、このルートを、一人で、下から上まで登り切る準備が整っていたからだ。個別のピッチをトライするのは本番とは話が別で、大勢の助けを借りることができた。しかし、ぼくのドーン・ウォールの挑戦は四年目になっていて、今回を最後にしようと決めていた――そろそろ完登するか、終わりにするかの潮時だった。完登をめざすということは、身体も心もぼろぼろになりうることを意味する。一生分の労力をかけるに値するトライになる。

ぼくは誰と一緒に登りたいのか？　答えるのは簡単だった。ベッカと父だ。

最初の一〇日間はベッカがサポートをしてくれることになった。そのあとベッカは、固定ロープを懸垂下降して下まで降り、父が上がってくる。ぼくは二〇一一年十一月十六日に、下からの挑戦を開始した。

ベッカならさまざまなサポートをしてくれるとわかっていたし、ベッカもぼくのそばにいたがった。けれども、この試練に耐えてくれと頼むのがどういうことか、ぼくは理解していなかった。試練は三ピッチ目からやってきた。ぼくはそこで何度か大墜落をした。ぼくとベッカは体重差が大きく、ぼくが落ちるたびにベッカは上へ引っ張られ、その負担は想像を超えるものだった。

　四日目には、気温がかなり下がった。ベッカはダウンジャケットを二枚着込み、寝袋に入ってビレイをした。午後一時、一〇ピッチ目を登ろうとしていたとき、月明かりが壁を照らし、不気味な光が差してきたとき、ぼくたちがどれだけ高い場所にいるのか気づかされた。エル・キャピタンにいるのはぼくたちだけで、おそらくこの瞬間、ヨセミテでクライミングをしているのも二人だけだった。強い風が吹き、ポータレッジを大きく揺らした。風のうなりが壁にこだまし、ぞっとする音を立てる。

「大丈夫かい？」ぼくは風にかき消されないよう声を張り上げた。怖いと言ってほしかった。そうすれば居心地のいいポータレッジに戻れる。ヘッドランプの光をベッカのジャケットのフードに向けると、ベッカの顔が照らされて表情が見えた。何層にも重なったダウンの下で、見間違えようのない笑みが浮かんでいた。

「大丈夫よ、さあ、登って！」ベッカはそう言って、ぼくの尻をつねった。ぼくは感心し、ベッカをがっかりさせたくなくて、大きく息を吸い、トライを開始した。

　突然叫び声が聞こえ、下を向くと、風でポータレッジがひっくり返り、ベッカが飛ばされた。セルフのスリングがぴんと張り、ベッカの身体は止まった。ロープはしっかりと結ばれていたし、バックアップも取っていたが、ぼくの心臓は飛び跳ねた。マイクロカムを手早く設置し、それをしっかりと握って、不安に駆られながら下に呼びかけた。ベッカは体勢を立て直し、ポータレッジに立っていた。「大丈夫よ！」

　真夜中が近づき、風音が怖ろしげに響くなか、ぼくはヘッドランプを頼りにクライミングを続けた。クラックから水が流れ出してきて、何度も滑った。そのピッチは前の年にケヴィンと登っていたが、ぼくがやっているのは三目並べのように交互に手を打つ遊びではない。一ピッチも飛ばすことなく、一つずつ連続してフリーで登らなくてはならない。あるとき、ロープに体重を預けてぶら下がっていると、車のヘッドライトがエル・キャップ・メドウを横切っていくのが見えた。両親の車かもしれない。両親は休暇をとって、ヨセミテに手伝いに来てくれていた。ぼくはここに来るまでにかかった労力と、応援してくれている人たちのことを考えた。けれども、何年努力を続けても、ドーン・ウォールはいまだ気が遠くなるほど難しかった。

七日目の朝、目が覚めるとポータレッジは氷に覆われていた。ぼくは入り口のファスナーを開け、外に頭を突き出した。

「ベッカ、外を見てみろよ」。夜のうちに三〇センチほどの雪が積もっていた。風はすでにやんでいて、空気はそよとも動いていなかった。小さな輝くダイヤモンドのような雪の結晶がひらひらと舞ってくる。

「ナルニア国みたい」ベッカはくすくすと笑った。「でもこっちのほうがすてき。ここの眺めは最高だもの」

三〇分も経たないうちに日が昇り、壁に張りついていた氷が落ち始めた。最初は小さな氷の粒がポータレッジに当たって跳ね返り、ウィンドチャイムのような音を立てた。そのあと大きな板状の氷がチェーンソーのようなうなりを上げて落ちてきた。さらに、ソフトボール大の氷の塊が降ってきた。何十メートルも上から、うなる音が聞こえた。

「できるだけ壁に寄るんだ！」ぼくは叫んだ。意識して落ち着いた声を出そうと努めた。それから何時間も、逃げる場所もなく、アヒルのようにしゃがんで身を縮こめた。氷の塊が金属のフレームに当たり、ポータレッジ全体が揺れ動く。きちんと準備をして氷よけの盾を作らなかった自分を呪った。そのあいだ、ベッカは驚くほどリラックスしているように見えた。この落ち着きや、何が起きようとも信じて受け入れる心はいったいどこから生まれるのだろう。

ベッカとの一〇日間は現実とは思えなかった。落氷をかわし、強風に耐え、ぼくの墜落を止めるあいだ、ベッカは常に前向きで献身的で、楽しそうでもあった。吹雪や強風は手強い相手ではあったけれども、寒さは岩の凹凸を際立たせ、フットホールドを滑りにくくしてくれた。壁のコンディションはよくなり、体調も上向きだったにもかかわらず、ぼくは苦戦していた。前の年よりも、墜落した回数は多かった。いら立ちが募った。これまでの努力が実になっていなかったのだ。

ついに一二ピッチ目を登り切り、二〇一〇年の最高到達点まで戻ってきたが、心身ともにぼろぼろになっていた。指はうずき、ひび割れていた。心も擦り減っていた。もっとのめり込み、自分を信じる気持ちを奮い起こさなくてはいけないとはわかっていた。これまで以上にうまく登るにはどうすればいいのかを考え出さなくてはならなかった。前の年と比べて何が違うのとベッカに訊かれ、ぼくはしばらく考えてからこう答えた。

「言いにくいんだけど、違いはケヴィンがいるかいないかだと思う。気を悪くしないでくれ、ベッカ」ぼくは説明した。「きみは望みえないほどのサポートをしてくれたけど、ケヴィンと協力したり、張り合ったりしながら登るときに得られる力は計り知れないんだ」

ベッカはうなずいたが、何も言わなかった。

「それに、ケヴィンのことは何も心配しなくてもすむ。ケヴィンといるときには、楽観的でタフなところを見せなくちゃならない」ぼくは続けた。「きみといると、ぼくは弱くなる。きみを愛しているせいで、ここでは弱くなってしまうんだ。悪いけど、何日かぼくを一人にしてくれないか。指の皮膚を治して、気持ちを立て直せるか試してみたい。そのあとで父に登ってきてもらう」

「わかった」ベッカは静かに言った。「あなたがそうしたいなら」

ベッカは長く激しいキスをして、目に涙をためた。「あなたならできるわ。わたしは信じてる」。そう言うと、ロープに下降器をセットして降りていった。

父は、ぼくのビレイをして二日過ごした。壁の上での生活が、父にとってはつらいことだとすぐにわかった。不安そうにしていて、以前の怖いもの知らずの父ではなかった。ぼくはよく眠れなかった。一四ピッチ目の同じ箇所で、何度も何度も落ちた。指先はさらに傷つき、服に血がついた。難しいクライミングには最適な気温だったが、いっこうに先に進めなかった。

年老いた父を目の当たりにし、自分にも老いが同じように迫っていることを意識せずにはいられなかった。ほかの多くのアスリートが言うように、人は時の流れには勝てない。自分が肉体的なピークを過ぎていることはわかっていた。けれども、二十代の初めや半ばよりずっと経験豊かになったことも確かだ。きついトレーニングをしても、かつてのような力は出ないかもしれないが、今ならもっと効率よく登ることができる。人として避けられない衰えは、細かい点にこれまで以上に注意を払うことで乗り越えられる。

父は、ぼくが懸命にあがいては落ちるのを見ているのがつらいようだった。明るい態度を保とうとしていたが、父の目に痛みが宿っているのが見て取れた。トライの合間や、夜にポータレッジで休んでいるとき、父は愛おしそうに母の話をした。母と離れてから二日しか経っていなかったが、父が母をひどく恋しがっていることがわかった。父とぼくにとっても、いちばんいい選択だと判断して、ぼくは父にケリーを呼んできてほしいと頼んだ。ケリーはエステス・パーク時代からの親友で、そのときヨセミテをたまたま訪れていた。ぼくは父の協力に感謝し、父はぼくの幸運を祈って、地上に降りていった。別れ際に、安堵と悲しみの両方を父から感じた。ぼくは、過ぎたことは考えないようにして、次のことに集中しようとした。

ケリーは、ぼくが離婚で落ち込んでいたときに、いちばん頼りになった友人だった。自虐的な懐疑論者で、筋金入りのアルパインクライマーだった。ケリーはぼくがあまり思い詰めないように手を尽くしてくれた。クライミングを始める前はボクサーだったので、内面の闘いについて理解していたのだろう——成功するには、心の持ちようが鍵となる、と。

それから二日間、ぼくは落ち続けた。ケリーの精いっぱいの励ましにもかかわらず、炎は消えてしまった。もう一六日間も平らな地面を踏んでいなかった。身体も心も空っぽだった。歩き回る平らな場所がないので、ぼくはほとんどの時間、ひと晩に一四時間から一五時間も寝て過ごした。ずっと横になっていると、いっそう無気力になり、気分を切り替えるのが難しくなった。

さらに、指先も癒えることはなかった。解決策が必要な項目のリストに、ぼくは指先のことも加えた。

遠くからたくさんの人がぼくを応援し、励ましのメッセージを送ってくれた。ぼくはケヴィンのやり方をまねて、壁の上でフェイスブックを更新していた。けれども、最後のほうは、そうした激励の言葉さえも、哀れみの言葉のように思え始めた。

そして今は、そうやって自分の弱さを公にさらしたことを後悔していた。四年間、トレーニングを重ね、飽くことなく困難に挑戦してきたが、それでも力が及ばなかった。壁の半分にもたどり着けなかった。失敗は成長を生むが、潮時を知ることも必要だ。**ぼくには力が足りていないし、これからも十分な力がつくことはないだろう。**むなしさが全身を駆け抜けた。人生の盛りの四年間を無駄にしてしまった。そろそろ先に進むときが来たようだ。

第15章 CHAPTER 15

喜びのあまりめまいがする。シャツをまくり上げ、むき出しの腹に小さな赤ん坊を寄り添わせる。赤ん坊の心臓が、ぼくの心臓のすぐそばで脈を打つ。

フィッツを抱いたまま、椅子を揺らす。不安と寝不足。この子を守らなくてはという強い気持ちがわき上がる。

時が一瞬止まり、フィッツの小さな爪を見つめ、頭をなでる。目はクリスタルのように透きとおり、無限の可能性が浮かんでいる。

よい父親であるとはどういうことだろう。

ぼくの人生の核心となる問題は、いつも欲求と必要性から生まれていた。

父には、ぼくがやったことではなく、ぼく自身を愛してほしかった。

ベスには、自分の身を守るためにぼくを利用するのではなく、ぼく自身を愛してほしかった。

ぼくにはドーン・ウォールが必要だった。自分を癒すために。

けれども、本当に欲しかったのは何だったのだろう。

欲求と必要性。欲求は情熱とエネルギーを包み込み、プレッシャーや期待の重みにつぶされることはない。必要性は、情熱とエネルギーを吸い尽くし、ごく簡単なことさえ重荷に変えて困難にする。

ぼくはベッカに目を向ける。ベッカがほほ笑み、数多《あまた》の疑問は分解して別の欲求に変わる。ベッカのようになりたい、先入観から自由になりたい、ほかの人をほほ笑ませることに喜びを見いだしたい、人生と周りの人びとに尽きることのない愛を注ぎたい。ベッカのように見返りを求めずに親切にしたい。ベッカがいつもやっているように欠点を受け入れ、周りや自分を許したい。完璧なのは神だけだ、とベッカは考えている。神がいるからこそわたしたちは強くなれるのだ、とベッカは言う。

フィッツには、ベッカのような強い信念を持ってもらいたい。ぼくたちを信じ、愛を信じ、自分を信じてもらいたい。

幾度となく失敗を重ねてはいたけれども、いっこうに解決策を見いだせないでいたぼくは、家で繰り返しドーン・ウォールの話をした。

「指の皮をもう少し長く保つ方法が見つかれば」

「もっとレストしていれば」

あまりにドーン・ウォールのことが頭から離れないので、ぼくは不安になった。真剣に打ち込めるプロジェクトがあることで活力が生まれてはいたが、生活のほかの部分に支障が出始めていた。これほど入れ込むべきではないのにと思うこともある。何かを〝必要〟としたくはなかった。ただのクライミングじゃないか、気楽にいこうぜ、と自分に言い聞かせた。だが、そのたびに自分の一部が死んでいくのを感じた。

多くの点で、ぼくもベッカも、このクライミングのために生活を犠牲にしていた。ぼくたちは人生を先に進め、世界中のもっといろいろな場所を旅し、子どもをつくりたいと思っていた。父でさえ、そろそろ潮時ではないかと暗に伝えてきて、ぼくが人生のほかのチャンスを逃してしまうのを心配していた。結局のところ、何か一つのことにかかりきりになるのは危険なのだ。自分に多少の余裕を持ち、ドーン・ウォールがなくても生きていけると思えるようになる必要があった。このプロジェクトをあきらめることは、すなわち人生の挫折だと感じてしまうこと自体が問題だったのだ。

その冬のあいだ、ぼくの気持ちは揺れ動いた。頭ではあきらめるべきだとわかっていたが、身体がもう一度戻れと言っていた。ベッカはそのジレンマを理解して、ぼくの決断を辛抱強く待っていてくれた。

二〇一二年の春、スライドショーのツアーのために、ぼくはイタリアにいた。旅に出て一週間経ったころ、家の様子を確かめようと電話をした。「実はね」ベッカは言った。「今日、病院で年に一度の検診を受けたんだけど、思い立って避妊具を外してもらうことにしたの。病院に行く前はそんなつもりはなかったんだけど。でも、子どもをいつごろ持ちたいか先生に訊かれて、気持ちが変わった。どう思う？」

ぼくはなんと答えていいかわからなかった。子どものことはこれまでも話し合っていたし、一年以内には本腰を入れて準備を始めようと話していた。**もうそんなに時間が経ったのだろうか？　ぼくはドーン・ウォールから離れる決心がついているのか？**　額に汗が噴き出した。

「はは」ぼくは言った。「冗談だろ？」

「いいえ。本気よ」

長い沈黙が流れた。

「そうか」

「ねえ、まじめに話してるのよ」

ぼくは腰を下ろした。

「どう思う?」ベッカは言った。「うれしい?」

「そうだな。爆弾を落とされた気分だ」

「あなたが望むならいつでも元に戻せる。でも、妊娠するまでに平均一年はかかるっていうし、子どもができても、わたしたちのライフスタイルを変える必要はないでしょう? 旅をして、クライミングしながら、子どもたちを育てるのはすばらしいことだと思う」

「おいおい、子どもたち? あまり先走らないでくれ。ドーン・ウォールはどうするんだ?」。ぼくもそれまでに、旅と子どものことや、何かが生まれたからと言って、何かが消えなくてはならないとは限らないといったことは考えてきた。ただ、それは口には出さなかった。

「子どもとヴァレーを散歩するのが楽しみ。あそこにいるのは、一年のうちのほんの二カ月でしょう」

子どもとヨセミテに行き、世界をめぐるだって? そのとき、とっさに頭に浮かんだのは、ドーン・ウォールに人生を支配されてはならないということだった。パタゴニアで、小さな女の子のトルメンティーナに出会ったあと、ぼくたちは何度もそのことを話し合ってきたが、これまでは絵空事にすぎなかった。だが、今は違う。これからぼくたちは、子どものいる生活に間違いなく向かうことになるだろう。自分の子ども時代のことがよみがえり、マーセド川を下りながら、畏敬の念に打たれて滝を見つめたことを思い出した。自分の子どもとあそこへ行けたらどんなにすばらしいことか。

ふと気づくと、ドーン・ウォールは、ぼくの人生で起こったすばらしい出来事の一つにすぎなくなっていた。秋になったらヨセミテへ戻ろう。ドーン・ウォールを完登するためではなく、ヨセミテで過ごす時間を楽しみ、核心のムーブができるか試してみるために。ぼくはもう三十三歳になる。少し肩の力を抜いて、系統立てて物事を前に進めなくてはならない。

やがてぼくは、ほかの場所でクライミングすることも考え始めた。ドーン・ウォールは、ぼくには手強すぎるのかもしれない。現代の基準でいえば、ドーン・ウォールにはグレードの上限に近いピッチがいくつもあり、それがルート全体にわたって次々と出てくる。ウルトラマラソンというよりも、短距離走を連続して何本もやるようなものだ。

成功の鍵は、持久力が必要なクライミングにもっと集中することかもしれない。そうした挑戦はいつだってぼくを奮い立たせた。最初のパタゴニア遠征やエル・キャピタンの継続登攀、そしてキルギスへの遠征。ぼくには、そうしたクライミングがいちばん合っているのかもしれない。

二〇〇八年、アレックス・オノルドというひょろっとした少年がどこからともなく現れ、クライミング界を驚かせた。これまでになく長大で、難しく、集中力を要するビッグウォールのフリーソロを、二つ成功させたのだ。ユタ州ザイオン国立公園のムーンライト・バットレスとヨセミテのハーフドーム北西壁レギュラールート。その二つのクライミングと、その後数年でアレックスが成し遂げた成果は、いちかばちかのフリーソロに対する概念を変えた。

アレックスはカリフォルニア州サクラメントの郊外で育ち、室内のジムでクライミングを始めた。母親はフランス語の教師で、父親はアレックスが十九歳のときに死んだ。自然の岩でのクライミングを始めたとき、アレックスはよく一人で登っていたが、それはパートナーがいなかったからだったという――内気で引っ込み思案な少年だったのだ。そしてある日、郊外の町から飛び出して、世界で最も大胆《ボールド》なクライマーになった。CBSの「60《シックスティ》ミニッツ」という番組では、ヨセミテの地上三〇〇メートルにある5・12のルートをロープをつけずに淡々と登るシーンが放送された。見る者はみな肝を冷やし、息を詰めた。一方のアレックスは、登っているあいだも不安などどこ吹く風といった様子でカメラマンと話をしていた。フリーソロがしがらみから自由になることだとしたら、アレックスはまさしく自由だった。何にも頼らず、自分の能力だけで登るアレックスは、歴史に名を残すほどの存在になった。二十六歳になるころには、時代を画すようなすばらしい登攀をいくつも成し遂げていた。

アレックスは真の天才の一人だとぼくは思った。一緒に登ったことはなかったが、彼はいつもぼくのクライミングに敬意を表してくれた。ぼくが礼を言うと、アレックスはよくこう答えた。「ビッグウォールをフリーソロすればいいのに。きみならわけもないだろう」

アレックスにとっては、そうするのが当然のことに思えたのだろう。クライマーたちは彼に〝ノー・ビッグ・ディール（大したことじゃない）アレックス〟というあだ名をつけた。自分のクライミングについてのアレックスの口癖だ。自分のやったクライミングは〝なんでもないこと〟だというのだ。アレックスは、ぼくを冷静で経験豊かな数少ないクライマーの一人だと思っていて、ビッグウォールを安全にフリーソロできる能力があると見なしていたそうだ。アレックスにとって、ぼくがフリーソロをしないのは、いかしたスポーツカーに乗っているのに制限速度内でしか運転しないようなものだった。ぼくは、法定速度を超えて速く走ることには興味がなかった。衝突して炎上するのが怖かったのだ。

二〇一一年、アレックスがある提案をしてきた。ヨセミテの三つのビッグウォール――マウント・ワトキンス、エル・キャピタン、ハーフドーム――を一日で、そしてフリーで登りたいという。もうそれほど若くない自分には荷が重いとぼくは答えた。と同時に、リスクを恐れないように見えるアレックスの考え方を不安に思ってもいた。最高グレードが5・13までの合計二〇〇〇メートルに及ぶ難しいフリークライミングを一日でこなすのは、まさしくクライミングのウルトラマラソンだ。それをやり遂げるには、同時登攀というかなりリスクの高い技術を使う必要がある。ロープを使うのでフリーソロよりは安全で、ロープの両端を結んで同時にクライミングをし、リードする人間が最低限のプロテクションを設置する。とはいえ、通常はビレイをせずに登り、互いのペースを合わせて、ロープに余分なたるみができないようにする必要がある。どちらかが落ちた場合、ロープとプロテクションで一応は身体を支えることができる。かなり速く登れるが、原則として、同時登攀は絶対に落ちないと確信できるルートでなければ行えない。

ぼくはこれまでずっと、クライミングのリスクとは、天候や岩の性質やランナウトの距離だけでなく、己の自尊心、やる気、精神状態、仲間とのあいだの避けがたいプレッシャー（みな否定しようとするが、実際に存在する）も要素に含まれると考えてきた。ぼくは生まれつき、不安という感覚を消化できるらしい。つらいことは好きだし（自分で選んだ場合の話だ）、体力もある。しかし、ぼくがけがをしたり死んだりしたときに家族や友人がどんな思いをするかを考えると、危険なクライミングに命を懸けるのは、自分勝手で罰当たりなことに思えた。名声を求め、道義的に正しいと思えないことをするのは好きではなかった。

二〇一二年五月、ヨセミテ・ヴァレーのアッパーパイン・キャンプ場で会ったとき、アレックスはふたたび継続登攀のことを持ち出した。ぼくたち二人でやるならそれほど危険はないと言う。「今回のルートは、ぼくたちにとってはまったく問題ない。きみなら絶対に落ちないだろう」アレックスは言った。「ノー・ビッグ・ディール」。そして肩をすくめ、ヒマラヤスギの巨木に寄りかかった。ぼくたちの大多数は感情に支配されている。何かに興味を持つと、そちらに引き寄せられる。恐怖を感じると、そこから逃げ出すそうとする。アレックスは、カーステレオの音量のつまみをひねるように感情を扱っているように思えてくる。音楽が大きすぎたら音量を下げ、そのまま運転を続けるのだ。

「絶対に落ちないと思っていたときに、不意に落ちたことが今までに一〇回はある」ぼくは言った。ハーフドームに目をやる。アレックスがやったように、ロープをつけずに北西壁の上部に取りついている自分を想像してみる。花崗岩の大海原が足元のはるか下まで切れ落ちている。ぼくはヴァンのドアを開け、座席に座り込んだ。むき出しのベニヤの壁に家族の写真が留めてある。そのなかに、ぼくがベッカを後ろから抱き締め、ベッカの首の付け根に顎を乗せている写真があった。

アレックスが正しいのだろうか。この数年で、スピードクライミングの技術とそれを可能にするテクノロジーは進化を遂げた。軽量の器具が生み出され、プロテクションに通すことでロープが上には進むが下向きに引っ張られたときには止まるようにできているので、セカンドが落ちたときもリードを巻き込まずにすむ。そうした器具をうまく使い、システムを十分に理解すれば、同時登攀はかなり安全なものになる。

このテクノロジー全盛の時代に、アレックスのモチベーションが、忘れていたぼくの本能を取り戻させてくれた。敢然と敵陣に切り込む古代戦士たちの本能のようなものを。また、アレックスがどうリスクをとらえているのか知りたかった。ぼくはぼくでリスクを見積もる経験を積んできたが、アレックスはぼくとはまったく違う基準で線を引いているのだ。

五月十八日午後四時四五分、ぼくたちはマウント・ワトキンス南壁の取りつきでロープを結んだ。アレックスの指が、完璧な正確さでクラックをとらえる。プロテクションを取るために止まるのは、一ピッチにつき数回程度だ。その大胆さと、絶対に落ちないという自信が、なぜかぼくにも伝染した。二人とも難なくピッチをこなしていく。核心に着いてビレイをする以外は、同時登攀をした。ひたすら登り続けていると、フリーソロをしている気分になったが、危険はずっと少なかった。

ぼくたちはマウント・ワトキンスをほんの数時間で登り切った。最寄りの道路まで駆け下り、そこで待っていたベッカの車に乗ってエル・キャピタンへ移動した。フリーライダーを登り始めたころには、辺りは暗くなっていた。

午前三時には、壁の上部にあるコーナーの下までたどり着き、そこでビレイをした。ぼくは疲れて吐き気を催していたが、アレックスはまだまだ元気だった。難度の高い、急傾斜でホールドの少ないコーナーが頭上に見えている。ぼくたちはムーブについて話し合った。アレックスは以前、ボクシングの試合さながらに力を使うレイバックで突破したという。ぼくにはそれだけの体力が残っていなかったので、一〇年にわたるエル・キャピタンでの経験から、別の方法をとった。あるかないかのフットホールドを拾い、ステミングで少しずつ登り始めた。足と手のひらで壁を押し、登っていった。アレックスはあまり人を褒めたりしない人間だが、そのときは彼の驚いた声が夜空に響いた。「ワオ、そんなふうに登れるなんて考えもしなかったよ！」

数ピッチ登ったところでオーバーハングしたクラックに片手を差し込み、もう一方の手でヘッドランプを向けて上を照らした。およそ九〇〇メートルの花崗岩が月明かりに輝いている。辺りは静寂に包まれ、谷の向こうからブライダルベール・フォールのかすかな音だけが聞こえてくる。同時登攀でアレックスが先に登っていくが、姿は見えず、音も聞こえない。頭上に垂れているロープが暗いオフィドゥスの中で弧を描いている――どこにもプロテクションは取っていないようだ。腕は疲労で震え、頭は脱水でくらくらする。どこかにギアがセットされていますように、と祈った。ぼくは深く息を吸い、レイバックで三メートルほどのハングを越えて、足をクラックに深く突っ込んだ。

二〇分後、夜明けの光が地平線を染めるころ、ぼくたちはトップアウトした。ヴァンまで下りると、ベッカと友人たちが朝食を用意してくれていた。ぼくたちはブリトーをむさぼり、ハーフドームまでヴァンで移動した。ヴァンの後部のマットレスに横になると、枕に頭を載せるが早いかぼくは眠りに落ちていた。ぼくがいびきをかいているあいだ、アレックスはマットレスに横たわり、小さな子どものように目を輝かせてヴァンの天井を見つめていた。大きな笑みを浮かべ、「最高だよ。ほんとに最高だ」とつぶやいていた。足早にハーフドームの基部に着くと、また同時登攀で登り始めた。その午後、北西壁レギュラールートを登って頂上に立った。およそ八〇ピッチを二一時間ほどかけてすべてフリーで登り切った。

この三つのルートを継続するクライミングは、人間の意思と体力の限界を試す最高の試金石になるとぼくは思っていた。人間の能力は無限で、この世界にはまだまだ未知の領域があると思わせてくれた、あの場所に戻りたいと思っていた。アレックスはぼくの想像を超えていた。ビッグウォールが半分の大きさに縮んだように思えた。終わってみれば、単にとても疲れるクライミングをした一日というだけだった。景色のいい垂直のハイキングだ。この数年間で、誰かの後ろを登ったのは初めてだった。アレックスは刺激的で、一緒に登っていてとても楽しいパートナーだ。互いの長所とスタイルが完璧にかみ合い、強力なエンジンと化した。アレックスと登っていると、ランボルギーニに乗っている気分になった——そしてもちろん、制限速度を超えて突っ走った。

ベッカは息を詰めてぼくの反応を待った。ベッカは妊娠していたのだ。そのときぼくの頭に浮かんだのは、子を持つクライマーから数カ月前に聞いた言葉だった。「子どもが生まれた最初の年に、クライミングをしたのはたったの二〇日だった。二年目は五日だった」。ぼくは高速で考えをまとめようとした。ここでどんな返事をするかで、ぼく自身やぼくのクライミングの方向性が決まる。

自分が利己的で偽善的なのはわかっていたけれども、クライミングができなくなったら、ぼくはぼくでなくなってしまう。
大きな叫び声の代わりに口をついて出たのは、「なんだって？」という言葉だった。巨大な恐ろしげな山に登るときに似た気分だった。登りたくてそこまで来たのに、不安が首をもたげているような感覚だ。とにかく登るしかない。どうなるかは、そのあとにわかるだろう。ベッカは、カフェイン入りの飲み物を口にした子どものようにそわそわしていた。毎晩遅くまで、子どもの名前や、買いそろえるものや、子育てについて話し合いたがった。初めのうちは誰にも知らせず、一二週目に入ってからベッカは友人たちに電話をかけた。電話をかけるベッカの声は何オクターブも高くなっている。心のどこかに、妊娠までに本当に一年かければよかったと思う自分がいた。

「旅をする生活はけっしてやめないと約束してくれ」ぼくはベッカに言った。ベッカは賛成してくれた。

それから数カ月は、仕事と遊びを織り交ぜて、二人でヨーロッパやアメリカ国内を旅した。家では、時間の取れる限り山の中を走った。そうこうしているうちに、ぼくは子どもを持つという考えに馴染んでいき、落ち着いた穏やかな心境になれた。

まだドーン・ウォールへの気持ちは消えていなかったが、絶対に登らなくてはいけないとはもう思っていなかった。計画どおり、二〇一二年の秋にヨセミテに戻り、ゆったりとした目標を掲げた。しかし、初めのうちは、パートナーがいなかった——ケヴィンはラフティングをしにグランド・キャニオンへ行くことになっていたからだ。多くの人に、なぜアレックスを誘わないのかと訊かれた。答えは明快だ。アレックスがその気がありそうならぜひ声をかけたかったが、彼はクライミングに関してはせっかちな性分で、一つのプロジェクトに時間をかけるようなことはしない。ある程度、実現可能だと思ったことを、完全なかたちで成功させるのが彼のスタイルなのだ。ソロをするときには絶対的な自信が欠かせないし、ドーン・ウォールでは、成功も保証されていない。アレックスはきっと、あのいつもの口調でこう言うだろう。「悪い冗談はよしてくれ。疲れるだけだ」

その代わりに、友人のジョナサン・シーグリストに電話をかけた。コロラド時代、ときどきトレーニングに付き合ってくれた人物で、ぼくの知るなかでいちばん才能のある、まじめなスポートクライマーだ。ジョナサンはやる気満々だった。十月のあいだ、ぼくたちは壁の上で過ごした。ジョナサンはゼンマイ仕掛けのおもちゃのようにエネルギーに溢れていた。ぼくたちは人生について語り合い、とても楽しい時間だった。ヴァレーに降りると、ビールを飲んだり、ボルダリングをしたり、自重トレーニングをしたりした。ぼくたちは大きく前進した。困難な一四ピッチ目と一五ピッチ目の重要なムーブをつなげることができたのだ。ぼくは、ジョナサンの物事に対するひたむきな姿勢が好きだった。ぼくたちは、栄養やトレーニング、神経と筋肉の同調や筋繊維の成長について話をした。ジョナサンは理想的なパートナーにもなりえる相手だったが、一つだけ重要な要素が欠けていた。信念だ。彼は、ケヴィンやぼくよりも数センチ背が低かったし、爆発的な瞬発力に欠け、自分が一六ピッチ目のランジを成功させるイメージを思い描けなかった。一カ月ほど取り組んでいたが、徐々にあきらめムードになっていった。

ジョナサンが去る前の週に、ケヴィンがラフティングを終えてヨセミテにやってきた。一カ月ほどクライミングから離れていたものの、すぐに核心のムーブに取りかかり、登り切った。岩の上を力強く流れるように進むその動きは、コンピューター制御された機械のように精確で、このクライミングのために生まれてきたのかと思うほどだ。ジョナサンとぼくは口をあんぐりと開け、彼が登っていくのを見ていた。ケヴィンはトレーニングをしていない状態でも、ぼくよりずっとうまく登れた。とはいっても、トレーニング不足は持久力に影響を及ぼす。難しいムーブをいくつか続けるたびに、壁から剝がれ落ちた。

ぼくたち三人は、一週間ほど一緒にクライミングをした。最後の日、一四ピッチ目をしつこくトライすることにした。過去二回の地上からのトライで、とても苦労したところだ。これまでに何度も思ったことだが、これまでとは違った新たなムーブを見つけようと決めた。少しだけ下がり、岩に顔をくっつけて、何かこれまで気づかなかったものが見えないか探した。すると、どうだろう。マドンナのほくろに形も色もそっくりな、ドーム型のこぶのようなものを見つけた。目印にチョークを少しだけつけ、ムーブを組み立て直しにかかった。その小さなこぶに左足を押しつけると、体勢を安定させることができ、まずまずの縦カチをつかむことができた。そのそばには髪の毛ほどの皺《シーム》があった。風雨にさらされて傷んだバスケットボールの表面の線ほどのものだ。普通は、これほど傾斜の強い壁では使い物にならないが、ほくろと縦カチを組み合わせれば、役に立ちそうだった。ぼくはそれらを使って新たなムーブを探り始めた。

ケヴィンとジョナサンは息を詰めてぼくの動きを見ていた。ほかの者には、ペンキが乾くのを見守るくらい退屈なことだっただろう。ぼくはロープにぶら下がりながら、さらに二〇分格闘し、ようやく答えを思いついた気がした。ロープを少しゆるめてもらい、ほくろに足をかけた。縦カチを持ち、もう一方の手を皺に伸ばした。そして、ありったけの力でホールドを押さえ、上半身を固定した。まるで空中で一瞬静止した凧のようだ。右足を入れ替え、何もない壁に押しつけてスメアする。息を詰め、力を込めて縦カチをマッチし、左手を別の縦カチに持ち替えて、なんとか姿勢を保ち、少しだけ休める次の体勢まで進んだ。これで、パズルは解けた。

「やった！」下から叫び声が聞こえる。「どんな感じだ？」

まだほっとするわけにはいかず、ぼくは叫び返した。「うまくいったけど、もう一度やらせてくれ」

スイングして元の位置に戻り、もう一度やってみた。さらにもう一度。

ポータレッジまで下降し、ケヴィンとジョナサンに興奮気味に新しいムーブの説明をした。そして、最初からまたやってみた。この五年で初めて、一四ピッチ目の過去最高の地点まで到達し、このピッチのほぼすべてのムーブをつなげることができた。

数日後、ぼくたちはヴァレーまで降りて、このシーズンのトライを終えたが、ぼくは込み上げてくる笑いをこらえることができなかった。ほくろのようなこぶと、ほとんど見えない皺を見つけたことで、ものすごいエネルギーがわいてきて、翌年への道が開けたと感じた。幸せになる道とは、ずっと目の前にある小さなものに喜びを見つけることだとしたら、ドーン・ウォールはまさにそのお手本だった。ぼくは上々の気分でヨセミテをあとにし、父になる日が近づいてきても、少なくともトレーニングはできると考えていた。

「ベッカ、がんばれ《プッシュ》！」翌年の春、ぼくはそう叫び、ベッカはうめき声を上げ、声の限りに叫んだ。ベッカの髪が額に張りつき、涙が頬を流れ落ちる。ほかの赤ん坊と同様に、フィッツ・コールドウェルは苦闘の末、この世に生まれ出た。フィッツという名は、パタゴニアのフィッツ・ロイにちなんでつけた。ベッカとぼくが初めて子どもを持つ話をしたあの旅でも、フィッツ・ロイは町のはるか彼方にそびえ立っていた。ぼくが手を伸ばすと、粘液にまみれて泣き声を上げるかわいらしい生き物が、ぼくの腕に収まった。

ぼくが父から学んだいちばんの教えは、挑戦から喜びを得ることができるなら、負の影響を及ぼす事柄――痛み、恐怖、苦しみ――は気にならなくなるということだ。ベッカが大仕事を終えた今、今度はぼくが息子の育て方を考える番だ。

フィッツには、ほかの人を愛し、尊敬することを教えたかった。人間関係は冒険と同じように考えることができるし、そうあるべきだとぼくは信じている。ここでいう冒険とは、クライミングに限らず、未知のものを受け入れるという広い意味での行為を指す。ほかの人に常に心を開くことで、知識を増やし、人生や世界の視野を広げることができる。

　そうした人間性をぼく自身も養い、フィッツにも得てもらいたい。それには自分に正直でなくてはならない。でなければ、信頼を得られない。とするなら、ぼくはどんな人間なのだろう。飛び抜けて賢いわけでも、ハンサムなわけでも、才能があるわけでもない。取り柄は欲求に忠実なことだろうか。ぼくの欲求や未知のものを受け入れる性質が、最もよく表現されている場がクライミングなのだ。


　ベッカとぼくは、秋にヨセミテへ行くための準備に取りかかった。ヨセミテ行きは、フィッツを連れた最初の大きな旅になる。夏のあいだ、フィッツをハイキングに連れていき、エステス・パークの山々のすばらしさに触れさせた。ぼくたちの世界にフィッツを招待しようと決めていた。友人たちからは、子どもが生まれると人生のバランスをとるのは難しく、時間のかかる挑戦はあきらめざるをえない、と聞かされていた。ぼくが指を切り落としたとき、もうクライミングはできない、と医者に言われたことを思い出した。

　二〇一三年の秋、ドーン・ウォールに取りかかる一週間前に、ヨセミテのアッパーパイン・キャンプ場へ到着した。ベッカとフィッツは、初秋の暖かいあいだだけ、ヴァンで寝泊まりすることになっていた。ぼくは家族とドーン・ウォールの両方に時間を振り分け、気温が下がってきたら二人は家に戻る。最初の数日はフィッツを連れて、セコイアの古い森や滝、そしてエル・キャピタンの麓へ行った。エル・キャップ・メドウにブランケットを敷き、観光客さながらに、壁に取りついているクライマーを探した。そして次の一カ月間、パパが過ごすことになる場所を指さした（ぼくは、ほぼ毎晩、麓に下りて家族とともに過ごすつもりだった）。フィッツといると、いつもなら見過ごしてしまう小さなことに感動するようになった。草の茎に擬態するカマキリ。動物の形に見える雲。フィッツのハーネスにバンジーロープをつけて、木の枝から吊るしたりもした。ぼくたちがボルダリングやクライミングをするあいだ、フィッツは小さなエルフのように機嫌よく身体を弾ませていた。ロープやギアの上にフィッツを座らせると、フィッツは歯固めリングのようにカラビナを噛み始める。夜には、焚火の煙がたなびくキャンプ場で、フィッツを小さな洗い桶に入れて湯浴みさせた。大きな緑の目は、驚きとあどけなさに溢れていた。無限の可能性に満ちたみずみずしい世界を初めて目にするのはどんな気分なのだろう、とベッカとぼくは語り合った。

ぼくはそのシーズン、世界屈指のクライマーの一人をドーン・ウォールに招待してあった。十代のころ、スポートクライミングでぼくよりもずっと先を行っていた、あのクリス・シャーマだ。彼ならドーン・ウォールの挑戦に新たな視点とエネルギーを与えてくれるに違いないと思った。

前の秋にケヴィンがランジのムーブに成功したことで、クリスもやる気になっていた。けれども、トライを始めようとしたとき、政府内のもめ事が原因で、国立公園がすべて閉鎖されてしまった。ヨセミテに再度入れるようになったときには、十月も半ばですでに寒く、ベッカとフィッツは家へ戻った。

ぼくはクリスに、エル・キャピタンのフリークライミングを見せたくてたまらなかった。十代のころに一緒にクライミングをしたあと、クリスはクライミング界のスターになっていた。温かいほほ笑み、整った身体つき、ウルヴァリンのような意思が相まって、男性クライマーはみなクリスのようになりたいとあこがれ、女性はみなクリスとデートをしたがった。驚くほどダイナミックなスタイルで岩を登るクリスは、史上最も有能なスポートクライマーと言われてきたが、ビッグウォールを登ったことはなかった。ドーン・ウォールを最初にトライした年のケヴィンのように、ぼくはクリスの目が輝くのを見るのが待ちきれなかった。

クリスもケヴィンも、最近恋人に振られたばかりだった。ケヴィンの顔には傷心の色が浮かんでいた。「結婚するつもりだったんだ」とだけケヴィンは言って、多くを語らなかった。クリスは傷ついた胸の内を開けっぴろげに語り、パッキング中に元恋人から電話がかかってきたときは、森の中で三〇分ほど話し込んでいた。戻ってきたとき、クリスの頬は涙で濡れていた。クリスは鼻をすすり、背筋をぴんと伸ばした。

「つらいよ、ほんとに。ビッグウォールを登って、このことを忘れたい」

自分が同じ状況にいたときの記憶がふとよみがえった。これまでぼくは、友達に支えられてきたので、ぼくも同じことを二人にしてやりたかった。ぼくたちはウイスキーを買い込み、アプローチをたどっていった。歩き始めてすぐにクリスが尋ねた。「大丈夫か、ケヴィン?」

「どん底だよ」とケヴィンは言った。「いろいろと整理をつけないと」

ぼくにはその気持ちが理解できた。ぼくが何か手助けできたら、ケヴィンとのあいだの壁のようなものを崩せるかもしれない。「こう考えたらどうかな。二人とものすごく強くて、見た目もいい。女の子から引っ張りだこさ」ぼくは言った。「独り身の生活もいいものだよ」

「ああ。そりゃ、うれしい話だ」クリスが言った。ケヴィンはうなずいただけだった。

アプローチをたどりながら、ぼくはルートのことや、これからの数日の予定をクリスに説明した。「ランジをトライするのが待ちきれないな」クリスは言った。「ケヴィンがやるのを見たけど、すごかった」。地上四五〇メートルの垂直の壁で二・五メートル斜め上方へ飛ぶ、あのとんでもないランジの映像は、クライマーのあいだで有名になっていた。気持ちが落ち着いてきたのか、ようやくケヴィンもくつろいで話し始めた。

エル・キャピタンの頂上に着くと、その高度感に、クリスのアドレナリンが噴き出した。クリスがぎこちない手つきで小さなホールドにしがみつくのを見て、さすがのクリスも落ちるのではないかと心配になった。クリスはオリンピックの重量挙げ選手のようなうなり声を上げて、ホールドに飛びついた。ケヴィンの落ち着いた技巧的な登りとは対極にあるスタイルだ。瞬く間に5・13以上の数ピッチのムーブをクリスは解決した。そして、例のランジに取りかかった。クリスなら一回か二回のトライで解決できるだろうとぼくは確信していた。ところが、あのとんでもなく難しいムーブを成功させるには、この高度感にもう少し慣れ、恐怖を取り除く必要があった。クリスは、このムーブはこれまでトライしたムーブのなかでも、相当難しい部類のものだと言った。

複数のロープを張り巡らしていたおかげで、ぼくたちは個々のピッチに好きな順に取り組めた。5・14dのトラバースのピッチ——ランジの前にある二ピッチ——をやるには、嵐が猛威を振るい始める前の風の強い日がいちばんいいとぼくは確信した。ある日、強風がポータレッジを揺らし、壁に雪片を舞い上げた。ケヴィンとぼくは交代でトライを重ね、うまくムーブをつなげることに成功した。日中でも登りに適した気温になったことに興奮した。クリスはポータレッジの中に座り、フードをかぶり、手をポケットに突っ込んで、正気かという目でぼくたちを見ている。クリスがいつも登っているような、カタルーニャの日が降り注ぐ岩で、上半身裸のクライミングとは別世界だからだろう。

その一週間後、クリスは家に戻った。ケヴィンとぼくは、また二人だけになった。ぼくの懸念をよそに、ケヴィンはただ一人、情熱を注いで取り組んでいるパートナーだった。ケヴィンとぼくは、核心のトラバースの一四、一五ピッチ目に集中することにした。ランジの一六ピッチ目は、それよりわずかにグレードが低かった。かなりの恐怖感があり、瞬発力にすべてがかかっている。この三つのピッチのムーブを自動化することが〝下から上までトライする前にやっておくべき最後の項目〟だとケヴィンは言った。ケヴィンは口数が少なかったが、ドーン・ウォールという荒療治で傷心を癒すというやり方になじんできたようで、狩りをするパンサーのように集中していた。作業の進み具合は、すべてケヴィンが（そして今はぼくも）インスタグラムにアップしていた。ケヴィンの新しいスポンサーであるアディダス・アウトドアが、定期的にドーン・ウォールの最新情報を世間に発信していた。

ハリウッド映画なら、ここで災難が起こる。折しも、ついに一五ピッチ目を登り切ろうとしていたときのことだ。ぼくはその七ピッチ上でユマールをし、食料の入った重さ一〇キロのバッグをハーネスにかけて運んでいた。バッグには六〇メートルのロープがついていて、反対側の端はぼくのハーネスにつけてあった。余ったロープは大きな輪になって垂れ下がっていた。突然、そのバッグがフックから外れた。バッグが落ちていくのがスローモーションのように見えた。ハーネスから外そうかと一瞬考えたが、すばやくやらないと指が何本か持っていかれそうだったので、ぼくはユマールにしがみつき、スリングにしっかりと踏ん張って、衝撃に備えた。

バッグは六〇メートル落下し、ロープがぴんと張り、激しく下へ引っ張られた。身体の中でパキッという音が鳴った。ショックとアドレナリンで痛みは感じなかった。助かってよかったと思ったが、何かがおかしいのはわかった。ヴァレーまでできるだけ急いで懸垂下降したが、ヴァンにたどり着くころにはほとんど動けなくなっていた。病院へ向かう途中、軽率だった自分を罵った。X線写真を撮ると、肋骨を脱臼していることがわかり、数週間休まなくてはならないようだった。二〇一一年にケヴィンが足首を捻挫したときと同じような状況だった。あのときケヴィンは、ぼくのトライを励ましてくれた。ぼくも同じようにするつもりだった。

ケヴィンは二週間のあいだ、パートナーを集めて核心のピッチに取り組んだ。「ぼくのほうがプロジェクトを先導しなくてはならなくなった」とケヴィンはのちに語った。長いあいだ自分をこのプロジェクトの義理の父親のように感じていた、と。ケヴィンはずっとぼくの陰にいた。ぼくたちにはいろいろな違い――主に、ビジネスチャンスの追求や、人生やキャリアにおけるクライミングのとらえ方の違い――があり、それがぼくたちの関係をぎこちなくさせてきた。けれども、ぼくが壁を離れたことで、ケヴィンが感じていた不安やプレッシャーが薄らいだ。自分のペースで麓に降りたり、レストしたりできるようになり、我慢をせずにすむようになった。

ぼくは家で身体を休め、十二月の終わりに復帰した。休養したことが、いい方向に働いたようだった。ヨセミテはすっかり雪景色になっていて、冷たい強風が岩壁を吹き上げ、冬がやってきていた。最初に気づいたのは、自分の身体がとても軽く感じることだった。しばらく登らないあいだに、硬くなった指のたこがほとんど消え、新しい皮膚が再生して、岩にぴったりと吸いついた。ホールドがいつもより大きく感じた。自信がわき上がり、一五ピッチ目の核心ムーブにトライしてみると、いとも簡単につなげることができた。次に、そのピッチを通して登ってみた。自分でも呆気にとられたまま一五ピッチ目を登り切り、残っていた三つの項目の一つにチェックマークがついた。ケヴィンは目を瞠《みは》り、心から祝福してくれたが、嫉妬の気配もわずかに感じられた。二週間も一人でトライし続けたのに、その結果がこれか、と思っているようだった。

ぼくたちはこれまでずっと対抗心を燃やし、二人組のチームのように、一人ではたどり着けない高みまで互いを押し上げてきた。そして二つのことに気づいた。一つは、レストがいい影響を及ぼすということだ。これまでのぼくたちは――あるいはぼくは――しゃにむにがんばりすぎていたのかもしれない。今後は、シーズンの最中でもレストの期間を入れたほうがよさそうだった。もう一つは、登るのは寒いときがいいということだ。ドーン・ウォールを登るなら、乾燥した冬のからっと晴れた期間がいい。それにはかなりの運に恵まれなくてはならない。ヨセミテの冬が暴れ出し、雪が降り始めたクリスマスの直前に、ぼくたちは荷物をまとめて壁を降り、家路についた。

第16章 CHAPTER 16

ぼくは椅子に座って、ぼんやりと窓の外を見つめる。薄くなった指の皮膚や前腕の茶色いシミにゆっくり視線を落とす。十数年ものあいだ、太陽や風や冷気にさらされてきた身体だ。

ベッカは薪ストーヴの鉄の扉を開け、新たに薪をくべる。くすぶるパインのにおいと煙が、子どものころにかいだ火のにおいを思い出させる。炉床で火の粉がはぜ、燃え盛ったかと思うと、徐々にくすぶって消えていく。フィッツは子ども用の椅子に座り、全神経を集中させてテーブルの上のブルーベリーをつかもうとしている。

もし、パタゴニアで死んだのが自分だったら？

ぼくたちは同じ山の、ほんの一時間ほどしか離れていないところを登っていた。

家族や友人たちは「あいつは好きなことをやって死んだんだ」と言い聞かせて、ぼくの死を受け入れるだろうか？

自分だったら、という想像を頭から振り払い、家族三人がこうして一緒にいる姿を目に焼きつける。

気持ちを切り替えなくてはいけない。〝もし〟なんて思っている場合ではないのだ。できることはすべてやる。死ぬ側に自分が回らないために。残された家族に〝どうしてお父さんは……〟と言わせないために。

ベッカが、ぼくのかさぶただらけの手を握り締める。自分の顔が紅潮するのがわかる。もしぼくが、今とは別の人間だったら、ベッカは今と同じように愛してくれるだろうか。僻地の岩壁を登りたいという強烈な欲求など微塵もない男だったら、はたして愛してくれただろうか。

ヨセミテでの継続登攀をアレックス・オノルドとやり終えたあと、このスピードクライミングで得たタクティクスをパタゴニアで使ってみたらどこまでやれるだろうと思い始めた。フィッツ・ロイ山群のスカイラインを数日かけてワンプッシュで縦走《トラバース》する——多くのクライマーが、このSFのような計画について何十年も語り合ってきた（なかには実際にトライしたクライマーもいる）。この長さ五キロほどもある長大なトラバースは、アグハ・ギジャメ（ギョメ）から始まり、アグハ・デ・ラ・エスで終わる。最高峰フィッツ・ロイを含めた七つの峰《ピーク》を縦走することになるのだが、全標高差はおよそ三七〇〇メートルになる。

「アグハ」とはスペイン語で尖塔を意味する。また、ガーフィッシュという魚——細長い注射針のような鼻が突き出た捕食動物——を指すこともある。フィッツ・ロイ山群を表す言葉としても使われていて、どの山々も鋭く尖った歯のように、冷気を貫いて天高くそびえている。山頂にかかった氷を西に吹き飛ばす湿った風は、山々の頂に当たって結露し、噴火した火山の灰が流れていくように、何キロにもわたって雲をたなびかせている。

多くのクライマーは、世界で最も知られている山、最も美しいパノラマと聞けばフィッツ・ロイ山群を思い浮かべるだろう。そのフィッツ・ロイ山群を端から端まで縦走するには、登山に関するあらゆるテクニックが必要とされる――ロッククライミング、緩斜面での登高技術、複雑なルートファインディング、雪と氷の登攀などだ。それも最小限の装備で登り続けなくてはならない。荷物が重いと疲労がたまるばかりでなく、登攀スピードが上がらずパタゴニア特有の嵐につかまってしまう。

ただ、父親となった今、パタゴニアでクライミングをすべきなのだろうか？ 夢と、それがはらむ危険について、ぼくとベッカはよく議論をした。ベッカはこれまで、クライマーたちの死亡記事を目にしたり、誰が山で死んだという話題を耳にしたりしてきた。もっと身近な例では、ベッカの友人の初恋の相手が交通事故で死に、最近は別の友人の夫が雪崩で死んだ。ベッカは残された友人たちの痛切な悲しみを肌で感じてきた。〝もし彼がその場所に行かなかったら……〟という思いが友人二人の頭から離れることはないようだった。だが、同時にベッカは理解していた。もしぼくの人生の核がなくなってしまったら、ベッカの愛する人間であり、子どもの父親であるぼくが、ぼくではなくなってしまうことを。神から与えられた才能、それがなければ空虚な存在になってしまうほどの運命的な才能が、自分自身を殺《あや》めてしまうものだったら、いったいどうすればいいのだろう。

「絶対に生きて帰ってくるとは言い切れないでしょう？」とベッカはよく訊いてきた。**それは誰にもわからない。明日、交通事故で死ぬかもしれないし、そもそも人生は危険に満ちている。**ぼくは、その場しのぎの答えを小声で返すしかなかった。とはいえ、アルパインクライミングは普通のロッククライミングよりずっと危険だということは否定しきれなかった。

「最も危険の少ないラインを登るつもりだし、雪崩が起こりそうなところには近づかない」。そうぼくは説明した。「今回はフィッツ・ロイの稜線をトラバースする。岩も硬い。だから石や氷が頭上から降ってくるようなことはないんだ。そもそもトライすらできないかもしれない。パタゴニアの天気の悪さは知っているだろう。ベッカ、ぼくたちには余りあるほどの経験がある。山で死ぬとすれば、自分たちの置かれた状況を客観視できなかったり、軽はずみな行動をとったりしたときだ。絶対に無茶はしない。約束する」。こう話して聞かせているときでさえ、自分自身とベッカに対して本当に正直に答えていたか疑問だ。ベッカがいちばん心配しているのは、ぼくのパートナーになるのが、アレックス・オノルドだということだ。アレックスはリスクに対して鈍感だと一般的には思われている。子を持つ親が自分のクライミングパートナーだからといって、アレックスがこれまでの流儀を変えるなどとはベッカも思っていなかった。

ベッカはいつも正しかった。ぼくは今回のことをどう考えるべきか、どうすべきかわからなかった。けれども、ぼくはパタゴニアを愛していた。クライミングは自分を見つける手段であり、自らの欲求を満たすものだ。そして子育ては、自分をほかの誰かに捧げることだ。

自身の人生を豊かにする能力も、よい親であることの条件ではないだろうか? 子どもが生活のすべてで、何をするにも子ども中心に考え、子どもの行動一つひとつに目を光らせているヘリコプター・ペアレンツ〔過保護な親〕は少なくない。その結果、自分自身やお互いの存在を見失ってしまう。ぼくの知り合いの多くも、精神科医に通う予算をあらかじめ生活費に組み込んでいる。子育てと自分たちのやりたいことのバランスをうまくとるのはとても難しい。

ベッカはぼくの言葉を信じてはいないようだったが、ぼくの焼けつくような欲求も常に感じ取ってくれていた。クライミングがあるからこそぼくは生かされ、クライミングがあるからこそ何かを人に与えられるということを。そして最後には、パタゴニア行きを受け入れてくれた。絶対に無事に帰ってくるとぼくはベッカに誓った。その晩、コンピューターの画面でパタゴニア行きのフライトの時間を眺めながら、ちょっとした胸騒ぎを覚えた。自分の欲求が強すぎて、周りが見えなくなっているのだろうか?

ぼくたち家族は腹をすかし、しょぼしょぼの目をこすりながらエル・チャルテンにたどり着いた。フィッツ・ロイ山群の向こうに黒い雲が浮かび、雲の下から太陽の光が漏れ、漆黒の雲の底だけが輝いている。この地特有の乾いた甘い香りが鼻孔をくすぐり、懐かしさが込み上げてくる。ぼくはずっと、世界の冒険の旅に自分の家族を連れていく日を夢見ていた。それが今、現実のものとなった。感謝の気持ちと興奮に包まれながら、ぼくはバスから降り、息子のフィッツを肩に乗せた。「ほら、見てごらん。おまえの名前はあの山からつけたんだよ」。フィッツはキャッキャと笑った。きっとぼくが言ったことを理解してくれたのだろう。

ぼくたちは重い荷物を抱えて、新しくできたレストランやパン屋の前を通り過ぎた。今にも崩れそうな建物がぽつぽつと残っているところに、この辺境の街の名残を見ることができる。通りの角を曲がって埃っぽい道に入った途端、カルステン――ぼくたちが世話になる陽気なスイス人の家主――のハグで迎えられ、その力強さにぼくたちは目をむいた。ここに来る一カ月前、部屋を貸してくれないかと彼にメールで問い合わせると、「家族も一緒に連れてきなさい。そうするなら家を貸すよ」という答えが返ってきた。なので、カルステンがエル・チャルテンを出発する日に着くよう日程を調整し、広々としたスイス風の木造の小屋を、留守番がてら使わせてもらうことにした。八年前、初めてのパタゴニアで五週間過ごした湿気たテントとは大違いだった。小屋の周りには三角形の掘っ立て小屋がいくつか立っていて、各国のクライマーが滞在していた。芝生の広場があり、スラックラインやバーベキュー用の道具もあった。小屋の前にあるベンチは、すぐにクライマーのたまり場になった。車を持っている者など誰一人としてなく、ハムスターが回し車で発電しているとしか思えないのろのろとしたインターネットしかなかった。来る日も来る日も、たわいのない話をして過ごした。誰もがみな、夢にまで見た山でのクライミングとシンプルな生活をするためにここに来たのだ。こここそ、ぼくのエデンの園だった。

エル・チャルテンに着いて間もない晩に、クライマーたちが集うラ・サニェーラという丸太造りの古いレストランに出かけた。数々の山の写真が壁に飾られている。バンダナを巻いたエプロン姿の若い店員が出迎えてくれた。

「なんてかわいい赤ちゃんなの！」店員はそう言うと、フィッツを抱きかかえて店の奥に行ってしまった。ベッカは肩をすくめている。奥の大きなテーブルには、クライマーの一団が座っていた。そのほとんどはぼくたちの知り合いで、これまでの旅先で出会った連中だ。コアなクライマーのコミュニティは、けっして大きくはないものの世界中に広がっていて、それぞれの山のベストシーズンにはあちこちからクライマーが集まってくる。まるでその様子は、散り散りになっているイタリア人の家族が再会する場面に似ていて、そこかしこでハグや挨拶が交わされ、笑い声が上がり、ロープを組んだことのある相手との思い出話に花が咲く。

こういう場所に赤ん坊を連れてくるのがどういうことなのか、ぼくはわかっていなかった。エル・チャルテンに着いてから数週間のうちに、〝命の危険を顧みないアレックス・オノルド〟という名で一般に知られている男は〝アレックスおじさん〟に変身した。アレックスはフィッツを肩車して、おどけた顔をしてみせる。フィッツがくすくす笑うと、アレックスもうれしそうだった。「ぼくといるときにフィッツが歩き始めたら、トミーに妬《や》かれそうだな」。アレックスは、ぼくたち家族と同じ家で生活していて、まるで仲のいい幸せな大家族のようだ。

今回は、二週間で家族のもとに戻るつもりでいたが、自分のクライミングに一〇〇パーセント集中する時間も必要だと感じていた。とくにフィッツ・ロイ山群のような厳しい山ではなおさらだ。だから、ベッカとフィッツを先に帰国させてから、残りの一三日間のうちの数日をアレックスとの縦走に充てるつもりだった。パタゴニアではいつ好天周期が来るかわからない。ベッカとフィッツが滞在しているあいだは、山の天気は荒れ模様だった。ぼくたち家族は標高の低い場所をハイキングしたり、波一つない小さな湖の水面に石を投げて遊んだり、エンパナーダという具入りのパンを試食したり、バーベキューをしたり、マルヴェック種のワインを飲んだりして、幸せな二週間を過ごした。クライマーの多くは、身体のコンディションを整えるため、昼ごろに集まってボルダーに興じ、まるで海辺で休暇を過ごしているかのようだった。だが、街の向こうには常に巨大な山々がそびえ、山頂から笠雲がたなびいていた。

フィッツ・ロイ山群を全山縦走するという計画は、時が経つにつれ、身の丈をはるかに超えた絵空事に思えてきた。この一〇年近く、世界で最も優れたアルパインクライマーたちがフィッツ・トラバースに挑戦し続けてきたのだ。エル・チャルテンから霧氷の張りついた山々を仰ぎ見るたびに、ぼくとアレックスはただのロッククライマーにすぎないという厳しい現実を思い知らされる。たしかにぼくはフィッツ・ロイに登ったことがあるし、アレックスもアラスカで長大なアルパインルートの登攀の経験がある。しかし、そのときは二人とも経験豊富なアルピニストたちと一緒だった。雪と氷のパートでは彼らがリーダーだったし、ライン取りなどを教えてくれる彼らがいたからこそ安心して進めたのだ。ぼくはアレックスと比べれば、アルパインではずっと経験があるのかもしれないが、クランポンを履いたことがあるのはせいぜい一〇日程度だ。それでもアレックスの五倍ほどは履いていることになる。

本来なら、世界で最もスピードがあり、恐れを知らないクライマーとロープを組むことは大きなメリットになるはずだ。だが今回、アレックスはぼくをリーダー役と見ているようだった。ただ、ここでもアレックスはいつもの〝なんとかなるさ〟といった感じで、出発前に送った装備リストの半分しか持参してこなかった。「これだけあれば十分じゃないか」とアレックスは言ったが、これからどこに向かうのかまったく理解していないんじゃないかとぼくは不安になってきた。

晴天がやってきたのは、ベッカとフィッツが帰国する当日だった。明け方の薄明かりの中で、ぼくは二人を抱き締めキスをした。ベッカの目には涙がにじんでいた。ぼくは涙をぐっとこらえた。

「気をつけてね。待ってるから」ベッカが鼻をすすりながら言った。

そして、アレックスに向かって〝トミーを死なせたら承知しない〟という顔をしてみせた。でも彼女の口から出たのは「最高のクライミング日和ね」という言葉だけだった。アレックスはベッカを安心させるような表情を作った。〝心配しなくても大丈夫。絶対にけがはさせない〟。

「写真、いっぱい撮ってね」。それがベッカ流の別れの言葉だった。まるでぼくたちがハイキングにでも出かけるかのように山に送り出してくれた。共同生活をしてそんなに経ったわけではないけれど、どうしてアレックスが成功を重ねてきているのかベッカは少し理解してきていた。すべてを「大したことじゃない《ノー・ビッグ・ディール》」と信じることは、予言はかなうと言っているようなものなのだ。いや、ぼく自身もかなうことを願った。これまで、アレックスはすべてをかなえてきたからだ。

ぼくはベッカを少しのあいだ抱き締め、フィッツの額に唇を強く押し当てた。「パパはおまえの山を登ってくるよ」そう言うと、アレックスとぼくは山に向かって歩き出した。後ろを振り返らないようにするのがつらかった。そうしてしまえば、ベッカの泣く姿を見て、戻りたくなってしまうのがわかっていた。

ぼくたちは数時間かけて、広大な湿地帯や侵食された川岸を進み、今にも崩壊しそうな橋を渡って、ゴブリンが住んでいそうな森を抜けると、見晴らしのいい場所に出た。ここからはフィッツ・ロイ山群の全貌が見渡せる。めざすルートに目を凝らす。七つの頂から雪煙が舞っている。日の当たらない壁の南面に、氷がべったりついているのが確認できる（南米では北面に日が当たる）。壁のガリーではチリ雪崩が起きている。この巨大な迷路のようなルートを登る自分たちの姿を想像してみる。からりと晴れ上がり、壁についた氷や雪が解けてくれればと思う。いや、きっと解けるはずだ。ぼくは大きく息を吐き、アレックスに目をやった。

「見るからに難しそうだな」

アレックスはぼくのほうを向いて肩をすくめた。「さあ、そんなにはデカくは見えないけどな」。ノー・ビッグ・ディールということか。もしぼく自身がひどく緊張していなかったら、冗談だろうと笑っていただろう。だが、アレックスは冗談ではなく、本気で言っているようだ。

目の前にはのこぎりの刃のような形をした山々がそびえている。まずいちばん端の山の壁を登り切り、反対側に懸垂して鞍部《コル》に降り立ち、次の山の壁を登る。そうして登ったり降りたりを一日中繰り返す。ジェットコースターに乗って垂直に近い傾斜を上っていき、てっぺんからふたたび落下していくのを想像してみてほしい。さらに、ビバークできる平らな場所がごく限られていることも、このフィッツ・トラバースをより困難にしている。

ぼくは心のどこかで、アレックスのことをうらやましく思っていた。アレックスはこれから先に何が待ち受けているのかを知らないからだ。

さらに四時間ほど進み、山が目の前に迫ってくると、アレックスの心情にも変化があったようだった。「本当かよ！　こんなデカい壁は見たことがない」。だがアレックスは不安を感じるどころか、興奮しながら目を大きく見開いている。

ガレ場を通過し、一時間ほど歩くと、氷河の先端に到着した。氷河に乗り込むところは傾斜が急で滑りそうだったので、バックパックからクランポンを取り出した。アレックスがそれをアプローチシューズにつけようとしたとき、ぼくは何かが違うことに気づいた。「嘘だろ？　ストラップ締めのアルミニウムのクランポンじゃないじゃないか。それは登山靴につけるやつだろう。いま履いているアプローチシューズにはつかない」。事前に渡した装備表の中に、ぼくはクランポンについて、こう細かく書き記していた——重要事項。軽量化のため、重い登山靴ではなく軽いアプローチシューズで氷や雪を登る。「そんなこと言われても困るな」アレックスは面倒くさそうに肩をすくめた。「アルパインクライマーはきみだろう?」

ぼくは氷に覆われた山々を見上げた。二〇〇六年にフィッツ・ロイに登ったときは、三人でクランポン一つしか持っていかなかった（先に登る者が最初に使い、そのあと下にいる者にロープで渡すか、クランポンなしでセカンドが登るかしていた）。今回もなんとかなるかもしれない。しかし、めざすルートは前回よりもずっと雪と氷が多いのだ。

ぼくたちはクランポンの件は忘れることにし、アレックスは雪に半分めり込んでいる岩のあいだを駆け登るようにして氷河に上がってきた。ぼくたちは見えないクレヴァス——薄く積もった雪の下に地雷のように隠れている——に落ちないよう互いにロープを結び、膝ほどの深さの雪をゆっくりと進んでいく。

「トミーがアルパインクライマーで本当によかったよ。全部やってくれるからね」アレックスはそうおどけてみせた。ぼくが氷河の上をラッセルし、彼がそのあとをついてくる。

一時間後、腰につけているロープがピンと張られたので後ろを振り返った。アレックスの姿がない。クレヴァスに落ちたようだ。だがうまい具合に、アレックスは地面から一メートルほど下にある雪の棚に着地していた。クレヴァスから這い上がると、声を上げて笑い出した。「今の見たかい?　やばかったよ、ほんとに」と言って、ふたたび楽しげに歩き始めた。

そのときぼくの頭に浮かんだのは、アレックスの扁桃体（恐怖をコントロールする脳の一部）が機能していないのではないかということだ。だが一方で、アレックスが突出して優れているのは、ほかの人間がそのときどきの状況に対して感情的に反応するところを、彼は論理的に処理しているからだ。所詮、ぼくらはロープで結ばれているので、クレヴァスの奥深くに落ちたとしてもぼくが引き上げればいいだけの話だ。クライミングの最中にアレックスが軽はずみな行動をとることはけっしてない。むしろ冷静に考え、慎重に行動している。彼と一度でもロープを組んだことのあるクライマーはみなそう思っているし、アレックスが出ている映像を見てもわかる。

彼はただ、単に自分がコントロールできないことを思い煩って体力を消耗したりしないだけなのだ。人はそれを思い込みだとか、間違った楽観主義だとか言い、向こう見ずとまで言い放つ者もいるが、ぼくがロープを組んだなかでアレックスだけが唯一、自分はありのままの現実を受け入れられると言っている。ぼくたちは、困難な状況に身を投じ、その状況を分析するようにした。まず始めてみて、何が起こるのかを確認し、そしてそのあいだ、その状況をむしろ楽しむ。

ぼくたちは、アグハ・ギジャメという最初の山の取りつきでビバークした。岩がねじれるようにしてできたギジャメを眺めていると、自由の女神のたいまつを連想する。

翌朝、出発の準備をしているとき、ローランド・ガリボッティ（通称ロロ）とコリン・ヘイリーが登ってきた。この二人は、パタゴニアに登りに来るクライマーのなかでも最も名が知られている強いクライマーだ。彼らもぼくたちと同じ長大なルートをねらっている――そう、フィッツ・トラバースだ。クライミングの世界では、あるルートがクライマーの注目を一斉に集めるという不思議な現象がある。その結果、複数のパーティーがそのルートの初登争いを繰り広げる。きわめて困難な未登のラインが急に身近な目標になるのだ。

ロロとコリンはぼくたちの友人だし、彼らはパタゴニアにおけるクライミングの大ベテランだ。二人はこの地で行った数々のクライミングで膨大な情報を収集しており、その情報を惜しみなくほかのクライマーたちと分かち合ってきたことが、パタゴニアのクライミングシーンを大幅に進歩させた。

彼らがぼくらのそばを通り過ぎるとき、アレックスが例のクランポンで登ることについてどう思うか訊いてみた。

「どうだろうな。リスクが高そうに思えるけど」とコリンが言った。ロロも心配そうな視線を向けた。

「この最初の壁を登るのに、クランポンは必要なさそうだよ」アレックスが肩をすくめながら言った。「クランポンがなくても懸垂下降ならできる。だから危険を感じたらすぐに降りてくるさ」

ロロとコリンは先に壁を登っていった。ぼくたちも最初の壁に取りつき、クラックに張りついている氷や雪を落としながら登っていった。氷が厚すぎて割れないときは、クラックを回り込むようにしてフェイスを登った。

「雪がべったりついているよ！」リードしているアレックスが下に向かって叫んでくる。その声から二の足を踏んでいるのが伝わってくる。

「ああ、でも天気は必ずよくなってくるぞ！」ぼくは叫び返した。「先に進んでいくうちにクラックもきっと乾いてくる」。まるでどちらが相手よりずっと楽観的でいられるかということを争っているかのようだった。

ギジャメの壁を登っている途中で、レッジに座っているロロとコリンに行き会った。少し落ち込んでいるようだった。「ロロの調子があまりよくない」コリンが言った。「ここから降りることにした」。そのあとの言葉で、どうして彼らが待っていたのかわかった。「これを使え」と言って、ロロはアレックスにクランポンを手渡した。「おまえのじゃ使い物にならん」

フィッツ・トラバースは、ロロとコリンにとっての長年の目標だった。彼らはこれまでに二回トライしていて、今回も初登の夢をあきらめようとしている。そして今、ぼくたちに装備を貸してくれた。この巨大な峰々を前にして、ぼくはふたたび自分のちっぽけさを意識した。コリンは励ますようにうなずき、アレックスとぼくが登り始めるのを見送ってくれた。

その晩、ビバークの準備をしていると、アレックスがカメラを取り出し、インタビュアーよろしく質問してきた。「トミー、いま何をなさってるのでしょうか？」

「今晩の宿の支点《アンカー》を作っているところです」

「こんな四五度もある傾斜地にテントを張るんですか？」

ぼくが答える前に、アレックスが思わず声を上げた。「なんていかしてるんだ。『アルピニスト』誌でこういう写真は見たことがある。でも、自分たちが実際にそんなことをやってるなんて驚きだよ！」

それから一日半かけて、ぼくたちはアグハ・ギジャメとアグハ・メルモスを越え、フィッツ・ロイ主峰の手前のノース・ピラーの頂にたどり着いた。ここにたどり着くまでの数時間、アレックスは三〇〇メートルほどの巨大な壁をリードした。ルート全体のなかでも困難なクライミングが出てくるパートだ。雪が残るこの頂上で、ぼくたちは数少ないギアの整理をした。登攀スピードを速めるため、持っていく装備は切りに切り詰めた。三五リットルと二五リットルのバックパックに入る程度のものだ。寝袋とダウンジャケットは二人で一つずつ。コンロとわずかな食料。軽いテントと必要最小限のギア。

西に目をやると、夕暮れどきの空が淡い紫色に染まっている。はるか眼下に広がる東の平原には、標高三四〇五メートルのフィッツ・ロイの影が伸びている。急峻な稜線の影が荒々しい氷河を越え、波打つ茶褐色の草原まで続いている。二〇一四年二月十三日のことだった。

ぼくは、これから登る壁を見上げた。滝のように水が流れているところもあれば、脆そうな氷柱になっているところもある。上の巨大な穴から水が漏れてできたのだろう。この時期は雨が多い。雪と氷が砕け散って、壁から落ちてきていた。これからフィッツ・ロイ山頂までの三〇〇メートルほどは、ぼくがリードすることになる。気が引き締まった。

「あと数分もすれば日が落ちる。氷も落ちてこなくなると思う」ぼくは小声でつぶやいた。アレックスはまたカメラを手に持ち、指をレンズの前に出して説明し出した。

「あの山の影をご覧ください。今、わたしたちはノース・ピラーの頂上にいます」と言って、平原に映った巨大な山の影を指している。次に指をわずかに動かして言った。「本当の山頂はこちらです。イカすでしょう」

これがアレックスという人間だ。ぼくは、威圧的なヘッドウォールを見上げて緊張していたが、不意に吹き出しそうになった。アレックスは冗談のつもりではないのかもしれないが。

いったん水流に身を投じたら、ひたすら登り続けないと低体温症になってしまう。濡れても日中はそれほど寒さを感じなかったが、日が落ちたあとで濡れるとなると話は別だ。今いる場所でビバークして明け方まで待つことも考えたが、明るい北面に日が当たり始めたら、氷がたちどころに落ちてくる。ぼくは深呼吸してから、ラックにギアをかけた。

アレックスがまた何か言い始めた。「大丈夫、登れるさ。ボスはきみだからな」

日が落ちると、予想したとおり、雪や氷が落ちてくることはなくなった。ぼくは水流まで進んでいったが、次の一歩が出なかった。アックスのピックで水流の薄い膜をつついてみると、その下に固まったばかりの氷があるのがわかった。ピックの先端をわずかに動かし、小さな穴に引っかける。アックスに当たった水のしぶきが顔に降りかかる。ここにとどまっているわけにはいかない。水流はすぐに凍りつき、すべてがベルグラ〔岩に張りついた薄氷〕で覆われてしまう。カムは滑ってクラックから抜けてしまい使えなくなるし、アプローチシューズにくくり付けたクランポンはスケート靴同然になる。手の震えが止まらなかった。フィッツの笑い声が耳にこだまする。フィッツは家の埃っぽいタイルに両手をつき、はいはいして近寄ってきたかと思うと、ぼくのふくらはぎに抱きついた。ぼくたちが山に向かう直前のことだ。ぼくはベッカの青灰色の瞳をのぞき込む。「心配しないで。無茶はしないから」と言って、ベッカのウェーブのかかったブロンドヘアやうなじに、たこのできた指を滑らせる。「単なるロッククライミングさ」

フィッツ・ロイの上に広がる空は、暗いすみれ色に変わってきている。水流を進むうち、着ているものの隙間という隙間に冷たい水が入ってくるので、息が苦しくなった。手の震えを止め、なんとかしてナッツを決め、スリングに立ち込み、アックスを振るってクラックの氷を叩き割った。こんな状況では〝フリー〟クライミングにこだわってなどいられない。少なくともぼくたちには無理だ。必要とあらばギアでもなんでも使う。フリーやエイドといった区分けは、ここではどうでもよくなってしまう。

眼下に目をやる。二〇メートルほど下に、乾いた大きなレッジが島のように延びている。身体はどんどん冷えていき、着ているものも濡れて重くなっていく。もう下には引き返せない。生きて帰る唯一の道は、登り続けることだ。冒険を望んでいたことは確かだが、ものには限度がある。

それから三〇分間は、垂直の急流で釣り針に引っかかった魚のようにもがきにもがいた。そのとき、右に乾いたクラックがあることに気づいた。寒さと恐怖に震えながら、アックスに全体重をかけ、そのクラックに飛び移った。指先に焼けつくような痛みを覚えるが、すぐにそういう感覚も麻痺してしまう。その繰り返しだ。日の光が西の地平線に消えていく。巨大な氷の塊と格闘していると、わが家からずいぶん遠くへ来てしまったことを実感する。ヘッドランプをつけると、明かりが照らし出す場所がぼくたちの世界のすべてになる。明かりの先には、これまで必死に登ってきた一二〇〇メートルの壁の残りのパートが続いている。完璧なハンドクラックが、赤と金色の岩に濃い線のように伸びていき、やがて暗闇に消えていく。

エイドクライミングを繰り返すうちに、ようやく手とシューズが乾いてきた。ぼくはクランポンを外し、フリーに切り替えて登り始めた。粗い岩肌が皮膚を擦り、血が岩に滴り落ちる。ジャケットが凍りついているので、動くたびにそこから氷が剝がれ落ち、壁に当たって音を立てる。ロープは鋼のケーブルのように硬くなっている。身体を冷やさないよう登攀のスピードをさらに上げる。なんとしてでも身体の中から熱を発生させて、びしょ濡れの服を乾かさなくてはならない。このままでは、数分も経たないうちに低体温症になってしまう。

一本のクラックが、壁が凍っているところを避けて奇跡的に続いている。ロープを約二〇メートルごとにショート・フィックス——スピードクライミングで使う技術だ——し、アレックスがギアを回収しながら登ってこられるようにした。行く手を遮る霧氷を叩き割って進んでいくしか方法がないときもあった。大きな氷の塊が、どさっという音を立ててアレックスの背中と肩を直撃した。

「大丈夫か?」ぼくは下に向かって叫んだ。

「ああ、大丈夫だ。さすがトミーだな」とアレックスが叫び返してきたが、痛みをこらえているように聞こえた。

小さなレッジにたどり着くたび、ぼくは足を止め、そこまでの苦行のようなクライミングを思い返し、暗闇と星の光に身を委ねた。九〇〇メートルほど切れ落ちている壁の縁をトラバースしながら、西に広がる氷河に目をやった。そのとき、脆い岩を一つ下に落としてしまった。岩はヘッドランプの光の先に消えていき、岩が地面にぶつかる音に耳を澄ませた。永遠とも思える時間がすぎ、遠くで銃声が鳴っているような音がかすかに聞こえた。もうここから下に戻ることはできない。この壁を登って山頂を越えていくしかない。この瞬間、ぼくたちの身に何かが起こっても、救助隊は何日も来られない。無線もなく、外界の人間と交信する手段はない。

　ここから上は傾斜が落ちてくる。雪の詰まったガリーが、岩の影の部分に見える。核心は越えたようだ。ぼくは思い切り足を雪に蹴り込んだ。アレックスは、ぼくの作ったこのトレースを頼りに、バランスをとりながら登ってきた。

　午前二時を回ったころ、フィッツ・ロイ山頂直下に、風でできた雪庇を見つけた。その下は風が当たらず、二人が横になるには十分の広さがあった。眼下の広大な氷河は月明かりで照らされ、西には天を突くようなセロ・トーレがそびえ、山頂のマッシュルームが灯台のように光を発している。「最高の景色だな」アレックスはぼくのほうを見て言った。ぼくたちはテントを設営し、ぼろぼろになった身体を一つの寝袋に押し込んだ。

　翌朝、あまりの寒さで目が覚めた。手を動かすと、電気ショックのような痛みが指を突き抜ける。昨晩のクライミングの緊張感は消えていたが、身体のあちこちが痛む。腕時計に目をやると、午前六時を指している。三時間ほど寝られたはずだ。ぼくたちはパッキングを済ませ、易しい稜線をたどって山頂に向かった。頂上では写真を数枚撮ってから、すぐに下降に移った。懸垂下降を二〇回ほど繰り返すと、氷が張りつく南側の鞍部《コル》に降り立った。ぼくたちは二〇ページ分のトポを持ってきていた。ロロがパタゴニアでのライフワークとして集めた情報だ。だが、ここから先はそのトポにも載っていない領域だ。太陽がちょうど真上に来た。半袖になり、鋭いリッジを伝って無名峰に向かって進んだ。その先には、のこぎりの刃のようなアグハ・ポインセノット（ポワンスノ）がそびえている。

　二人とも言葉を交わすことなく、直感を頼りに稜線を進んだ。もうこれ以上先には進めないとあきらめかけたときには、必ずと言っていいほど、隠れたクラックやエスケープルートが現れる。アレックスは常に安定した動きで雪面を避け、軽快に進んでいく。この新しい環境にこれほど馴染めるなんて、驚きだ。ときおり、疲れがたまってくると、パタゴニアに初めて来たときの情景がよみがえってくる。今はぼくが年長者で、パートナーがすべてのことを初めて経験している。いつの間にか、この奇妙な状況が、ごく当たり前のことのように感じるようになってくる。ときには立ち止まって、岩の窪みや小さな水流から水を飲むこともあったが、ほとんどは動きっぱなしだった。アレックスの頬はどんどんこけていった。十分な食料を持参することなど無理だったので、常に空腹だった。乏しい食料の代わりに、自分の身体からエネルギーを無理やり引っぱり出すしかない。それにもかかわらず、アレックスはいつもの気だるげな猫背をピンと伸ばし、目を輝かせて登っていった。

ぼくは満ち足りた気分だった。人間が作り出した世界の痕跡を、風がすべて剝ぎ取っていく。そこから先は複雑な地形だったが、やるべきことはいたってシンプルだった。ぼくたちは、ひたすら登り続けさえすればいい。アグハ・ポインセノットの山頂に着くと、長大な縦走路の残りの部分が、ほんの一瞬見渡せた。ラインは明瞭そのものだ。終着点もはっきり見えている――と思ったのも束の間、すぐに見えなくなってしまった。あとピークを三つ越えれば終わりだ。

三日目の晩、ぼくはマットの代わりにロープを寝袋の下に広げた。ロープの表皮はぼろぼろになり、子どものぬいぐるみのように毛羽立っている。翌朝、あちこち痛む身体に鞭打ってテントから這い出し、小さなバーナーに火をつけ、雪を溶かして水を作り、電解質の粉を入れた。カフェイン増量のクリフ・ショットと鎮痛解熱剤のアドヴィル二錠をのどに流し込んだ。まばゆい朝の日に照らされると、生気が戻ってきた。

次の山頂に向かう前に、六〇〇メートルもの懸垂下降をしなければならない。毛羽立ったロープの芯は膨れ上がってしまっていたので、その部分から先を切り落とした。まだ三つのピークが残っているというのに、三五メートルほどのぼろぼろのロープしか残っていない。おまけに片方のクライミングシューズも落としてしまった。アプローチシューズの縫い目も裂けている。寝袋は焦げて穴が開き、ごつごつした岩の上に張ったためテントも穴だらけだった。バックパックも、チムニーを登るときに擦れたせいでぼろぼろだ。

この先も、迷路のように入り組んだクライミングが待ち受けている。今にも崩れそうな巨大な岩を越え、迂回し、ときにはチムニーに入って進んでいく。シューズはずたずたになり、筋肉は焼けつくように痛む。目の前がかすみ、手足が勝手に動いているようだった。

登れば登るほど、ぼくたちは一つだと感じるようになってくる。第六感が、脆い岩や見えない氷の場所を教えてくれる。ラインがはっきりと見えてくる。一歩一歩が自信に満ち溢れ、一分の狂いもない。自分たちが置かれた不条理な状況が、逆に幸福感をもたらしてくれる。

ぼくたちはアグハ・ラファエル・ファアレスとアグハ・サンテグジュペリを越えていき、最後の晩を過ごすテントを設営した。テントでは二人とも大声を上げて笑い、この波乱に満ちた長旅が終わることに酔いしれた。

「とんでもない四日間だったな」

「アレックスでもそんなことを思うんだな」そう言ってぼくは、壊れたサングラスでポレンタをかき込んだ──スプーンを落としてしまったのだ。アレックスはそれを見て、いつもの茶目っ気のある笑みを浮かべた。これまでの人生で最も壮大な旅が終わりに近づいていることを、二人とも感じていた。

次の日の午前中に、最後のピークであるアグハ・デ・ラ・エスに登頂した。フィッツがくすくす笑う様子と無限の可能性に満ちたつぶらな瞳が目に浮かんだ。高度感に麻痺していたせいもあって、短くなったロープで懸垂下降とダウンクライムを躊躇なく繰り返した。山頂は渦巻く雲に覆われている。どんぴしゃのタイミングだった。あと一時間遅かったら、嵐につかまっていたかもしれない。

壁の基部に降り立つと、ベルクシュルントを飛び越え、膝までもぐる雪の中を進んだ。乾いた岩のところまで行き、ギアをパッキングし直した。風は吹き荒れていたが、エル・チャルテンまでの遠い道のりを、談笑しながら歩いていった。

五時間後、ぼくたちは〝第二のわが家〟にたどり着いた。ドアの前に友人のジェシーが立っていた。家の前では砂嵐が舞っている。ジェシーが近寄ってきて、がっしりした両腕をぼくの肩に回した。「ちょうど心配していたところだったよ。ほとんどのやつが帰ってきたからな」

ジェシーの目は虚ろだった。

「何があったんだ?」

ジェシーはうなだれた。「悲しい知らせだ。チャド・ケロッグが死んだ」と言って大きく息を吐き、ぼくの顔を見据えてこう告げた。「懸垂のときに落ちてきた岩が頭を直撃した。即死だったそうだ。パートナーのイェンスはチャドのすぐ脇でアンカーにぶら下がっていた。かなりショックを受けているようだ」

ぼくは口が利けなかった。手と足の震えが止まらない。

「いつのことなんだ? どこで?」アレックスが訊いた。

「二日前、スーパーカナレータの終了点直下だった」。風がドアに当たる音が響いている。しばらくのあいだ、三人とも黙っていた。「とりあえず寝たほうがいい」ジェシーが言った。「ほっとしたよ。生きて帰ってきてくれて」。ジェシーはぼくたちと拳を合わせて帰っていった。

アレックスとぼくは、チャドとイェンス・ホルステンとまったく同じことをしていた。フィッツ・ロイから懸垂したラインは、スーパーカナレータからそれほど離れていなかった。チャドは死んで、ぼくたちは死ななかった。ベッカに言ってきたことと矛盾するかもしれないが、チャドは向こう見ずだったわけではなく、運がなかっただけだ。

フィッツ・トラバースに向かう前の晩の光景は忘れられない。ぼくはまだ家族と一緒で、チャドやイエンス、ほかの大勢のクライマーとラ・サニェーラの大きなテーブルを囲んでいる。レストランの主人はフィッツを抱っこしながら店中を練り歩き、ほかの客たちがフィッツをあやしている。ぼくは何度も肩越しに振り返ってフィッツの姿を確認した。ぼくにはフィッツを守ってやりたいという気持ちと、自立してほしいという気持ちが同居していて、クライマーの仲間たちに対しても同じような気持ちを持っている。ここにいる連中がみんな無事で帰ってきてくれたら、と心から願っている。

こんな光景を思い浮かべたあとで、チャドの悲しい知らせを思い出すと、内臓がえぐられるような気持ちになる。チャドの死はいったい何を意味しているのか。危険は最小限に抑えられると自分に言い聞かせることはできる。生きて帰ってこられそうな目標を選べばいいのだ。アレックスはフリーソロのすべてのムーブを正確に予測する。ぼくはロープを使うことを選ぶ。スポーツの一環としてクライミングに取り組むのも、クライミングになんらかの悟りを求めるのも自由だ。だが、このような事故は、ぼくたちの誰にでも起こりうる。チャドは、自分が何をしているのか心得ていたはずだ。彼はアメリカで最も経験のあるアルピニストで、ぼくたちと同じように、とても慎重なクライマーだった。

エル・チャルテンではそれから毎朝、クライマーのコミュニティに重い沈黙が垂れ込めた。誰も話す言葉が見つからないといった面持ちで通りをさまよっていた。毎晩、ラ・サニェーラのほの暗い店内で木のテーブルを囲み、赤ワインを飲んだ。少しずつ、笑い声が戻ってきた。しかし、クライミングの話になると、うつむきがちになり、声が沈んだ。夜が窓を押しつぶし、不気味な風が虚ろなうなり声を上げていた。みなそれぞれ、背負うリスクとリスクを冒す理由との相克について思いを巡らしていたが、それを声に出すことはなかった。その答えは決まって虚しいものだったからだ。

数日後、ぼくはそれまでいた場所を、何キロも上空から見下ろしていた。見慣れた風景を目に焼き付けようと、飛行機が雲の中に入り、山が見えなくなっても窓に顔をつけていた。そして、目を閉じた。

ぼくは信じられないほど美しい場所にいた。稲妻が周りの空気を震わせるような横殴りの吹雪を経験し、穢れのない星が遠い空に瞬く静かな夜を過ごした。風が朝の陽光をかすませ、すべての音をかき消すなかで笑い合った。そんな瞬間、ぼくの細胞一つひとつが畏怖の念で満たされ、無限にわき上がるエネルギーや、尽きることのない愛がわき起こる。ぼくはここで、これまでとは違う人間になった。

変わったとはいえ、ぼくはまだ子どもで、世界のあらゆるものに好奇心を抱き、はるか遠くの山々への夢を追いかけている。だが一方で父親でもある。どこにラインを引くか考えるときは、前よりも安全なラインを選ぶと決めた。フィッツ、そしてベッカにも誓ったのだ。パタゴニアでぼくは、無理《プッシュ》をしすぎたかもしれない。

第17章
CHAPTER 17

汗とチョークの馴染みのにおいが充満している。父が作製したダンベルという過ぎし日の遺物の山に、脱いだフリースをかける。

ボディビルの設備は、手作りのクライミングのトレーニング場に様変わりした。実家のガレージはいまだに当時と同じエネルギーに満ちている。ハードワークが何よりも尊ばれる場所だ。

休憩は終わりだ。ぼくは立ち上がる。

アップテンポのエレクトロニカ音楽が、小刻みに震える筋肉のようにビートを打つ。

ビーストメーカーのフィンガーボードを見上げ、大きく息を吐く。これから四五分間、筋肉と腱が焼けつくトレーニングを行う。第一関節が半分かかるエッジ、スローパー、一本指や二本指のポケットにぶら下がるトレーニングだ。

一歩前に出る。ストップウォッチが時を刻む。

脳内のあらゆるシナプスが発火し、最初のホールドに全神経を集中する。

七秒間ぶら下がり、三秒休む。また七秒ぶら下がり、三秒休む。その動作をひたすら繰り返す。

弱さは心からやってくる。心で限界を設けてはいけない。

次第に筋肉が悲鳴を上げる。反復できなくなると、休息をとる。

次に五キロの重りを腰のベルトにつける。

またフィンガーボードにぶら下がる。

使える運動単位をすべて作動させ、神経系を最大限に鍛え上げる。クライミングのトレーニングに科学的なアプローチを取り入れるべきだ、という父の忠告にこれまでずっと背を向けていた。だが、今は違う。

筋肉を〝騙して〟あらゆるものに適応させていくと言う人がいるが、ぼくは自分自身を騙そうとしているだけなのかもしれない。

そう、自分を騙そうとしているのだ。人はそもそも快楽を求め、痛みを避けるようにできている。

そして、楽をしてハードワークをする方法はない。ひたすらやるしかないのだ。


コロラドの家での生活は忙しいけれども楽しく、充実していた。それでも、ベッカとぼくは初めての場所に出かけていって、知らない人たちに会い、異なった文化を体験したくてしかたがなかった。パタゴニアから帰国して間もなく、ぼくたちは三カ月ほどのヨーロッパの旅に出発した。仕事と遊びをうまく兼ねることができたのは、主に世間のドーン・ウォールへの関心が高まっていたからだ（フィッツ・トラバースに成功したのも、仕事が増えた一因だった）。各地で行うスライドショーやスポンサーとの仕事で旅行の費用を賄うことができ、その合間に、クライミングや旅行を楽しむ時間をたっぷりとれた。

最初の目的地は南フランスのセユーズだった。農場の敷地にある小さな家を借り、アメリカから友人たちを招待した。ぼくとベッカは毎朝起きるとすぐに、なだらかな起伏が続く牧草地やワイン畑にフィッツを連れていった。三人とも裸足だった。フィッツはバランスをとろうと、小さな手でぼくの小指を握り締めてきた。ニワトリに餌をやったり、馬をなでたり、フィッツをバックパックに入れて一時間ほど岩場までハイキングに出かけたりした。セユーズの岩場は波打つような形をしていて、横に延々と連なっている。地球上でも最も美しいエリアの一つだ。ぼくたちは、この青に灰色の筋が入っている石灰岩で三週間、スポートクライミングをして過ごした。友人たちと代わる代わるビレイをしたり、登ったり、フィッツが自分の小さな世界を探検するのを見守ったりした。

　ぼくたちは日が落ちるまで登り、壁の上から落ちてくる滝が、ピンクからオレンジ、そして燃え立つような赤へと色合いを変えていくのを声もなく見つめた。ときには、パタゴニアのさまざまな思い出や夢のような光景がフラッシュバックしてくることもあった。チャドの死を考えることもあったが、たいていは記憶の箱の奥底にそっとしまっておいた。このすばらしい場所で、毎日を家族と過ごす経験に心を奪われながらも、あのパタゴニアの旅の喜びがたびたび表面に浮かび上がってくるのを感じた。そして、フィッツが岩場の取りつきで石や虫や草の葉っぱを観察し、ちょこちょこ動き回っているのを見守りながら、フィッツ・トラバースを終えたときに誓ったことを心の中で新たにした。

　ぼくたちはセユーズを発ち、列車を乗り継いで、スイスの田舎を回ったり、プラハの石畳の道を歩いたり、カリムノス島でロープにぶら下がりながら荒れる海を見渡したり、シチリア島の海沿いのカフェでジェラートを食べたりした。フィッツのおかげで、普段なら知り合うことはなかったはずの人たちと、優しさに溢れた時を過ごすことができた。公園でボッチ〔芝生でプレーするボウリング〕をしていたハンチング帽姿の老人は、フィッツを笑わそうとかがんでフィッツのおなかをくすぐった。通りのキャンディー売りの若い女性は、にこっと目配せをしながらフィッツにキャンディーを一つ渡してくれた。フィッツと旅をしていると、世界は思いやりと愛情に溢れているように思えてくる。

今回の最終目的地はシャモニーだった。ちょうどシャモニーにいるときに、アルプス最高峰のモンブランの麓で、フィッツは初めて歩き出した。ぽっちゃりとした小さな脚は、自分の重みに耐えきれないようでよろよろしていたが、山々を背に、顔を喜びで輝かせていた。まだ一歳六カ月だったが、そのうちの九カ月は旅をしていた。九つの国を訪れ、英語、フランス語、スペイン語、ドイツ語、そして日本語で一〇まで数えることができた。

ぼくはシャモニーにいるあいだ、二十一歳のドイツ人クライマー、アレックス・メゴスと一緒にトレーニングやクライミングをして過ごした。マッシュルームカットの金髪に澄んだ青い瞳。典型的なクライマーの身体つきで、上半身はサラブレッドのように鍛え上げられ、下半身は鳥のように細い。まるで童顔の小鳥だ。会うたび、あまりに若く見えて驚いてしまう。メゴスは人生のおよそ半分を、将来のオリンピック選手を育成するコーチの指導を受けて過ごしてきた。そんなことはアメリカでは考えられない。いまだに、十代後半になってようやくクライミングを始めるという人が多いからだ。

メゴスは、ぼくがこれまで出会ったクライマーのなかで誰よりも強く、強度の高いテクニカルなクライミングでは、トレーニングこそが重要だというぼくの最近の考えを裏づけてくれた。メゴスはめったに外でクライミングをしない。少なくとも、ぼく自身やほかのクライマーと比べればそうだ。クライミングジムで膨大な時間を過ごし、反復トレーニングや吊り輪とヨガボールを使ったあらゆる種類のトレーニングを好んでやっている。メゴスのコーチ陣は、慎重に分析を重ねて数値化された科学的トレーニングを取り入れていた。フィンガーボードでは、決められた回数の反復練習を行い、レストを挟むときも正確に時間を計っていた。トレーニングで取り入れている数値は、筋肉の発達や筋組織への負荷と休息のしかるべきバランスに関する最新の研究に基づいて計算されているそうだ。週に六日をトレーニングとクライミングに充て、有酸素運動は一切やっていないという。にもかかわらず、実際に岩場でルートを登るとめっぽう強いのだ。

ドーン・ウォールで求められるものは、単に身体的なものだけではないが、例の核心部のムーブが余裕を持ってできなければ、壁を登り切ることは永遠にできない。エル・キャピタンで積み上げた経験と技術に加え、さらに身体能力を上げられれば、完登に近づくことは間違いない。以前の自分なら、メゴスのトレーニング方法をまねてみようとは夢にも思わなかっただろう。当時のクライマーたちの常識とは正反対だったし、数値化することは忌み嫌われていた。あくまでも保守的なトレーニング方法にこだわっていたからだ。メゴスのような人間と出会い、一緒にクライミングをすることで、これまでの自分の考え方は前時代的なのかもしれないと思うようになった。こうした若い世代は急激に強くなっている。ぼくはその夏、メゴスのようにトレーニングをすると心に決めた。


エステス・パークに戻り、トレーニングを再開した。メゴスとまったく同じメニューというわけではないが、考え方や強度、そして方法論を取り入れた。自分をもう一段階高めるためには、家族とトレーニング以外のすべてのことをシャットアウトしなければならない。電話に出るとかメールの返信をするとかいった日常の雑事のほとんどを、意図的に放棄することにした。一日八時間から一〇時間、フルタイムの仕事のように毎日トレーニングに集中することをベッカに説明した。ベッカは快く受け入れてくれた。

食事の内容も変えた。パンや加工糖、アルコール、カフェインを絶った。その夏はサイクルごとに分けてトレーニングすることにし、最初はパワーをつけることに集中した。フィンガーボードでの懸垂やウエイトトレーニング、そしてボルダリングだ。一日の半分はカオス・キャニオンのオーバーハングした岩でのボルダリングに費やした。ぼくのような若くないアスリートは、身体を酷使することでけがをしてしまうと取り返しがつかなくなる。そうならないように、けが防止の日課として、フォームローラーを使ったストレッチや拮抗筋を鍛えることも始めた。当初は、運動量を増やしたことがたたり、身体中が痛み、けだるい疲労に襲われた。しばらくのあいだ、数値化されるパフォーマンス（たとえば五センチほどの半円形の木製の穴に、指でぶら下がれる時間）は低下したが、徐々に身体が順応してきた。

夏も半ばになると、持久力をアップさせるトレーニングを始めた。午後のボルダリングの代わりに、一日中スポートクライミングをした。地元のモナステリーという岩場で四本の最難ルートを一日で登るためだ。ティーンエイジャーのころ、ぼくがボルトを打って初登したルートで、指を切ったあとに能力を確かめる物差しとして登っていた場所だ。結果として、そうしたルートは進歩の指標となった。モナステリーの岩はオーバーハングしていて、ホールドが乏しい。そこでのクライミングはボルダー要素がとても強く、ルートの途中にはレストできるスタンスがところどころにあって、インターバルトレーニングと似ている。どれもコロラドでは最も難しいスポートクライミングのルートだ。それを一日で全部登ろうなどと考えたクライマーは、これまで一人もいないだろう。もし達成できたら、トレーニングが成果を挙げているという確かな証しとなる。そしてその夏、三度目のモナステリーで、ついに四本を一日で登り切った。

また、身体が変化してきているのも感じ取ることができた。鏡の前に立つと、上半身にさらに筋肉がつき、脚は細くなっている。まるで巨人がぼくの身体を下から上に絞り上げたかのような体形だ。それでも、新しい食事内容と増やしたトレーニングのおかげで、いつの間にか体重は落ちていた。四キロほど減って、一七五センチで六五キロ。パワーウェイトレシオが急激に上がっていたのだ。トレーニングの期間が終わりに近づくころには、小さなカチホールドにいつまでもぶら下がり、締めくくりに懸垂五〇回を二セットできるまでになっていた。

ドーン・ウォールを登る自信が少しずつついてきた。だが、たった一つ不安があった——例のランジだ。その前年の秋に、ぼくは壁にメジャーを持っていき、自分のｉＰｈｏｎｅに傾斜計をダウンロードした。核心のホールドを撮影して、その距離と角度を測り、壁自体の傾斜も測定し、ムーブを正確に図に起こした。家に帰ってからは、物置小屋の脇に核心部の複製を作った。

ホールド間の距離は二五六・五センチ。ランジする先のホールドは一四度上にある（ちなみに、ぼくの身長は一七五センチ、両腕を伸ばした長さもきっかり同じだ）。来る日も来る日も、一時間から二時間、そのランジをトライした。最初は、ホールドの距離を二三一センチに縮め、何度やっても失敗しないようになるまで練習した。それから徐々に距離を広げていった。二五一センチまでは安定してホールドをつかめるようになったが、実際の距離のランジには一度も成功しなかった——あと五センチだけ、どうしても届かなかった。

何百回となくトライを続けた。自分の動画も撮影した。考えられるすべての要素を分析し、必要とされるあらゆることを、こと細かに試してみた。飛ぶときの角度、飛んでいるときの姿勢、壁と身体の距離。いろいろな心構えも試してみた。盲目的な確信、冷静沈着、レーザーのような一点集中、がむしゃらな突進。あとわずかと思うほど近く感じるときもあれば、届くわけがないと思うほど遠く感じるときもあった。腹筋が痛み、まっすぐ座れなくなるまで身体を酷使したせいで左肩が常に痛むようになった。フラストレーションがたまり、ときおり癇癪を起こした。シューズを乱暴に脱いで、庭の向こうに投げたこともある。**このたったワンムーブができないせいで、あきらめなければならないのか。**両手を振り回し、叫んだ。「なぜできないんだ！」

ぼくが足を踏み鳴らして庭を歩いているのを目にするたび、ベッカはグラス一杯の水を持ってきて、ぼくを落ち着かせてくれた。フィッツと一緒に紙パックのジュースを飲んで昼寝でもしたほうがいいのでは、と思っていたに違いない。ぼくの頭がおかしくなったと思われても当然の状況だったというのに、ベッカの口から出たのは優しい励ましの言葉だった。「大丈夫、きっと登れるから」

ケヴィンは今、どうしているのだろう？ これまでのやり取りで、ケヴィンが最低限の返信しかしないことには慣れていた。電話をかけても、返ってくるのは一行のメールだけだ。しつこいと思われたくなかったので、ほどんど連絡をとることはなかったが、ヴィンのフェイスブックをのぞいてはいた。前にトライしたドーン・ウォールの写真がたくさん載っていて、書かれている内容を読む限りでは、モチベーションは高いように思えた。実際、文字どおりそう書いていたツイートもあった。彼が書いたものを目にすると、実際のケヴィンとのギャップに戸惑ってしまう。直接会って話をするときは、かなり冷めているように感じるからだ。

夏の半ば、直接確かめようとケヴィンに電話をかけ、留守電にメッセージを残した。その数日後にメールで返信が来た。

「寝ても覚めてもドーン・ウォールのことは考えている。でも、燃えるような情熱があるかって訊かれるとそうじゃない。どちらかというと、重荷に感じるようになってる。登りたいという炎や情熱や貪欲さがまだあるかと探してみても、見つからないんだ。だから、トレーニングも十分できていないし、そのせいで余計に気が重い」。ケヴィンは、ぼくを含めた周りの人間の期待を裏切りたくはなかったのかもしれない。だが、登り切る自信はあまりなく、このシーズンは単純にぼくのサポートをしに行きたいと言った。

このメールを読んだとき、ぼくの胸はざわついた。不可能だと思ってきたドーン・ウォールがもしかしたら登れるかもしれないと思えてきたというのに、ケヴィンとの温度差を感じて愕然としたからだ。だが、少し経つと罪悪感に襲われた。互いの気性やドーン・ウォールとの距離の取り方は違うけれども、二人でこのプロジェクトに膨大な時間と労力を費やしてきた。兄弟のように絆も深まった。親友のような関係ではなく、兄弟に似た、闘争心や怒り、思いやりを抱き合う関係になった。

ケヴィンが今、何を感じているのかを想像してみた。前回のクライミングでは、これまでにないほど前進したのに、今は本当に登りたいかどうかわからないと言う。そう考えるようになったきっかけはなんなのだろう？　最悪の事態にならないことをぼくは祈った。

すぐに返信はせずに、考えがまとまるまで待つことにした。返事を書いたときには、ケヴィンの気持ちを思いやる心境になっていて、ぼく自身もモチベーションがなくなって苦しんだ時期があると説明した。そういうときはたいてい、迷いを振り払って難題に取り組むうちに、また十分な刺激が戻ってきた。未知の世界を垣間見たいという欲求と自制できないほどの衝動に突き動かされて、モチベーションが心の底からわいてきた。ぼくたちはとてつもないことに挑む探検家であり、こんなすばらしいチャンスを得られる人間はそうはいない。そして壮大なる旅には言い知れない苦難がつきものなのだ、と。この言葉がケヴィンの背中を押《プッシュ》してくれればと思った。「きみの気持ちがドーン・ウォールから離れていて、トライを続ける気がなくなっているとしても、ともに壁の中で過ごした時間への感謝は一生忘れない」。そして、最後にこう書いた。「もしまだ続けるときみが決めたなら、二人で完登しよう。ぼくの考え方がなんらかの役に立つことを願ってる」

情熱こそが成功を生む、という考えをぼくはずっと信じてきた。だが残念ながら、炎を感じていない人間に向かって情熱を持てと言うのは、枯木に花を咲かせるようなものだ。

ケヴィンはこれまで、ぼくとスポンサーへの義務感からドーン・ウォールへの挑戦を続けてきた。しかし、まだこの挑戦をあきらめ切ってはいないのも確かだった。それこそが大事なポイントだ。粘り強さこそが、モチベーションを呼び覚ます鍵となりうる。情熱が成功を生むという言葉の逆もまた事実だ。成功が情熱を生む。再始動することで、自身の才能とつながりさえすればいいのだ。

やや時間が経ってからケヴィンから返信が来た。「きみが送ってくれたメールにお礼を言いたい。思いやりがあって、非難がましいところもなかった。前に比べてずっとやる気がわいてきた。結論から言うと、ドーン・ウォールに戻るよ」


二〇一四年、十月の終わりにケヴィンがヨセミテにやってきた。これまでにないほど、自信と責任感を持っているようだった。最初の三日間はきつい荷揚げと、ロープのフィックスに費やし、その後、一カ月にわたって、最も難しいパートをトライした。二人とも冬の予定を入れずに挑んだのは初めてだった。計画では、秋の二カ月間をトライに充て、クリスマスのあいだは休むことになっていた。長い好天周期が来るようだったら、ヨセミテに戻って下からのトライを開始するつもりだ。

トライを始めると、これまでのトレーニングの成果がすぐに表れた。今までは通して登るのは不可能に近いと思っていたピッチも、苦もなく登り切ることができた。ケヴィンは以前と同じように強く、ムーブも正確だった。しかし、ドーン・ウォール向きの身体にはなっておらず（ほかの通常のクライミングではとんでもなく強いのだが）、ついてくることができなくなっていた。一つひとつのムーブはできるのに、ピッチ全体を通してとなるとうまくいかず、いら立ちが募っているようだった。まだフリーで登り切っていないピッチが六、七ピッチあった。ぼくのほうは全ピッチを登る用意ができても、ケヴィンは準備が整わないかもしれないと不安になり始めた。それは何を意味するのだろうか。

ぼく自身は、ばらばらだったピースをじきに一つにすることができそうだと感じていた。七年かけて、すべてのパートをようやくフリーで登ることができる――たった一つのムーブ、ほんの二五〇センチを除いては。例のランジだ。実を言うと昨年、クリスとケヴィンと一緒にトライしたときに一度だけ成功したことがあるが、単なるフロックだったと思っている。本番のときには、実力以上の力を発揮できる瞬間が訪れることを祈らずにはいられない。

何度も何度も飛んでいる自分を想像する。最初のフレークから左上に飛び出す。両脚を目いっぱい伸ばし、サルのように宙を飛ぶ。飛びつく先のホールド（約三センチのポジティブホールドで、この壁では大きいほうだ）を指がとらえる。壁から剥がされないように、左足をスライドさせて身体が振られるのを最小限に抑える。

週に一度、ほかのセクションからランジのところに戻ってトライを重ねた。何度も繰り返す。五本の指先がかかる最初のホールドまで登っていく。飛び出す前、ほんの一瞬だけ、届かないのではという考えが、割れ目に染み込む水のように侵入してくる。先のホールドをとらえたと思ったその瞬間、両脚が左にぐっと振られて壁から剥がされ、宙を舞う。このムーブはこれ以上ないほど知り尽くしている。何千回もトライしてきた。なんとか打開しなければならない。ケヴィンがそのムーブを楽々とこなしているのを見ると、焦りが増した。

十二月に入ると、ケヴィンの調子も上がってきて、難しいピッチのムーブをすべてつなげ始めた。ぼくもこれまでにないほど調子がよかった。気温も下がり、最高の状態だ。二人とも完登できる可能性が見えてきたが、冬が近づいていた。好天周期という天の恵みを待つしかない。嵐がやってきて、ヨセミテに三〇センチの雪が積もった。十二月の半ば、ぼくらは少し早いクリスマスを過ごすために家に帰った。

休暇のほとんどは、わが家の居間の中を行ったり来たりして過ごした。クリスマスの直前に高気圧がシエラネバダ地方に近づいた。一〇日間、からっと晴れた気温の低い日が続くという。ぼくのモチベーションは最高に高まった。

まずケヴィンにメールをした。家族と過ごすクリスマスを何日か早めに切り上げて、ヨセミテに戻れないかと。ケヴィンから返事が来るのを待つあいだ、ビッグ・アップ・プロダクションのジョシュ・ローウェルに電話をかけた。ドーン・ウォールを映像に収めたいという彼の思いは、この数シーズンで薄れつつあった。実際に完登できそうな日が来たときに連絡をよこしてほしがっていることはわかっていた。ぼくはジョシュに伝えた。「ケヴィンのほうはわからないが、ぼくは準備オーケーだ」

ジョシュはすぐに話に乗った。弟のブレットは、妻と小さな二人の子どもたちと過ごすクリスマスをあきらめて撮影に協力してくれることになった。うまくいけば、全行程を二週間で登り切れるはずだ。撮影班を壁の中まで引き上げるための知恵を絞ったり、何日間にもわたる撮影のあいだの食料計画を立てたりする役目をぼくが担当した。計算してみると、クライマーと撮影班一人につき水が一日三リットル必要で、全部で二二二リットル、つまり二二二キロの重さになる。さらに食料、寝袋、ポータレッジ、ロープとギア……頭が爆発しそうだった。

友人のエリック・ソランにも電話をかけた。エリックは一流のエイドクライマーで、ぼくは彼から役に立つエイド技術をたくさん学んだ。初めてエリックと一緒に登ったのは、エル・キャピタンのシールドという三二ピッチのルートだった。一四時間で駆け抜け、もう少しでスピード記録を塗り替えるところまで迫った。つらい時期を経験したこともあったようで、今は車で生活している。エリックなら知恵を貸してくれると思い、荷揚げについて二人で計画を立て始めた。エリックには撮影を手伝ってもらうだけではなく、五日ごとに食料と水を壁の中まで上げてもらうことになった。

電話やメールのやり取りが飛び交い、ジョシュとエリックとぼくは、取り憑かれたように計画に没頭した。誰もがみな、ドーン・ウォールが陥落するのを目の当たりにできるなら、クリスマスなど喜んで献上するという思いだった。しかし、パズルのピースが一つだけ欠けていた。ケヴィンからの返信がまだなかったのだ。

そうこうするうちに、ついに返事が来た。「クリスマスのあとに集合することにしてほしい。二十七日はどうだろう（二十六日にジャッキーと記念日を祝うつもりだから）」。**記念日だって？ まだ結婚もしていないってのに、なんだよそれは？**「トミーは、これまでやってきたことに満足しているかい？ ぼくにはよくわからないんだ。今も調子はいいけれども、このプロジェクトだけに集中し続けるのが難しい」。**今さら何を言い出すんだ？ ここまでの進展に満足を感じているかだって？ 完登がすぐ目の前まで来ているというのに？**

別の星の住人かと思うほど、ケヴィンとは考えていることが違っていた。だが、エル・キャピタンの上まで無理やり連れていくのは、やりすぎかもしれない。しかたなく、天気がもってくれることを祈り、関係者に延期の連絡をした。そのことにほっとしている自分もいた。クリスマス当日の朝にフィッツを含めた小さな子どもたちが、父親の姿を探してすすり泣く様子を想像して、わずかながら気がとがめていたからだ。ジョシュとブレットとエリックに電話をかけ、ケヴィンのガールフレンドとの初デート二周年記念日とかち合ったおかげでクリスマスを犠牲にしなくてもよくなった、と伝えた。

次にケヴィンに返事を送った。「わかった。ぼくはクリスマスの直後にヨセミテ入りして準備をすべて整える。デートが終わったら、すぐにヨセミテまで来てくれ。二十七日の午後二時、壁が日陰に入るときにゴーアップする。きみのやるべき仕事はヨセミテに来て登ることだけだ」

ぼくは、クリスマスイブを椅子の上でそわそわしながら過ごし、持っていくギアの一覧を包装紙の裏に走り書きした。ベッカが鋭い視線を向けてきて、自分がだめな父親で、家にいるけれどもいないのと同然だということをあらためて思い出させた。心の中で、その一覧表に〝罪悪感〟を付け加えた。

十二月二十六日、ぼくは朝一番の飛行機で発った。滑走路で離陸を待ちながら、登れないかもしれないという後ろ向きの考えと、家族にすまないという罪悪感が心に重くのしかかった。皮肉にも、家を出るとき、ぼくはソーシャルメディアという場を利用して自分の気持ちを吐露していた。自己弁護的だったかもしれないが、心の底から感じている本当の気持ちを書き込んだ。

自分はいったいどういう父親になりたいのだろうといつも考えている。最良の教育とは、手本を見せることだと思う。ぼくにとってドーン・ウォールは、フィッツに大事な価値観を示す格好の場だ。楽観的なものの考え方、不屈の努力、集中力、そして大いなる夢を見る力。だが、ベッカとフィッツを家に残してくるのは、どんなときも心苦しい。ぼくにとって、二人はかけがいのない存在だから。

ヨセミテに着いたその日は、食料の買い出し、持っていく装備の再確認とパッキングに費やし、エリックや撮影班と今後の予定を話し合った。二十六日の夜遅くにケヴィンからまたメールがあった。「やっぱり二十八日にゴーアップしないか? サンタ・ローザから五時間かけて運転して、そのままクライミングができるか不安だ。最高のパフォーマンスを出すには心の休養も必要だろう。でも、つべこべ言うなと思うなら、そう言ってくれ」

ベスといたときのぼくは、人の言いなりになるあどけない少年だった。自信を持てずに人生の大半を過ごしてきた。自信を持てたのは、クライミングだけだった。ベスと離婚して自分の殻を破ってからは、少しは勇ましくなり、他人のやりたいことに関してかなり辛辣になったように思う。合理性を重んじる人間にとっては、ケヴィンが言っていることは理に適っている。だが、ことドーン・ウォールに限っては、ぼくは口やかましい性質《たち》の男だった。そうなのだからしかたがない。ぼくはケヴィンにメールを返した。

「こっちはクリスマスの直後に家族を置いてコロラドからヨセミテまで飛んできて、食料を買いそろえ、パッキングもすべてすませてる。撮影班も到着している。ホールバッグを荷揚げしてくれる人間も見つけた。昨日から二〇時間寝ずに準備を整えたんだ。朝の六時にそっちを発てば、ひと息ついてからゴーアップできる。ああ、つべこべ言うんじゃない」

第4部
PART 4

第18章
CHAPTER 18

月明かりが木々のあいだからヴァンに差し込み、吐く息を照らす。冬の寒さで、アッパーパイン・キャンプ場には人影はほとんどなく、辺りは不気味なほど静まり返っている。ドーン・ウォールのムーブや荷揚げのことが頭の中に渦巻き、毛布の下で寝返りを打つ。携帯電話に手を伸ばして画面をタップする。明かりのまぶしさに思わずたじろぐ。十二月二十七日午前二時。少しだけでも眠らなくてはならない。

はっとして目が覚める。日光が差し込んでいる。**いつ眠りに落ちたのだろう？** 運転席に飛び乗り、エル・キャップ・メドウまでヴァンを走らせる。厚い霧がヴァレーを覆っている。コヨーテが一匹、ヴァンに近づいてきたが、すぐに向きを変えて霧の向こうに走り去った。ほかの生き物の気配はない。メドウに着くとヴァンから降りて、冷たい空気を胸いっぱいに吸い込む。スライドドアを開け、草の上にホールバッグを放る。霜で凍った草がざくっという音を立てる。持っていくものをせわしくパッキングし、チェックリストに目を通す。エル・キャピタンの巨大なシルエットが暁の柔らかな明かりに浮かび上がる。

ぼくは、手を止め、壁を見上げて目を閉じる。

タイミングベルトの軋む音が静寂を破る。エリック・ソランの車だ。エリックが車から飛び降りて近寄ってくる。色あせたフリースの帽子、ぼろぼろのズボン、ダクトテープで継ぎ当てされたダウンジャケット。一五年前に一緒に登っていたころとまったく変わっていない。そのころはぼくも同じような格好だった。

「最近はどの辺りで寝てるんだい？」ぼくは尋ねた。満天の星やエル・キャピタンが見渡せる人目につかない秘密の場所があるんだ、とエリックは言う。それを聞いて少し安心したが、真冬のヨセミテで家を持たずに生活することを想像しただけで身震いがする。

最後に食料をホールバッグに詰め込む。調理済みのサーモン、生野菜を入れた大きなタッパーウェア、大量のケールが一袋、ジップロックに入れたアーモンドとカシューナッツ。再度、チェックリストに目を通す。新品のクライミングシューズが八足、何種類もの紙やすりとハンドクリーム。美人コンテストで優勝できそうなほどのスキンケア類。バンドエイドとさまざまな太さのテーピング。そしてアドヴィルの大きな瓶が一つ。

さらに車が一台停まる。男が二人、車から降りてくる。古着のカーゴパンツと使い古されたハーネスをはいている。「ヴァレーにいるクライマーたちに声をかけたんだ。荷揚げ要員としてな」エリックが言う。「この二人はカリー・ビレッジで清掃の仕事をしてるんだが、ぜひ手伝いたいと言ってくれた。この時期はほんとクライマーがいなくてな」

二人がこちらに歩いてくるが、カフェインの取り過ぎかと思うほど興奮しているようだ。自撮りの写真を撮っていいかと訊かれ、ぼくは二人の肩に手を回し、ぎこちない笑顔を作る。進んで手伝ってくれるのはありがたいけれども、台座に祭られるような扱いは勘弁してほしい。ぼくはつい最近まで、ヨセミテのダートバッグに仲間入りしたいと願っていたマニアックな少年だったのだから。

二人には、それぞれ三〇キロ近い重さのホールバッグを担いでもらい、壁までのアプローチをたどった。ぼくは、今回のグランドアップのタクティクスを彼らに伝えた。フィックスロープはトライ中に張ったものがそのまま残っている。地上三六〇メートルにすでに設置してあるポータレッジを〝ベースキャンプ〟にする。一日のクライミングを終えたら、フィックスロープを伝ってベースキャンプまで戻り、夜を過ごす（トライしているピッチがポータレッジの上にあるときは、ベースまで懸垂下降する）。その次の日は、フリーで登ったそれぞれの最高到達点まで戻り、トライを再開する。落ちてしまっても、ロープにぶら下がったままムーブを確認する。しかし、次のピッチに進むには、そのピッチを下から上までロープやギアに体重を預けることなくフリーで登り切らなくてはならない。二八ピッチまで登れたらポータレッジと軽くなった食料を引き上げ、そこで夜を過ごし、最後の四ピッチを駆け上がるという算段だ。

歩きながら世間話をしているとき、きつい仕事を他人にさせていることへの後ろめたさが襲ってきた。これまでずっと、力仕事を人にしてもらうのは傲慢だと思ってきた。そんなことも自分たちでできないで、壁を登り切ったと言えるのだろうか？

ケヴィンは、それに関しては意に介していない。「ツール・ド・フランスに出てる選手が、自転車に荷物を全部積んで走ってるのを想像できるかい？」と以前言っていたが、こういうところでぶつからないようにしないといけない。ドーン・ウォールは生やさしいものではなく、互いの考えを大幅に妥協するしか道はない。

一〇分ほど歩くとアプローチの傾斜が増してくる。ルートの取りつきは、ヴァレーよりも一五〇〇メートルほど高いが、地形の関係で、標高が高いほうが気温が高いという逆転現象が起きている。岩に着くころには、ゆうに一〇度は気温が上がり、ぼくたちは足を止め、Tシャツになってからまた歩き出した。壁に突き当たると、今度は壁に沿って四〇〇メートルほど登っていく。その途中、鏡のように磨かれた美しい花崗岩のスラブの横を通る。何年経っても、上にそびえる岩壁を見上げるたびに、いまだに息をのんでしまう。ひんやりとした岩に頬をつけ、上空に視線を向けて創造物に敬意を表す。今までに何百回もやってきた儀式だ。目を閉じ、ここに存在してくれていることへの感謝をエル・キャピタンに捧げる。そして、この旅から無事に帰れるよう願いをかける。

ドーン・ウォールの取りつきに着くと、巻いてあったロープをほどき、スラブに腰を下ろす。両手を頭の後ろで組んで、これから登るルートを見上げる。最後の静かなひとときだ。エリックとその友人たちが荷揚げをするあいだ、一時間ほどぼんやりとして過ごす。

ヴァンのところまで戻ると、車が六台増えていた。この時期のメドウに、こんなに車が停まっていることも珍しい。背の低い、がっしりした男がタバコをふかしていたが、ぼくに気づいて近寄ってくる。ヨセミテのレジェンド、トム・エヴァンスだ。クライミングに通暁し、クライミングをこよなく愛し、シーズン中はヴァンで生活していて、ヨセミテを宇宙の中心だと思っている。トムはメドウから望遠鏡でエル・キャピタンを登っているクライマーたちの姿を追い、写真を撮り、彼らがどこまで進んだかをブログに綴っている。夏になると二〇人以上の観光客がトムの望遠鏡の周りに集まり、交代でのぞいては〝壁の中で寝ている酔狂な人間〟を見てぽかんと口を開けている。

「やあ、トム。こんな寒い時期にここで何をしてるんだい？」ぼくは尋ねる。

「なんと、おれにスポンサーがついたんだ」

ぼんやりと彼を見つめる。**なんだって？** 聞けば、ぼくたちの登っている写真をメドウから撮って広報用に使うために、ケヴィンのスポンサーであるアディダスがトムを雇ったのだという。

いったいどういうことだ？

これまでのことを思い返してみる。そういえば、ケヴィンは昨シーズンのトライ中、自分の携帯電話で短いビデオクリップを撮影していた。アディダスはそれを編集して「ドーン・ウォール・プロジェクト」という映像を作った。〝未登の世界最難ルート〟と副題をつけ、芝居がかったナレーションまで入っているものだ。世界自然保護基金（ＷＷＦ）のプロモーションビデオさながらの映像だった。

トムと話していると、数人がぼくたちを半円形に取り囲み、一部の人が写真を撮り出した。こういうことは、普段の狭いクライマー社会の中では起こりえない。ぼくは照れ笑いを浮かべ、失礼にならないように何人かと握手を交わすと、臆病な子ジカのようにヴァンへ小走りで戻り、五度目の装備チェックにかかった。

ギアを触る手が、期待と不安で震えている。これまで真冬には、身近な友人や家族以外には知られずにクライミングをすることができた。だが今回は、壁を登り始めたら、写真がすぐさま送信されて、多くの目がぼくたちに注がれることになる。家族、友人たち、スポンサー。ドーン・ウォールのプロジェクトを応援してくれる、会ったことのない人たちまでも、自分のすべてを懸けて挑戦する者に、自分たちの夢を投影する。彼らのために失敗はしたくない。失敗するのが怖い。

午前一一時を回ったころ、ケヴィンの乗ったトヨタの黒いピックアップトラックが現れた。車から降りたケヴィンを、パパラッチたちが取り巻いている。落ち着かない顔をしているケヴィンを見て、ぼくは少しほっとした。パパラッチたちと挨拶をひと言ふた言交わしたあと、ケヴィンがこちらに歩いてくる。緊張が走る。ケヴィンは怒っているだろうか？ 何年にもわたってぼくはケヴィンを追い込ん《プッシュ》できたが、何をすべきかを彼に命令口調で伝えたことはこれまでなかった。今回はその一線を越えてしまい、つべこべ言わずにヨセミテに来いと言ってしまった。ケヴィンがどんな反応をするか見当がつかない。ぼくとケヴィンのあいだには、これまで口にしてこなかったことがたくさんある。

ケヴィンはぼくのヴァンのところまでやってくると、小さなホールバッグを地面に放った。「ささやかな差し入れさ」と言って、そこからウイスキーのボトルとコーヒーの袋を取り出した。「モチベーションはプライスレスだからね。これでやる気倍増さ」。ぼくは声を上げて笑い、ハグをがっちりと交わした。

そうして、張り詰めた空気は消え去った。

ぼくたちは荷物を背負い、メドウにいる少数の人たちを背に歩き始めた。この日二度目のアプローチだ。暗い森へと続く曲がりくねった道を進んでいく。今回はいつもとは違う。本番だ。ぼくは軽い吐き気を催す。神経が高ぶり、アドレナリンが身体中を駆け巡る。両足が地面から浮いているようで、道の脇の木々が手前に動いてくるような錯覚を覚えた。二人とも口を利かずに歩き、高ぶった気持ちを静めようとした。準備は万端だ。それはわかっている。それでも、自分を信じ切ることはできない。

森を歩く途中、木々の途切れた場所に出て、目がくらむほど真っ白な、太陽に照りつけられた岩を見上げる。さらに斜面を登っていくと、エル・キャピタンに突き当たった。ケヴィンが両腕を広げ、胸を壁につけて力強いハグをする。毛むくじゃらの犬の頭にするように、ぽんぽんと壁を叩いている。しばらくのあいだぼくはそれを見守った。

まるで夢の中にいるようで、壁のまばゆさが、細部をかすませる。頭をそらして上を見上げる。三六〇メートル上に、小さな白い四角形が見える。ベースキャンプになるポータレッジだ。これから二週間過ごす〝わが家〟になる。これがきっと最後の挑戦になるという思いを頭から振り払う。

二〇一四年十二月二十七日、午後三時半。太陽が隠れ、ルートの下部が陰になった。クライミングシューズを履いて、易しいスラブを登っていき、二本のボルトにセルフを取る。ここがドーン・ウォールのスタート地点だ。

「一ピッチずつ交代で登る」。ぼくはそう言って、ケヴィンに向かってうなずく。

ケヴィンはロープを結んで、大きく息を吐く。「気楽に行こうぜ」。前回のグラウンドアップでトライしたときのことが脳裏に浮かぶ。二〇一〇年のときは気負いすぎて、何もできなかった。ケヴィンは今回のトライを、〝ノー・ビッグ・ディール〟だと自分に思い込ませようとしている。これまでの練習と変わらないと。最初の気の持ちようが、今後の調子を決めることをケヴィンはわかっている。

「やってやろうぜ」

ケヴィンが登り始める。岩の結晶を指先でそっと押し、薄い波紋のようなフットホールドに足を置く。一ピッチ目はウォームアップのようなもので、ボルトや古い残置支点のあるスラブだ。一五分もかからずにケヴィンは登った。

奇妙なシミのようなものが視界に入ってきて、まばたきをせずにはいられない。極度に緊張しているときにいつもこうなる。まばたきが止められない。だが、どういうわけか力がみなぎり、身体がとても軽く感じる。車を素手で持ち上げたり、水の上を歩いたりできそうな感覚だ。フォローのぼくも、ケヴィンとまったく同じムーブで登っていく。アンカーに着くとセルフを取り、ギアをラックにかける。

二ピッチ目。傾斜は垂直に近くなる。太陽が地平線に沈んでいく。ホールドは鋭く、釘の先端をつかんでいるようだ。足を滑らせれば指の皮がダメージを受けるので、使えるフットホールドはすべて使って体重を分散させ、慎重に登っていく。ミスなく進んだおかげで、自信が首をもたげてくる。

三ピッチ目は最初の難しいピッチだ。ケヴィンがリードする。パワーのいる繊細なレイバックから始まる。垂直のシンクラックの角に第一関節をかけて身体を傾け、反対側の壁に両足を押しつけて登っていく。ケヴィンが滑ろうものなら、ぼくの頭を直撃することになる。ぼくはセルフを長めに取り、落ちてきてもよけられるように備えた。だが、ケヴィンは落ちずにそこを越えていき、六メートルほど上の最初のレストポイントで、こちらに向かって親指を立てた。終了点まであと一メートルほどのところまで軽やかに登っていったが、そのとき突然、なんの前触れもなしにスリップした。

「ちくしょう!」三メートルほど落ちて、ロープにぶら下がっている。

ぼくはケヴィンをビレイポイントまで降ろした。ケヴィンはぼくのすぐ横でセルフを取り、ロープを引き抜いた。

「すぐに行く。それほど疲れてないから」

こなせる確率が高いムーブではない。一度だけならまだしも、次にまたスリップしたら間違いなく体力と気力を奪われてしまう。いつもなら、ケヴィンもトライとトライのあいだはもっと時間をかける。しかしぼくはケヴィンを信頼し、彼はまた登り始める。やや疲れているようで、ぼくが握っているロープからも、わずかな震えが伝わってくる。ケヴィンはうまく登り切り、終了点にたどり着いた。フォローで登るあいだ、ぼくは手足が緊張にうずくのを感じた。ホールドに力を入れすぎて前腕がパンプしたが、なんとか落ちずに登り切った。

四ピッチ目。クラックの幅も徐々に広くなり、手首まで入るようになる。困難なクライミングが続くなかで、ハンドジャムをしているときだけはひと息つくことができる。クライミングしているこの身体が自分のものではないというような不思議な感覚が、いまだに消えない。壁に取りついたときからずっとそうだ。このピッチをリードしているときに日が暮れていき、終了点に着いてからヘッドランプをつけた。ケヴィンがフォローしてくるあいだ、気温が下がり、露点を下回った。ヘッドランプの明かりが立ち上る靄《もや》を白く映し出す。

五ピッチ目。傾斜は増して垂直を超えて、クラックからは泥や水が染み出てくる。ケヴィンがゆっくりと慎重に登っていく。ときおり、シューズの先をクライミングパンツにこすりつけて水滴を落としている。五年前に、ケヴィンがこのピッチを初めて登ったときのことを思い出した。岩は完全に乾いていたが、二メートルも進めなかった。今回は暗く、壁も濡れていて、周りからのプレッシャーも強い。だが、ケヴィンに焦りはなく、落ち着いている。ぼくはケヴィンを誇りに思った。

午後九時には、この日の行動をすべて終えた。最初の五ピッチはそれほど苦労もせずに登ることができた。そこから〝ベースキャンプ〟までフィックスロープを九〇メートルほど登り、二つ目のポータレッジを設営した。ケヴィンとぼくが同じポータレッジに泊まるのが理に適っているが、ケヴィンには自分の時間が必要だということをこの数年で学んだ。そこで、ぼくは撮影班のブレットとポータレッジをシェアした。大量の食料、カメラ、ギア類、寝袋などをポータレッジの中に放り込み、外側に太陽光パネルの板をくくり付け、入口にはクライミングのギアをスリングからぶら下げた。まるで『ビバリー・ヒルビリーズ』〔一九九三年公開のアメリカのコメディー映画〕に出てくる車のようだ。ぶら下がったギアのシャンデリアをかき分け、寝袋にもぐり込む。ブレットは四つん這いになってぼくの両脚を乗り越え、自分の寝床まで行く。ぼくはポータレッジの中を見回し、声を上げて笑った。物が散乱しているけれども、暖かくて居心地がよく、クマの巣穴の中にいるようだ。いや、がらくた屋の中と言ったほうが正しいかもしれない。

ケヴィンのポータレッジに目をやった。中には寝袋とマットが一つずつ。入口近くにクライミングシューズがきちんとかけてある。まるでアップル・ストアのようだ。ストレッチや考え事をするにはうってつけだが、一人では寂しいだろうし、何より寒そうだ。

その晩、指の皮膚のケアに三〇分を充てた。爪の縁を整え、硬くなったたこを紙やすりで丁寧に磨く。クッカーで湯をわかし、石鹸で両手をごしごし洗い、リディキュラスという名のクリームを指先に塗る。皮膚ケアの専門家が今回のために特別に作ってくれたもので、血行をよくする植物性のステロイドが含まれている。最後に保湿のための軟膏を塗って、指の一本一本にテーピングをしてからアラームを午前四時に設定する。そのときにテーピングを外せば、指が乾き始めてクライミングをするころには硬くなっているというわけだ。この作業がこれからの日課になる。

翌日、午前七時二〇分に起床した。ポータレッジ上部の円錐形のカバーにハチが何匹か入り込み、羽音を立てているのが毎朝の目覚ましになった。太陽が昇り、まばゆい光が差し込んでくる。コーヒーを入れたサーモスをブレットに手渡してから、ケヴィンにもひょいと渡した。そのあとにピーマン、キュウリ、アボカド、クリームチーズ、スモークサーモンを挟んだサンドウィッチを作って二人に渡した。

「すげえ、料理の腕を上げたな」ケヴィンはそう言って笑顔になる。

「今日の夜はもっと驚かせてやるよ」

朝の時間は、ブレットと互いの子どもの話をしながらのんびり過ごす。ブレットには五歳と七歳になる息子がいる。ブレットはがっしりとした大男で、とても冷静だ。バーで喧嘩に巻き込まれたら助っ人で来てほしいタイプの男だが、子どもの話になると相好を崩す。

「フィッツが二歳になったら楽しいぞ」ブレットが言う。「自我が芽生える歳ごろだ。子どもを育てるってのは本当にわくわくするよ」

世界中の美しい山に出かけるのがブレットの仕事だが、長いあいだ――ときには一カ月も――家族と離ればなれになるという。

「そんなに長い時間離れてて大丈夫か？」

「つらいよ。だが、兄のジョシュは家で仕事をしているけど、いつも電話をしたりパソコンに向かったりしている。おれは、家にいるときは一〇〇パーセント家族と過ごしてるからな」

ぼくはクリスマスのとき、ベッカの話に上の空だった自分を思い出し、後ろめたさに胸がうずいた。そうやって、一日の前半はたわいのない話をしながら、壁が冷えるのを待った。異例ともいえる冬の暑さなのだ。ときどきケヴィンがぼくたちのポータレッジを訪れるが、たいていは自分のポータレッジで過ごしている。

ケヴィンには一人の時間が必要だ。

今年になって、ドーン・ウォールでは大きな変化があった。電話会社のAT&Tが、エル・キャピタンのすぐ近くに4G回線用の電波塔を建てたのだ。これまでも電話をかけたりメールを送ったりすることはできたが、接続は不安定だった。電波塔ができたおかげで、家の回線よりもインターネット接続が快適になった。

その日は、よく晴れた日で、ぼくはシャツを脱いで上半身裸になり、ポータレッジの入口を開けて景色に見惚れる。小さなパラソルを乗せたラムのカクテルでも片手に持てば格好がつきそうだ。

ケヴィンのポータレッジから低い話し声が聞こえてくる。電話をしているのだろう。この状況で聞き耳を立てるなと言われても無理な話だ。さらに耳をそばだてると、何か録音しているのだとわかる。これまでのクライミングをかいつまんで実況中継風に話している。声がやんだとき、呼びかけてみた。

「ケヴィン、何をしてるんだ?」

入口のジッパーを閉めたまま、答えが返ってくる。「二分間の録画を毎日送ってくれとアディダスに言われてるんだ」

「ドーン・ウォール・プロジェクト」のことか。トムがメドウで撮っている画像と合わせて編集されるのだろう。

「毎日どうやって送るんだ?」

「携帯にドロップボックスのアプリを入れてある。ここでもちゃんと動くさ」

フェイスブック、ちょっとしたパパラッチ、そして〝プロジェクト〟か。もちろん撮影班もべったりくっついている。とんだ見世物だ。ぼくは何も言わなかった。そして、気づくと三人とも一時間ほどひと言もしゃべらずに、口を開けて携帯電話の画面に釘づけになっていた。

おいおい、おれたちは何をやってるんだ? ぼくは携帯を下に置き、会話を交わそうとしたが、二人は短い返事をするだけで、すぐに携帯に目を落とす。しかたなくぼくもこの小さな機器を拾い上げ、ベッカとテレビ電話を始めた。顔を輝かせたベッカと話していると、一瞬で温かい気持ちになる。ベッカはフィッツを膝に抱き、フィッツの耳に小声でささやいた。「パパに言いなさい。さっき教えたこと」

フィッツは携帯に顔を向けて、愛らしい小さな声で言う。「パパ、登ってね」

午後零時半。ぼくは二人に向かって告げた。「よし、時間だ。携帯をしまって、ひとがんばりしよう」。昨晩の到達点まで懸垂で降りていく。

六ピッチ目。ライン取りがとても複雑な六〇メートルのピッチで、最初の核心だ。こうした恐怖感のあるピッチが必ずしも技術的に難しいとは限らないが、恐怖を感じるとグレード以上に厳しく感じてしまう。出だしは5・13c。いいレストポイントを挟んで、ハードなボルダームーブが出てくる。ギアの設置も難しい。ぼくたちは、壁に日が当たらなくなるのを待って登り出した。七〇分かけて、クライミングとレスト、クライミングとレストを繰り返す。レストのときには、体重を左右に分散させながらホールドを片手で持って、もう片方の腕をシェイクする。前腕の焼けつくようなパンプに耐えながら、身体をリラックスさせる。そのあいだも上を見上げ、この先の難しいムーブや長いランナウトに思いを巡らす。精神的にとても強い負荷のかかるピッチで、こんな箇所が一日に何回も出てきたら耐えられない。終了点直下にある極小のフットホールドで足を滑らせるのは、バスケットボールの試合で勝ちを目前にして逆転のフリースローを決められるようなものだ。しかし、ぼくはこれまでよりもずっと安定したムーブで登り切ることができた。不安は消え、今までになく落ち着いている。ケヴィンも、一度もロープにぶら下がることなくフォローしてきた。二人ともエンジンがかかってきた。

七ピッチ目。全体を通して最も危険なピッチだ。既成のエイドラインをたどっていくが、効きの甘いプロテクションが数えるほどしか取れない。そのほとんどは悪い体勢でセットすることになる。もし強烈なパンプに見舞われて、ギアをしっかりセットできなければ、墜落時の衝撃でプロテクションが外れる可能性がある。そうしたら二〇メートル、いや三〇メートル以上は落ちるかもしれない。宙に落ちるため、壁に当たってけがをする心配はないが、精神的なダメージは計り知れない。グレードこそ5・14aだが、六ピッチ目と同様にグレード以上の難しさがある。クライミング界の不文律として、ほかのクライマーが初登したルートの特徴を変えてしまうことはタブーだというものがあるため、新たにボルトを打つことはしなかった。

ここに来るまでは、支点にぶら下がってビレイをしてきた。だが、より困難なピッチになると何回もトライを重ねることがあるので、人が立てるぐらいの小さなポータレッジをビレイポイントまで引き上げた。このピッチはケヴィンがリードし、順調に登って終了点直下まで迫ったが、最後で足を滑らせた。運よくプロテクションが墜落を止めてくれた。

「足の震えが止まらなかった」ケヴィンは、そうぼそりと言って降りてきた。ロープを引き抜き、ケヴィンが休んでいるあいだぼくがトライする。ぼくは全力で登り切ることができた。「なんだ、めちゃくちゃ簡単じゃないか」ぼくはふざけて言った。「別のルートに入り込んだのかな?」

フォローのケヴィンも易々と登ってくる。足が震えている様子はまったくない。

その一時間後、5・13dの八ピッチ目も登り切った。「すごいな。ものすごく順調だ」。強気になっているのがわかる。「もう一ピッチ進んでおこうか?」次の九ピッチ目の5・13cを今晩登っておけば、予定よりも大幅に先に進めることになる。太陽が沈むなか、ぼくたちは九ピッチ目を登り切り、三〇メートルをユマーリングして、午後八時にポータレッジに戻った。

三日目も、前日と同じように始まった。ぼくが朝食を作り、それぞれネットに興じる。ぼくがスタートのかけ声を上げ、5・14bの一〇ピッチ目に向かう。ここはいつも濡れていて、〝赤ん坊の上で車を持ち上げる〟ムーブが出てくる。登る準備に予定より時間がかかる。ぼくが登り始めるころには、すでに午後四時になろうとしていた。濡れている部分を駆け上がり、極小のスタンスに立って濡れたシューズを乾かし、さらに登り続けた。自信をみなぎらせて、〝赤ん坊の上で車を持ち上げる〟ムーブに突入する。だが、小指を入れる場所がほんのわずかにずれ、戸惑いが生まれた瞬間に足がスリップした。今回のトライでは初めての墜落だ。レッジまで降ろしてもらう。

「まあ、いつかは落ちるものだからな」ぼくは肩をすくめる。正直に言えば、ここまで一回も落ちなかったのが不思議なぐらいだ。この墜落で肩の力が抜けた。

ケヴィンはアップも兼ねてムーブを探った。三メートル登ってはロープにぶら下がり、ホールドにチョークで印をつけて、ムーブを細かく確認する。その作業を八〇分間ほど繰り返した。ケヴィンが降りてくるころには、ぼくの疲れも十分回復していた。ロープを引き抜き、初めてトライするときのような感覚でぼくがリードをする。終了点にたどり着き、叫び声を上げた。「やったぞ!」

ぼくのすぐ上にいるブレットが降りてきて、ハイタッチを交わす。ケヴィンはフォローなら落ちずに登ってこられるのではないかとぼくは思っていた。この手のルートではよくあることだが、プロテクションが貧弱なときは、フォローで登るほうが精神的にずっと楽になる。ぼくはいま波に乗っているので

――これまでのトレーニングの成果がはっきり出ていた――ケヴィンの調子が上がってくるまで、こうしたピッチはぼくがリードするのが理に適っている。すぐ先に待ち受けている核心のトラバースのピッチでは、どのみち二人ともリードすることになる。トラバースでは、リードのほうがフォローより登りやすいからだ。

ケヴィンは最初の一八メートルを楽々とこなし、水が滴って粘土のようになっている箇所に差しかかった。呼吸が荒くなったが、小さなスタンスのあるところまで登り、息を整えている。そのスタンスに立ったまま身体を前後に揺らし、足をシェイクして、鼓動を落ち着かせようとしている。一〇分ほどそこにいただろうか、チョークを手につけ、クライミングパンツでチョークをはたき、次のパートに突き進んでいった。縦の甘いスローパーを使って慎重に登り、核心部に入る。小さなルーフのところまでたどり着くと、両手でルーフをアンダーで持ち、丸まって胎児のような格好になるまで両足を上げていく。荒い息が聞こえてくる。

「大丈夫だ！　絶対に行ける！」ぼくは叫んだ。

はた目にもケヴィンが疲れているのがわかる。ムーブを起こすことを躊躇した瞬間、終了点のすぐ目の前で壁から剥がされた。悔しさを募らせたまま、ケヴィンは一時間ほど休んだ。夕闇が迫ってくる。三度目のトライも同じ結果に終わった。ポータレッジに戻り、どすんと腰を下ろす。

「休まずに三日もクライミングするのは、ちょっとハードだな」ケヴィンが言う。「今日はもうやめたほうがいいかもしれない」。ぼくは、気持ちはわかるという顔をしたつもりだったが、ケヴィンはぼくが何も言わないことを、もう一度トライしてほしいという意味に受け取ったらしい。ケヴィンはぼくの目をじっと見て、ため息をついた。「わかったよ。もう一度やってみる」

レストしているあいだ、ケヴィンは携帯を取り出した。「おいおい、これ見てみろよ」。そう言って目を大きく見開いている。天気予報のアプリをダウンロードしたらしく、画面上部で赤いバーが点滅している。「強風警報、北極からの寒波で風速三六メートルの風、倒木に注意。最高気温マイナス四度」。明日はクライミングどころではない。

それから一時間ほど休んだあと、ケヴィンは一〇ピッチ目のこの日最後のトライを始め、どうにか登り切った。ぼくはケヴィンの心理がわかってきた。ケヴィンが自由に動いて最高のパフォーマンスをするには、一度あきらめるふりをすることが欠かせないのだ。


その晩、寒冷前線が近づき、フィックスロープが風に舞った。翌朝、ブレットとぼくはポータレッジの入口を閉めたまま朝食を作った。ケヴィンにコーヒーを渡そうと外に顔を出すと、強風でたちまち手の感覚がなくなった。昼になると風はさらに強くなり、大の大人が二人いるにもかかわらず、ときおり魔法の絨毯のようにポータレッジが浮き上がった。午後も遅くなると、ケヴィンは服を着込んでこちらのポータレッジまで登ってきて、ポータレッジを固定するロープを締め直し、ウイスキーを放ってよこした。折り重なるようにしてケヴィンが入ってくると、ポータレッジの中は男三人、大量の衣類、数台のカメラ、フードバッグ、プラスチックの水のボトルなどが胸の高さまで積み上げられ、押しつぶされそうになった。笑い声が水蒸気になって、ポータレッジの中は霧が立ち込めたようになる。フライについた水滴が頭に落ちてきた。すぐにケヴィンはウイスキーのボトルを開け、ひと口飲んだ。

「大晦日はまだ明日だっていうのに、今夜はパーティーだな」

フライが壁に当たり、バンバンという、マシンガンのような音を立てている。はるか下では、松葉がぐるぐると渦を巻いて舞い、枝が踊ってついに折れてしまう。風は亡霊のようにうなり声を上げ、身の危険を知らせてくる。ブレットのｉＰｈｏｎｅの音量を上げる。ボブ・マーリー。ぼくたちは大声で歌い、ウイスキーをがぶ飲みし、語り合う。人生について、女性について、そしてまだ見ぬはるかかなたの岩壁について。

ただこの場所にいられること、友と過ごせることに感謝の気持ちが込み上げる。星が瞬き、新たな強風が吹き始めるなか、ぼくはケヴィンを見つめ、言わずもがなのことを言う。「この経験は一生忘れられないだろうな」。ケヴィンはこちらを見てほほ笑む。話したり笑ったりしながら、強い絆を実感する。この瞬間、この小さな場所では、すべてがあるべき場所に収まっているように思えてくる。ブレットも笑って軽くうなずき、ウイスキーをもう一杯飲む。

近寄って二人をハグしたい気持ちになったが、しなかった。狭いポータレッジには、押し込められている男たちのにおいが充満していた。

第19章
CHAPTER 19

次の日も、凍てつくような強風が吹いている。ぼくはヨセミテのウェザーホットラインに電話をかけてみた。木があちこちで倒れていて、ヴァレー内の道路のほとんどが閉鎖されているという。ぼくは寝袋にくるまり、決まった時間に起き出して、ポータレッジの中でストレッチをしたり、腕立て伏せや腹筋をした。この先は、ドーン・ウォールでも最も難しいセクションが待ち受けている。そのピッチを何度も何度も思い起こす。映画やテレビの俳優が演技の映像を繰り返し見つめて、やり直すべきか、さらに磨きをかけるべきかを確認するように、あらゆる細部を反芻する。

それから二日間、気温の低い日が続いたが、風は弱まってきた。朝日が壁を照りつけると、上から氷が落ちてくる。初めのうちは小さなさいころのような氷だったが、やがて野球ボール大のものが音を立てて通過する。雨が降らなければ氷もできないだろうと見込んで、ぼくが考案した盾を持ってこなかったのが、大きな間違いだった。今度はメロンほどの大きさの氷が、うなりを上げて落下してきた。おそらく、頂上台地から水が染み出している箇所があり、急に気温が下がったために、太陽の熱で蒸発する前にその水が凍りついたのだろう。

「まあ、この氷の塊が頭を直撃する可能性はほとんどないな」。目の前の事実を否定して、さらに正当化しようとするのがぼくの癖だ。「どっちにしろ、フライが氷をそらしてくれる。嵐のときにポータレッジをそのままにして、壁を降りたことが何度もあるけど、ポータレッジが壊れたことは一度もなかった」

普段、ケヴィンは感情を表に出す人間ではないが、今回は何か気に障ることでもあったのだろう、緊張した面持ちで壁を叩いた。「くそ、ふざけんな!」ぼくの態度に腹を立てているのか、あるいはこの状況に対して腹を立てているのだろうか。けれども、そうして怒りを爆発させたおかげでプレッシャーから解放され、落ち着きを取り戻してこの状況を受け入れたようだ。「おれたちには、今できることは何もないよな」と言って、ケヴィンはため息をついた。

このとき氷に直撃されていたらぼくたちはどうなっていたか、あとで教えてくれた人がいた。野球ボール大の氷は、重さが野球ボールと同じく約二五〇グラムあり、頂上から六〇〇メートルほど落ちてきたとすると、衝突時の速度は時速三二〇キロ、その衝撃は一八〇〇キロ以上になるという。この話を聞かされたのはトライする前ではなく、あとだったのがせめてもの救いだった。

昼になると、氷はほとんど落ちてこなくなった。嵐の前の二日間のクライミングで、最初の一〇ピッチを順調に片づけた。12b、13a、13d、12b、12d、13c、14a、13d、13c、14b。エル・キャピタンのほかのフリーのルートと比較してもかなり難しいけれども、これから出てくる核心のピッチと比べるとウォームアップのようなものだった。次は一一ピッチ目だ。気温は零度近くまで下がっていたので、今回は日が当たっているときに登り始めた。嵐で休養できたおかげで、身体の動きはいい。最初は岩がべたべたしていて、凍った金属に舌をくっつけているような感覚だった。少し経つと冷たい風が吹き始め、気温はマイナス一〇度になった。日は当たっているが、半分ほど登ると手の指の感覚がなくなってきた。鋭いホールドで、指の皮がハンバーガーの肉のように切り刻まれてしまうのではないかと不安になる。ムーブを一つこなすたびに、指先を見て無事かどうか確認する。幸い、ほかよりも易しい5・13cのピッチだったので、感覚がほとんどない指でも登り切ることができた。

ケヴィンは、この寒さに対処するために、あらかじめ指を麻痺させるという、まったく異なる方法をとった。そのピッチの下半分をゆっくり登り、指の感覚が完全になくなるまで、痛みに耐えてホールドをつかむ。それからロープにぶら下がり、ジャケットのポケットに手を入れて温める。冷やして温めるという行為は恐ろしいほどの痛みを伴い、アルパインクライマーのあいだでは〝スクリーミング・バーフィーズ〟と呼ばれている。だが、そのおかげで、血管が数時間ほど拡張した状態になり、凍えるような気温でも、素手でクライミングすることが可能となる。ケヴィンはジャケットに手を入れて数分耐え、痛みをやり過ごしてからピッチの最下部までロワーダウンし、そのあとなんの問題もなく登り切った。

一一ピッチ目の終了点は、二〇一〇年のケヴィンの最高到達点だ。ぼくたちはビレイ用のポータレッジをそこまで引き上げてから並んで腰かけ、ほとんど言葉を交わさずに景色を眺めた。ハイ・シエラの雪を頂いた峰々の光景がはるかかなたに広がっている。これまでやや右上がりに登ってきて、今はちょうど巨大な張り出しの上にいる。ここに座っていると、世界一高いビルの屋上に乗せたクレーンの先端にいる気分になる。ケヴィンは食料の入ったホールバッグからテルモスを取り出した。顎でテルモスを押さえて、オズの魔法使いに出てくる〝西の悪い魔女〟のような声を出した。

「さあ、ごほうびだよ。熱いコーヒーを召し上がれ」

代わる代わるコーヒーをすするうちに、日が徐々に落ちていき、風も穏やかになった。二〇一〇年のトライのときは、ここまでの道のりはまるで戦争のようだった。神経はぼろぼろになり、両手もミキサーにかけられたような状態だった。だが今回は、少なくともここまでは、あのときとはまったく別だ。

ケヴィンは、次の一二ピッチ目でもウォームアップを兼ねたトライを始めた。オーケストラの演奏者が本番前に調律をするように、核心のムーブを一つひとつ確認していく。グレードは5・14b。ドーン・ウォールでは最難ではないにしても、かなり難しいことに変わりはない。頭上の外傾した皺に指先を押しつけ、小さなルーフまで身体を上げる。皺の最も奥で保持できるように、指を小刻みに動かしながら正確な場所を探っている。シリアルほどの大きさのフットホールドに、シューズの先のゴムをねじ込む。数十センチごとにロープにぶら下がり、身体の位置をわずかに変え、ムーブを微調整している。すべてのピースがはまったと感じたのだろう。ケヴィンはレッジまで降りてきた。

今度は、ぼくがケヴィンと同じように時間をかけてムーブを確認する。過去に二度登ったことがあったので自信はあった。だが、ケヴィンがここで主導権を持って、前回登れなかったところをリードで登り切れば、大きな突破口になるとお互いわかっていたので、どちらがリードするという話さえ出なかった。ケヴィンがロープを結び、疾風のように登っていく。前回の到達点を軽々と超えた。九メートルほど登ると、肩の高さにある五センチの外傾ホールドに足をかけ、吠えるような声を出してそのホールドに立ち込んだ。聞こえてくる力強い息遣いから、ケヴィンの意気が伝わってくる。カンテを回り込み、視界から消えた。ぼくは目を閉じ、ケヴィンの体勢を想像する。ビレイしているロープの振動から、ケヴィンの感情の揺れ動きがわかる。ロープがゆっくり出ていくのは、彼が慎重にムーブを起こしているということだ。ロープが急に出ていくのは、アクセルを全開にしたということで、ビレイする手に汗がにじむ。息をのむ時間が四〇分ほど続いただろうか。「ヤーオー」という、やっと解放されたというような叫び声が聞こえてきた。ついに登り切ったのだ。本当にすばらしいクライミングだった。

ぼくはフォローで登ったが二度落ちた。せわしなく、締まりのないトライだった。ドーン・ウォールでは感情をコントロールすることこそが重要だと常日頃から自分に言い聞かせてきたが、浮かれていたのだ。ケヴィンがこの複雑な一二ピッチ目を比較的楽にこなしたのを目の当たりにして、自分も楽勝だと思ってしまった。その代償がこれだ。ビレイ点まで降り、心を落ち着かせるために三〇分休み、次のトライでは落ちずに登り切った。

ぼくは、ベースキャンプに戻ると吐き気を催した。五日間、水平に歩いていなかったので、三半規管がおかしくなってしまったらしい。エリックがユマーリングで、新鮮な食料と水を持ってきてくれた。ぼくはみんなのために料理を作ったが、ほとんど口にしなかった。

二〇一五年へと年が変わるときは、眠れずに、何度も寝返りを打っていた。元旦の午前中、ぼくたちは所在なく過ごした。これからの数日間には、あまりに多くのものが、そしてこの七年間のすべてがかかっている。

気温がふたたび上昇したので、もとのスケジュールどおり、日陰になるのを待ってクライミングを再開した。六日目、午後三時。このルートでは比較的易しい5・13bの一三ピッチ目をウォームアップも兼ねて登った。これでようやくぼくの最高到達点に着いた。一四ピッチ目と一五ピッチ目がこの先に待ち構えている。ここはドーン・ウォール全体を通じての核心部であり、5・14dのトラバースが連続する。ガラスのようにつるつるに見えるし、実際にガラスの上を登るようなクライミングになるのだ。これと比較すると、ほかのピッチはすべて易しく感じられる。ケヴィンは、昨日の一二ピッチ目の成功で気をよくしていたが、ぼくは二〇一〇年と二〇一一年の失敗をまだ引きずっていた。神経が高ぶり、興奮の波が押し寄せる。早くトライしたかったが、気がかりは天気がもってくれるだろうかということと、自分たちの身体が持ちこたえられるだろうかということだ。

ある意味で、ドーン・ウォールは時代遅れの壁といえる。一九八〇年代後半には、クライミングのグレードは限界に達したと多くの人が考えていた。あるグレード以上になると、ホールドが単純に小さくなりすぎてしまうからだ。ところが少し経つと、クライマーはオーバーハングに目をつけるようになった。ホールドは比較的大きく、どの程度パワーが必要か、どの程度のアクロバティックなムーブを要求されるかで難易度が決まるようになった。その後二〇年間は、そういうスタイルがクライミングの最先端に位置づけられ、垂直に近い壁で、小さなホールドに耐えるクライミングは、拷問のような退屈なものだとされ、忘れ去られてきた。

エル・キャピタンはすでに登り尽くされたと思われたのには、そういう理由もあるのだろう。ドーン・ウォールのあるパートは、つるつるでホールドがなさすぎるのだ。最初の一二ピッチは、過去になされてきたクライミングと比べてもさほど難しくはないが、一四ピッチと一五ピッチは異次元の難しさなのだ。

次の三ピッチ――核心部の二ピッチとそのあとのランジ――のことが気にかかり、夜も眠れなくなることが何度もあった。この部分をそれぞれ単独で登るのと、壁を一週間登り続けたあとに登るのとではわけが違う。マラソンを完走してから一キロを全速力で走るようなもので、部屋の中で想像するだけならわけもなさそうに思える。だが、身体の中で攻撃のときを待ち構えているウイルスのように、登れないかもしれないという不安が繰り返し襲ってくる。

ぼくたちはロープにぶら下がり、左右に行ったり来たりしながら、ホールドの感触を確かめ、ティックマークをつけてムーブを確認した。ぼくはホールドに〝今日はお手柔らかに頼むよ〟とささやいた。アップをすませると、最初のトライができる「そのとき」を座して待った。ぼくにとって「そのとき」とは、薄暮の時間を指す。日中の太陽が照りつけた岩が冷め、ヘッドランプなしでも登れるだけの明るさが残っている。登り出す前に、ポータレッジであぐらをかいて黙想した。身体の声に耳を澄まし、自分の世界をこのピッチの大きさにまで縮小させて、高度感を遮断する。ケヴィンに向かってうなずくと、ケヴィンがうなずき返す。ぼくはポータレッジを出て、ヴァレーから吹き上がる、身も凍えるような風の中に一歩を踏み出した。すぐに、フットホールドにうまく乗れていないことに気づいた。その分、指先に力を込めてホールドをつかむ。六メートルほど行ったところでレストし、気持ちを落ち着かせる。

しっかりしろ、絶対に行ける。

しかし、弱気な考えをぬぐい去ることはできなかった。登るスピードを上げる。鋭く尖ったホールドをつかむ手に力が入りすぎ、体勢が崩れ、足が滑る。左手の中指を置く位置がほんのわずかにずれ、その瞬間、ロープにぶら下がった。指から滴った血が、風にあおられて飛んでいく。手に視線を落とす。くそっ！　左手の中指の腹が、V字状にぱっくりと割れている。ケヴィンにポータレッジまで降ろしてもらう。患部を圧迫し、止血をしてからテーピングでぐるぐる巻きにした。

「ほんのちょっと外しただけだ」指を見つめながらぼくはつぶやいた。「体調は万全だし、岩のコンディションも最高だ」

ケヴィンは半分上の空で聞いている。自分のトライのことを考えているのだろう。ゾーンに入っているケヴィンをそっとしておくことする。ケヴィンはこのピッチのトライを、これまで日が落ちてからしていたので、それまで待つことにしたのだろう。辺りが暗くなると、ケヴィンはヘッドランプをつけ、登り始めた。出だしの易しいセクションを登っているときに、ぼそっとつぶやいた。

「このピッチに初めて連れてきてくれたときのことを覚えてるよ。こんなところをフリーで登ろうなんてどうかしてると思った」

ケヴィンの考えていることはわかっている。いつものトライと同じように振る舞って、プレッシャーをできるだけ軽くしようとしているのだ。六メートル登り、安定したフットホールドのある場所で数分レストする。最初の核心部に入ると、身体が震え始めた。今にも落ちそうだったが、猛烈なうなり声を上げ、なんとか次の極小のスタンスまで進んだ。

「やるなケヴィン！」

「あのムーブにどっちがボスかわからせてやったんだ」

思わず吹き出してしまう。おどけてはいるが、腹を決めているのがわかる。片手ずつ一分ほどシェイクし、あらためて意識を集中し直し、第二の核心に入っていく。完璧なムーブだ。

「まじか！　行けちまったよ！」ケヴィンは小さなカチを持って、もう一方の拳を突き上げる。ビレイポイントからケヴィンの目は見えないが、目に炎が燃えているのがわかる。さらに一分レスト。ぼくは息を殺してロープを握る。とてつもなく難しい次のムーブをこなせば終了点だ。慎重にスタートしてから思い切りムーブを起こし、うなりながら右手のクロスを出す。あるかないかのフットホールドに左足を置き、強く押しつける。そして左手を出し、遠くのホールドをつかむ。十字架に磔《はりつけ》にされたキリストのような体勢だ。左手の指を手の切れるようなカチまでじわじわと進めていき、身体の真下にあるフットホールドに右足を入れ替える。再度右手をクロスで左手に添える。一瞬、躊躇するのがわかる。ケヴィンの下には果てしない空間が広がっている。かかりのよいホールドをめざして、そろりそろりと左手を伸ばす。左手がそのホールドをつかんだ瞬間、両足と右手が壁から剥がれかけたが、どうにか耐えて両足をレッジまで進めた。終了点だ。

ぼくは目を瞠った。

「嘘だろ……。登ったんだよな……」ケヴィンはあえぎながらつぶやいた。

「そうだよ！　登ったんだ！」

ケヴィンがビレイポイントまで戻ってくる。ぼくは戻ってきたケヴィンの肩をつかみ、人形にするように思い切り揺さぶった。「すごい！　やったな！」

「ああ、ありがとう」ケヴィンはぼくをきつくハグしてから目を見て言った。「今度はトミーの番だぜ」

ぼくは数分間ポータレッジに座りながら、ショックを隠し切れなかった。ケヴィンが先に登ってしまうとは考えたこともなかったからだ。もちろん、ケヴィンのクライミング能力が高いのはわかっていたが、今回はわけが違う。ゴーアップの前までは、ケヴィンは一二、一三、一四ピッチ目とも落ちずに登り切ったことなどなかった。一四ピッチ目にいたっては、ケヴィンにとっては未知のグレードなのだ。それを壁に一週間も滞在したあと、ヘッドランプで登ってしまった。二〇一〇年以降、ぼくたちは最高到達点を伸ばすことができていなかった。だが今、目の前でケヴィンがそれをやってのけた。ケヴィンをとても誇らしく思うと同時に、嫉妬の感情が襲ってきた。

そのうえ、今はぼくに不利な状況だ。分子レベルの指先の感覚次第で成否が分かれるクライミングなのだ。自分の左手には、十分に機能する指が親指を入れてわずか三本しかない。失った人さし指は別にしても、ぱっくり傷口の開いた中指はテーピングでぐるぐる巻きにされている。

こういう想念が頭を巡るなか、これまでの人生でほとんど体験したことのないほど強い決意がみなぎってきた。**何か方法を見つけなければ**。裂けた指先にまた視線を落とす。

中指のテーピングを新しいものできっちりと巻き直し、ヘッドランプをつけて登り始める。身体が浮遊しているように感じられ、すべてのホールドがはっきりと見える。少し進むとテーピングから血がにじんでくる。ヘッドランプの明かりで暗い岩肌に影が浮かび上がる。自分を上から見下ろすもう一人の自分がいる。時がゆっくりと流れているような感覚になる。ケヴィンの目が、必ず登れる、壁から離れるなと語っている。ロープを通してケヴィンの力が伝わってくる。

第一の核心はよどみなく越え、少しだけレストする。暗闇の中で呼吸が荒くなっているのに気づく。第二の核心へと入っていく。極小のフットホールドに足を置く。ホールドに指を一本ずつかけていき、岩にはっきりと指紋がつくほど押しつける。続いてレスト。動きを止め、呼吸を整えたあと、大きく息を吐く。あと二メートル。最後のムーブに突入する。

ヘッドランプの明かりのもとで、徐々に手に焦点が合っていく。指が曲がり、指の関節が突き出しているのが見える。極小のフレークの内側に、わずかな皮膚が押し当てられている。ものすごい興奮がわき起こる。

落ちないのはわかっている。いや、落ちられない。ケヴィンのムーブそのままに、腕を伸ばして十字架の体勢に入り、右手を慎重に、しかし力強くクロスする。かかりのいいホールドをつかむと、レッジに足を下ろす。ぼくは雄叫びを上げた。それから二日間、しわがれ声しか出なくなってしまった。

第20章 CHAPTER 20

ぼくたち二人は、ドーン・ウォールの最も難しい二ピッチのうち、最初のピッチをどうにか登り切ることができた。人生で最も勢いのある瞬間が訪れていた。だが、予想より早いペースで進んできたせいで、指の皮膚が痛めつけられていた。完登できるかどうかは指の状態にかかっており、これからまだ半分以上登らなくてはならない。この日は、まる一日レストに充てることにした。

顔には出さなかったが、内心では興奮が収まらなかった。この七年間で初めて、壁を下から上まで登れる可能性が出てきたからだ。だが、余計なプレッシャーを感じたくなかったので、努めて冷静さを装い、気負わないようにした。

一月二日。いつもと変わらない一日だった。撮影班のブレットも含めた三人でたわいのない会話を交わし、インターネットをして過ごした。アレックス・オノルドがフィックスロープを伝って会いに来てくれた。ピスタチオとチョコレートを差し入れてくれ、ドーン・ウォールはホールドだらけで傾斜もゆるいじゃないか、と冗談を飛ばした。一時間もすると、退屈したのか降りていった。

その翌朝も、同じように過ぎていった。午前一一時を回ったころ、コーリー・リッチが登ってきた。「おいおい、落ち着いたもんだな」。ケヴィンは自分のポータレッジで音楽を聴いているし、ブレットはカメラを調整している。ぼくは一八時間ぶりに立ち上がり、腕を大きく広げてあくびをした。「想像していたのとは大違いだ」コーリーは言った。「世界で最も難しい壁に挑んでいるっていうのに、おくつろぎのご様子で」。ぼくは休暇旅行に来ているような自分たちに目をやって笑った。

「ああ、もっぱら菓子をつまんだり、日光浴をしたりして過ごしてるよ」

その数分後、下に目を向けると、クライマーが数人フィックスロープをたどっている。エリックが、何人かの友人に食料の荷揚げを頼んだのだ。ビッグ・アップはエル・キャップ・メドウにカメラマンを一人配置していたが、今後はコーリーも第二のカメラマンとして壁の中で撮影する。メドウに集まった人影はどんどん増えているようだ。ぼくたち三人だけの親密な世界は終わりを告げようとしている。

その日の午後、ぼくは一五ピッチ目の出だしでウォームアップをした。コーリーとブレットが真上でカメラを構える。ブレットは、恐ろしいほど無防備な宙吊りの体勢で撮影している。エリックが一五ピッチの終了点からロープでブレットを引っ張り、ぼくたちが登るのに合わせて引き上げていく手はずになっている。まさしく魔法のような舞台装置だ。ぼくはウォームアップを終え、ポータレッジに戻った。手にチョークをつける。いよいよトライ開始だ。ポータレッジから壁に乗り移ったとき、不思議な感覚に襲われた。突然、周りの存在が消えた。すべての音がホワイトノイズになる。聞こえるのは自分の息遣いだけだ。地上四五〇メートルという高度感、身を切るような風の音、カメラのシャッター音、エル・キャップ・メドウから風に乗ってくる声援、すべてがぼやけて背景に沈んでいく。

最初の三〇メートルを登るうちに、魂が身体から遊離している感覚になる。最初の核心はなんの苦もなく越えた。ずっと長いあいだ不可能だと思っていたムーブだ。シューズのラバーと岩が磁石のように接する一点だけを見つめる。右腕をクロスさせ、左側のほとんど目に見えない皺に指先で触れる。時がゆっくり流れていく。目の前を花崗岩が通り過ぎていく。宙に浮いている感じで中間部に入っていき、今だ、この場所だという直感だけで足を止めてレストする。ふたたびチョークアップし、両手についたチョークを息で吹き飛ばす。

ほかのスポーツの選手たちが、決定的な瞬間には時がゆっくり流れたり、試合をしている自分を上から見下ろせたり、その後の展開を見通せたりすることがある、と話すのを聞いたことがある。ぼくも、傍観者として自分を見下ろしている。トラバースしながら、左腕を上げ、二本指がかかるホールドを取り、身体の真下に右足を持ってくる。自分の意志で動いている感じがしない。〝フロー〟——何かに没入していてすべてが最適に進んでいる状態——は、人生で最もすばらしい体験の一つだ。

ドーン・ウォールへの挑戦のあいだずっと、そして人生の大半でも、ぼくはこうした感覚を追い求めてきた。すぐに重力が戻ってくるのはわかっている。だが、この瞬間は薄れゆく日の光を浴び、チョウのように羽ばたく。最大の核心部が目の前を過ぎていったことも、おぼろげにしか気づかなかった。

ふとわれに返ると、あろうことか、ぼくは終了点の一五センチほどのレッジに立っていた。ケヴィンが叫んでいる。カメラのシャッター音が鳴っている。金色の花崗岩にもたれかかり、両腕をだらりと下げ、ひんやりとした岩肌に頬を押しつける。はるか下を鳥が飛んでいる。少しずつ現実が戻ってくる。嫌だ、嫌だ。まだこの時間を終わらせたくない。しかし、すでに終わってしまった。肩がずきずきと痛む。急に意識がはっきりしてくる。振り返ってヴァレーの人たちに向かって叫ぶべきだろうか？　カメラに向かって拳を突き上げるべきだろうか？　ケヴィンに向かって言った。「やったぜ！」無理やり言葉を発した気がして、どこかぎこちなかった。ケヴィンのところまで戻り、なんとか笑みを浮かべた。ケヴィンは唖然としている。

「最高だ。本当にすごかった。こんなクライミング、見たことがない」

ぼくは照れ隠しにうつむくことしかできなかった。「ありがとう。いい気分だったよ」

こうしてぼくは、ドーン・ウォールで最も難しい二ピッチを登り切った。現実とは思えなかった。長いあいだ、ドーン・ウォールを下から上までつなげて登ることなどできるのだろうか、と何度も不安にかられてきた。それが今となっては、それほど難しくは感じなくなっているのが不思議だ。

ケヴィンも苦労せずに登れるだろう。日が落ち、ケヴィンは登る準備を始めた。コーリーとブレットは夜に向けて撮影用のフィックスロープを張り直していて、周りはミニチュアのナイター照明がついた垂直のスタジアムのようになりつつある。ぼくとケヴィンは、準備が終わるのを座って待ちながら、その照明の異様さに目を瞠っていた。明るすぎて、星の瞬きや、月明かりに照らされた眼下の木々はまったく見えず、光の輪の周りに漆黒の闇が広がっている。他人の心象風景をのぞいているような非現実的な感覚に陥る。

「一生忘れられない経験になる」ぼくはケヴィンに言った。「絶対に登れる」

ケヴィンがポータレッジから一歩踏み出す。クモの巣のようなロープ、取り囲む人たち、そして照明。そうしたものを意識せずに、〝いつものトライ〟と同じように登るのはとても無理な話だ。ケヴィンはいつものケヴィンと違っている。絶対に登ってやるという意思が伝わってこない。出だしの二五メートルまでの動きはぎこちなく、シューズが岩の上をさまよっている。あえぐような息遣いが闇を貫いて聞こえてくる。落ちるかもしれないと思った瞬間、ケヴィンは宙を舞い、ロープにぶら下がった。

「ちくしょう!」ケヴィンが叫ぶ。「うまくいかなかった」

「大丈夫だ。次は行けるさ」慰めようとした言葉が虚しく響く。

二回目は、力強いトライだったので、行けるかもしれないと一瞬思った。だが、終了点間際のかかりのいいホールドをつかんだ瞬間、足を滑らせた。ケヴィンは顔面を殴られたような叫び声を上げ、派手に落ちてきた。ロープにぶら下がりながら、両手を見つめている。「くそ! 指に穴が開いちまった」

最悪だ。このトラバースホールドは小さいうえに剃刀のように尖っている。トライするたびに同じ場所に同じ指をかけなくてはならないので、続けてトライすると指へのダメージは計り知れない。

「心配するな。これまでも指にテーピングして登ってきたんだ。きっとうまくいくさ」

ケヴィンは取りつきまで戻ってきて、指にテーピングをし、ふたたびトライした。

今度はもっと手前で落ちてしまった。打ちひしがれた身体がロープにだらりとぶら下がる。一瞬、不安を感じた。突如として、これまでの勢いが止まってしまった。その考えを頭から振り払い、ケヴィンに励ましの言葉をかけるべきか思い悩んだ。

次の日はレストすることにした。ポータレッジで休んでいるとき、ジョン・ブランチという『ニューヨーク・タイムズ』紙の記者が取材をしたいというメールをケヴィンに送ってきた。ぼくたちは電話でブランチと話をした。エル・キャップ・メドウにはさらに人が集まっている。ケヴィンは日がな一日、穴の開いた指を気にして過ごした。

夜になると、ケヴィンは指にテーピングをして、一五ピッチ目のトライを再開した。何度も落ち、トライを繰り返す。そのたびに指の傷が悪化し、キーホールドをピンポイントでつかむまさにその箇所に深い切り傷ができていた。ケヴィンはいら立ちもあらわに叫び声を上げた。「この傷の様子を少しだけ見たい」。ぼくたちはベースキャンプまで戻った。

重苦しい雰囲気が立ち込めていた。二〇一〇年に、ぼくがトライをあきらめたときと同じ状況だ。ぼろぼろの指の皮と擦り減った神経に押しつぶされた。ケヴィンのまなざしが不安に満ちているのが見て取れる。そう簡単には指の傷は治らないと思ったが、口には出さなかった。**最後の最後まであきらめてはいけない。**ぼくも人知れず神経を擦り減らせていた。

壁に取りついて一〇日目の朝、ベッカに電話をすると、『ニューヨーク・タイムズ』の一面にぼくたちが載っていると教えてくれた。携帯電話で紙面を見ると、迫力のあるアングルから核心のトラバースのムーブを撮影した写真が載っている。記事も変にドラマチックな形にではなく、きちんとまとめられている。ブランチ記者は事実をありのままに記事にし、クライミングの精神性をしっかりとらえていた。ピュリツァー賞を獲ったジャーナリストの仕事はこういうものかと、ぼくたちは感心した。

「もう大騒ぎよ」電話口でベッカが言う。「ＣＢＳのカメラがあなたの実家にちょうどいま来てるって。その次はうちに来るって言ってる。どうしよう？」

「きみに任せるよ。ぼくは考えないようにする」。壁の中にいるあいだに、留守番電話やメールボックスはパンク寸前になっていた。携帯を冷めた目で見つめる。**いったいどうなってるんだ？** そのとき電話が鳴った。

「こんにちは、トミー。ＮＰＲのメリッサ・ブロックです」**メリッサ・ブロックだって？ ラジオ番組で毎朝のように声を聞いている相手だ。**「電話に出てくれてありがとう。さて、そこから下を見下ろすと何が見えるのか教えてくれる？」きっと縮み上がるような高度感について聞きたがっているのだろう。ケヴィンなら何のてらいもなく答えるのだろうが、とっさに頭に浮かんだのはエル・キャップ・メドウに集まってくる人の群れだった。

そのあと数時間は、携帯で記事を何本か読んで過ごした。事実とはほど遠い、荒唐無稽で大げさな記事だらけだった。クライミングは、ロシアン・ルーレットさながらの酔狂な人間の遊びのようなものだと書かれている。ぼくの中の何かが死んでしまったように感じた。だが今、集中すべき問題は、ぼくたちがまだ壁の半分にも到達していないということだ。

ぼくはケヴィンのポータレッジへ行って入り口に座った。「ケヴィン、今いちばん大切なのは、ドーン・ウォールのトライに集中することだ。このマスコミの騒ぎはぼくたちの手に負えない」

「そうだな」ケヴィンが言った。「もう放っておくほうがいいかもしれない。ぼくたちはインスタを更新すればいい。アディダスが簡単な映像を送れと言ってきてる。でも、それ以外はどこの取材も断ることにしよう」

きちんと取材をしているメディアは例外とした。『ニューヨーク・タイムズ』とNPRだ。

「ああ、そうしよう」


ここに至るまでは、ケヴィンもぼくも同じペースで登ってきた。どちらかが登り切れば、もう片方も落ちずに登るということを繰り返してきた。だが、一五ピッチ目でそのパターンが初めて崩れ、難しい選択を迫られている。ケヴィンが登り切るのを待つべきか？ 勢いは重要だし、まだ上には難しいピッチが待ち受けている。とくに、懸案の次のピッチに出てくる例のランジだ。今、ケヴィンは指を保養しているけれども、ビレイならできる。ケヴィンが指を休めているあいだに、ぼくが先に進んでおけば、彼がトライし始めるときにサポートに徹することができる、と自分に言い聞かせた。

ランジする二五〇センチの空間を子細に眺めてから、その真下や周りにホールドがないか見渡してみる。コロラドの家でランジのトレーニングをしていたときに、肩の関節唇を損傷してしまっていた。痛みは治まっていたが、一週間も登り続けていることで再燃してきた。関節の動きが安定せず、心もとなく感じる。

ここ何年ものあいだ、一六ピッチ目ではランジが唯一のラインだとずっと思っていた。しかし、クリスマスで家に帰る直前、なんとかしてほかの選択肢を見つけようとした。途方に暮れて、ランジをせずに登れる方法がないか、あらゆる細部に目を凝らしてみたのだ。そうして見つけた打開策は突拍子もなさすぎて、これまで視界に入ってこなかったものだった。一つ前の一五ピッチ目では右から左へとトラバースするのだが、その終了点の四メートルほど手前から、外に広がった小さなコーナーが二五メートル下のレッジまで続いている。そのレッジは左に延びていて、そこからまたコーナーが上へ続き、ランジの最終ホールドの少し上までつながっている。それはまるで、車で通りを渡るのに区画を一つ回り込むようなものだ。四メートルほどの部分を迂回するために、ダウンクライムを合わせて約六〇メートルのクライミングをしなくてはならない。迂回路そのもののグレードも5・14+だ。だが、二・五メートルのランジをこなすよりも、ぼくのスタイルに合っている。

ランジをするとなると、肩のけがを悪化させかねないし、それでドーン・ウォールの挑戦が終わってしまう可能性もある。ぼくはヘッドランプをつけ、二時間ほど迂回路をトライしては落ちた。思ったよりもつなげるのが難しい。指にまた別の穴が開く。足がスリップし、くるぶしを切ってしまった。血が流れ出し、シューズが赤く染まった。

そこはかとない不安が首をもたげ始める。一時間レストし、またトライすると最後の最後で落ちてしまう。また一時間休み、死に物狂いのトライを開始した。

シューズを左右に押しつけながら、外開きの滑りそうなコーナーをダウンクライムしていく。そのあと、慎重にレッジのトラバースをこなし、ダイヒードラルを登っていく。この迂回ピッチには、5・14+というグレードのあらゆる絶望的なムーブが要求される。粒子のようなホールドへの立ち込み、不安定なレイバック、細かい重心移動など、途方に暮れるほど厳しい。初心者に戻ったかのように、身体が震え、足がつるつる滑る。だが、なんとか岩にぴたりと張りつき続けた。きっと三〇年以上のクライミングの経験と、絶対に登るという強い意思があったからあきらめなかったのだろう。

ここまでのピッチはそれほど難しく感じなかったのに、この迂回路は世紀の大戦争のようだった。

〝死《ムエルテ》〟と、スペイン人のクライマーなら言うところだろう。まさに〝死へ至る道〟のようだった。ぼくの様子を見る限り、ほかのどのピッチよりも二倍は苦しそうにしていたとブレットは言っていた。だが、ぼくは登り切った。これまで何度も味わったことだが、壁に頭を打ちつけ続けることの最もよい点は、それをやめたときにいい気分になれることだ。意思の固さがぼくの最大の長所ではあるが、すべての長所は短所にもなりうる。がむしゃらにやり遂げようとする強迫観念のせいで、周りが見えなくなることもある。ぼくは、今回のことは人生の大いなる教訓になると含み笑いを漏らした。何度も何度も失敗が続くなら、すっぱりあきらめて別の道を探すのが最善ということもあるのだ。

一一日目。ケヴィンは指先を見つめている。指のテーピングの方法や皮膚を治癒させるアイディアを、自分のフェイスブックで一般の人たちから募ることにしたという。すると、世界中の医療関係者から多くのメッセージが届いた。ケヴィンは、寄せられた情報を整理し、さまざまなアイディアを吟味して一日の大半を過ごした。日が暮れるころには、これはという方法を見つけ出した。テーピングを三ミリ幅に割き、瞬間接着剤を塗った指先をミイラ巻きにも斜子織りにも似たやり方で第二関節まですっかり覆って、テープの縁が出ているところをすべて瞬間接着剤で固めるという方法だ。「試してみる価値はある」

ケヴィンは、日が落ちるまで待って、トライを開始した。問題なく核心まで行くが、そこで落ちてしまう。ロープにぶら下がりながら、足の置き方や重心の位置を細かく調整している。核心だけなら突破できるが、最初から通してつなげるとまた落ちてしまうのだ。懸命になんとか先へ進もうとしている。血の滴が指先から地上へと落ちていく。ついに、ロープにぶら下がり、壁を蹴る。指の皮がよくなるまでもう二日レストして、分厚いテーピングなしでトライするしかなさそうだ。

ベースキャンプに戻ったケヴィンは、ほとんどしゃべらなかった。

ぼく一人が成功してしまったことが、互いの心に重くのしかかっていた。このルートを登り切りたいのは確かだが、ぼくはケヴィンとともに登りたかった。

「計画の妨げにはなりたくない」ケヴィンが何度も何度も繰り返す。

クライミングをする人間なら、残りはぼく一人で登り、ケヴィンやほかの誰かをサポート役に回したとしても理解はしてくれるだろう。今日《こんにち》、ルートを一人で完登するというのが一般的なやり方になっている。でも、それはぼくが望むことではない。

ケヴィンは、ぼくをここで足止めさせたくないと言うけれども、声の調子、身ぶり、決意といったあらゆる要素から、彼もドーン・ウォールを完登したくてたまらないのが伝わってくる。ケヴィンがまだ闘志を燃やしていることが、ぼくはうれしかった。

次の日には、ぼくは登りたくてしかたがなくなった。次の一七ピッチ目が最後の5・14だ。そのあとは、グレードはけっして低くはないのだが、外開きのコーナーや小さなホールドが多いピッチが続く、ぼくの得意とするタイプのクライミングだった。今はやる気がみなぎっている。この勢いがなくなる前に、登ってしまいたい。ぼくは一七ピッチ目を最初のトライで三〇分もかからず片づけ、さらに5・13cの一八ピッチ目も登った。ぼくとケヴィンは、午後九時前にポータレッジに戻った。

ケヴィンがストレスをためていくのがはた目にもわかる。ぼくも彼のためにできることはいろいろやったが、プレッシャーはいやおうなしに増していくようだった。おそらくケヴィン自身が登れていないことよりも、自分のせいでぼくがドーン・ウォールを完登できなくなるかもしれないことが重荷になっているのだろう。壁に長く滞在すればするほど——もう一二日間、地に足をつけていない——身体も心も弱っていく。さらに天気も下り坂だ。一月に今年ほど雨が降らないのは本当に珍しい。幸運は永遠には続かない。

「ケヴィン、案があるんだ」ぼくは言った。「きみが指の治療に専念しているあいだに、ぼくはワイノ・タワーまでの残りの三ピッチを登る」。ワイノ（飲んだくれ）・タワーは、一九七〇年にエイドを駆使してエル・キャピタンのこの一角を初登した大酒飲みのウォレン・ハーディングにちなんで名づけられた。「そこまで登り切れば、あとはぐっと易しくなる。たとえ嵐の予報が出たとしても、一日もあれば上までたどり着ける」。二一ピッチ目から先は、残り一一ピッチのほとんどが5・11と5・12で、最も難しくても5・13止まりだ。

長い沈黙のあとにぼくは続けた。「ぼくはここにいるのが本当に楽しい。一人でトップアウトするなんて想像できない。どんなに時間がかかろうと、喜んで付き合うよ」

ケヴィンは理解してくれた。ぼくは今まで待ち続けてきたし、まだしばらくは待ち続けるつもりでいることを。「恩に着るよ。そう言ってくれて本当にうれしい」。ぼくたちは眠りについた。ほんの少しだけほっとした気分だった。少なくともぼくはそうだった。

「おいおい、『ニューヨーク・タイムズ』にまた載ってるぞ」ケヴィンがコーヒーを飲みながら携帯に目をやって言った。今回のトライ中にはさまざまな記事が掲載された。ぼくたちのプロフィール、ドーン・ウォールのトポ、レスト日の過ごし方、さまざまな種類のクライミングについてなどだ。クライミングやエル・キャピタンに関する読者からの質問に〝プロのクライマー〟が答えるQ&Aコーナーもあって、回答者にアレックス・オノルドや前妻のベスの名前もあった。

紅白のストライプの下着一丁で、腰にスリングを巻いてポータレッジに立っているぼくの写真が載った日もある。日の光で筋肉がてかてか光っている。ベッカのメールにはこう書いてあった。「ちょっと！」ぼくのインスタグラムのコメント欄には、四五〇件近くのメッセージがあり、そのほとんどが女性からの軽い誘惑だった。そんな人たちが、ぼくの小学三年生のころの写真を見たらと思うと吹き出しそうになる。なにしろ出っ歯で、牛乳瓶の底のような眼鏡をかけた、耳が異様に大きな少年だったのだから。ぼくのインスタグラムのフォロワーは、壁の中にいるあいだに五〇〇〇人から五万人に増えた。

この日の『ニューヨーク・タイムズ』には、一五ピッチ目でケヴィンが悪戦苦闘する記事が大きく取り上げられ、はたしてぼくがケヴィンを尻目に一人で頂へ向かうのかどうかといった憶測が添えられていた。〝見込み薄のケヴィンが、スーパーヒーローのトミーに足止めを食らわせる〟といった内容だ。構わない。言いたいように言わせておこう。

眼下に目をやる。エル・キャップ・メドウには中継車が四台停まっていて、巨大なパラボラアンテナが上を向いている。車両からはコードが伸び、レポーターたちがマイクを握り締めている。きっとトム・エヴァンズの望遠鏡の周りにも大勢群がっているのだろう。メドウにはクライマーの姿もちらほらあり、レポーターたちはクライマーをつかまえては話を聞いているようだ。

アレックス・オノルドは、ＡＢＣのベイエリア支局の女性レポーターから、エル・キャピタンには詳しいかと訊かれたという。「ええ、そこそこ知ってますよ」とアレックスは答えた（もちろんアレックスはほかの誰よりもエル・キャピタンに通じている）。さらに、エル・キャピタンの頂上にぼくの息子のフィッツを連れていき、ぼくたちと対面させるというアレックスの計画にまで話題が及んだ。エル・キャピタンは裏側から大回りして登ってくることもできるが、長くて退屈な道のりだから、フィッツを背中にくくり付けてイースト・レッジ――高度感のあるスラブやフィックスロープも出てくる――を登っていくつもりだ、とアレックスは話した。「なんの問題もないよ」

レポーターは唖然として、帰りはどうするのか訊いた。

「そりゃ懸垂で降りるさ」

「ど、どうやって赤ちゃんに懸垂下降させるって言うんです?」親の気持ちになったのか、かっとなった様子でレポーターは切り返した。

「バックパックに入れるのさ」アレックスは平然と答えた。「これまでやったことがないからよくわからないけど、それが一番だってぱっと思いついたんだ」

七分に短縮されたそのインタビューは、そんなことは「大した問題じゃない《ノー・ビッグ・ディール》」と、アレックスがレポーターを説得しているコントのようだった。

「だって一〇キロそこその赤ん坊だろ」とアレックス。「問題ないさ」

何よりおかしいのは、ファクトチェックをする時間がなかったのか、最初に放送されたときには(のちに修正されたが)アレックスの名字が間違っていたことだ。自分はそんな悪ふざけはしていないとアレックスは言い張るが、画面の下には「アレックス・オノラブ(Alex Honnlove)」と書かれていた。世界で最も偉大なフリーソロイストであるアレックスは、今やポルノ男優めいた名字も冠せられることとなった。


一三日目、午後一〇時。ヘッドランプの明かりを消して星空を見上げる。無風快晴。頭上には、5・13+の二一ピッチ目が待ち構えている。これが最後の難しいセクションだ。ワイノ・タワーまであと四五メートル。たった今、どちらも5・13の一九、二〇ピッチ目を最初のトライで登った。次のピッチを登り切れば、もう終わったも同然だ。

七年か……。

ケヴィンとぼくはビレイ用のポータレッジに座っている。地面を離れてから体重が五キロ減った。疲労と緊張でカロリーがどんどん消費されているからだ。気持ちは高揚しているが、表に出さないようにする。このピッチを登り切ることと同じくらい、ケヴィンにわずかのプレッシャーもかけないことが大切だ。声を抑え、リラックスした穏やかな表情を保つ。ふたたびヘッドランプをつけ、クライミングシューズに足を入れる。きゅっと音が鳴るほど靴紐をきつく締める。立ち上がり、ロープの結び目を確認して、手にチョークをつける。

登り始めると、全身が小刻みに震えているのがわかる。半端ではない緊張感が襲ってくる。余計なことを考えないように努める。**落ち着け、息を吐くんだ。**ゆっくりと時間をかけ、全神経を集中してムーブの一つひとつを完璧にこなしていく。ひゅうと音が鳴るほど深い呼吸を繰り返す。身体の震えが止まる。意識をヘッドランプの光の中だけに集中する。半分ほど登ったところにある小さなレッジに着き、動きを止める。そこに一〇分ほどいただろうか、あらゆる思いが頭を駆けめぐる。**本当に終わらせたいのか？**　ドーン・ウォールとの付き合いは、妻や子どもよりも長い。この原動力がなくなってしまったら、どんな人生が待っているのだろう？　それでもモチベーションを保っていられるだろうか？　よき父親であり続けられるだろうか？　何もやる気が起きなくなってしまったら？　それに、ケヴィンはどうなる？　ぼくがあと一日でトップアウトできるところまで来たことをケヴィンが知ったら、どう思うのだろう？

ここで止まっているわけにはいかないのはわかっている。すべての血と涙。妻と子どもと離れ離れになり、この美しい壁で身体を酷使し続けた数え切れない日々。家族全員の献身的なサポート。さあ、登るんだ。ぼくは顔を上げる。ヘッドランプの明かりが、岩の割れ目から突き出た錆びた金属を照らし出す。墜落を止めてくれるかどうかはわからない。だが今は、そんなことはまったく気にならない。

足を慎重に上げ、コショウの実ほどの粒にスメアし、小さなフレークをつかむ。頰から汗が滴り落ち、暗闇に消えていく。終わりはすぐそこだ。身体が震え、呼吸が荒くなる。前腕に乳酸がたまり、指が徐々に開いてくる。あと五メートル、三メートル、一メートル……。伸びた無精ひげが鼻をくすぐる。足を思い切り上げ、息を吐いて、細いクラックに手を差し込み、レッジに乗り込む。この一二日間で初めて両足で立てる場所だ。ケヴィンは四五メートル下のコーナーを回り込んだところでビレイしている。ぼくは泣き声を押し殺す。いま感じていることをケヴィンに気づかれたくない。二〇分間、レッジに座って星空を見上げる。胸が上下に波打っている。

ロワーダウンする前に、自制心を取り戻す。今はこの感動した気持ちを見せるわけにはいかない。ぼくがこれからすべきことは、ケヴィンのために尽くすことだ。ケヴィンにも、この経験を味わってほしい。シャツで涙をぬぐい、下降用の器具にロープを通し、ケヴィンの待つ場所に降りていく。

「よくやったな」ビレイ点でケヴィンは目を伏せたまま言った。互いに拳を突き合わせる。「ありがとう」。ぼくたちはほとんど言葉を交わさずにベースキャンプに降りていく。

第21章 CHAPTER 21

その夜、ポータレッジのファスナーを開けたまま、星を見つめた。銀河のように心が渦を巻く。何度も何度も心の中で繰り返す。**登ったんだ、本当に登ったんだ。**最後の数ムーブやほとばしる感情、物寂しい高揚感がよみがえってくる。

この感覚を、これからもずっと忘れない。心と身体が一つになり、何年も、何十年も、人生のすべてを捧げてきたものが一つに結実した。

以前、波がどうやってできるかを聞いたことがある。嵐が小さなさざ波を生み、風によって長い距離を運ばれてくる。何千キロもの旅のあいだにそうした振動が組み合わされ、まとまって、大きくなっていく。やがて波紋が現れてうねりとなり、うねりが陸地に近づくとき、浅い海底によって上へ押し上げられ、波がかたち作られて垂直に立ち上がる。栄光の一瞬。最初の嵐が大きく激しいものであればあるほど、波も大きくなる。もしキルギスがぼくの嵐だとすれば、ドーン・ウォールはぼくにとっての波だ。

ぼくは人生の大半を、こうした瞬間を求めて過ごしている。だが、夜が更けるにつれ、喜びの瞬間は消え、空虚さが広がっていく。月明かりで遠い星々の光が消えてしまうように。

まだ終わりにしたくない。

その晩は一睡もできなかった。さまざまな考えや感情が駆け巡る。この瞬間、報道陣の目やカメラなどなく、ぼくとケヴィンだけだったら、どんな気持ちになるだろう。父がぼくに教えてくれたクライミング、そして世界中の本物のクライマーたちが実践しているようなクライミングをしていたなら、どのように感じていただろう。ぼくとケヴィンはもっと親しくなれていただろうか。いや、そもそもケヴィンはここにいただろうか。ぼくは今と同じような葛藤を感じていただろうか。観察者がいると物質の反応が変わるのは物理学でも同じだ。

太陽が昇るころには、昨日の自分はあまりにも感傷的になっていたと思えるようになった。登ったという単純な事実を見つめる。次にやるべきことはただ一つ、ケヴィンが完登できるように手助けすることだ。

「気分はどうだ?」ぼくは冷たい朝の空気の中に頭を突き出して尋ねた。ケヴィンは素っ気なく答えた。「まあまあだ」

そうは見えない。ぼくはちらりとヴァレーを見下ろす。するとケヴィンが続けた。「ただ、計画の妨げになりたくない」

「心配するな」ぼくは答える。「ぼくはいま人生で最高のときを過ごしてるし、天気予報も最高だ。いつまででも必要なだけ付き合うよ」。そして咳払いをした。「指の具合は?」

「まだまだだ」ケヴィンはつぶやく。「でもよくなってきてる」

ケヴィンが今にも押しつぶされそうなのは、はた目にもわかる。ぼくと目を合わせようとはしない。今の自分がケヴィンの立場にいたら耐えられないだろう。ケヴィンはもう七日間もここを突破できずにいる。ぼくはアレックス・オノルドを見習って、ケヴィンのプレッシャーを取り除こうとする。〝ノー・ビッグ・ディール〟。けれども、ぼくたちは理解している。袋に入れて吊るされた仔牛肉のようにいつまでもこうして過ごすわけにはいかないし、この好天は必ず終わることを。さらに、ぼくの身体が不調を来し始めている。座った姿勢から立ち上がるたびにひどいめまいがし、肩の腫れがまだ引かないうえ、空咳が出始めた。ケヴィンのほうは、指以外は問題ないようだ。二日続けてレストしたので、この午後、トライする予定になっていた。

ケヴィンは午前中、携帯でニュース記事を読んで過ごした。今や世界中で、ケヴィンの指の皮膚について議論が交わされていて、ぼくがワイノ・タワーまで到達した今、ケヴィンを置き去りにして、一人で頂上まで駆け登るのではないかと取り沙汰されていた。

神は、携帯に対するぼくの不平不満を聞き飽きたに違いない。その朝、ホールバッグから食料を取り出そうと身を屈めたとき、上着の胸ポケットで何かが動くのを感じた。下を見ると、銀色に反射するものが落下して視界から消えていった。

「くそ！　携帯を落とした」

ケヴィンが振り返る。「嘘だろ」目を見開いて言う。「まさか。冗談だろ」

最初のショックが過ぎ去ると、現実が染み込んできた。一瞬、言葉に詰まったあと、両腕を上げた。

「本当さ。落としたんだ」

ケヴィンは無言でこちらを見つめている。

「まあいいさ。かえってやる気がわいてきた。これで残りのクライミングに集中できる」

思ったとおり、感動を略奪する機械《ワンダー・キラー》を落としてから数時間のうちに、ぼくはそれまでは気にも留めなかったことに気づくようになった。谷の向こうのオークの木々がまだ赤い葉をつけ、傾いた太陽の投げかける影が見たことのないほど長く伸びている。昼ごろになると、マーセド川の岸に張った氷が割れて流れていく。

ぼくは食料の整理を始めた。ホールバッグの中身をすべて出し、持っている物の一覧を作る。残りのクライミングがあと何日かかるか計算し、あらゆるシナリオに備えて配分を考える。

ぼくは少し浮かれすぎていたのかもしれない。比較的簡単とはいえ、この先には一一ピッチ控えている。ケヴィンはまだ半分にも達しておらず、5・14が三ピッチ、5・13が五ピッチ残っている。とはいえ、ぼくはジョークを飛ばし、リラックスして撮影隊と世間話をした。空の青が深みを増している。感謝が泉のようにわき上がってくる。友人や家族について雑談し、今回のハイライトのことを思い浮かべた。「一四ピッチ目をぼくたちが登ったあの夜は本当にすごかった」

コーリーとブレットもあまり携帯を見なくなっている。親指でタップする音よりも、笑い声のほうが大きくなる。ぼくはケヴィンのポータレッジのところへ行ってフライを開けた。ケヴィンは、いつものように指先を見つめている。

午後早い時間に薄い雲の層が流れてきて、肌を刺すような冷たい風が吹き始めた。ケヴィンがポータレッジから手を突き出し、指を風に当てている。「冷たくなってきた。いい感じだ」

ぼくは午後三時にビレイポイントまでユマーリングで上がっていき、ビレイ用のポータレッジを設営した。四時に壁が陰に入ると、ケヴィンも合流した。ブレットがカメラを持ってロープにぶら下がったが、風で一〇メートルほど横に振られている。ロープは弧を描いて上に跳ね、壁に当たった。不安げなのがブレットの様子から見て取れたが、ブレットは声を出さなかった。ケヴィンの気をそらさないためだ。

ケヴィンが指にテーピングをしたままアップを始めた。これまでと変わらず、流れるような動きで最初のパートを登っていく。核心手前の極小のフットホールドでレストしているとき、強風が吹いた。ブレットが横に大きく振られ、小さな叫び声を上げた。しかし、ケヴィンは集中しきっていて、そのことに気づいていないようだ。肝心なのは、信じることだ。このコンディションなら、これまでのトライを上回るクライミングができると信じるしかない。指の皮は絶対に大丈夫だと信じるしかない。自分を信じるしかないのだ。ぼくはダウンジャケットを着て震えていた。いつものようにケヴィンは、核心の鋭いホールドの手前で降りてきた。

ケヴィンは指のテーピングを剝がし、次のトライを開始した。ためらうことなく、すばやく登っていく。足使いは軽快で、動きにはよどみがない。レストポイントまで行き、腕をシェイクする。自信がみなぎっているのが、空気を通して伝わってくる。ぼくの心臓も激しく脈打つ。ケヴィンは低いうなり声を上げ、核心に入っていく。指をずたずたにされた鋭いホールドが出てくると、いったん動きを止め、指を一本ずつ慎重に置いていく。そして足を入れ替える。右手を送り、ましなフットホールドに立ってから動きを止める。いちばん難しい箇所は抜けた。ぼくはそのあいだずっと息を詰めている。ケヴィンはコーナーを回って登っていく。姿が見えなくなったが、ロープは止まることなく出ていった。そのとき、ケヴィンの大きな叫び声が響いた。エル・キャップ・メドウから歓声がわき上がる。下に目をやると、一〇〇人以上の人びとがケヴィンを見守っている。

ポータレッジに戻り、ぼくたちはハイタッチを交わした。ケヴィンは笑みを漏らしているが、感情が爆発しているようには見えない。ぼくに人さし指を見せる。五カ所、小さいが深い切り傷があり、染み出した血が小さな赤い玉になっている。

「このトライで登れてよかった」ケヴィンが言う。緊張のあまり感情が表に出てこないのだろう。

「そうだな」ぼくは咳をしながら言い、ケヴィンの肩をつかんだ。「一五ピッチ目を完登したんだよ！　今夜はパーティーだ」

ケヴィンは自分でも驚いているのか、静かに口を開いた。「ああ、一四ピッチ目を登ったときも難しいと思ったけど、このピッチは比べようもないくらい難しかった」

勢いに乗ったケヴィンは、その夜、ランジが出てくる一六ピッチ目も登り切った。

翌日、一五日目。ケヴィンは堰を切ったかのように一七ピッチ目と一八ピッチ目も登った。ぼくはギアを運び、ロープを整理し、ビレイをして、ビッグウォールのキャディー役を楽しんだ。ぼくたちは上へ上へと前進している。

ケヴィンは最後の難しいピッチを登る前に、一日レストすることを決めた。ケヴィンがワイノ・タワーまで登ったら、残りの一一ピッチは必要に迫られれば一日で終えられる。とはいえ、天気は安定していた。その朝、ぼくたちはエル・キャップ・メドウの渋滞を眺めて過ごした。するとあるとき、ぼくのスプリンターのヴァンが、車や衛星中継用トラックの迷路を縫うように走ってくるのが見えた。ベッカとフィッツがそこにいる。二人の姿を見た途端、ホームシックになった。コーリーの携帯を借りて——ときには例外も必要だ——電話をかけた。下は大騒ぎになっている、とベッカが教えてくれた。記者を避けるために、こっそりとメドウの林に回り込んだという。ベッカとフィッツが、ベスとランディ（今の夫だ）と彼らの子どもと一緒にいると聞いて、一瞬、不思議な気分になったが、すぐに気にならなくなった。ぼくたちは、過去があるおかげで成長し、新たなスタートを切ったのだ。ぼくが感じたのは、人生のはかなさだったのかもしれないし、自然への愛だったのかもしれないし、子どもたちに宿る美しさだったのかもしれない。いや、そのすべてを感じたのだろう。

その晩は、またしても現実離れしたような夜だった。天気予報は問題なかったが、雲が下りてきて、先を急がなくてはという焦りが生まれた。ケヴィンがワイノ・タワーまでの三ピッチを登るあいだに、メドウはすっかり視界から消えた。ケヴィンは各ピッチでそれぞれ二回ほど落ち、二一ピッチ目で今夜のトライはここまでにしようかとあきらめかけた。ケヴィンはほとんどのピッチをぎりぎりのところでこなしてきた。ぼくは彼を見守っているとき、のどから心臓が飛び出そうになることにもすでに慣れた。しかしそう思いかけたときは、いつも、ケヴィンは力を出し切って登り切った。

ワイノを登り終えたとき――困難なクライミングはここまでだ――ケヴィンは笑みを浮かべていたが、どこか冷静さを残していた。ぼくはケヴィンを抱き締めた。もう登れなさそうだと思ったときに、これまでケヴィンが何度立ち上がってきたかを思い出してみる。ビッグウォールの経験がまったくなく、ボルダリングしかしたことがなかったケヴィンがここまでやってきた。その道のりは、ぼくが歩んだ道のりよりもはるかに遠く険しかったはずだ。ケヴィンのことが本当に誇らしかった。まだケヴィンは三十歳なのだ。

午前五時に、寝袋から這い出した。体調は最悪だ。ぼくが最後にクライミングをしてから四日以上経っている。ここ一年では最長のレスト期間だが、リラックスしているとは言いがたい。身体の不調がのどにも伝染していて、ものを飲み下すのが拷問のようだった。身体全体が大きな一つの不快なこぶになったようだった。水をごくごくと飲み、コーヒーとアドヴィルを胃に入れて、ようやく人心地がついた。ベースキャンプは悪臭を放ち始めている。ポータレッジの数十センチ下に排泄物の容器がぶら下げてある。この一七日間、ぼくたちの放った尿は風の中を浮遊し、壁に当たったりポータレッジに飛沫を飛ばしたりしている。薄汚いオレンジ色の蛋白質が層になって、あらゆるものを覆っている。早く壁を降りたい、そう思った。

エル・キャピタンの頂上で会いたい相手といえば、ベッカ、フィッツ、そしてぼくの両親だけだ。だが、父が頂上に来ないことは知っていた。母がいつもの遠回しな言い方で教えてくれたところによると、父は今回気持ちが揺れ動きすぎて、うまく整理がつかないそうだ。父はいつもぼくを誇りにしてくれている。タフな人だが、内面はとても繊細だ。泣いているところをテレビで生中継されたくないのだろう。あの〝オノラブ〟のインタビューを見たあと、ぼくのメインスポンサーであるパタゴニアの広報がメッセージを送ってきた。アレックスがフィッツをバックパックに入れてフィックスロープを登るのはやめさせたほうがいい、と。マイケル・ジャクソンの事件のような印象を与えるかもしれない、ということだった。それではと、アレックスは登山道を一二キロ歩いて登っていこうと申し出てくれたが、結局、ベッカはフィッツをぼくの両親に預けることにした。

今回のクライミングで初めて、ポータレッジの一つを畳んでホールバッグに詰めた。もう一つキャンプを作る。先を急ぐ必要はない。

ぼくたちは、これまでリハーサルをほとんどしたことのない壁を登っていったが、難しさは感じなかった。途中、ホールドが一つ壊れて、ケヴィンが『マトリックス』のような体勢で、落ちてくる石をよけた。そのあとは予定どおり進み、午後九時ごろに二八ピッチ目の終了点にポータレッジを設置した。ほんの一〇〇メートルほど上の頂上から、マツの木のにおいが漂ってくる。平らな地面が恋しかった。壁での生活はすでに一八日も続いていた。

頂上では五〇人ほどがぼくたちを待っているということだった。家族に会いたかったが、来たるべき瞬間を、見知らぬ人たちと分かち合うのは気が進まなかった。ぼくたち家族に一日くれないか、と言いたかった。

ぼくはポータレッジに寝そべって空を見つめ、さまざまなことに思いを巡らせた。父がクライミングや山を教えてくれた幸運を思い、ぼくたちのとんでもない思いつきをサポートするだけの勇敢さを、母が持ち合わせていたことをありがたく思った。この経験を分かち合うパートナーとして、ケヴィンと出会えたことに感謝した。キルギスがぼくを鍛えてくれたことさえも、ありがたかった。あのことがなければ、指を切断した一件から立ち直れたかどうかわからない。ベスに去られたことさえ幸運だったと感じた。あの別れがこの壮大な夢の始まりになった。とはいえ、七週早くこの世に生まれ出て、一・三キロの身体で生きるために闘い始めた一九七八年のあのときから、すべては始まっていたのかもしれない。

地平線に太陽が昇るころ、ぼくは起き上がり、壁に背をもたせかけた。ドーン・ウォールの上部は、ヨセミテ・ヴァレーのなかで最初に日が当たる。眼下は暗く、霜が降り、冷え切っている。ぼくたちはコーヒーを飲み、音楽を聴く。自分たちはちっぽけな存在だ。自分よりもはるかに大きな何かの一部にすぎないのだと感じる。太陽のぬくもりがカフェインと相まって力を生み出し、身体の中にエネルギーがたまっていく。

声を出そうとするが、しゃがれた音しか出てこない。身体の不調が声帯にまで届いたようだ。ケヴィンがそれを見て笑う。時間を止め、この瞬間をカプセルに詰めて取っておきたい気持ちになる。エル・キャピタンが燦然と輝き、ヴァレーの生き物たちが活動し始める。

ベッカは今、アレックスと歩いて頂上へ向かっている。ケヴィンの家族や友人たちも一緒だ。ぼくの両親と姉に加え、甥二人とおじ四人もヴァレーに来ている。このイベントを親族再会の場にすることに決めたらしく、カメラからできるだけ離れたエル・キャップ・メドウの片隅に集まっている。

辺りが明るくなり、マーセド川の岸で遊んでいる大小二つの人影が目に入る。ガラスのような水面に、さざ波が広がっていく。父とフィッツだ。フィッツはヨセミテに来ると、川に石を投げて遊ぶのがお気に入りだ。そして父は最近、フィッツと過ごすのを何よりも楽しんでいる。

かつての父との関係を思い出して、涙が頬を伝う。父は昔ぼくのことを、今フィッツを見るような目で見ていた。今でも周りは、父のことを途方もない男だと言う。六十五歳にして、週に五日ウエイトリフティングをし、一日の大半を戸外で過ごす。釣り、ハイキング、さらには関節炎で肩より上に腕が上がらないというのにクライミングもする。スポートクライミングの新しいルートを開拓するのが好きで、誰も開拓しようとしない道路脇の小さな岩場を見つけてはボルトを打っている。新しいルートを完登するたびに〝生涯でいちばんのクライミング〟だと言う。釣りをするたびに〝大きい魚を含めて一〇〇匹釣った〟と胸を張る。

母といるときの父は、母のすぐ後ろに立ち、肩に腕を回してから母を抱き締める。フィッツがクマのぬいぐるみを抱き締めるのと同じように。そして、母の頭の後ろにそっとキスをする。最近は、優しい面も見せるようになってきた。以前は、母の中にしか見いだせなかった側面だ。母に甘い言葉をかけたり、週に何度か夕食を作ったりする。ぼくが子どものころの父は、電子レンジでブリトーを温めるくらいしかできなかった。もしかしたら、父は、ぼくも感じていることを父なりに表現しているのかもしれない。そう、ぼくも父も、母があってこその存在なのだ。父と母は、以前にも増して深く愛し合っているように見える。ぼくは今でも、両親にできるだけ近づこうと努力し続けているのだと思う。

父は、少なくとも元気なときには、今なおタンクトップに半ズボンという格好で過ごす。筋肉はいくらかゆるんだにせよ、まだまだたくましい。少なくともぼくを見るときには、かすかな悲しみが目に浮かんでいる。また一緒にクライミングをしたいと寂しく思っているのだろう。

とはいえ、クライミングや身体を鍛えることが優先順位のいちばん上にあった父だったが――今もそれが人生の目標であり、ぼくたちの生き方であることは変わっていない——ぼくが思うに、数年前に父の父がこの世を去ったことで、その優先順位に変化が生じたようだ。祖父の死によって、父もぼくも、人生のはかなさを噛みしめることになった。あのときぼくは、父や母と一緒に過ごす時間をもっと作ろうと心に決めたのだが、まだ実行に移せていない。ドーン・ウォールや、子どもたちや、生活に忙殺されていたからだ。この状況を変えなくてはならない。

母が幸せそうなのを見るのは本当にうれしい。母はフィッツにとってすばらしいおばあちゃんだ。いま思うと、ぼくたちが好き勝手にやっていることに、母がどうやって耐えていたのか、真剣に考えてみたことはなかった。夫や息子が危険な冒険に出ていくのを見守るのは簡単なことではない。これまでに、母が冒険に行くなと口にしたことは一度もなかった。ぼくたちが豊かで意味のある人生を追い求めずにはいられないことを母は知っていた。そのために、自身の心の平穏を犠牲にしてくれたのだ。そして母は、口を出すべきタイミングもきちんと心得ていた。

ケヴィンとぼくが寝袋の中で最後の一人の時間を過ごしているころ、エル・キャピタンの頂上には、記者やニュースカメラマンを含めた大勢の人が集まりつつあった。ぼくたちの完登に間に合うようにと、多くの人は午前二時に登山道を登り始めていた。ケヴィンの友人たちの一団は、ビールとシャンパンを持って午前九時に到着し、すでに飲み始めていた。みな、ケヴィンとそろいの緑色のTシャツを着ている。この夏にハイ・シエラで墜死した友人のブラッドに、ドーン・ウォールでのクライミングを捧げると決めたらしい。ブラッドと恋人のジェイニーは、まさにブラッドが死んだ日に婚約したばかりだった。Tシャツには、墜落する前にブラッドが描いた絵がプリントされている。なぜ、ケヴィンはぼくには何も話してくれなかったのだろう。数日前に、ブレットがポータレッジで撮影したケヴィンのインタビューを聞いて、ぼくは初めてそのことを知った。

ケヴィンが何か思い悩んでいるのは感じていた。ぼくから質問をして詳しく聞くべきだったのかもしれない。けれども、訊いてもケヴィンは話してくれなかっただろう。ぼくたちの間柄は、常に一歩距離を置いたものだ。それでいいと思うし、このクライミングがケヴィンのさらに大きな目標のために役立つのならば、これほどうれしいことはない。

あと数時間で、ケヴィンとぼくは頂上の一団と合流する。しかし、ぼくが会いたい相手はベッカだけだ。ベッカはカメラを避け、頂上から一〇〇メートルほど下りた場所で一人岩に腰かけ、周りの山を眺めている。ベッカに会うのが待ちきれない。抱き締めて、感謝の気持ちを伝えたい。フィッツのことを考える。フィッツが眠っているのを見たり、小さな胸が上下しているのを見るのがどれだけ愛おしいかを思い出す。フィッツがくすくす笑う仕草や、この無限の世界を探検するときの目の輝きを想像すると胸が熱くなる。

ポータレッジでギアをラックにかける。カラビナの金属音が響く。暖かい冬の風が東から岩肌をなでていく。頂上からくぐもった話し声がかすかに聞こえてくる。ケヴィンもぼくもほとんどしゃべらない。リードするのはぼくだ。ロープを結ぶ。ゆっくりと時間をかける。急ぐ必要はない。この場所からの景色を二度と目にすることはないだろう。深く息を吸い、クライミングシューズの紐を締める。ケヴィンがほほ笑み、ぼくと拳を合わせる。

エル・キャピタンの美しい花崗岩に指をかける。スタートする前にもう一度、ヴァレーや対岸の壁を見下ろす。時を超越したかのようなハイ・シエラの山々がはるか遠くに連なっている。あとほんの少しだけ、ぼくはその場所にとどまったまま、景色を見渡す。

エピローグ

その二カ月ほど前、ぼくたち家族は、ヨセミテのチャーチ・ボウルというエリアで一日を過ごしていた。上に続く三〇〇メートルのスラブから、朝の暖かなそよ風が吹き下りてくる。黄色の落ち葉が地面を覆っている。ベッカとぼくは腰を下ろし、一八カ月になるフィッツが、低いテーブル状の岩に向かって歩いていくのを見守っていた。岩のてっぺんは平らで、高さはフィッツの背丈ほどだ。下地には、ふかふかの草が生えているので、落ちてもクッション代わりになる。

フィッツはぼくたちを振り返り、「見てて」と言うような顔をした。

「マントルするのよ」ベッカが言った。岩の上の平らなところに手をかけて、岩に乗り上がるという意味のクライミング用語だ。

「マン、トル」フィッツは口まねをした。小さな手で岩をぱしぱし叩いてから、登り始める。子どもにとっては自然な行動だ。足が滑ってずり落ち、もう一度トライする。

「マン、トル」うまくいかなくて、少し不機嫌になっているのがわかる。

ベッカは立ち上がり、歩み寄ってフィッツを励ます。「きっとできるわ」

「マン、トル」。フィッツは、その言葉を味わっているかのようにゆっくりと発音する。

しばらくトライを続け、ときどき「手伝って」というように、半分べそをかきながら、ベッカのほうを見る。

「ほら、フィッツ。集中するのよ」。フィッツは少し先まで進んだが、またずり落ち、振り返って、激しくしゃくり上げた。

ベッカは優しい声で話しかけた。「がんばって、フィッツ」

フィッツは大げさに、思い切り息を吸い込んだ。ぼくを見て覚えたしぐさだ。次のトライでは、根性を見せて半分まで登りかけたが、今にも落ちそうだ。

「たすけて」フィッツは言った。

ぼくは胸がよじれるのを感じた。

ベッカに目をやると、手を貸す気配はない。

代わりに、さらに優しい声で励ました。「大丈夫。あなたならできる。もう少しよ、がんばって」

フィッツは必死になり、目に涙をためて、少しでも上がろうとし続けた。足をかけられる場所を見つけ、身体を半分ほど持ち上げる。小さな足が宙を蹴った。岩のてっぺんに膝をついて這い上がり、立ち上がる。そして、手を叩いた。

「がんばったわね」と言って、ベッカがそばに行った。「ナイス・マントル」。フィッツは顔を輝かせた。ベッカがハイタッチをしようと手を差し出す。フィッツはにっこりして、ベッカの手をぺちぺちと叩いた。「ブーン」

ぼくは父のことを考えた。父はベッカのように、子どものころのぼくをずっと励ましてくれた。父と母は、あきらめない気持ちを持ち続けることの大切さを教えてくれた。それこそが、両親からもらったいちばんの贈り物だ。

今のぼくの生活は、ほんの二年前とはまったく違っている。ドーン・ウォールを初登したあとのさまざまな出来事には驚かされることが多かった。とはいえ、誰しも語るべき物語を持っているものだし、誰もが栄光と挫折を経験する。その物語から、洞察や知識を人に与えることができるのだ。それもあって、今のところぼくは、目の前の機会を有効に活用しようとしている。これまでは経験から何を得られるかばかり考えていたが、これからは何を人に与えられるかについて、もっと考えていこうと思う。

自分にとって、最も深い達成感が得られるのは山だとずっと思ってきたし、だからこそクライミングを仕事にしてきた。だが、この本を書いているうちに、意外にも、物を作る作業やキーボードに向かうこと、そして聴衆に向かって話をすることは、とてもやりがいのあることだと思えるようになった。もしかしたら、その魅力は、自分のすべてを捧げる満足感を得られるという意味で、ずっと昔から感じていたのかもしれない。クライミングは答えなのではなく、答えを得るための場所だったのだろう。

二〇一六年三月、娘のイングリッド・ワイルドが家族に加わった。子どもたちは、人生の無限の可能性を教えてくれ、同時にリスクの意味を絶えず考え直させてくれる存在だ。以前は、冒険と命を懸けることとは分かちがたく結びついていたが、今は、冒険は未知を知ることなのだと思っている。山に行きたいと思わないわけではないが、人生の大いなる目標は嵐のように突然やってきて、否応なくぼくをのみ込んでしまう。今でも北極のビッグウォールに行ってみたいと思うし、エル・キャピタンにももっと登りたいと思うが、そうした夢は、冒険と慎重さのバランスをとるという責任と深く結びついている。今後のぼくの最も重要な挑戦は、大胆さと自信を持って子どもたち（そして、ほかの子どもたちも）が世界とかかわっていける人間になれるように手助けをすることになるだろう。ぼくの両親がぼくを手助けしてくれたように。

この前の夏、古い友人のアダム・スタックから電話がかかってきた。アダムとは二〇〇四年にダイヒードラル・ウォールを一緒に登った。アダムは大胆な計画を立てていた。ワイオミング州のウィンド・リバー・レンジにあるマウント・フッカーの北壁を登り、壁の近くに乗りつけた車まで二四時間以内に戻ってこようというのだ。この岩壁は高さが六〇〇メートルほどあり、最寄りの道路からは二五キロほど離れている。毎年数回は登られていて、標準的なスケジュールでは馬で荷物を運び込み、キャンプを設営し、数日かけて壁を登る。通常は一週間の遠征になる。アダムに誘われたときは、まだ四カ月のイングリッドが夜泣きすることが多かったうえ、ぼく自身も前の年に執筆作業で閉じこもっていたので、ほとんどクライミングをしていなかった。

「そんなに長く家を空けられない」ぼくはアダムに言った。身体がなまっているのも気にかかっていた。

「アプローチを走れば、四八時間で家に戻れる」アダムは引き下がらなかった。「そろそろおれに会いたいんじゃないか？」

クライミングギアで膨れ上がった荷物を背負って五〇キロも走るのは、体調が万全であってもかなりきつい。そのうえ、ビッグウォールを登るって？　おとぎ話のような計画だ。

「ちょっと無理じゃないか」ぼくは言った。

「ああ、とんでもない計画だ。だが、おれはやる気満々なんだよ」

午前二時、ぼくたちは車を停めた場所から壁に向けて出発した。暗く湿っぽい夜で、身を切られるような寒さだ。ヘッドランプが馬の蹄の跡を照らし出すなか、パインの森を駆け抜ける。吐く息が白い。最初の数キロはつらく、日頃から鍛えているアダムについていくのが精いっぱいだった。だが、午前四時になるころには、身体が昔の動きを思い出してきた。二〇キロほど進んだところで足を止め、クリスタルのように澄んだ高山の湖でボトルに水を補充する。地平線に、紫や赤の色合いがちらつき始める。急勾配の丘を駆け下りているとき、雪をかぶった峰々に囲まれた圏谷《カール》を、夜明けの光が照らし出した。

ぼくはアダムに目をやった。アダムは顔を紅潮させていたが、いつものように幸せそうだ。岩《ボルダー》を越えたり、岩から岩に飛び移ったりしながら迷路を抜け、壁の取りつきへ向かった。エンドルフィンがみなぎっているのがわかる。疲れてはいたが心地よく、こうした場所で過ごしていた日々へのなつかしさが込み上げた。取りつきに着くと、ロープを結んだ。一二〇メートルから一八〇メートルずつ、同時登攀をする予定だ。

まずぼくが先に登り、フェイスに散らばるホールドや、ところどころに走るクラックを使って進んでいく。岩は硬く、ギアがしっかりと決まる。四五メートルほど登ったところでアダムが「行くぞー」と叫び、フォローし始めた。互いの進み具合はロープの張りで判断する。アダムがゆっくりと登っているときは、ぼくは多めにギアを設置し、二人のあいだのロープがぴんと張ってある状態にする。ぼくが遅れているときは、アダムがぼくをじっと見守ったまま動きを止める。互いを信頼し、ぼくたちは一心同体となって上へ進んだ。前回のドーン・ウォールのときとは何もかもが違う。撮影班や携帯電話もなく、他人に期待されることもない。ドーン・ウォールは自分の限界を探るという欲求を満たしてくれたが、それとは別の、もっと深い何かに対するあこがれが自分の中に残っていた。

ぼくたちはさらに登り続けた。クリス・シャーマやアレックス・オノルド、コーリー・リッチのことを思い浮かべる。クライミングを通じて得た友情のこと。父や母や、ベッカやフィッツやイングリッドのこと。山のおかげで深い愛情を抱ける人間になれた自分は、なんと幸せなのだろう。

高度が上がるにつれ、驚くほど軽々と登っていくことができた。ときどき、重力から解き放たれ、雲の高みへと滑空していくような気分になる。そうなるには何か法則があるはずだが、ぼくはまだ突き止められてはいない。そうする必要はないのかもしれないし、ぼくがわかっていないだけなのかもしれない。

五時間後、ぼくたちは壁を足下にしていた。日光で温められたスラブに、汗まみれの背中をもたせかけ、エナジーバーを分け合った。周りの景色を眺めながら、いつも目にしているものが見当たらないことに心を動かされた。どこにも道はなく、人の姿も一切ない。

「あと六時間走れば眠りにつける」ぼくは言った。

「それほど悪くない計画だっただろう?」アダムはにやりとした。

「まあ、車まで戻ったときにもそう思えたらな」。ぼくはアダムの腕を軽く叩き、立ち上がって下山し始めた。

車までたどり着いたときには、全身の筋肉と骨が悲鳴を上げていたが、深い疲労だけがもたらしてくれる充足感に浸っていた。途方もない冒険だった。それでも、死ぬかもしれないとは一度も思わなかった。

未知を拒絶するな。つらいときも進み続け、乗り越えろ。

あのマントルを登ったときのフィッツのように、困難を乗り越えたとき、人は成長する。

出発してから四八時間後、ぼくは車を停めて家に入っていった。フィッツが駆け寄ってきて、ぼくのふらつく脚に飛びつき、ぎゅっとしがみついた。

「パパ! こっちに来て! おっきな線路作ったんだよ」大きな緑の目でぼくを見上げる。

ぼくはフィッツを抱き上げ、強く抱き締めた。寝室からイングリッドを抱いたベッカが出てきて、イングリッドに話しかける。「パパが帰ってきたわよ!」そして近寄ってきてキスをしてくれた。わが家は最高だ。

謝辞

これまでの人生の重大な瞬間がそうだったように、本を書くという考えが最初に浮かんだのは、妙に楽観的になっていたときだった。ドーン・ウォールでの七年間の挑戦を終えたばかりで、ひたむきに努力すれば、どんなことでも成し遂げられると感じていたのだ。できないわけがない。なにしろ、ドーン・ウォール以上の困難なことなどあるはずがないのだと。もちろん、難しい作業になるのは予想していたが、それ以上に興奮していた。だが、ぼくは本物の物書きではない。少なくとも一冊の本の書き手ではない。そのため、たくさんの人から専門的な手助けを受けることになった。この本は、多くのすばらしい友人たちとの共同作業の成果だ。

ぼくは自分の知っている唯一の方法でこの本に取り組んだ。つまり、山を登るのと同じような方法だ。この旅は、浮き石や雪崩の危険だらけだとわかっていた。こうした困難な物事に成功するただ一つの方法は、命を預けられる相手とチームを組むことだ。いちばん役に立ったアドバイスといえば、親友のジム・コリンズからもらった〝ふさわしい連中をバスに乗せろ〟という言葉だろう。バスに乗ったなかで、誰よりもこの本に貢献してくれたと言えるのは、ケリー・コーデスだ。ケリーは共同執筆者であるだけでなく、相談相手でもあり、セラピストでもあり、ぼくの親友だ。ぼくが気づかないことをチェ

ック し、だらだらと締まりのない文章を、まとまったものにするのを手伝ってくれた。彼の細かな気配りや疲れを知らないまじめさ、そして、一緒にこの旅に出てくれたことに最大の感謝を捧げたい。

ジム・コリンズとジョン・クラカワーがいなければ、この本が生まれることはなかった。二〇一四年の夏、ジョンの本『人が栄光を勝ち取る場所（*Where Men Win Glory*）』の読書会に、ジムがぼくを誘ってくれた。そのとき、ジョンも参加していた。読書会の終盤、議論は創作全般へと移っていった。執筆の最終段階になると、いつも体重が一〇キロ近く落ちて唇に水ぶくれができる、とジムが言っていたことが忘れられない。同じように、ジョンも本の調査段階は好きだが、実際の執筆作業は好きではないと語った。穴を掘るようなもので、毎日現場へ行っては少しずつ掘り進めるしかないのだという。おもしろいことに、そうした言葉が達成感を得るぼくの性分に響いて、キーボードに向かうという暗くて大変な時期を乗り越えさせてくれた。それだけでなく、ジムはそれまでも長年本を書くよう励ましてくれていて、ぼくに執筆に挑む自信を与えてくれた。ジムもジョンも、出版界との交渉において、終始惜しみない貴重な手助けをしてくれた。

ヴァイキング社のチーム、とくに編集者のポール・スロヴァクの役割についても強調しておきたい。数種類の草稿を熟読してくれただけでなく、貴重な助言をくれ、よりよいものにするために常に背中を押してくれた。とくに最終段階では、ベテランの作家ゲイリー・ブロゼックを紹介してくれた。ゲイリーのおかげで、ケリーやぼくが避けがちだった感情の要素を盛り込むことができた。

著作権代理人であるＣＡＡのデイヴィッド・ララベルにも感謝したい。彼はぼくの物語の価値を信じ、すばらしい手腕でほかのみんなを説得してくれた。弁護士のベッキー・ホールにも大いにお世話になった。彼女はぼくの守護天使だと思っている。そして、マイケル・ケネディはぼくの〝ヨーダ〟だ。この二人は貴重な読者、そして応援隊になってくれた。読者になってくれた者にはほかにも、ランス・

ブロックとキャリー・ブロック、ジル・コルデス、アダム・スタックがいる。みんなの助言がぼくの言葉を引き出してくれた。ケイティ・アイヴス、クリスチャン・ベックウィズ、マット・サメット、アンドリュー・ビシャラットにも感謝を。彼らが編集してくれた記事のなかには、最終的にこの本の物語に形を変えたものもある。

ジョアンナ・クロストンとバンフ・センターにも謝意を表したい。ケリーとぼくにポール・D・フレック・フェローシップ奨学金でサポートをしてくれ、締め切り前の大事な二週間に、レイトン・アーティスト・コロニーの静かなキャビンを貸してくれた。

ポールとアシスタントのヘイリー・スワンソンをはじめ、ヴァイキング社の多くの人びとがこの本の出版に力を貸してくれた。ショーン・デヴリンは原稿整理で欠かせない存在だった。プロダクションエディターのエリック・ウェチターは写真の挿入を含め、パズルの複雑なピースをまとめ上げるのを手伝ってくれたし、ブリアンナ・ハーデンはすばらしい表紙をデザインしてくれた。広報チームのリンゼイ・プレヴェット、クリスティン・マッツェン、クリストファー・スミスは、メディアに露出する機会を得てくれたり、ぼくのスケジュールを管理したりするのに尽力してくれた。さらに、ヴァイキング社社長のブライアン・タートと編集長のアンドレア・シュルツには、このプロジェクトの成功を当初から信じていてくれたことに感謝したい。その他のヴァイキング社関係者のみなさんにも心からお礼を申し上げたい。

この本に使用した写真はすべて友人たちから提供されたものだ。コーリー・リッチ、ティム・ケンプル、ジミー・チン、トファー・ドナヒュー、ベッカ・コールドウェル、ジム・ソーンバーグ、ブレット・ローウェルに感謝を。

ぼくが生きてきたなかで最大の恩恵は、父と母、姉のサンディを人生の手本にできたことだ。好奇心を持ち、人生を楽しみ、一生懸命に努力することを教えてくれた彼らに感謝している。ぼくに何か長所があるとしたら、それはすべて彼らの愛情のおかげだ。

最後に、妻のベッカ・コールドウェルには、言葉に表せないほど感謝している。ドーン・ウォールの挑戦が終わったらぼくが戻ってくるとベッカが考えていたのは知っているが、それは実現しなかった。こうしたプロジェクトにかかりっきりになってしまうぼくに耐え、そばにいてくれたことに感謝する。きみはぼくの最高の親友であり、最高の批評家であり、インスピレーションの最大の源だ。きみがいなければ、この本は書けなかった。一つ後悔があるとすれば、それは執筆作業のあいだ、きみや息子のフィッツ、そして最近生まれたばかりの娘イングリッドとほとんど一緒に過ごせなかったことだ。家族の愛以上に、ぼくの人生を明るく照らしてくれるものはほかにない。

解説――「壁上の哲学者」

倉上慶大

クライマーはなぜ、莫大なリスクや危険を冒してまで険しく巨大な山に向かうのか。「Because it's there.（そこに山があるから）」というマロリーの言説はあまりに有名だが、しかし、時に命を賭してまで行われるその行為は、はたしてそのひと言で完結するようなものなのだろうか。

現代では、登山やクライミングは登る対象のスケールや性質によってその呼称も使い分けられ、たとえば、ヒマラヤ八〇〇〇メートル峰などの高所や厳冬期のアルプスで行われているようなものは遠征登山またはアルパインクライミング、アメリカのヨセミテやイタリアのドロミテなどの一〇〇〇メートル級の大岩壁で行われているようなものはビッグウォール・クライミング、「クラッグ」と呼ばれる二〇～三〇メートルほどの岩壁を登るものはクラッグクライミング、そして、五～六メートルほどの手ごろな岩を登るものはボルダリングなどと呼ばれる。

またさらに、それら登山やクライミングのなかでも「どのように登るか」ということに重点が置かれ、使用する補助道具（酸素ボンベや固定ロープなど）を選択する過程で個々のクライマーの技量や思想が問われ、それがひいては個々のクライマーの「スタイル」となる。

とはいえ、どんなスタイルにせよ「登る」という行為である以上、根本的にはクライミングそのものであることに変わりはない。しかし、それら道具との物理的な接点が少なければ少ないほど、山や岩との精神的な接点はより密接になる。

多くのクライマーたちが「自身にとってのクライミングとは何か」という、永遠のテーマを問い続けてきた。その表現や帰結は多種多様であったが、共通してあったのはクライミングが人生の隠喩としてとらえられていたことだ。

リン・ヒルという米国の女性クライマーをご存知だろうか。

長きにわたるクライミング史のなかで最も印象に残る歴史的快挙の一つに、ヨセミテ国立公園内にある一〇〇〇メートルにも及ぶ大岩壁エル・キャピタンで行われた「〈ノーズ〉のフリークライミング」というものがある。エル・キャピタンの中央を貫くその象徴的なルート、ノーズの初登攀は、固定ロープの使用や大量の埋め込みボルトの設置など「なんでもあり」なスタイルで、一九五八年にウォレン・ハーディングというクライマーによって、足かけ一年半、正味三七日間にも及ぶ執拗ともいえるほどのトライの末に成し遂げられた。それは同時に、登攀不可能と思われていたエル・キャピタンが最初に〝墜とされた（征服された）〟出来事となった。

それから三五年後の秋、ノーズをフリークライミングという形で完成させた人物こそがリン・ヒルであった。

フリークライミングとは、万が一、登攀中に墜落した場合に備え、安全確保のための保険としてロープなどの補助道具は使うものの、身体を引き上げる用途としてはそれら道具に一切頼ることなく、主に自身の手と足だけを使って岩壁を登り、前進していくというスタイルのクライミングのことを指す。ヒルはこのスタイルで行うクライミングのことを「岩を自分に合わせるクライミングではなく、自分を岩に合わせていくクライミング」と述べた。

彼女がノーズで行ったフリークライミングは、単にクライミングの限界を押し上げたという業績のみにとどまらない。むしろその登攀の真の価値は、手段の選択に関係なく頂上に「達するかどうか」が問題であった物質的発想のクライミングから脱し、「どのように達するか」という精神探求としてのクライミングの価値を自身の行動で示したことにある。

また、ヒルは自身のクライミング人生を回顧した自叙伝の中で、〝征服〟という言葉を対比に挙げ、「クライミングとは、自然の中で自分の内なる自然と向き合う探検にほかならない——人生に対するアプローチの仕方は、クライミングに対するアプローチとほぼ同じである」と述べている。

リン・ヒルのノーズでの快挙から二〇年以上経った現在、本書の著者トミー・コールドウェルも同様に、不可能と言われた大岩壁ドーン・ウォール（不思議なことに、このドーン・ウォールにかかわるルートも、ノーズの初登攀ののちに、ウォレン・ハーディングによる「なんでもあり」のスタイルで墜とされたものだった）に向かい続けるなかでこう語っている。

「岩に逆らうのではなく、岩と一体化して登るのだ。本当の闘いは自分たちの中にある。人間と岩の闘いという多くの人が考える構図は、真のクライマーをうんざりさせる。岩や山を〝征服〟するという表現は、クライミングの本質から遠く隔たっているからだ」と。

人間は、物心ついたころから自身の生について考えるようになる。なぜわたしはここにいるのか。どうしてこの生を受けたのか。人生とは何もので、いかに生くべきものなのか、と。

その永遠のテーマを巡る方法や手段は人それぞれだろうが、クライマーは「山や岩を登る」というシンプルな行為の中に人生の本質的な真理と理解を見いだそうとする、いわば、壁上の哲学者だ。クライマーにとって、クライミングは単なるレクリエーションではなく、生きる道そのものである。クライミングが最も親しい友人であり、心の支えであり、人生そのものであると語ったコールドウエルにとって、幼少期にシャベルで地球の裏側をのぞき見ようとひたむきに自宅の裏庭を掘り続けたことと、ドーン・ウォールという絶壁でフリークライミングの可能性を探り続けたことは、どちらも人生という未知なる冒険に繰り出した純粋な行為そのものであった。

しかし、一方では、コールドウェルのような熱心なクライマーにとって、クライミングはときに人生に陰影をもたらす側面も持ち合わせた存在でもあった。

「神から与えられた才能、それがなければ空虚な存在になってしまうほどの運命的な才能が、自分自身を殺《あや》めてしまうものだったら、いったいどうすればいいのだろう」という言葉が物語るように、文中にはクライミングが彼にもたらした幾多の困難やトラウマ、そしてクライミングがはらむリスクと危険への葛藤に苦しんだ逸話がありのままに綴られている。

「ミスター・エル・キャップ・フリー」と呼ばれるほどエル・キャピタンにおいて数多くのフリールートを拓《ひら》いたばかりでなく、さらには南米パタゴニアでも幾多のアルピニストたちが夢に描いた大プロジェクト〝フィッツ・トラバース完全縦走〟に成功し、登山界のアカデミー賞と呼ばれる「ピオレドール賞」にも輝いたトミー・コールドウェル。

高度に極分化した現代のフリークライミングとアルパインクライミングの両ジャンルでは、クライミングにおけるタクティクスやフィジカルの構築など、登攀に付随する要素が大きく異なるため、両者においてトップレベルのクライミングを行うことはけっして容易ではない。そういった意味でも、コールドウェルのクライマーとしての存在は唯一無二と言っても過言ではない。

しかし、そのようなトップクライマーをもってしても「生涯を賭したルート」と言わしめたドーン・ウォールのフリー初登は、その圧倒的な難度とスタイルの追求という両面において、ヨセミテ史上はもちろん、長きにわたるクライミング史の中でも突出した歴史的快挙といえるだろう。

暗澹たる孤独の闇に耐えながらも、訪れる確約もない〝暁〟に想いを馳せ、七年もの歳月を捧げた壁上の旅の完結は、まさしく現代の内なる冒険の象徴、そして後世のクライマーたちへの精神の礎《いしずえ》となった。

しかし、読者は本書を読むうちに、クライミング史に残る数多くの冒険的な偉業を成し遂げてきたトミー・コールドウェルという人物が、一般にイメージされる〝孤高の冒険者〟という像にそぐわないことに気づくだろう。

コールドウェルはたしかに、孤独を愛したクライマーではあったが、決して「孤立」することはなかった。それは彼の中に、常に友や家族の存在があり、その孤独の冒険の数々が単なるエゴ・トリップでなかったことにあるのだろう。

一見矛盾しているように聞こえるかもしれないが、トミー・コールドウェルという人間の本当の強さは、自身の欲求を正直に認めながらも、他者に対する道義的な責任を放棄しなかったことにあるのではないかと思う。

さまざまな困難に遭い、多くのトラウマを抱え続けてもなお人生（クライミング）という冒険に繰り出し、内なる自己と向き合い続けたコールドウェルの苦悩と葛藤を綴ったこの自叙伝には、友を、家族を、そして自分自身を信じ続けることの意義、そして、人生という永遠のテーマへの尊さが謳われている。

最後に、本書の冒頭にある一文を引用したいと思う。

人生とはつまり、リスクと見返りのことだ。もがき、挑戦する人生のほうが、何も機会をつかめない人生よりはいい。

人生という巨大な絶壁に立ち向かい続ける冒険者すべてに、この本が届くことを願う。

（くらかみ・けいた）

訳者あとがき

本書はTommy Caldwell, *The Push: A Climber's Journey of Endurance, Risk, and Going Beyond Limits*, 2017の全訳である。

トミー・コールドウェルは父親の影響でクライミングを始め、若くしてトップクライマーになったが、その後、フリークライマーとしての挫折、キルギスでの拉致事件、指の切断、最愛の妻の浮気、離婚を経験。そして、今の妻と出会い、家族をつくり、さらに世界で最も難しいドーン・ウォールを、幾星霜を経て完登するまでの物語である。しかし、これはいったいノンフィクションなのだろうか、それとも小説なのだろうかと思うほど、著者の人生は波乱に満ちている。

その波乱万丈さゆえ、この物語には「哀しみ」が通奏低音として全編を通して流れている。哀しみがあるからこそ自然や人に対する驚きがあり、哀しみを感じているからこそ人を深く愛し、「未知のものを受け入れ」て、人生をやり直すことができると、著者はわたしたちに教えてくれる。

本書を読んだ人は、ぜひ映像作品『The Dawn Wall』を観てほしい。何度観ても涙したという人が多いこの映像には、本書のクライミングシーンが詳細に描かれ、ドーン・ウォールのスケール感やケヴィンとトミーの息遣いを感じることができる。また、『The Dawn Wall』を観たことのある人も、ぜひこの本を手に取ってほしい。映画では描き切れなかったベスやケヴィンとの確執やトミーの哀しみ、切なさ、葛藤、そして再生が余すことなく描かれ、映像作品『The Dawn Wall』と相互に補完し合っているからだ。

本書の読みどころは、著者トミーの心情が徹底的に描かれているところだろう。風景描写ひとつとってみても、各冒頭部分のように著者の心象風景が挟み込まれ、読者は世界の果てで、著者とともに旅をし、人と出会い、岩壁を登っている気分にさせられる。クライミングもの、いや、山岳ものをすべて含めても、本書ほど詩情や情感に溢れ、読む人の心を揺さぶる作品をわたしは寡聞にして知らない。

本書のもうひとつの読みどころはアレックス・オノルドその人がトミーの視点から語られることだろう。彼の著書『アローン・オン・ザ・ウォール』では一切触れられなかったが、アレックスがクレヴァスに落ちたり、必要装備の半分しか持ってきていなかったことや、ドーン・ウォールの上まで差し入れを持ってきて冗談を飛ばしてから、退屈して降りていったという逸話などに思わず吹き出してしまう。

タイトルのThe Pushは、著者が多くの意味を含ませているため、原題そのままとした。読者もお気づきのことと思うが、「プッシュ」という語句は本書で「限界を押し上げる」「人を突き落とす」「壁の下から上まで一気に登る」などのさまざまな意味で使われている。それゆえ、一義的に訳してタイトルを恣意的につけることは避けた。

原文の情感豊かな文章を解釈し、自然な日本語にしていくことには多くの困難を伴ったが、何度となく訳し直すたびに感動で胸が熱くなり、涙が頬を伝った。本書の白眉となる第21章などは何度読み直したことだろう。翻訳を終えた今、〝プッシュ・ロス〟で空いてしまった心の穴を、どうやって埋めていけばいいのか途方に暮れている。

本書を翻訳するにあたり、白水社の阿部唯史さんにはたいへんお世話になった。締切の延長を何度もゴリ押《プッシュ》し続けても、長いあいだ耐えてくださった。またプロクライマーの倉上慶大氏には、本書にふさわしい解説を書いていただいた。著者のクライミングに対する姿勢と通ずる倉上氏が、この本の解説を書いてくれたことで、さらにすばらしい本になった。訳文に関しては、『アローン・オン・ザ・ウォール』のときと同様、三人の友人にお世話になった。世界中の岩場を巡りながら高難度なクライミングを実践している増本亮氏、著者と同じパタゴニアのグローバル・アンバサダーでもある横山勝丘氏。横山氏は、まさにトミーと同じような家族構成、同じような環境にあり、本書を読んで涙したというのは宜《むべ》なるかなと言うべきかもしれない。また、ボルダリングジム「ジャムセッション三鷹」の常連でもあり、日本のワイドクラックの泰斗、山岸将尚氏は、多くの時間を割いて原文と比較しながら微に入り細を穿ち、数限りない有益なアドバイスをしてくれた。四人に記して感謝したい。最後に、「ジャムセッション三鷹」店長の筑後昭久氏の存在があったからこそ、本書の仕事に集中して取り組むことができた。本当にありがとう。

堀内瑛司

二〇一九年八月

著者

トミー・コールドウェル

Tommy Caldwell

1978年、米国コロラド州生まれ。世界でもっとも優れたビッグウォール・クライマーとして広く知られる。2014年、パタゴニアのフィッツ・コイの完全縦走に成功し、クライミング界のオスカーとも称されるピオレドール賞を受賞。翌15年には、エル・キャピタン〈ドーン・ウォール〉のフリー初登に成功するなど、ジャンルの枠を越えて数々の記録を打ち立てている。*Alpinist*、*Climbing*、*Rock and Ice*といった主要山岳誌にたびたび寄稿。現在、妻、2人の子どもとともにコロラド州エステス・パーク在住。

訳者

堀内瑛司《ほりうち・えいじ》

静岡県生まれ。上智大学英文科卒業。京都大学大学院修了。15歳のころからクライミングを始め、国内はもとより、北米、ヨーロッパ、アフリカなど世界各地の岩場を巡る。朝日新聞記者を経て翻訳家に。現在、クラックのあるボルダリングジム「ジャムセッション三鷹」代表。訳書にアレックス・オノルド『アローン・オン・ザ・ウォール』(山と溪谷社)、グリン・カー『黒い壁の秘密』(東京創元社)がある。

解説者

倉上慶大《くらかみ・けいた》

1985年、群馬県生まれ。プロフェッショナル・ロッククライマー。高校山岳部でクライミングに出会い、進学を機に移り住んだ新潟でボルダリングにのめり込む。その後、2014年よりトラッド、マルチピッチ、ビッグウォールなどに傾倒し、国内外で活躍。2019年4月よりパタゴニアのグローバル・アンバサダーを務める。主な記録に、ヨセミテ・ノーズ(5.14a 31pitches)の単独フリー、瑞牆山・千日の瑠璃(5.14a R/X)の初登、英国The Walk of Life(E9 6c)、小川山・覚醒(5段)の再登など。千日の瑠璃の初登記録ではGolden Climbing Shoes Award 2016を受賞している。

ザ・プッシュ
――ヨセミテ　エル・キャピタンに懸《か》けたクライマーの軌跡《きせき》

二〇一九年八月一五日　印刷
二〇一九年九月一〇日　発行

著　者　トミー・コールドウェル
訳　者©堀内瑛司
装　幀　谷中英之
組　版　閏月社
発行者　及川直志
印刷所　株式会社理想社
発行所　株式会社白水社

東京都千代田区神田小川町三の二四
電話　営業部〇三（三二九一）七八一一
　　　編集部〇三（三二九一）七八二一
振替　〇〇一九〇-五-三三二二八
郵便番号　一〇一-〇〇五二
www.hakusuisha.co.jp

乱丁・落丁本は、送料小社負担にて
お取り替えいたします。

株式会社松岳社

ISBN978-4-560-09714-4
Printed in Japan